PETRA HAMMESFAHR

Der Engel mit den schwarzen Flügeln

Roman

BASTEI LÜBBE TASCHENBUCH
Band 14444

1.–2. Auflage: November 2000
3. Auflage: Dezember 2000
4. Auflage: Februar 2001

Vollständige Taschenbuchausgabe

Bastei Lübbe Taschenbücher ist ein Imprint der Verlagsgruppe Lübbe

© Copyright by Verlagsgruppe Lübbe GmbH & Co. KG,
Bergisch Gladbach
Der Band erschien bereits mit dem gleichen Titel
unter der TB-Nummer 12197
Einbandgestaltung: Manfred Peters
Titelillustration: Bavaria
Satz: KCS GmbH, Buchholz/Hamburg
Druck und Verarbeitung: Ebner Ulm
Printed in Germany
ISBN: 3-404-14444-9

Sie finden uns im Internet unter
http://www.luebbe.de

Der Preis dieses Bandes versteht sich einschließlich
der gesetzlichen Mehrwertsteuer.

PROLOG

Der besondere Reiz Kronbuschs waren die Nüsse, die man im Herbst in der kleinen Wildnis hinter Haus Nummer drei fand. Sie waren so frisch, daß man die hellgrüne Haut über dem hirnförmigen Kern abziehen konnte. Nur dann war dieser Kern von jenem unvergleichlichen Aroma, welches Angela so schätzte. Später, in der Vorweihnachtszeit, wenn es die Nüsse in den Supermärkten zu kaufen gab, war die Haut längst bräunlich und trocken geworden, hatte ihre Elastizität verloren und machte den Kern bitter.

Aber vielleicht waren es nicht nur die Nüsse. Vielleicht war es dieses wilde Stückchen Land in seiner Gesamtheit. Knorrige alte Bäume, urwüchsige Sträucher, kniehohes Gras und Wiesenblumen, von denen Angela nur wenige mit Namen kannte. Im Gras liegend fiel es ihr leicht, das Wohlgefühl auf Kronbusch als Ganzes auszudehnen. Dann gehörte alles zusammen, war alles gleich liebenswert. Die Ladenstraße unter der Erde, die Tiefgarage, die gepflegten Außenanlagen mit ihren Ruhebänken neben den Gehwegen, der Tennisplatz, das Schwimmbad, die kompakten Wohntürme, sogar die Menschen. Im Gras liegend, dachte Angela oft, der Werbeslogan sei zutreffend.

»Kronbusch, das Paradies vor den Toren der Stadt! Vergessen Sie alles, was Sie bisher über die Vorzüge modernen Lebens in der Natur gehört haben! Hier werden Sie eine ganz besondere Freiheit finden!« Passender konnte man nicht ausdrücken, was Kronbusch war. Ein Paradies, von Menschen für Menschen geschaffen, vollkommener noch als Adams Paradies gewesen sein konnte. Hier konnte man seinen Platz kaufen oder mieten, und niemand wurde von diesem Platz wieder vertrieben. Hier konnte man vergessen, alles vergessen, was vorher gewesen war. Und dann war man frei.

Es gab nur wenige Gesetze zu befolgen. Rücksichtnahme hieß eines davon. Ansonsten konnte jeder tun, was ihm beliebte. Es gab keine Engel und keine flammenden Schwerter, keinen Baum der Erkenntnis und keine verbotenen Früchte. In Kronbusch gab es nur die Buchen, die Eichen, die Platanen, die Apfelbäume mit ihren nur kinderfaustgroßen Früchten, die so sauer waren, daß es einem die Tränen in die Augen trieb, und die Nüsse.

Es gab eine Geschichte zu den Nüssen. Wie es zu vielem im Leben eine Geschichte gibt. Vor gut drei Jahren hatte Martins Mutter Sofie sie erzählt. Mit jenem wehmütig gerührten Ausdruck, den Sofie immer bekam, wenn sie von früher erzählte, als alles noch sanfter, stiller, harmonischer, als alles noch besser gewesen war. Nur hatte Angela an Sofies Geschichte nichts Sanftes, nichts Stilles, überhaupt nichts Gutes entdecken können. Im Gegenteil! Sofies Geschichte war der Beweis dafür, daß es besser war, sich nicht zu erinnern.

Ihre Mutter, so hatte Sofie erzählt, hatte elf Geschwister. Und Großvater sei ein armer Mann gewesen. Zu Weihnachten, genau am Heiligabend, habe sich die gesamte Familie in dem kleinen zugigen Haus am Ortsrand eingefunden. Vierundzwanzig Erwachsene, ebenso viele Kinder. Geschenke gab es nie. In manchen Jahren bekam jedes der Kinder einen Apfel. Von der Großmutter im Bratrohr gebacken und liebevoll mit ein wenig Zucker bestreut. In anderen Jahren gab es Nüsse. Zehn Stück für jedes Kind, abgezählt.

Zehn Nüsse sind nicht viel. Und lachend hatte Sofie erzählt, wie schnell sie geknackt und verzehrt waren. Von ausgestreckten Händen hatte sie gesprochen, von der Bitte: »Großvater, gibst du mir noch eine Nuß?«

Nie hatte ein Kind noch eine von ihm bekommen. Jedesmal gab es nur die barschen Worte eines bitteren alten Mannes: »Teil es dir besser ein, dann mußt du nicht betteln.«

Und Großmutter, hatte Sofie erzählt, habe dann oft geweint, still und heimlich, damit der alte Mann es nicht sah. »Manchmal«, hatte Sofie gesagt, »wünschte ich mir, er wäre an seinen Nüssen erstickt.« Da hatte Angela diese tiefe Verbundenheit mit Sofie gefühlt und begonnen, sie zu lieben.

Als Angela in ihrem ersten Herbst in Kronbusch die Nußbäume entdeckte, erinnerte sie sich an Sofies Geschichte. Wochen verbrachte sie damit, Nüsse zu sammeln. Und zu Weihnachten, genau am Heiligabend, überreichte sie ihr die. Zweihundertvierzig Stück, abgezählt, in einem Leinensäckchen. Sofie weinte vor Rührung und Freude, beteuerte wieder und wieder, nie zuvor habe ihr jemand ein solch kostbares Geschenk gemacht.

Leider hatte es nur dieses eine Weihnachten mit Sofie gegeben. Im Jahr darauf starb sie in den Trümmern eines Wagens, den ihr Mann gesteuert hatte. Sie starben beide. Einen sinnlosen und überflüssigen Tod. Wie so viele vor ihnen und so viele nach ihnen einen sinnlosen und überflüssigen Tod starben.

Die Hochzeit ihres einzigen Sohnes hatte Sofie nicht mehr erlebt. Sicher hätte sie wieder geweint, glaubte sie doch, Martin bekomme einen Engel zur Frau. Denn wer, außer einem Engel, schenkte ein Stück Kindheit auf eine simple Geschichte hin?

Manchmal sprachen sie noch von Sofie, doch nur von diesem Weihnachten mit ihr. Ansonsten vermied Martin jedes

Wort, das an seine Eltern und ihren Tod erinnerte. Angela, so glaubte er, könne den Tod nicht ertragen. Und manchmal war es deshalb, als lebte Sofie heute noch. Und mit ihr all die anderen.

Erstes Kapitel

Der September in Kronbusch schloß sich mit einer Kette heißer Tage dem August an. Wie verdünnte Tinte hing der Himmel über den Hausdächern. Die Hitze lag zwischen den Türmen wie ein staubgefüllter Schwamm. Nur selten brachte ein Lufthauch ein wenig Kühlung. Seit Wochen mußte der Rasen gesprengt werden. Die alten Bäume und das Strauchwerk hinter Haus Nummer drei waren trocken wie Zunder, die Erde dazwischen pulverisiert. In der Verwaltung sorgte man sich. Selbst abends sprach Martin oft von einem Feuer. Eine Unachtsamkeit, ein winziger Funke konnte genügen, um die Katastrophe auszulösen.

Wenn Angela ihm zuhörte, sah sie den Funken vor sich. Er jagte durch die engen Windungen eines Gehirns, verband Schaltstellen miteinander, leitete Befehle weiter, sorgte für einen reibungslosen Ablauf aller Funktionen. Der Vergleich mochte hinken. Mit dem Funken, der die Katastrophe auslösen konnte, meinte Martin wohl kaum einen winzigen elektrischen Impuls im Gehirn eines Menschen. Angela jedoch fand den Vergleich treffend. Vielleicht lag es nur an dem Buch.

Bergner hatte es ihr ein paar Wochen zuvor wärmstens empfohlen. Bergner interessierte sich für alles, was im Kopf eines Menschen vorging; es war sein Beruf. Er kaufte sich ständig Bücher zu diesem Thema. Und speziell dieses eine hielt er für sehr interessant.

»Das mußt du unbedingt lesen, Angela«, hatte er mit einem merkwürdigen, vielleicht nur amüsierten Unterton in der Stimme gesagt und es ihr dann gleich dagelassen.

Zuerst hatte sie nur darin geblättert. Dabei war sie auf die Abbildungen gestoßen, die eine ganze Horde dieser Funken auf ihrem Weg zeigten. Kleine Lichtblitze in einem Netz aus Spinnweben. Es hatte sie fasziniert. Allein die Vorstellung, daß jedes von diesen Pünktchen ein Gedanke war, erregte sie.

Ansonsten war das Buch eher erheiternd, nicht ganz ernst zu nehmen in den Begleittexten, in einzelnen Passagen sogar ein wenig haarsträubend. Es handelte von abnormen Fähigkeiten des menschlichen Geistes. Telepathie, Telekinese, Präkognition. Und was es da sonst noch alles geben sollte. Bergner konnte unmöglich an solch einen Quatsch glauben. Die Kapazität des menschlichen Gehirns werde nicht voll ausgeschöpft, hieß es an einer Stelle. Da war von einer schlafenden Kraft die Rede, die nach groben Schätzungen etwa sechzig Prozent der gesamten Gehirnmasse ausmachen sollte und einen Menschen zu außergewöhnlichen, völlig unmöglich scheinenden Leistungen befähigen konnte, wenn es nur gelang, sie zu aktivieren. Ausgemachter Blödsinn, aber immer noch besser, als sich jeden Abend Martins Nöte und Befürchtungen anzuhören.

Natürlich hatten sich ein paar Wissenschaftler umgehend daran gemacht, die schlafende Kraft unter die Lupe zu nehmen. Sie hatten auch gleich ein paar geeignete Objekte gefunden. Bei einigen schlief sie wohl nicht fest genug. Die konnten auf Kommando – allerdings nur mit äußerster Konzentration, es gab da ein paar Aufnahmen von gerunzelten Stirnen, regelrecht verkniffenen Gesichtern – Glasscheiben zerspringen lassen, ohne Steine hineinzuwerfen. Oder Gegenstände bewegen, sogar einen Panzerschrank um ein paar Millimeter von der Wand abrücken, nur mit Gedankenkraft, versteht sich. Und andere konnten in die Zukunft schauen. Einen von denen hätte man besser ins Wetteramt gesetzt, hatte Angela gedacht, als sie es las. Es war Regen angesagt, seit Ende August schon. Aber er kam nicht.

Es war am Abend des Septembertages, der in gewisser Weise einen Anfang darstellte und mehr noch ein Ende, das Ende der stillen Zeit. Der Zeit, in der Angela noch lachen konnte über ein paar Verrückte, die nach der schlafenden Kraft suchten und gar nicht begriffen, mit welcher Materie sie sich befaßten. Martin sprach wieder über seine Sorgen, über den Leichtsinn und die Gereiztheit der Menschen.

Sie saßen zu dritt im Wohnraum. Angela und Martin Lagerhoff auf der Couch beim Kamin, Friedhelm Bergner in einem Sessel beim Tisch. Bergner war Martins Kollege in der Verwaltung von Kronbusch, mehr noch war er sein Freund. Die beiden Männer unterhielten sich über das ausgetrocknete Gehölz hinter Haus Nummer drei, über achtlos weggeworfene Zigarettenkippen, über Hydranten, die im Notfall von parkenden Fahrzeugen blockiert wurden, über die Katastrophe eben, die jeden Augenblick über Kronbusch hereinbrechen konnte.

Es war etwa halb neun am Abend. Zur gleichen Zeit verließ ein Mann seine Wohnung, fuhr mit dem Lift hinunter in die Garage, setzte sich in seinen Wagen, ließ den Motor an ...

Er hieß Walter Burgau, war Anfang Vierzig, ein gutaussehender, äußerlich sehr dynamisch wirkender Mann. Er hinterließ einen Brief, in dem er seine Beweggründe erklärte. Es gab später nicht den geringsten Zweifel, daß Walter Burgau seinem Leben von eigener Hand ein Ende gesetzt hatte. Es gab auch keine Zweifel daran, daß er wahrscheinlich gar nicht hatte sterben wollen. Aber er starb.

Er war der erste.

Während Bergner und Martin noch über die Anfahrtszeit der Feuerwehr spekulierten, betrachtete Angela den Himmel vor der offenen Terrassentür. Eine Weile hatte sie den beiden Männern zugehört, auch selbst ein paar kurze Einwürfe gemacht: daß man nicht ständig auf dem gleichen Thema herumreiten könne, daß diese übertriebene Art von Sorge einem nur schlaflose Nächte bereite. Jetzt wartete sie auf die charakteristischen Veränderungen, mit denen sich Sommergewitter ankündigen.

Wolken von der gleichen Farbe wie der Straßenbelag, mächtige Ballen Anthrazit, scharf abgegrenzt vom übrigen Blau. Es war wieder einmal ein heftiges Gewitter angesagt. Doch der Himmel verdunkelte sich mit der gleichen Selbstverständlichkeit wie an jedem anderen Sommerabend. Die ersten Sterne wurden sichtbar. Der Mond hing halbrund neben dem Liftaufbau von Haus Nummer fünf. Der letzte Tag im Paradies ging zu Ende.

Kurz vor zehn klingelte das Telefon. Martin hörte sich an, was der späte Anrufer wollte. Er reagierte unwillig. »Wissen Sie eigentlich, wie spät es ist?« Dann nickte er mechanisch und erklärte: »Ich komme sofort.«

Nachdem er den Hörer aufgelegt hatte, kam er zum Tisch zurück. Vor Bergner blieb er stehen, irgendwie unsicher und geistesabwesend fragte er: »Kommst du mit?« Bergner schaute ihn abwartend an, und Martin fügte hinzu: »In der Garage ist etwas passiert.« Was geschehen war, erfuhr Bergner erst im Lift.

»Es kann passieren, was will«, ereiferte sich Martin, »wen rufen sie an? Mich! Bin ich Arzt oder die Feuerwehr? Nein! Aber wen rufen sie an? Mich! Mir hängt das wirklich zum Hals raus. Nie hat man seine Ruhe.«

»Was ist denn überhaupt los?« erkundigte sich Bergner.

Martin murmelte etwas von einem der Hausmeister. »Schneider«, sagte er und seufzte, »sein Sohn hat in der Garage einen Mann gefunden, in einem Wagen mit laufendem Motor. Schneider meint, der Mann ist tot.«

Bergner schluckte hart und räusperte sich. »Da hätten wir aber zuerst die Polizei …«

»Das macht Schneider schon«, unterbrach Martin ihn.

Die Tiefgarage erstreckte sich über eine Fläche von rund siebenhundert Quadratmetern und reichte über drei Ebenen in den Untergrund. Sie war sehr gut ausgeleuchtet, Tag und Nacht brannten etliche tausend Neonröhren, weiß gestrichene Decken und Wände verstärkten die künstliche Helligkeit noch. Jedes Haus hatte seinen eigenen Zugang, über Treppen und Aufzüge gelangte man hinunter. Friedhelm Bergner und Martin Lagerhoff wurden bereits auf Ebene eins erwartet.

Neben einer der Stützsäulen stand der halbwüchsige Sohn des Hausmeisters und wies ihnen mit ausgestrecktem Arm die Richtung. Der Junge selbst blieb zurück, angeblich, um auf seinen Vater zu warten. Bergner vermutete jedoch, daß er nur nicht noch einmal hilflos neben diesem Wagen stehen wollte.

Es war eine große dunkle Limousine neueren Baujahrs. Bergner erreichte sie, doch er hätte auf Anhieb nicht sagen können, um welches Modell es sich handelte. Er sah nur den Schlauch, der vom Auspuff ins Wageninnere führte. In einem sorgfältig verstopften Spalt der Seitenscheibe war er festgeklemmt.

Bergner zerrte an diesem Schlauch. Doch das hatten vor ihm sowohl Schneider als auch dessen Sohn vergeblich versucht. Dann schlug Bergner mit der geballten Faust gegen das Glas. Martin stand einfach nur da und starrte auf die zusammengesunkene Gestalt auf dem Fahrersitz.

»Ich brauche einen Hammer!« schrie Bergner.

Martin rannte los, Bergner blieb zurück. Das satte Brummen des Motors zerrte an seinen Nerven. Es schien das einzige Geräusch weit und breit. Normalerweise herrschte bis weit in die Nacht hinein reger Verkehr in der Garage. Ausgerechnet jetzt war es still. Bergner schaute sich um. Er hätte gern gewußt, wohin Martin gerannt war.

Es dauerte nur Minuten, ehe der mit einem Wagenheber zurückkam. Zwei Minuten, zwei Jahre, kein Unterschied, in jedem Fall zu lange, wenn man zur Untätigkeit verdammt war. Bergner riß Martin den Wagenheber aus der Hand und schlug zu. Einmal, zweimal, so lange, bis die Scheibe zerbrach und er an dem Mann vorbei nach dem Zündschlüssel greifen konnte. Nur darum ging es, dieses verdammte Brummen abzustellen. Der Wagen zitterte noch einmal und stand endlich still.

Bergner zog den Sperriegel hoch und riß die Tür auf. Er griff unter die Achseln des Mannes und zerrte ihn aus dem Wagen. Es war immer noch so entsetzlich still in der Garage. Außer Martins keuchendem Atem war kein Laut zu hören.

»Hilf mir doch«, verlangte Bergner.

Martin schüttelte sich leicht und faßte nach den Beinen des Mannes. Gemeinsam legten sie ihn auf den Betonboden. Bergner kniete hin, öffnete ihm das Hemd und legte seinen Kopf auf die Brust. Dann richtete er sich wieder auf, klopfte den Staub von der Hose und meinte: »Ich bin kein Arzt, aber ich glaube, Schneider hat recht. Er ist tot.«

»Ich kenne ihn.« Martin starrte in das Gesicht des am Boden Liegenden. »Er heißt Burgau, Walter Burgau. Ihm gehört die Kinderboutique.«

»Jetzt gehört ihm nichts mehr«, sagte Bergner.

Wenig später kam die Polizei. Fragen wurden gestellt. Bergner konnte keine davon beantworten. Martin gab ein paar Auskünfte, um den Rest mußten sich die Beamten selbst kümmern. »Dem ersten Augenschein nach ein Suizid«, meinte einer.

Martin schwieg. Der Mann auf dem Betonboden war der erste sichtbare Tod in seinem Leben. Als vor zwei Jahren seine Eltern starben, hatte ihn ein gnädiger Arzt vor deren

Anblick bewahrt. Er ging ihn nichts an, dieser Walter Burgau, aber er kannte ihn eben. Er hatte den Mietvertrag für ihn aufgesetzt, hatte den Pachtvertrag für die Geschäftsräume vermittelt, hatte gesagt: »Es wird Ihnen bei uns gefallen, Herr Burgau. Wir tun sehr viel für unsere Mieter. Wir legen großen Wert darauf, daß sich hier jeder wohl fühlt.«

Sechzehn Türme, dazwischen viel Grün. Sie hatten wirklich alles getan, was man tun konnte, alles berücksichtigt, was das Leben für die Menschen angenehm machte. Mehr als dreitausend Menschen verteilten sich in den jeweils sechzehn Stockwerken der einzelnen Häuser. Und Martin glaubte sich für all diese Menschen verantwortlich, Angela wußte das. Es hatte sie bisher nicht gestört. Sie hatte nicht einmal darüber nachgedacht. Es gab ständig so viele andere Dinge zu bedenken.

Ob das Schwimmbad gut oder schwach besucht war. Während der Schulferien tummelten sich dort schon am Vormittag ganze Horden von Kindern. Dann war es unmöglich zu schwimmen. Ob sich am Nachmittag auf dem Tennisplatz ein geeigneter Gegner fand. Feste Verabredungen in dieser Hinsicht traf sie nie, sie ging einfach hinunter und überließ es dem Zufall, und der schien ihr immer wohlgesonnen. Ob Bergner sich wohl wieder ein neues Buch über Phänomene gekauft hatte. Ob er den Unsinn tatsächlich glaubte. Ob er es ihr borgte, ohne daß sie ihn darum bitten mußte.

Angela Lagerhoff war vierundzwanzig Jahre alt, aber von diesen vierundzwanzig zählten nur drei: die Jahre mit Martin, die Zeit in Kronbusch, das angenehm leichte und unbeschwerte Leben.

Nachdem die beiden Männer das Penthouse auf dem Dach von Haus Nummer eins verlassen hatten, ging Angela in die Küche und brühte frischen Kaffee auf. Frischer, starker und heißer Kaffee war eine gute Antwort auf jede Art von

Störung. Und störend war die Sache wohl, mit der Martin sich jetzt beschäftigen mußte. Es hatte direkt bedrohlich geklungen. »In der Garage ist etwas passiert.«

Was geschehen sein mochte, darüber dachte sie nicht nach. Es war ein anstrengender Tag für sie gewesen. Fast den gesamten Vormittag hatte sie im Schwimmbad verbracht. Bahn um Bahn im Warmwasserbecken, hinauf und hinunter, bis die Kraft in den Armen erlahmte. Nachmittags war sie auf dem Tennisplatz gewesen. Und das bei der Hitze. Sie litt unter der Hitze, wurde träge und lustlos davon, hatte keinen rechten Appetit und mußte sich zwingen, das Haus zu verlassen. Sie hatte den Abend herbeigesehnt, auf ein wenig Abkühlung gehofft und sich auf eine gemütliche Stunde mit Martin gefreut. Aber zuerst kam Bergner.

Sie mochte ihn durchaus, verglich ihn oft mit einem großen tapsigen und leicht zerzausten Bären. Ein Teddybär, gutmütig und harmlos. Einer, der ständig meinte, er müsse sich engagieren, aber nie so recht wußte, wofür nun eigentlich. Für Martin war Bergner unersetzlich. Bei dem Altersunterschied von knapp zehn Jahren ein väterlicher Freund. Und der einzige, so schien es jedenfalls, der Martin bei der Arbeit ein wenig entlastete. Bergner lebte allein in einer Zweizimmerwohnung im dritten Stock von Haus Nummer eins. Manchmal fühlte er sich wohl einsam, dann kam er eben auf einen kurzen Besuch herauf. Einen Vorwand fand er immer. Manchmal war er lästig, vor allem an solch einem Tag. Und dann kam dieser Anruf …

Nach mehr als einer Stunde kamen die beiden Männer endlich zurück. Martin war deprimiert, setzte sich nicht wieder auf die Couch, sondern ließ sich in den zweiten Sessel beim Tisch fallen, lehnte sich zurück und atmete hörbar.

Sie erschrak, als sie ihn so sah. Das Gesicht blaß, die Augen ganz dunkel. Es hatte etwas Beklemmendes, weil es sie unvermittelt an etwas erinnerte. Woran, das wußte sie nicht genau. Sie wollte es auch nicht wissen, schenkte Kaffee ein, hockte sich zu Martin auf die Sessellehne und fuhr mit gespreizten Fingern durch sein Haar.

»War es schlimm?« fragte sie, krampfhaft darum bemüht, gegen das aufkommende Unbehagen anzukämpfen.

Martin hob nur kurz die Achseln und schwieg.

Bergner betrachtete sie skeptisch. Er wußte nur zu gut, daß Angela sich kaum für Kronbusch und die Belange der Menschen hier interessierte. Wofür sie sich interessierte, wußte er nicht, vermutete jedoch, nur für sich selbst. Manchmal fragte er sich, was in ihrem Kopf vorging. Ihrer Stimme war das nie zu entnehmen. Die klang immer gleich. Jedesmal, wenn sie den Mund aufmachte, rechnete Bergner fest mit einem: »Beim nächsten Ton ist es genau …«

Auch ihr Gesicht war meist ohne Regung, durchaus freundlich, als sei ihr das Lächeln bei der Geburt auftätowiert worden. Das Gesicht eines sanften, stillen Engels. Martin nannte sie häufig so, wohl in Anlehnung an ihren Namen. Als Martin sie ihm vor gut drei Jahren vorstellte, hatte Bergner gedacht, es sei die einzig treffende Bezeichnung für sie, Engel.

Angela war nicht hübsch, nicht attraktiv, nicht reizvoll, sie war einfach nur schön. Bedingt durch ihre sportlichen Aktivitäten war ihr Körper formvollendet, nicht muskulös, schlank und grazil war sie. Der häufige Aufenthalt und die Bewegung im Freien gaben ihrer Haut einen warmen Ton. Allein in dieser Hinsicht hätte sie jedem Schönheitsideal entsprochen. Doch alles zusammengenommen war nichts gegen ihr Gesicht. Es war wie ein Bild, von dem man ganz seltsam angesprochen wird, wenn man davor steht, das man betrachten kann, Stunde um Stunde, mit der Sehnsucht in den Fingerspitzen, es zu berühren, mit der Scheu im Herzen, die die Hände zurückhält. Und wie ein kostbares Bild von einem schlichten Rahmen wurde ihr Gesicht von den Haaren eingefaßt. Fast schwarz und völlig glatt reichten sie ihr bis auf die Hüften.

Anfangs war Bergner von ihr fasziniert gewesen, da war sie ihm wie ein lebendes Mysterium erschienen, die Reinkarnation einer Göttin vielleicht, Aphrodite oder Venus in jungen Jahren. Da war ihr Lächeln noch eine Mischung aus kindlicher Unschuld und dem Lauern eines Raubtieres auf Beutefang gewesen, ein Versprechen an die kühnsten Wünsche. Es hatte sie geheimnisvoll gemacht, begehrenswert, wenn man es rein mit den Augen eines Mannes sah. Und Bergner hatte gedacht, daß Martin eine Art Glückslos gezogen hatte. Den Haupttreffer in der Lotterie Leben. Inzwischen dachte er anders.

Er hielt sie für hohl und anspruchsvoll, egoistisch und unbedeutend. Er irrte sich, hin und wieder fühlte er das sogar, spürte es wie ein leichtes Frösteln, wenn sie sich urplötzlich in ein Gespräch einschaltete, obwohl er gerade noch der Meinung gewesen war, daß sie gar nicht zuhörte. Wenn sie dann noch eine Antwort gab, die ihm das Blut in den Kopf trieb vor Wut, vielleicht auch vor Scham, weil er selbst nicht auf eben diese Antwort gekommen war.

Bergners Gefühle für Angela waren oft zwiespältig. Manchmal hatte er das dringende Bedürfnis, sie so lange zu schütteln, bis etwas aus ihr herausfiel. Etwas, mit dem es sich noch zu beschäftigen lohnte. Jetzt nicht. Er fragte sich nur, wie er ihr antworten sollte. Ironisch? Es war kein Anlaß für Ironie, also sachlich.

Er erklärte ihr, was geschehen war, schloß mit dem Satz: »Die Polizei meint, es sei ohne Zweifel ein Selbstmord.« Angela lächelte, erst noch so wie immer, dann zunehmend unsicher und betroffen. Wieder fuhr sie mit gespreizten Fingern durch Martins Haar.

»Selbstmord?« flüsterte sie, »mit Autoabgasen?« Da war plötzlich ein Schatten auf ihrem Gesicht, ganz kurz blitzte etwas auf, erlosch gleich wieder. Zurück blieb ein Gefühl von Leere, eine entsetzliche Leere, als ob sie gerade etwas ungeheuer Wichtiges verloren habe. Angela kämpfte dagegen an, rutschte von der Sessellehne. »Möchtest du noch Kaffee, Friedhelm?«

Bergner nickte, hielt ihre Reaktion für eines der typischen Ausweichmanöver. Das kurze Aufblitzen in ihrem Gesicht war ihm entgangen. Er begann zu erzählen, das Wenige, was er von Martin erfahren, was die Polizei dazu gesagt hatte.

Anfangs hörte sie ihm noch aufmerksam zu. Was er sagte, kam ihr vertraut vor. So vertraut wie der Ausdruck auf Martins Gesicht. Wenn Martin nur nicht so still gewesen wäre. Es war unerträglich, zerrte an den Nerven und am Verstand. Bergners Stimme tauchte nach unten. Da war plötzlich ein Bild, friedlich und harmonisch.

Ein weißes Haus mitten in einem großen gepflegten Garten. Knorrige alte Bäume, so alt, daß ein Kind es nicht begriff. Rosensträucher und kleine Tannen auf dem weitläufigen Rasen. Gleich beim Haus stand eine Garage, neben der Garage stand ein Wagen. Und in der dämmrigen Küche des großen Hauses stand Emmi vor dem Herd, hantierte mit Töpfen und Pfannen, erzählte mit monotoner Altfrauenstimme ein Märchen. »Es war einmal!«

Die letzten Minuten eines Kindertages. Angela wußte nicht, wann sie sich zuletzt an die eine oder andere Szene ihrer Kindheit erinnert hatte, es mußte ewig her sein. Daß ausgerechnet Bergners Schilderung ein Stück davon heraufbeschwor, war seltsam, vielleicht eine Art von Schutzmechanismus gegen das Entsetzen, das seine Worte in ihr auslösten.

Heranwachsen in Wärme und Geborgenheit. Es war ein gutes Leben gewesen damals, völlig frei von häßlichen Episoden, behütet und beschützt, geliebt, von allen geliebt. Morgens verließ Vater das Haus. Er hielt einen kleinen

19

Aktenkoffer in der Hand und winkte ihr zu, wenn er über die Terrasse zur Garage ging. Meist rief er dabei: »Sei artig, mein Engel! « Und beim Einsteigen lachte er, hob noch einmal die Hand, bevor er endgültig losfuhr.

Abends kam er immer zuerst in die Küche. Er wußte genau, daß er sie dort fand. Neben dem Herd, weil dort sogar der Steinboden Wärme gab. Emmi erzählte eine Geschichte, und sie sprang auf, wenn Vater zur Tür hereinkam. Jedesmal nahm er sie auf den Arm, küßte sie, murmelte in ihr Haar: »Wie habe ich dich vermißt, mein Engel.« Später brachte er sie zu Bett und sagte: »Schlaf gut, mein Engel, und denk daran, daß ich dich liebe.«

»Hörst du mir überhaupt zu, Angela?« fragte Bergner.

Sie nickte kurz und ein wenig gedankenverloren. »Natürlich höre ich dir zu, Friedhelm. Ich dachte nur gerade, es ist entsetzlich, wenn ein Mensch so weit getrieben wird, daß er nur noch seinen Tod als Ausweg sieht.«

Bergner zuckte mit den Achseln, halbwegs zufrieden mit ihrem Kommentar. »Na ja«, meinte er. »Man muß schon ein sehr labiler Typ sein, wenn man sich so weit treiben läßt. Mir wäre damals nicht die Idee gekommen, mich umzubringen. Und als Sibylle mich verließ, war das auch nicht einfach.«

Diese Geschichte kannte Angela zur Genüge. Bergner erzählte sie häufig. Sibylle Demir war seine große Liebe gewesen, hatte ihn nach mehr als zehn Jahren verlassen, ohne daß er den Grund dafür begriffen hätte. Ein Schlag, von dem er sich nicht erholen, den er in allen nur denkbaren Variationen schildern konnte. Es war überflüssig, ihm jetzt dabei zuzuhören. Sie sorgte sich um Martin. Er war so still.

In der Nacht schlief sie nicht gut. Martin war unruhig, wälzte sich von einer Seite auf die andere, murmelte im Schlaf vor sich hin. Ein paarmal verstand sie, was er sagte:

»Er ist tot.« Es war gespenstisch, neben ihm in der Dunkelheit zu liegen und genau zu wissen, welche Bilder durch seinen Kopf zogen. Ein Wagen, ein Loch in der Scheibe, ein Schlauch, der vom Auspuff ins Wageninnere führte. Sie selbst hatte so etwas nie gesehen, das wußte sie mit Sicherheit. Es mußte an Bergners detailliertem Bericht liegen, daß sie es jetzt so deutlich vor Augen hatte.

Am nächsten Morgen verließ Angela wie gewohnt kurz nach neun das Haus. Sie fuhr mit dem Lift hinunter und ging ins Schwimmbad. Aber es war nicht wie sonst. Bereits in der Umkleidekabine schoben sich Bruchstücke aus Bergners Worten vor die gewohnte Umgebung. Eine große dunkle Limousine, nur stand sie nicht in der Tiefgarage, es war Vaters Wagen. Fast einen ganzen Winter lang stand er neben der Garage des großen Hauses. Irgendwann verschwand er. Zurück blieb ein dunkler Fleck im Schnee, vermodertes Laub von den Bäumen. Dieser Fleck hatte sich eingeprägt. Ein Schatten auf der Seele eines Kindes.

Merkwürdig, daß ausgerechnet der unerfreuliche Vorfall, von dem Bergner erzählt hatte, sie an Vaters Wagen erinnerte. Angela fragte sich plötzlich, warum er damals so lange neben der Garage gestanden, warum ihn niemand hineingefahren hatte. Sie fand auch eine Antwort. Wahrscheinlich hatte Vater sich damals einen neuen Wagen gekauft, deshalb stand der alte draußen, bis sich ein Käufer dafür fand. Und dann verschwand er eben.

Unbewußt nickte Angela sich eine Bestätigung für die logische Schlußfolgerung zu, stieg die Stufen zum Becken hinunter und ließ sich nach vorne fallen, als das Wasser ihre Hüften erreichte. Dann begann sie in weit ausholenden Zügen zu schwimmen. Aber sie schaffte es nicht, sich auf gleichmäßige Atemzüge zu konzentrieren, die Gedanken schweiften immer wieder ab. Es war fast, als ob ein Kind durch dunkle Gänge lief, an verschlossene Türen pochte, ängstlich und verlassen nach dem Vater rief, nach dem starken Arm, der es aufnehmen und zurück in die Helligkeit bringen konnte.

Knapp eine Woche nach Walter Burgaus Tod kam der Regen. Zuerst war die trockene Erde nicht fähig, ihn aufzunehmen, dann durchtränkte er sie. In dünnen Schnüren legte er sein Netz über Kronbusch. Winzige Tropfen sammelten sich an schwärzlichgrünen Zweigen, liefen zur Spitze wie Perlen an einer Schnur, tropften zu Boden.

Für Angela war es eine merkwürdige Zeit. Sie war unruhig, ohne den Grund dafür zu kennen. Mehrfach wurde sie nachts von ekelhaften Träumen gequält. Sah diesen dunklen Fleck neben der Garage überdeutlich und riesengroß. Etwas Grauenhaftes ging davon aus. Etwas, das sich unter dem vermoderten Laub hervorwühlte wie ein Gerippe auf dem Friedhof. Der blanke Tod, und er marschierte mit Riesenschritten direkt auf Kronbusch zu. Sie konnte fühlen, wie er näher kam, wollte schreien und bekam keinen Ton über die Lippen, war ganz steif vor Panik, selbst nach dem Aufwachen spürte sie die Angst noch, manchmal stundenlang. Es gab überhaupt keinen Grund dafür, alles war in bester Ordnung. Trotzdem wurde sie das Gefühl den ganzen Tag nicht los, konnte sich mit nichts davon ablenken.

Sie versuchte, den gewohnten Rhythmus beizubehalten, morgens das Schwimmbad, nachmittags der Tennisplatz, aber ob sie nun schwamm oder dem kleinen Ball hinterherhetzte, ob sie abends mit Martin im Wohnraum saß oder nachts neben ihm im Bett lag, immer wieder tauchte unvermittelt der modrige Fleck im Schnee auf und versetzte sie jedesmal neu in Panik.

Es war vielleicht gar nicht so sehr dieser Fleck, sondern eher die Erkenntnis, daß sonst nichts mehr da war. Keine Erinnerung, bis auf die paar Fetzen, wie Vater morgens das Haus verließ und abends zurückkam. Und die alte Emmi neben dem Küchenherd. Es war einmal.

Als der Regen die Nachmittage auf dem Tennisplatz unmöglich machte, saß sie stundenlang mit einem Buch in einer Couchecke. Auch eins von Bergners Büchern, aber ein seriöses. Es handelte von Menschen, die sich aus irgendwelchen Gründen nicht an bestimmte Abschnitte ihres Lebens erinnern konnten. Wie die Ärzte diesen Zustand erklärten, Verdrängung, und welche Ursachen sie vermuteten, ein Schockerlebnis, irgendeine schlimme Erfahrung, ein Trauma. So etwas hatte es bei ihr nie gegeben, da war sie ganz sicher.

Am zweiten verregneten Nachmittag entschloß sie sich, in die Stadt zu fahren, um dem ständigen Grübeln zu entkommen. Sie schaute noch kurz in Martins Büro. Die gesamte Verwaltung von Kronbusch lag im Erdgeschoß von Haus Nummer eins. Sie sagte Martin Bescheid und fragte, ob sie etwas für ihn besorgen könne. Aber Martin brauchte nichts, nur ein bißchen Ruhe vielleicht. Die konnte sie ihm nicht beschaffen.

»Paß auf dich auf, Engel«, sagte Martin. »Die Straßen sind naß und rutschig.«

Sie lächelte über seine Besorgnis. Er mußte wissen, daß ihr nichts geschehen konnte, ihr nicht. Sie fuhr gut und sicher, hatte eine größere Fahrpraxis als er, der nur den Lift brauchte, um in sein Büro zu gelangen.

In die Stadt fuhr sie häufig, immer dann, wenn das Wetter unbeständig war. Doch sie kaufte nur selten etwas ein bei solchen Gelegenheiten. Was man zum Leben brauchte, gab es auch in Kronbusch. Wenn sie von ihren Fahrten etwas mitbrachte, waren es Dinge von außergewöhnlichem Wert. Eine kupferne Backform zum Beispiel. Elfriede Müller, von allen nur die Müllerin genannt, die den Haushalt der Lagerhoffs versorgte, fand, die Backform sei viel zu schade, mehr Zierkram als Gebrauchsgegenstand. Oder das herbe Rasier-

23

wasser. Der Flakon stand unberührt auf der Ablage im Bad. Martin benutzte ein anderes.

Dann schlenderte Angela ziellos durch eines der großen Kaufhäuser, verdrängte das Loch im Schnee aus ihren Gedanken, so gut es eben ging. Sie ließ sich von den Menschen treiben, bis sie sich in der Abteilung für Damenoberbekleidung befand. Vor einem der zahlreichen Ständer mit Damenblusen blieb sie stehen, nahm eine Bluse in die Hand, betrachtete sie nachdenklich. Eine hellgraue Bluse mit Stickerei an den Kragenenden. Sie fühlte einen Anflug von Erleichterung, als ihr einfiel, Großmutter hatte diese Art von Blusen getragen. Hellgrau, dunkelgrau, mit Spitze oder Stickerei, zu immer gleichbleibenden Röcken aus einem harten, dunklen Stoff, in dem sich leicht Knitterfalten bildeten. Großmutters Blusen, zeitlose Kleidungsstücke für zeitlose Menschen! Großmutter war zeitlos gewesen. Schlank und aufrecht, jedenfalls zu Anfang. Später schien sie geschrumpft, war klein und häßlich gewesen, mit einem faltigen Gesicht und glücklosen Augen. Ein verkniffener Mund, nie ein Lächeln.

Über dem Blusenrondell tauchte für Sekunden Großmutters Schemen auf. Angela hängte die Bluse zurück, als habe sie sich die Finger daran verbrannt. Es half nichts mehr, die Tür war aufgestoßen. Und hinter der Tür stand Großmutter, wahrhaftig keine schöne Erinnerung.

Vielleicht war Großmutter immer da gewesen. Vielleicht war sie erst später ins Haus gekommen, hatte ihren Platz bezogen und sich nicht mehr vertreiben lassen. Angela wußte es nicht genau. Großmutter war eben da, war überall und nirgendwo. Wenn das Kind sich auf den Steinen der Terrasse das Knie aufschlug, wenn es dringend ein wenig Trost und ein Heftpflaster brauchte, war Großmutter nicht da. Kam es dagegen vom Garten ins Haus, war wie aus dem Nichts ihre Stimme zu hören. Diese Stimme, markanter noch als das

Gesicht. »Trag mir nicht die Gartenerde ins Haus, Angela. Zieh deine Schuhe aus, bevor du hereinkommst. Du machst die Teppiche schmutzig.«

Viele Teppiche, viele Räume, viele Fenster, durch die die Sonne hübsche Zauberbildchen auf bunte Muster zeichnete, verbotener Boden. Für das Kind blieben nur Emmi und die Küche. Doch Großmutter mochte das nicht. »Man muß dem Kind frühzeitig beibringen, sich vom Personal zu distanzieren.« Vater mochte die Küche, er kam gerne herein. Vater mochte auch Emmi, nahm sie sogar in den Arm und sagte »liebe, gute Emmi« zu ihr.

Großmutters Stimme und Mutter in der offenen Haustür, eine kleine Tasche in der Hand, einen leichten Mantel über dem Arm tragend. Mutter war schön, und sie roch so gut. Das Kind spielte auf den Stufen vor der Haustür. Mutter beugte sich hinab und strich flüchtig über das dunkle Haar. »Hallo, Schneewittchen«, sagte sie und lächelte, »du wartest wohl auf deinen Prinzen, was?«

Das Kind schaute zu ihr auf, blinzelte gegen die Sonne an. Mutter lächelte immer noch. »Ich sollte dir mal ein paar Gartenzwerge mitbringen. Die kannst du dann hier rund um dich herum aufbauen, während du wartest. Und Emmi erzählt dir die Geschichte dazu. Das wäre doch was, oder?« Mutters Stimme klang so heiter. Das Kind nickte zögernd. Und vor einem der Fenster zog Gewitter auf. »Komm sofort ins Haus, Angela!«

Das Kind zuckte zusammen, und Mutter zuckte mit den Achseln. »Tu lieber, was sie sagt. Du weißt doch, sie ist eine alte Hexe. Wenn du ihr nicht gehorchst, frißt sie dich auf, oder sie spricht einen Fluch über dich.«

Fressen nicht, nur schimpfen und fluchen. »Wie oft habe ich dir jetzt schon gesagt, du sollst nicht auf den kalten Steinen sitzen!« Und bohrend: »Was hat sie gesagt? Hat sie gesagt, wohin sie fährt und wann sie zurückkommt?«

Das Kind floh zu Emmi in die Küche. »Wirst du wohl sofort zurückkommen! Was sind das denn für Manieren? Ich habe dich etwas gefragt!« Die Stimme tobte so lange hinter ihm her, bis es die Tür hinter sich schließen konnte und Emmi die Arme ausbreitete.

»Soll ich dir eine Geschichte erzählen, mein Kleines?«

Das Kind nickte eifrig und ein bißchen außer Atem. »Erzähl mir die Geschichte vom Schneewittchen und den sieben Zwergen, wie der Prinz kommt.«

Und Emmi erzählte von dem König, der sich so sehr eine Tochter wünschte und sie bekam. Weiß wie Schnee, rot wie Blut, schwarz wie Ebenholz. Vater war der König, und Mutter war eine sehr schöne Frau. Spieglein, Spieglein an der Wand. Und Vaters Lächeln verschwand allmählich. Die Stimme erreichte auch ihn. »Seit Stunden ist sie wieder unterwegs. Wie kannst du dir das so ruhig ansehen? Wann wirst du endlich etwas unternehmen?«

Das Kind sagte zu Emmi: »Man muß der alten Hexe einen Apfel geben wie dem Schneewittchen. Man muß einen Trunk für sie machen, damit sie nicht mehr lebt.«

»Ach, mein Kleines«, seufzte Emmi, »so etwas darf man nicht sagen. Man darf es nicht einmal denken.«

Vom Küchenfenster aus schaute man genau auf den großen Vorplatz hinunter. Seit vier Wochen stand Anna Jasper täglich an diesem Fenster und beobachtete um die Mittagszeit die Ankunft des Schulbusses. Es gab alles in Kronbusch, alles für die Freizeit und den täglichen Bedarf der Menschen. Eine Schule gab es nicht, das wäre doch zu aufwendig gewesen. Anna sah das anders. Lernen bedeutete Zwang, und das Paradies sollte freibleiben von Zwängen. Sonst hätte man den Werbeslogan ändern müssen.

Vom zwölften Stock des Hauses aus betrachtet, wirkten die Menschen auf dem Vorplatz wie Miniaturen in einem

Spielzeugland, klein und niedlich. Wenn Anna das Fenster öffnete und sich hinauslehnte, konnte sie die beiden Kinder auf das Haus zukommen sehen. Ihre Kinder, seit vier Wochen waren es ihre Kinder! Und es war einfach, sie aus dem Haufen anderer herauszufinden. Sie gingen mit gesenkten Köpfen, hielten sich an den Händen, trugen ihre Ranzen ordnungsgemäß auf dem Rücken. Warfen nicht etwa damit über den Boden, um andere zu Fall zu bringen. Nicht drängelnd, nicht schiebend, nicht raufend, artig und gesittet kamen sie auf das Haus zu, seit vier Wochen schon.

Täglich wartete Anna auf eine Veränderung, auf irgendeine Reaktion. Da waren schließlich noch mehr Kinder, die aus dem Schulbus stiegen. Und die schubsten, da gab es mehr als einen heftigen Stoß in den Rücken, hier eine Hand, da ein Fuß, der plötzlich vorschnellte. Vielleicht, hatte Anna in den letzten Tagen häufig denken müssen, lehnen Kinder instinktiv alles ab, was anders ist. Und sie waren anders, diese beiden. Wenn sie darüber nachdachte, fand Anna immer nur einen Ausdruck dafür. Sie waren nicht normal. Jedesmal wenn sie den Kopf zurückzog, spürte sie das Unbehagen und die Unsicherheit. Jetzt würden sie durch die Halle zum Lift gehen. Gleich würden sie an der Tür läuten. Einmal! Ein zweites Mal hätte unnötigen Lärm bedeutet.

Stefan und Tamara Jasper, acht und zehn Jahre alt, zwei Kinder. Anna schüttelte still für sich den Kopf und schloß das Fenster. Nein, keine Kinder. Perfekte kleine Maschinen, programmiert für ein Leben ohne Schmutz, ohne Lärm, ohne Ärger.

Der Junge war einfach nur verängstigt, Anna glaubte es zumindest. Er war scheu, hatte kein Vertrauen mehr zu Erwachsenen, klammerte sich statt dessen an die ältere Schwester. Aber er sehnte sich nach Geborgenheit, da war Anna sicher. Das Mädchen dagegen war ihr ein Buch mit sieben Siegeln.

»Du ahnst nicht, was auf dich zukommt«, hatte Roland gewarnt. Und Anna hatte dabei an zerrissene Hosen, aufgeschürfte Knie und Kindertränen, an Geschwisterstreit und Nachmittage neben Schulaufsätzen gedacht.

Als sie vor drei Jahren diese Wohnung bezogen, fünf große, helle Räume, eine geräumige Küche, Diele, Balkon und zwei Bäder, da hatte Anna geglaubt, Roland spiele mit dem Gedanken, seine Kinder zu sich zu holen. Sie hatte sich darauf vorbereiten wollen, hatte über Kinder und über Erziehung gelesen, was immer ihr in die Hände kam. Graue Theorie, dennoch glaubte sie sich irgendwann bereit für die Aufgabe, aber Roland machte nicht einmal eine Andeutung. Anna warf einen letzten prüfenden Blick auf das Essen. Sie hatte gedacht, es müsse einfach mehr Spaß machen, für Kinder zu kochen. Ein Irrtum nach dem anderen.

Und dafür hatte sie die Welt aufgegeben. Eine andere Welt, eine weniger friedfertige als Kronbusch. London, Paris, Rom, New York, man kannte Anna in diesen Städten und nicht nur in diesen. Sie war daheim gewesen in den großen Modehäusern. Ihr Gesicht hatte von den Titelseiten der Modezeitschriften gelächelt. Anna Demir, ein Leben in Eile, mit dem Zwang zur ständigen Perfektion. Irgendwann hatte sie geglaubt, es nicht länger ertragen zu können.

Roland Jasper war genau zum richtigen Zeitpunkt in ihr Leben getreten. Es war keine Liebe auf den ersten Blick. Es gab keine überschäumenden Gefühle zwischen ihnen, aber es gab Ruhe. Und für diesen Preis hatte Anna sich entschlossen, aus der großen Welt abzutreten. Ihren Platz auf den Titelseiten und die damit verbundene Hektik einer anderen zu überlassen. Der Höhepunkt des Erfolges war der beste Zeitpunkt.

Sie war Anfang Dreißig gewesen und hatte nicht erleben wollen, wie es mit dem Auftreten der ersten Fältchen abwärts ging. Sie hatte auch nicht warten wollen auf irgendeinen alternden Jet-setter, für den sie doch nicht mehr gewesen wäre als ein eingefangener und aufgespießter Schmetterling. Zurück zu den Anfängen, plötzlich erschien ihr das reizvoll, gehobener Mittelstand, ein ruhiges Leben. Und ein gutsituierter Geschäftsmann schien ihr der richtige Partner für eine friedliche Zukunft.

Für Roland war es die zweite Ehe. Daraus machte er gar keinen Hehl. Er verschwieg auch nicht, daß da die beiden Kinder waren. Ansonsten verschwieg er eine Menge. Den Namen seiner ersten Frau kannte Anna nur aus den Dokumenten, die sich noch in seinem Besitz befanden. Roland vermied es, ihn auszusprechen, als beschwöre er damit einen bösen Geist herauf.

Mirjam, eine Eurasierin, heißblütig und vielleicht grausam auf ihre Art. Anna wußte es nicht, konnte da nur vermuten. Mirjam hatte Roland verletzt und gedemütigt, soviel stand fest. Als sie ihn verließ, war er erleichtert gewesen. Und die beiden Kinder, Mirjams Hinterlassenschaft, brachte er in einem guten Internat unter.

Im ersten Jahr ihrer Ehe sah Anna die Kinder nur zweimal und da auch nur für kurze Zeit. In beiden Fällen war der Abschied mehr eine Flucht gewesen, das Aufatmen mit Händen greifbar. Sie hatten etwas an sich, diese beiden, das Anna frösteln ließ. Der Junge nicht so sehr. Bei ihm hatte sie schon das Bedürfnis verspürt, ihn einmal in den Arm zu nehmen. Da hatte sie sogar geglaubt, ihm die Sehnsucht von der Stirn ablesen zu können. Aber das Mädchen … Es war aus Stahl gegossen, eine fugenlos glatte Oberfläche, kein Ansatzpunkt für ein bißchen Gefühl, nur unergründliche Blicke, die sowohl Haß als auch Gleichgültigkeit bedeuten konnten.

Aus der Entfernung schalt Anna sich später albern und unreif, vielleicht doch eher geeignet für ein Leben ohne Verpflichtung. Da waren ihr wieder Zweifel gekommen, eher ein Schuldgefühl. Stefans Augen hatten sie in ihre Träume verfolgt. Und Tamaras nichtssagendes Lächeln war eine Anklage gewesen. Kinder brauchen Eltern, ein Daheim, nicht ein Heim, mochte es noch so gut geführt sein und in einem ausgezeichneten Ruf stehen. Und sie hatte schließlich gewußt, daß sie einen Mann mit Anhang aufs Standesamt begleitete.

Sie hatte gedrängt, um den Schuldgefühlen beizukommen, so lange gedrängt, bis Roland resignierte. »Du ahnst nicht, was auf dich zukommt.« Wie hätte sie das ahnen können? Davon stand nichts in all den Lehrbüchern und Erziehungsratgebern.

Zaghaft schlug der Türgong an. Anna lief in die Diele. Ihr Lächeln war fast noch echt. »Da seid ihr ja, kommt rein. Das war wieder ein langer Tag, hm? Ihr müßt hungrig sein, das Essen ist fertig.«

Die Antwort kam gleichzeitig und belanglos: »Guten Tag.« Beide gingen sie in ihre Zimmer, stellten die Ranzen ordnungsgemäß bei den Schreibtischen ab, hängten ihre Jacken an die dafür vorgesehenen Garderobenhaken und gingen ins Bad, um sich die Hände zu waschen. Anschließend wischte Tamara das Waschbecken aus. Das tat sie jedesmal, als ob sie keine Spur hinterlassen wollte. Annas Fröhlichkeit, ohnehin einem nicht sehr festen Boden entsprungen, zerrann wie die Minuten. Noch ein Versuch: »Na, wie war es heute in der Schule?«

Beide saßen sie bereits am Tisch, die sauberen Hände reglos neben den Tellern, die Köpfe gesenkt. »Wie an jedem anderen Tag«, antwortete Stefan, schaute kaum auf dabei und senkte den Kopf gleich wieder.

»Wie an jedem anderen Tag«, murmelte Anna und füllte die Teller. Die Kinder falteten die Hände. Unaufgefordert begann der Junge ein Tischgebet zu sprechen: »Wir danken Dir für Deine Gaben, o Herr …«

Es reizte Anna, machte sie unvermittelt wütend. »Ich habe gekocht, nicht der Herr.«

Das Kind ließ sich nicht beirren. »… und bitten Dich um Deinen Segen für unser Mahl.«

»Guten Appetit«, sagte Anna.

Die Mahlzeit verlief schweigend. Anschließend saßen sie still auf ihren Plätzen. Anna kannte das bereits. Sie warteten auf ein Kopfnicken, das ihnen erlaubte, in ihre Zimmer zu gehen. Und wenn ich nicht nicke, dachte Anna, sitzen sie morgen noch hier. Man müßte es wirklich einmal ausprobieren. Doch noch während sie so dachte, nickte sie bereits. Die Kinder verließen die Küche. Anna räumte den Tisch ab. Später blätterte sie lustlos in einer Illustrierten. Es war so still in der Wohnung. Niemand hätte zwei Kinder darin vermutet. Anna ging einmal wie zufällig durch die Diele, warf je einen Blick in die beiden Zimmer. Der Junge saß mit gesenktem Kopf über einem Heft. Seine Hand glitt gleichmäßig und noch ein wenig ungeschickt über das Papier. Er schaute kurz auf, als Anna vorbeiging. Ganz kurz nur, aber Anna meinte, auf seinem Gesicht sei ein Anflug von Hilflosigkeit gewesen.

»Kannst du es alleine?« fragte sie, kam sich vor wie eine Bittstellerin. Stefan nickte. Anna lächelte und ging weiter zur nächsten Tür. Auch das Mädchen hob den Kopf, und da rührte sich nichts. Das Lächeln um Annas Lippen fror ein unter dem Blick. Sie ging zurück, setzte sich wieder, nahm das Magazin erneut auf den Schoß.

So geht das nicht weiter, dachte Anna, das halte ich nicht aus. Sie fühlte das Frösteln wieder, intensiver noch als in der ersten Zeit. Es zog die Schulterblätter zusammen, spannte den Nacken und die Kopfhaut an. Das Magazin auf ihrem Schoß war lebendiger als die beiden Kinder in den Zimmern gegenüber. Und während Anna dachte, sie sind nicht normal, ich muß etwas tun, man muß ihnen doch helfen, betrach-

tete Angela den Schemen ihrer Großmutter über einem Blusenrondell.

Sekundenlang war es wie ein Hinabtauchen, vielmehr ein
Gezerrtwerden. Und keinen Boden mehr unter den Füßen,
keine Kraft in den Armen. Nur noch ein hilfloses Um-
sichschlagen und die Kinderstimme im Kopf. »... einen
Trunk für sie machen, damit sie nicht mehr lebt.« Das
Rondell mit den Blusen wurde zu einem Alptraum. Der Ge-
sichtsfetzen darüber grinste bösartig.
Angela taumelte leicht, kniff die Augen zusammen, ballte
vor Hilflosigkeit die Fäuste, atmete zitternd aus und versuchte krampfhaft, sich an die schönen Dinge zu erinnern.
Die kupfernen Backformen, an dünnen Ketten baumelten
sie von der Decke über dem mächtigen Küchenherd. Das
Rasierwasser, im Duft viel zu herb für einen Mann mit
Vaters weichen Gesichtszügen. Vielleicht hatte er es nur
deshalb gewählt.
Dann verging es allmählich. Sie schüttelte benommen den
Kopf und schaute sich suchend um. Erleichtert bemerkte sie
die Rolltreppe ein Stück weit entfernt und lief darauf zu. Sie
ließ sich hinauftragen, fand sich schließlich im Restaurant
wieder und suchte nach einem freien Tisch. Ganz hinten in
der Ecke gab es noch einen. Von zwei Seiten durch Trenn-
wände abgegrenzt, bot er die Illusion von Sicherheit. Die
brauchte sie jetzt. Sie fühlte sich immer noch hilflos. Und
schuldig, auf eine ganz merkwürdige Art auch schuldig.
Sie bereute es, an einem Tag wie diesem in die Stadt gefahren zu sein, obwohl ihr das zuvor als die einzige Möglichkeit erschienen war, den furchtbaren Bildern zu entkommen, von Würmern im Dreck und Gerippen, die ihre
Knochenhände nach dem Leben ausstreckten. Es war eine
schlimme Nacht gewesen. Sie wünschte sich, jetzt daheim
zu sitzen, ein Buch auf den Knien, ein Feuer im Kamin, in

der Küche die Müllerin. Auf Martin zu warten, selbst wenn er dann nicht lächeln konnte, es mußte besser sein als die unerfreuliche Erinnerung an Großmutters Stimme, die so unvermittelt aufgebrochen war.

Vor ihr auf dem Tisch lag eine Speisekarte. Sie griff danach und studierte unschlüssig eine Vielzahl von Gerichten. Doch der Gedanke an Essen verursachte ihr Übelkeit. So bestellte sie bei einem mürrischen Kellner nur einen Kaffee. Dann saß sie vor ihrer Tasse, trank manchmal einen Schluck, rauchte eine Zigarette und bemühte sich, ruhiger zu werden. Es gelang ihr nicht, da war immer noch das Gefühl einer drohenden Gefahr. Sie trank den Kaffee aus und lief mit eiligen Schritten zur Rolltreppe zurück.

Wenig später saß sie im Wagen. Sie fühlte sich müde und ausgelaugt. Der Kopf schmerzte ein wenig, und das ständige Hin und Her der Scheibenwischer schläferte sie fast ein. Mit eiserner Konzentration kämpfte sie dagegen an. Nicht einschlafen, nur fahren, heimfahren. Heim zu Martin. Martin liebte sie, sie wußte es ganz sicher, er sagte es oft. Er würde sie niemals verlassen. Unbewußt schluchzte sie auf, umklammerte das Lenkrad fester.

Sie fand erst wieder richtig zu sich, als sie in die Zufahrt nach Kronbusch einbog. Die vertraute Silhouette verursachte ein Glücksgefühl. Diese Türme, wie zur Mahnung hochgereckte Finger überragten sie das Meer von Baumkronen. All die erleuchteten Fenster, die Ruhe dahinter. Die Menschen mit hochgeschlagenen Mantelkragen. Triefendes Grün und mißmutige Gesichter wie in der Stadt auch. Aber hier war es sinnvoll, hier war es verständlich. Hier dachte jeder wie sie, wollte jeder heim, sehnte sich jeder nach trockener Wärme und Geborgenheit. Angela fand ihr Lächeln wieder, als sie den Wagen in die Garage fuhr. Plötzlich hatte sie keine Eile mehr.

Sie wurde ruhig, fuhr langsam und besonnen in die Parkbucht, löschte die Scheinwerfer und stellte den Motor ab. Dann griff sie nach ihrer Tasche. Während sie mit dem Lift hinauffuhr, summte sie leise vor sich hin. Sechzehn Stockwerke, ehe die Türen auseinanderglitten. Nur der hohe Zaun am Dachrand erinnerte daran, daß man sich nicht zu ebener Erde befand. Über den feuchten Rasen lief sie auf das Haus zu, schloß die Tür auf und betrat mit einem langgezogenen Seufzer die Diele. Die Müllerin stand in der Küche und rührte eine Salatsoße an.

»Jetzt kommt der Herbst«, sagte Angela und legte ihre Tasche auf den Küchentisch. Auf Elfriede Müller wirkte sie so wie immer, als sie weitersprach: »Aber er kommt anders, als ihn die Dichter beschreiben. Kein goldener Sonnenuntergang, kein bunt gefärbtes Laub. Nieselregen und grauer Himmel. Er hängt so tief, daß man ihn fast berühren kann.«

»Den Regen hatten wir bitter nötig«, meinte Elfriede Müller.

Angela nickte. »Ja, ich weiß. Ich gehe nur schnell ins Bad, dann würde ich gerne eine Kleinigkeit essen. In der Stadt bin ich nicht dazu gekommen.«

Diesmal nickte die Müllerin. Eine halbe Stunde später saß Angela nur mit einem Bademantel bekleidet am Tisch und aß mit gutem Appetit. »Was gibt es denn heute abend?«

»Es ist alles vorbereitet. Der Braten steht im Ofen. Sie müssen gleich nur noch einmal anheizen. Der Salat ist geputzt, die Soße habe ich in den Kühlschrank gestellt.«

Angela wurde mißtrauisch, fühlte sich plötzlich wieder unbehaglich. »Warum?«

»Ich hab' das mit Ihrem Mann so abgesprochen, Frau Lagerhoff. Heute kann ich etwas früher gehen. Ich muß noch zum Arzt.«

»Aber Sie sind doch nicht krank?« Sie wollte auf gar keinen Fall allein gelassen werden. Nur kein Risiko eingehen. Wer allein war, begann unweigerlich zu grübeln, stolperte dabei über unangenehme Tatsachen wie den Gesichtsfetzen über den Blusen.

Elfriede Müller hob vage die Achseln. »Aber gut geht es mir auch nicht.«

»Soll ich etwa alleine kochen?«

»Es ist doch alles fertig, Frau Lagerhoff. Sie müssen nur den Ofen noch mal aufheizen.«

Frau Lagerhoff! Es war eine Verpflichtung! Kein Kind mehr, das sich vor der Dunkelheit, dem bösen Wolf oder einer ewig nur schimpfenden Großmutter fürchten durfte. Kein kleiner Engel, den Vater abends fragte: »Hast du mich auch ein bißchen vermißt?«

»Ja«, murmelte Angela und trank ihren Kaffee.

Als Elfriede Müller wenig später das Haus verließ, ging sie hinüber ins Wohnzimmer. Der Kopf schmerzte immer noch oder wieder. Da war ein dumpfer Druck hinter der Stirn, als ob sich dort etwas breitmachte und mit Gewalt nach außen drängte. Sie setzte sich auf die Couch und griff nach dem Buch, in dem sie am Tag zuvor gelesen hatte. Aber sie konnte sich nicht auf den Text konzentrieren. Verdrängungsmechanismen, es war alles so schwierig und schwer verständlich formuliert, eher für Fachleute als für Laien geschrieben. Normalerweise hatte sie keine Schwierigkeiten damit, aber heute ...

Sie legte es zurück auf den Tisch, griff nach dem zweiten Buch, das dort lag. Absonderliche Fähigkeiten des menschlichen Geistes. Nach zwei Seiten legte sie auch das zurück. Vor gut einer Woche hatte sie noch darüber lachen können. Jetzt war es gar nicht mehr so amüsant, von Panzerschränken zu lesen, die nur mit Gedankenkraft bewegt wurden.

Trotz des Kaminfeuers fror sie, zog die Schultern zusammen und biß sich wiederholt auf die Lippen. Da war das Bild wieder, dieser häßliche Fleck neben der Garage. Würmer kringelten sich im vermoderten Laub, der Schnee hatte

Löcher bekommen. Und da war noch ein anderes Loch, groß, dunkel, drohend. Angela wußte nicht, wo sie es gesehen hatte, wo es sich befand, vielleicht nur in ihrem Kopf. Ein Gefühl von Verlassenheit machte sich breit. Es war niemand da, der ein wenig Halt geboten hätte. Kein starker Arm, keine Hand, kein Lächeln. Nur Vaters sanfte Stimme in der Dunkelheit hinter der schmerzenden Stirn. »Wie habe ich dich vermißt, mein Engel.«

Ich dich doch auch, Vati.

Es war vorbei. Es war zwanzig Jahre her. Wenn sie sich nicht mehr an alles erinnerte, es war doch auch gar nicht mehr wichtig. Heute zählte nur noch Martin. Er würde gleich hinaufkommen. Angela rollte sich in der Couchecke zusammen und schloß die Augen. Ein Fehler, denn hinter den geschlossenen Lidern ging Vater über die Terrasse zur Garage. »Sei artig, mein Engel«, rief er. Dann stieg er in seinen Wagen und fuhr davon.

Martin fand sie schlafend, als er kurz nach sechs das Haus betrat. Er ging mit einem Schulterzucken in die Küche. Auf der Anrichte lag ein Zettel, die hohen geraden Buchstaben der Müllerin. Exakte Anweisungen für die wenigen Handgriffe. Schalterstellung des Ofens, Salat anrichten. Martin kümmerte sich darum. Er hatte gewußt, daß es so sein würde, als er vor drei Jahren mit ihr in dieses Haus zog. Er hatte es schon gewußt, als er sie zum erstenmal sah.

Es war auf einem der Feste gewesen, die Herbert Hillmann als neuernannter Direktor der Kronbusch-Bau GmbH damals laufend veranstaltete. Zu feiern gab es viel. In erster Linie jedesmal die Erfüllung von Hillmanns Jugendtraum. Kronbusch, die Vollkommenheit, die Perfektion bis ins kleinste Detail. Ein Leben ohne Sorgen und Probleme für mehr als dreitausend Menschen. Und dann natürlich so pro-

fane Dinge wie die Baugenehmigung, den ersten Spaten-
stich, die Grundsteinlegung.

Bei der Feier anläßlich des ersten Spatenstichs, Martin erinnerte sich, als sei es gestern gewesen. Eine illustre Gesellschaft; Baudezernenten, Bürgermeister, Abgeordnete, Ban-
kiers, Lokalprominenz und ein Haufen Volk, von dem Martin
nicht wußte, was es mit Kronbusch zu tun haben sollte.

Und sie. Angela Sander hieß sie damals noch. Sie war ihm
gleich in der ersten halben Stunde aufgefallen, stand abseits,
vielleicht ungewollt, vielleicht mit Absicht. Es stellte sich
heraus, daß sie zu den Geldgebern gehörte und Hillmanns
ganz persönlicher Schützling war, einzige Tochter seines
besten Freundes, so jedenfalls drückte Hillmann sich aus.

Als Hillmann sie miteinander bekannt machte, errötete
Martin wie ein Schuljunge, der beim Liebesbriefchen-
schreiben während der Mathestunde erwischt wird. Kein
vernünftiges Wort brachte er über die Lippen. Und sie
lächelte ihn an wie einen guten Bekannten, schien wirklich
und wahrhaftig erfreut, ihn vor sich zu sehen.

»Seien Sie ehrlich, Martin«, fragte Hillmann ihn später.
»Haben Sie jemals so ein Gesicht gesehen? Es ist perfekt,
nicht wahr? Wenn man sie anschaut, fühlt man immer nur,
was man selbst ist. Nehmen Sie mich, der Bauch, die dicke
Brille, ich bin etwas zu klein geraten, das Haar ist auch nicht
mehr so dicht wie früher. Aber sie ist vollkommen. Ich
denke oft, sie wäre genau die richtige für unseren Prospekt.
Kronbusch, das Paradies. Und der Engel gleich auf der
ersten Seite.«

Hillmann erzählte ihm, daß sie aus einer der besten Fami-
lien in der Umgebung stamme, eine hervorragende Erziehung genossen habe, nur die besten Internate. Reich und
klug und schön, aber beneiden dürfe man sie nicht. Sie sei
nicht immer auf Rosen gebettet gewesen.

Und Martin konnte sie nur anstarren, vielleicht noch denken, daß solch eine Frau für ihn unerreichbar war. Später ging er noch einmal alleine zu ihr. Nur ein Versuch: Wer nicht wagt, gewinnt nicht. Ohne jede Hoffnung. Er fühlte sich linkisch und unbeholfen dabei, hielt ein Glas in der Hand, das brauchte er auch, um sich daran festzuhalten. Sie stand immer noch abseits.

»Darf ich Ihnen etwas zu trinken holen?«

Nein danke! Sie trank nicht.

»Möchten Sie tanzen?«

Nein, danke! Später vielleicht.

Es kam ihm so vor, als warte sie auf etwas ganz Bestimmtes, jedenfalls schaute sie ihn so an. Aber er wußte nicht, was er sie sonst noch hätte fragen können. Er war nicht mehr von ihrer Seite gewichen. Oder sie nicht mehr von seiner, so genau ließ sich das heute nicht mehr feststellen. Als er sie später fragte, ob er sie heimfahren dürfe, schüttelte sie den Kopf, um gleich darauf ihrerseits zu fragen: »Können wir nicht zu dir fahren?«

Begriffen hatte Martin es nie richtig. Er selbst stammte aus einfachen Verhältnissen, hatte sich durch Fleiß und Ehrgeiz hochgearbeitet, nichts war ihm geschenkt worden. Und dann diese Frau. Sie blieb über Nacht bei ihm, aber da passierte nichts. Selbst als sie neben ihm lag, konnte er sie nur ansehen. Lange Monate hatte er nichts anderes tun können. Er hatte sich daran gewöhnen müssen, sie zu lieben, so wie ein Kind sich daran gewöhnen mag, mit Messer und Gabel zu essen. Und ganz zu Anfang war er wohl ähnlich ungeschickt gewesen.

Sie waren gleich mit den ersten Menschen in Kronbusch eingezogen. Keine Wohnung, auf die er als Angestellter der Baugesellschaft einen Anspruch gehabt hätte, ohne auch nur einen Pfennig Miete dafür zahlen zu müssen. Hoch über allem wollte sie leben, ein Haus auf dem Dach. Das kaufte sie sich dann selbst. Es war gar nicht so einfach gewesen, hatte ein paar Rechtsanwälten und Notaren schlaflose Nächte bereitet, immerhin stand das Haus nicht auf festem Boden, den man ebenfalls hätte erwerben können. Damals hatte Martin erlebt, daß sie in gewissen Fällen eine ungeheure Energie entwickeln konnte und ihren Willen durchsetzte, auch gegen Vorschriften, Gesetze, Verordnungen und dergleichen. Einer Angela Sander schlug man keinen Wunsch ab.

Vor gut einem Jahr hatten sie geheiratet. Da war es schon fast normal gewesen, mit ihr zu leben, sie zu lieben, rein mit dem Herzen unentwegt, ansonsten nicht allzu häufig. In der Hinsicht war sie gehemmt. Hielt es anscheinend für eine peinliche, vielleicht sogar schmutzige Angelegenheit, schleppte wohl an der Last ihrer hervorragenden Erziehung, nur die besten Internate, eine Klosterschule war auch darunter gewesen. Sie brauchte Stunden der Vorbereitung, die Zärtlichkeiten wie ein Ritual zelebriert, als ob man einen geheiligten Gegenstand berühre. Martin kannte es nicht anders, nahm die oft Wochen dauernde Enthaltsamkeit hin, ohne sich dessen bewußt zu werden, wie er alles hinnahm, was sie ihm abverlangte.

Getanzt hatten sie häufiger in den letzten Jahren. Hin und wieder durfte er sogar ein Glas Wein für sie holen. Ihr Bild war nie im Prospekt erschienen, Hillmann sprach manchmal noch davon. Aber das, so fand Martin, ging doch entschieden zu weit. Er liebte sie wirklich, ehrlich, aufrichtig und in jeder Hinsicht normal. Er konnte sich nicht vorstellen, jemals wieder ohne sie zu sein. Doch diesen gewissen Grad von Anbetung, den sie vielleicht brauchte und erwartete, den erreichten seine Gefühle nicht. Mit der Zeit wurde auch ein Wunder alltäglich, vor allem, wenn es nach und nach ein paar Schattenseiten offenbarte.

Das Fleisch war inzwischen heiß genug. Den Salat hatte er gründlich mit der Soße vermischt. Er deckte den Tisch im

Wohnzimmer und weckte sie. »Du bist blaß, Engel«, stellte er fest, als sie sich gegenüber saßen. »Geht es dir nicht gut?«
»Ich weiß nicht recht«, murmelte sie. »Ich habe so einen merkwürdigen Druck hinter der Stirn. Kein richtiger Schmerz, aber kurz davor. Ein bißchen übel ist mir auch. Vielleicht liegt es am Wetterumschwung. Oder die Luft im Kaufhaus …« Lustlos stocherte sie in ihrem Salat herum.
»Jetzt iß ein bißchen«, riet Martin, »dann wird es sicher besser. Danach kannst du dich ja wieder hinlegen.«
Sie nickte gedankenverloren. »Dieser Mann«, fragte sie unvermittelt, »der sich umgebracht hat, wie hieß der noch?«
»Walter Burgau«, antwortete Martin. »Warum fragst du nach ihm?«
Ganz flüchtig hob sie die Schultern. »Ach, nur so.« Sie ließ einen Seufzer folgen, schaute ihn nachdenklich an. »Du würdest so etwas niemals tun, oder?«
»Nein«, erklärte Martin überzeugend und schüttelte den Kopf dazu. »Auf den Gedanken käme ich nie!«

Am nächsten Morgen stellte Martin Unterlagen für die Heizkostenkalkulation der Gemeinschaftsräume zusammen. Diese Arbeit fiel normalerweise in das Ressort von Oskar Gersenberg. Doch der hatte zwei Tage Urlaub genommen, und die Sache drängte. Bergner erschien einmal kurz in Martins Büro, um sich das neue Mieterverzeichnis für eine Statistik zu holen. Mehrmals klingelte das Telefon, kleinere Beschwerden, es reichte jedesmal aus, einen der vier Hausmeister zu schicken.
Fünf Männer teilten sich die Verwaltung von Kronbusch. Herbert Hillmann war bereits Anfang Sechzig, ursprünglich Architekt, jetzt leitender Direktor bei der Kronbusch-Bau GmbH. Hillmann war kein Mann der Praxis, für ihn zählte lediglich der Blick aus dem Fenster, ob da draußen alles

reibungslos funktionierte, aber er traf letztlich die Entscheidungen.

Oskar Gersenberg war als Buchhalter ausschließlich für die Finanzen zuständig. Peter Luitfeld betreute die Pachtverträge und sonstigen Belange der Ladenstraße, daneben fielen die Außenanlagen und Gemeinschaftseinrichtungen wie das Schwimmbad, die Sauna und der Tennisplatz in seinen Zuständigkeitsbereich. Martin verwaltete den gesamten Mietkomplex und alles Übrige.

Dann war da noch Friedhelm Bergner, von Beruf Psychologe, ohne Doktortitel. Er war vor Jahren von der Bauleitung als Berater eingestellt worden. Eine Tatsache, die vor allem in der Presse immer wieder lobend Erwähnung fand. Bergners Verdienst war es, daß die Bedienungselemente in den Aufzügen so niedrig angebracht waren, daß sogar ein dreijähriges Kind sie erreichte. Er hatte dafür gesorgt, daß das Stück Brachland hinter Haus Nummer drei in seiner wilden Urwüchsigkeit erhalten blieb, daß ein Großteil der Bäume, die der gewaltigen Baugrube weichen mußten, dorthin verpflanzt wurden. Für Bergner gab es inzwischen kaum noch etwas zu tun, für Martin sah die Sache entschieden anders aus.

Mittags fuhr Martin hinauf. Das tat er nicht immer, oft reichte einfach die Zeit nicht für eine reguläre Mittagspause. Doch heute wollte er unbedingt nach Angela sehen. Sie hatte beim Frühstück immer noch über diesen sonderbaren Druck hinter der Stirn geklagt. »Kein richtiger Schmerz, weißt du …« Und dabei hatte sie einen sehr gequälten Eindruck auf ihn gemacht. Jetzt ging es ihr entschieden besser. Sie versprühte Optimismus, war voller Pläne für den Nachmittag, sprach von einem Spaziergang in Gummistiefeln und Regenmantel. Draußen nieselte es immer noch.

Kurz nach eins kehrte Martin erleichtert an seinen Schreibtisch zurück. Wenig später klingelte das Telefon erneut.

Martin drückte den Hörer mit der Schulter gegen das Ohr, gab noch rasch ein paar Zahlen in das Terminal, die Augen auf seine Unterlagen geheftet. Die Aufmerksamkeit geteilt zwischen Bildschirm, lauschen und die Dringlichkeit des Anrufes einordnen. Der Stimme nach eine junge Frau. Sie klang erregt und verlangte energisch: »Sie müssen sofort herkommen.«

Das verlangte man immer von ihm. Meist schaffte er es, die Leute zu beschwichtigen. Diesmal gelang ihm das nicht.

»Albrecht«, sagte die junge Frau wiederholt. Es klang wie ein Schluchzen. »Birgit Albrecht, ich wohne in Nummer vier, dritter Stock. Bitte, Sie müssen wirklich sofort kommen. Es ist schrecklich. Meine Nachbarin, sie ist tot!«

Da war ein Prickeln zwischen den Schulterblättern, wie mit Eisstückchen über die Haut gezogen. Im ersten Augenblick schüttelte Martin nur voller Abwehr den Kopf. Dann nickte er. »Ich komme«, sagte er tonlos.

Doch zuerst ging er zu Bergner hinüber. »Gerade kam ein Anruf, Friedhelm. Eine Tote in vier-drei, Wohnungsnummer weiß ich nicht. Kommst du mit?«

Auch Bergner nickte und griff stumm nach seiner Jacke.

»Maria Hoffmann«, stand auf dem Messingschild neben dem Klingelknopf. Die junge Frau wartete im Hausflur neben einer offenen Wohnungstür. Sie weinte immer noch. Bergner versuchte, sie zu trösten. »Gehen wir erst mal hinein. Wer hat denn die Tür geöffnet?«

»Ich«, schluchzte Birgit Albrecht. »Ich habe einen Schlüssel zu ihrer Wohnung. Sie hat auch einen von mir. Sie wollte mir heute nachmittag das Kind hüten. Als sie nicht kam, ging ich rüber, um nachzusehen. Da fand ich sie so.«

Maria Hoffmann saß aufrecht in einem hochlehnigen Sessel mit Blickrichtung auf zwei Fotografien lachender Kindergesichter, die auf einer Anrichte standen. Sie trug einen

Mantel, und neben dem Sessel stand eine halbgefüllte Einkaufstasche. Bergner betrachtete alles aufmerksam.

»Könnte ein Schlaganfall gewesen sein«, vermutete er. »Sieht so aus, als sei sie vom Einkaufen zurückgekommen. Vielleicht ist ihr übel geworden, sie hat sich gleich hingesetzt. Sie hat ja nicht einmal den Mantel ausgezogen.«

»Aber sie war gar nicht krank«, bemerkte Birgit Albrecht. Sie beruhigte sich allmählich.

»Ein Schlaganfall ist immer eine plötzliche Sache«, erklärte Bergner. Martin stand nur da und betrachtete die Fotografien auf der Anrichte. Neben den Kindergesichtern noch zwei Erwachsene in silbernen Rahmen. Er fühlte die Beklemmung wie eine große Faust im Innern und schaffte es nicht, einen Blick auf die Tote im Sessel zu werfen.

»Wir sollten einen Arzt rufen«, schlug Bergner vor, und Martin ging zum Telefon. Bergner verließ das Zimmer und schaute sich in den anderen Räumen der kleinen Wohnung um. Das Schlafzimmer war aufgeräumt, das Bett gemacht, neben der Tür hing eine Strickjacke ordentlich auf einem Bügel. Auch in der Küche gab es nichts Außergewöhnliches. Bergner ging ins Bad. Auf dem Rand des Waschbeckens stand ein benutztes Glas mit weißlichem Bodensatz. Daneben lag eine leere Medikamentenschachtel. Ein starkes Schlafmittel. Bergner ging zurück ins Wohnzimmer. Dort legte Martin gerade den Telefonhörer auf die Gabel.

»Ruf auch gleich die Polizei«, verlangte Bergner leise. »Es war vielleicht doch kein Schlaganfall.«

Er fühlte sich unbehaglich. Zwei Tote, Selbstmörder! In nur gut einer Woche. Auch vorher waren bereits Menschen in Kronbusch gestorben, nicht viele zwar, und keiner auf diese Art.

An diesem Abend kam Martin später als sonst heim. Wieder hatte man ihm Fragen gestellt, die er kaum beantworten konnte. Er hatte die Angehörigen verständigt, ihre Fassungslosigkeit erwidert, nun war er erschöpft. Angela saß in der Couchecke und las in einem Buch. Sie schaute auf und lächelte ihm entgegen, als er den Wohnraum betrat. »Du siehst müde aus.«

Martin seufzte. »Ich bin müde.« Er zog die Jacke aus, lockerte den Knoten der Krawatte. »Jetzt haben wir schon zwei Tote«, sagte er dabei. »Diesmal war es eine alte Frau. Über siebzig, aber das ist doch kein Grund.«

Er hob hilflos die Achseln. »Ihr Alter, meine ich. Sie hat sich mit einem Schlafmittel …« Er brach ab, um erneut zu beginnen: »Gestern schon. Der Arzt meinte, daß sie schon einen ganzen Tag so im Sessel saß.«

Mit einem Schlafmittel! Das hallte in ihrem Kopf nach wie ein Echo. Sie hatte das schon einmal gehört. Oder gelesen? Es war lange her, zehn Jahre, zwölf Jahre, genau erinnerte sie sich nicht, wußte auch auf Anhieb nicht, von wem die Rede gewesen war. Wahrscheinlich von irgendeinem aus Emmis Bekanntenkreis. Denn Emmi hatte es gesagt, das fiel ihr jetzt wieder ein. Oder hatte Emmi es geschrieben? Unwichtig! Liebe, gute Emmi, treue Seele. »Mach dir keine Gedanken darüber, Kleines. Wer so etwas tut, muß das mit seinem eigenen Gewissen vereinbaren und mit seinem Schöpfer da oben.«

Jetzt klang Emmis Stimme wieder durch ihren Kopf, sprach genau dieselben Worte. Angela schüttelte sich leicht, betrachtete Martins Gesicht mit wachsender Sorge. Wie abgespannt er wirkte, wie erschöpft und deprimiert. »Mach dir keine Gedanken darüber«, sprach sie Emmi nach, weil ihr sonst nichts einfiel. »Wer so etwas tut, muß das mit seinem eigenen Gewissen vereinbaren.« Den Schöpfer erwähnte sie nicht.

Martin versuchte, zu lächeln und sagte gleichzeitig: »Wahrscheinlich hast du recht, aber man macht sich eben Gedanken.«

Sie erhob sich von der Couch, griff nach seiner Hand und zog ihn zum Tisch. Während sie ihn auf einen Stuhl drückte, zur Bar ging und ein Glas für ihn füllte, kam ein wenig Wut auf, sie zitterte kaum merklich durch ihre Stimme. »Ja, ich weiß«, sagte sie. »Man macht sich Gedanken. Aber das ist ein Fehler, glaub mir, man macht sich damit nur das Leben zur Hölle.«

Martin nickte nur. Sie reichte ihm das Glas und ging in die Küche. Gleich darauf kam sie mit einer Salatschüssel und der Fleischplatte zurück.

»Friedhelm will sich darum kümmern«, sagte Martin. »Wir hatten bisher keine Vorfälle dieser Art. Und nun gleich zwei in so kurzer Zeit. Friedhelm will ihre Motive herausfinden. Der Mann hat einen Brief hinterlassen, aber den hat die Polizei beschlagnahmt. Jetzt ist Friedhelm darauf angewiesen, Nachbarn und Bekannte zu fragen.«

Angela begann zu essen und lächelte dabei. Es schien ihr so typisch für Bergner. Mußte er seine Nase unbedingt in Dinge stecken, die ihn nichts angingen? Zwischen den einzelnen Bissen fragte sie: »Wem ist denn damit geholfen?«

Martin hob kurz die Schultern. »Keinem, da hast du recht. Aber du kennst doch Friedhelm. Wenn es irgendwo etwas zu untersuchen gibt, ist er zur Stelle. Vielleicht findet er ja etwas und kann es für ein neues Buch gebrauchen.«

Sie lächelte immer noch, obwohl ihr mehr danach war, einmal laut aufzulachen. Ein neues Buch! Vielleicht träumte Bergner davon, auch einmal etwas in der Art seiner Lieblingslektüre zu schreiben. Abnorme Fähigkeiten des menschlichen Geistes. Zerbrochene Glasscheiben und Panzerschränke, die mit der Kraft eines Gedankens bewegt wurden. Wenn er sich unbedingt lächerlich machen wollte, war das sein Problem. Es gab keine absonderlichen Fähigkeiten, es konnte sie gar nicht geben. Es gab für alles eine logische Erklärung.

Mit einem Schlafmittel, hatte Martin gesagt. Eine alte Frau! Kein Grund zur Aufregung, vielleicht nicht einmal ein Grund zur Trauer. Manchmal waren alte Frauen richtig bösartig. Großmutter war so gewesen, verbittert, vom Leben enttäuscht, unzufrieden mit sich selbst.

Großmutter hatte versucht, die Dinge, die ihr persönlich nicht gefielen, zu ändern. Sie war kläglich daran gescheitert, hatte es nicht geschafft, einen Keil zwischen Vater und Mutter zu treiben. Hatte nicht begriffen, daß nur ihre Anwesenheit im Haus den Frieden störte. Ein sanfter, stiller Mann, eine schöne, lebenslustige Frau, eine glückliche Familie, das waren sie gewesen. Vater, Mutter, Kind. Und Emmi in der Küche. Morgens brachte Emmi das Frühstück ins Speisezimmer, schenkte Kaffee ein, verließ den Raum wieder. Und Mutter fragte: »Hast du etwas dagegen, wenn ich heute in die Stadt fahre?« Vater hatte nie etwas dagegen gehabt. Warum denn auch? Es war nichts dabei, und sie fuhr ja nicht oft. Meist lag Mutter im Liegestuhl auf der sonnigen Terrasse, schlafend und schön wie die Prinzessin im Märchen. Und wie im Märchen kam der Prinz, beugte sich über Mutter und küßte sie wach. Sie schlug die Augen auf und lächelte. Es machte sie noch schöner. Ihr goldenes Haar flimmerte in der Sonne, als ob Funken darin stoben. Nur Großmutter konnte etwas Schlimmes darin sehen. »Das geht entschieden zu weit, Julia! Nimm wenigstens Rücksicht auf das Kind.«

Mutter lachte, drehte den Kopf zu einem der vielen Fenster, und der Prinz lachte mit ihr. Dann legte er seinen Arm um sie und führte sie ins Schloß. Das Kind floh zu Emmi in die Küche, bevor die Stimme sich ihm zuwenden konnte.

»Soll ich dir eine Geschichte erzählen, mein Kleines?« Emmi stand vor dem Herd, schob die eisernen Ringe über dem Feuer zur Seite. Kleine Funken stoben wie die Sonne in Mutters Haar. »Kennst du schon die Geschichte von den Feuerteufelchen?«

»Erzähl mir lieber von Dornröschen«, bat das Kind, »wie es schläft, wie der Prinz kommt und es wach küßt.«

Emmi seufzte leise. »Hast recht, mein Kleines. Das paßt jetzt besser.« Und Emmi erzählte. Von der bösen Fee, vom hundertjährigen Schlaf, von der wunderschönen Prinzessin mit dem goldenen Haar und dem stattlichen, jungen Prinzen, von der Dornenhecke. »Und als er sie berührte, waren es lauter Rosen.«

»Im Garten sind viele Rosen«, sagte das Kind. »Dornen haben sie auch. Und der Prinz ist eben gekommen. Er hat Dornröschen wach geküßt und ist mit ihr fortgegangen.«

»Gewiß«, sagte Emmi. »Er hat Dornröschen ins Schloß gebracht. Dort leben sie jetzt glücklich bis an das Ende der Zeit.«

Das Kind kannte jede Einzelheit der Geschichte. Sie wurde oft erzählt, immer dann, wenn ein Prinz kam, wenn Großmutters Stimme aus einem der vielen Fenster rief. Aber es war gut, sich jedesmal neu von Emmi bestätigen zu lassen, was im Haus vorging. Großmutter war die Dreizehnte bei Tisch. Für sie war kein Platz im Schloß, kein Gedeck auf der Festtafel.

Nicht grübeln, nicht an Großmutter denken. »Jetzt erzähl mir etwas Angenehmes«, bat sie.

Martin hob die Achseln, als wolle er sich damit entschuldigen. »Davon gibt es heute leider nichts. Was hast du denn gemacht?« Er begann ebenfalls zu essen.

Sie seufzte leise. »Nichts, nur hier gesessen und ein bißchen gelesen. Auf den Spaziergang habe ich verzichtet. Ich dachte, am Ende kommt dieser unangenehme Druck hinter der Stirn zurück. Die Luft ist so feucht und so trübe. Wir sollten für ein paar Wochen verreisen. Spanien, was meinst du? Oder Griechenland? Oder Tunesien? Nur drei oder vier Wochen.«

Mit jedem Satz war ihre Stimme drängender geworden.

Martin lächelte wieder, schüttelte bedauernd den Kopf. »Tut mir leid, Engel. Du weißt genausogut wie ich, mein Jahresurlaub ist weg, davon sind nicht einmal mehr zwei Tage übrig. Was, meinst du, wird Hillmann mir erzählen, wenn ich jetzt drei oder vier Wochen haben will?«

»Hillmann«, murmelte sie. Es klang verächtlich. »Gar nichts wird er dir erzählen. Sag ihm einfach, es war mein Vorschlag.«

Martin schüttelte noch einmal den Kopf. Da war immerhin auch die Verantwortung. Es ging doch nicht ausschließlich um ihr Vergnügen. Das mußte sie begreifen. »Tut mir leid, Engel«, wiederholte er und fügte hinzu: »Wenn du unbedingt verreisen möchtest, dann mußt du alleine fahren.«

Es war nicht ernst gemeint, das mußte sie wissen. Aber sie starrte ihn an, als habe er etwas Unmögliches von ihr verlangt.

Das Wetter blieb regnerisch. Nur selten war ein Tag völlig trocken, und selbst dann blieben Wege und Rasen feucht. Angela verließ das Haus nicht mehr. Ging nicht einmal mehr morgens ins Schwimmbad, fühlte sich zu träge, manchmal auch unwohl. Häufig spürte sie den Druck hinter der Stirn. Es mußte am Wetter liegen, Martin sagte das jedesmal, wenn sie den Druck erwähnte. Dann zählte er auf, wer im Laufe des Tages ebenfalls über Kopfschmerzen geklagt hatte. Er hatte mit vielen Leuten zu tun, also hatten viele geklagt. Aber verreisen wollte er nicht mit ihr.

Vielleicht hätte er sich anders entschieden, wenn sie ihm nur einmal hätte erklären können, was tatsächlich in ihrem Kopf vorging. Mit dem Wetter hatte es nichts zu tun. Es war Furcht, es waren diese scheußlichen Träume von Tod und Einsamkeit. Sie wußte nicht, welche Bedeutung sie haben konnten. Träume hatten immer eine Bedeutung, unbewußte Ängste spiegelten sich darin wider, das hatte sie in einem

48

von Bergners Büchern gelesen. Unbewältigte Konflikte, aber so etwas gab es nicht in ihrem Leben, hatte es auch nie gegeben, von Großmutter vielleicht einmal abgesehen. Sie konnte nicht richtig darüber nachdenken. Der Druck im Kopf schnürte das Denken ein, quetschte es zusammen, preßte nur hin und wieder ein paar bunte Tropfen heraus wie den Saft aus einer Orange.

Einen Sonntag nachmittag im Herbst. Vater an einem Tisch auf der Terrasse. Das Kind spielte im Garten, sammelte Rosenblätter. Alles war so friedlich. Es gab viele Rosensträucher. Niemand durfte die Blumen schneiden. Sie blühten und welkten an den Zweigen, und ihre samtigen Blätter fielen ins Gras. Eine Handvoll davon trug das Kind zu Vater. Und er legte die Blätter zwischen die Seiten eines Buches. »Wir lassen sie schön trocknen, mein Engel«, sagte er. »In zwanzig Jahren werden sie dich daran erinnern ...«

Die Rosenblätter waren fort, die Erinnerung bestand aus einzelnen Fetzen. Vater stand in der warmen Küche und fragte lachend: »Warst du artig, mein Engel? Ganz artig? Gut, das muß belohnt werden.«

Er hielt seine Hand auf dem Rücken versteckt. Oft brachte er ihr etwas mit, selten etwas von realem Wert. Einmal hatte er ihr einen Apfel gegeben. Einen kleinen verschrumpelten Apfel mit häßlichen braunen Druckstellen. Er hatte ihn wohl tagelang in seiner Tasche mit sich herumgetragen.

In der Hoffnung, Emmi würde ihn wieder genießbar machen, brachte das Kind ihr den Apfel. Doch Emmi machte gar nicht erst den Versuch, erzählte nur die Geschichte vom kleinen Apfelbäumchen, das einmal ein großer, starker Baum werden wollte. Dann holte Emmi eine Tonschale aus einem der Küchenschränke, füllte sie mit Gartenerde, grub mit den Händen eine Kuhle und legte den Apfel hinein. Sie deckte ihn mit Erde zu, begoß ihn und stellte die Schale auf die Fensterbank. Von da an stand das

Kind jeden Morgen vor der Tonschale und fragte immer wieder: »Wann wächst er denn?«

»Das braucht Zeit, mein Kleines«, sagte Emmi. »Das braucht sehr viel Zeit.«

Diese Zeit hatte der Baum nie bekommen. Eines Tages war die Schale verschwunden. Emmi sagte, sie habe den kleinen Baum hinaus in den Garten getragen. Dort sei alles, was er zum Wachsen brauche. Licht und Sonne, Wind und Regen. Doch Emmi klang so traurig dabei.

Alles war verschwunden.

»Wir lassen sie schön trocknen, mein Engel. In zwanzig Jahren werden sie dich daran erinnern …«

Woran denn? Es mußte wichtig sein, wenn Vater es gesagt hatte. Sie sah ihn so deutlich vor sich. Ein junger Mann mit alten Augen. Einer, der den Kopf senkte, wenn er sich unbeobachtet fühlte. »Weinst du, Vati?« fragte das Kind.

»Nein, mein Engel. Mir ist nur ein Staubkorn ins Auge geflogen.« Ein Staubkorn, viele Staubkörner.

»Ich will nicht, daß du weinst, Vati. Wenn dir einer weh tut, werde ich ihn bestrafen, das verspreche ich dir.«

Gelacht hatte er. »Ach, mein Engel, du bist noch so klein. Was willst du denn tun?«

»Du wirst es sehen, Vati. Du mußt mir nur sagen, wenn dir einer weh tut. Später, wenn ich groß und stark bin …«

Immer noch lachend, hatte er sie in die Arme genommen, hatte sie an sich gedrückt, hatte gefragt: »Und dann? Was ist dann, mein Engel?«

Später, wenn ich groß und stark bin, nur eine kindliche Illusion. Und Vater lachte, lachte in ihren Ohren, vor ihren Augen, füllte mit seinem leisen, teils wehmütigen, teils amüsierten Lachen das ganze Hirn aus. Wer hatte ihm weh getan? Wer hatte ihn so verletzt, daß er sich Staubkörner aus den Augen reiben mußte?

Vor wenigen Monaten noch war der Freitagnachmittag für Roland Jasper der Beginn eines geruhsamen Wochenendes mit Anna gewesen. Um zwei hatte er gutgelaunt die Wohnung betreten. Anna hatte ihn begrüßt, sich erkundigt, wie der Tag für ihn gewesen sei. Und gemeinsam hatten sie Pläne für die beiden nächsten Tage gemacht. Nun war es anders, seit zwei Wochen brachte Roland sogar einen Teil seiner Geschäftsunterlagen mit heim. Das wäre ihm vor Monaten noch völlig absurd erschienen.

Anna, mit tausend wohlgewählten Worten hatte sie ihn zu überzeugen versucht. Das war ihr zwar nicht gelungen, er hatte sich nur gedacht, es sei einfacher, ihr nachzugeben. Sie würde es schon leid werden mit den Kindern. Leid wurde Anna es nicht. Es kam schlimmer, als Roland befürchtet hatte. Anna jammerte ihm etwas vor. Kaum hatte er die Wohnung betreten, begann sie damit. Schaute ihn an wie ein wundes Tier und flüsterte: »Die Kinder sind in ihren Zimmern.«

Roland fand das gut. Er konnte sich nicht vorstellen, daß ein Mensch, Anna ausgenommen, etwas Absonderliches dabei fand, wenn zwei Kinder sich in den ihnen zugewiesenen Räumen aufhielten. So war es ihm jedenfalls entschieden lieber, als wenn sie gleich bei seiner Ankunft wie kleine Furien über ihn hergefallen wären. Roland sah seine Kinder erst bei der Abendmahlzeit. Sie saßen am Tisch, fast erwachsen, selbständig, auf gewisse Weise sogar überlegen. Große dunkle Augen, die nichts aussagten, kleine rote Münder, die nur geöffnet wurden, um einen Bissen hineinzuschieben.

Und Anna beschwerte sich, lief mit nervösen Schritten hinter ihm auf und ab, während er Zahlenreihen in einen Rechner eingab. »Jetzt tu doch nicht so, als ob dich das nichts angeht. Es sind schließlich auch deine Kinder.«

Auch deine, das war der Punkt, mit dem Roland nicht umgehen konnte. Was hatten sie denn von ihm, ein paar unbedeutende Gene. Und alles andere hatte Mirjam ihnen mit auf den Weg gegeben. Gott, wie hatte er diese Frau geliebt, halb wahnsinnig war er darüber geworden. Und sie hatte es genossen, wenn er Kniefälle tat, wenn er jeden Stolz beiseite schob, wenn sie ihn demütigen konnte. Aber jetzt hatte er ihn zurück, den Stolz und den Verstand und die Ruhe.

Und Anna hatte die ihre verloren. Und gerade die hatte Roland so geliebt an ihr. »Dir muß doch auffallen, daß sie nicht normal reagieren.« Sie blieb hinter ihm stehen, legte die Hände auf die Stuhllehne. Roland schwieg. Da beugte sie sich ein wenig tiefer. »Warum sagst du nichts?«

»Ich wüßte nicht, was ich dazu sagen könnte. Ich hatte dich gewarnt, Anna.«

»Ist das alles? Ich hatte dich gewarnt, Anna! Gut, du hast mich gewarnt, und ich wußte es besser. Ich wollte sie hier haben. Weil ich einfach den Gedanken nicht mehr ertrug, daß ich ihnen auch noch den Vater wegnehme.«

Es war noch etwas anderes gewesen, ein irrationales Gefühl, so als ob sie eine Hypothek auf die Zukunft nahm, wenn sie sich weiterhin so verhielt, als seien diese Kinder nicht da. Eine Schuldenlast, die kein Mensch jemals wieder abtragen konnte, ein wahrer Berg von Schuld auf einem Fundament von Angst. Die Angst war Anna dabei gar nicht bewußt geworden, sie war auch nicht allgegenwärtig, zeigte sich nur nachts manchmal. Verkörpert in einem Paar Kinderaugen, Stefans Augen. Und darüber das zweite Paar, ganz kalt und unbarmherzig, hart und grausam. Doch über irrationale Gefühle sprach Anna nicht. Es erübrigte sich, solange noch genug rationale zur Verfügung standen.

Ihr Haar streifte Rolands Wange. »Sie haben mir leid getan, Roland. Sie tun mir immer noch leid. Zugegeben, das ist vielleicht nicht die beste Voraussetzung. Aber ich hoffe, daß ich eines Tages mit gutem Gewissen sagen kann, ich liebe sie. Bis dahin bemühe ich mich eben. Und du sitzt über deinen elenden Tabellen und tust, als gehe es dich nichts an. Du hast wohl gedacht, die Sache ist erledigt, nachdem du sie in dieses Heim abgeschoben hattest.«

Roland wurde wütend. »Ich hatte sie nicht abgeschoben, meine Liebe, schon gar nicht in ein Heim. Was du als Heim bezeichnest, ist eines der besten Internate. Was hätte ich denn sonst deiner Meinung nach mit zwei kleinen Kindern tun sollen? Ich konnte sie ja wohl kaum mit ins Büro nehmen. Sie waren gut untergebracht, sie hatten dort alles, was sie brauchten.«

»Ja«, stimmte Anna voller Sarkasmus zu. »Kindgerechte Ernährung, saubere Bettwäsche und eine Erziehung wie aus einem Lehrbuch der dreißiger Jahre. Aber wo, um alles in der Welt, war denn ein bißchen Liebe für sie? Nur ein bißchen, Roland. Nur so viel, wie ein Mensch braucht, um nicht einzugehen wie eine Pflanze, die man nicht mehr gießt. Warum, glaubst du, benehmen sie sich wie tote Fische?«

Als sie weitersprach, wußte Anna genau, daß sie nur zum Teil bei der Wahrheit blieb. Es klang logisch, aber es war umgekehrt. »Sie haben Angst, Roland. Einfach nur Angst, daß ich sie fortschicke, wenn sie mir Dreck oder Lärm machen. Und sie wissen verdammt genau, daß es von mir abhängt. Ich weiß einfach nicht mehr weiter. In den letzten Tagen habe ich zweimal das Essen anbrennen lassen. Absichtlich, ich wollte einmal erleben, daß sie sich beschweren. Der Fraß war wirklich ungenießbar. Aber sie würgten ihn hinunter, ohne eine Miene zu verziehen. Ihre Kleidung sitzt perfekt, da gibt es keine Flecken. In ihren Zimmern herrscht eine schon peinliche Ordnung. Sie sind steril, so viel Zucht und Ordnung ist mir noch nicht untergekommen. Das ist mir unheimlich.«

Zumindest das war einmal ausgesprochen. Unheimlich wie der nächtliche Gang über einen Friedhof. Der rationale Verstand wußte genau, daß nichts geschehen konnte. Was immer unter der Erde lag, es lag dort still und friedlich, es dürstete nicht nach Rache, wollte niemanden hinabziehen. Der Verstand wußte das, das Gefühl wußte etwas anderes. Das wühlte sich durch kindliche Ängste bis auf den Grund des Entsetzens. Dann ging man automatisch schneller. Und was diese Kinder anging, war Anna der Meinung, sie müsse rennen, wenn sie noch etwas aufhalten wollte. Was denn überhaupt?

Es würde sich zeigen, irgendwann, wenn niemand mehr damit rechnete, niemand mehr etwas verhindern konnte. Vielleicht entsprangen solche Gedanken nur der Hilflosigkeit, dem Bewußtsein, daß ein ehemals gefeiertes Fotomodell zwei verstörten Kindern gar keinen Halt und keine Sicherheit geben konnte. Womit denn auch? Mit ein paar Hochglanzfotografien?

»Worüber beschwerst du dich eigentlich?« fragte Roland.

»Darüber«, sagte Anna, »nur darüber. Und ich beschwere mich nicht. Ich sagte bereits, es ist mir unheimlich. Ich möchte sie einmal streiten hören, Kinder streiten nun einmal häufig. Ich möchte sie einmal weinen sehen. Ich möchte bei Tisch einmal erleben, daß sie sagen, ich mag das nicht. Ich will sehen, daß sie auf die Spielplätze gehen, daß sie verdreckt und verschwitzt heraufkommen. Und ich will sehen, daß sie zurückschlagen, wenn sie von anderen malträtiert werden. Ich will nur sehen, daß es Kinder sind und keine Maschinen.«

Roland preßte die Zähne aufeinander. »Sonst noch was?« brachte er mühsam hervor. Auch als er weitersprach, klang es noch gepreßt: »Paß auf, Anna. Du wolltest sie hier haben, ich nicht. Du hast geglaubt, du wirst mit ihnen fertig, ich nicht.« Mit einer heftigen Bewegung schob er die Papiere auf dem Tisch zusammen. »Du hast deinen Willen bekommen. Was willst du jetzt noch? Soll ich mich zu ihnen auf den Boden legen und mit ihnen spielen?«

»Sie liegen nicht auf dem Boden«, erwiderte Anna ruhig. »Sie spielen auch nicht.«

»Gut, was soll ich dann tun? Soll ich mich neben ihre Schreibtische setzen und die Schularbeiten überwachen? Das würde sie nur irritieren. Sie sind zur Selbständigkeit erzogen. Und mir gefallen sie so.«

Anna schwieg. Sie löste sich von dem Stuhl, auf dem er saß, und begann wieder auf und ab zu gehen. Dabei rieb sie die Hände aneinander, als friere sie. Nach einer Weile erklärte sie in beherrschtem Ton: »Ich will mit ihnen zu einer Beratungsstelle gehen. Aber dazu brauche ich dein Einverständnis. Ich bin ja nur die Stiefmutter.«

»Und was willst du dort vorbringen? Die Kinder sind ruhig, sie sind sauber und ordentlich. Man wird dich auslachen, Anna. Man wird dich beneiden.«

Anna schloß die Augen und legte den Kopf zurück. »Mein Gott«, murmelte sie. »Ich will ihnen doch nur helfen. Ich verstehe nicht viel von Kindern, aber eines weiß ich. Die beiden sind nicht normal.«

Und sie glaubte noch mehr zu wissen, hatte genug darüber gelesen, Alice Miller und ein paar andere Autoren, deren Namen sie bereits wieder vergessen hatte. Nur die Theorie hatte sich eingeprägt. Erziehung zum Massenmörder. Vielleicht war es das, was Anna fürchtete. Es war nicht absurd, so zu denken. Auch ein Jürgen Bartsch war einmal ein stilles und gehemmtes Kind gewesen, ein Kind wie Stefan, von Schulkameraden gehänselt, und kein Erwachsener in der Nähe, der eine Hand ausgestreckt hätte. Rennen, Anna, du mußt rennen, die Zeit wird knapp.

Roland zog seine Tabellen wieder zu sich heran. »Tu von mir aus, was du willst«, brummte er mißmutig. »Aber laß mich damit in Ruhe.«

Er hatte es sich so leicht vorgestellt. Eine neue Wohnung, eine neue Frau, ein neues Leben. Und Mirjams Kinder! Mit hackenden Bewegungen tippte er Zahlen in den Rechner. Anna verließ den Raum und ging hinüber in Stefans Zimmer. Sie standen beide dort am Fenster, drehten sich nicht einmal um, als Anna hereinkam. Unverwandt schauten sie hinaus in den trüben Nachmittag. Anna stellte sich hinter sie, legte je eine Hand auf eine Kinderschulter und sah auf die dunklen Haarschöpfe hinab.

»Mir ist langweilig«, sagte sie. »Das Wetter ist ja nicht so besonders, sonst würde ich einen Spaziergang machen. Ich könnte auch durch die Ladenstraße bummeln. Aber alleine macht das keinen Spaß. Wollt ihr mich begleiten? Vielleicht seht ihr ja etwas, was euch gefällt.« Antwort bekam sie nicht. »Wir können auch zusammen etwas spielen«, machte Anna einen weiteren Versuch. »Ich kenne einige Spiele, und aus der Übung bin ich bestimmt noch nicht.« Keine Reaktion.

»Na ja«, meinte Anna und kämpfte gegen das Frösteln an. »Wenn ihr lieber hier stehen wollt, dann schaut von mir aus dem Regen zu.«

Da hob der Junge den Kopf, schaute zu ihr auf. Mit einem Finger zeigte er auf das nächste Gebäude. »Da hinten ist gerade eine Frau aus dem Fenster gesprungen«, sagte er.

Anna zog ihn instinktiv ein wenig fester an sich. Auch das Mädchen, bis sie dessen Abwehr spürte.

Die Luft in dem großen überheizten Raum war verbraucht und stickig. Niemand der Anwesenden schien es zu bemerken. Nur Bergner warf dem Fenster zu seiner Linken hin und wieder sehnsüchtige Blicke zu.

Hillmann sprach mit erregter Stimme, klopfte dabei nervös mit den Fingerspitzen auf die Schreibtischplatte. Peter Luitfeld saß mit gesenktem Kopf rechts neben dem Schreibtisch. Den Blick hielt er starr auf den Boden gerichtet, als habe er dort eine großartige Entdeckung gemacht. Oskar Gersenberg lehnte an der Wand und scharrte mit den Fußspitzen über den Teppich. Eine Geste, die Bergner aus den Augenwinkeln wahrnahm und als Zeichen von Unbeholfenheit deutete. Der einzige, der manchmal zu einer Entgegnung ansetzte, war Martin.

Seit knapp einer Stunde saßen sie nun zusammen in Hillmanns Büro. Die Polizei hatte Kronbusch bereits wieder verlassen. Auch der unscheinbare Sarg war längst abtransportiert. Anfangs hatten sie noch diskutiert, dann ließ Hillmann keinen von ihnen mehr zu Wort kommen.

Was ist denn los mit uns? dachte Bergner. Und was ist da draußen los? Drei in so kurzer Zeit, das ist nicht mehr normal.

»Es wirft kein gutes Licht auf uns«, wiederholte Herbert Hillmann zum drittenmal. Dabei musterte er seine Mitarbeiter mit mißbilligenden Blicken. Seine Augen blieben schließlich an Martin hängen, der das durchaus registrierte und wütend auffuhr: »Ich habe ihr nicht gesagt, sie soll aus dem Fenster springen.«

Bergner fand, es sei an der Zeit, einzugreifen. Beschwichtigend hob er beide Hände. »Augenblick mal.« Und als sich die allgemeine Aufmerksamkeit daraufhin ihm zuwandte, begann er ruhig: »Es bringt doch nichts, wenn wir uns hier gegenseitig verrückt machen.«

Er machte eine winzige Pause, sprach bedächtig weiter: »Schön, das war der dritte Selbstmord in zwei Wochen. Das gibt einem zu denken. Aber es war ohne jeden Zweifel ein Selbstmord. Also ist es unsinnig, hier zu sitzen und darüber zu diskutieren.«

Alle, außer Hillmann, nickten. Für Bergner war Hillmanns Verhalten durchaus verständlich. Es wirft kein gutes Licht auf uns. Damit war nicht einer von ihnen gemeint, sondern das Ganze. Für Hillmann waren die Türme da draußen eine Einheit. Kronbusch eben, ein kühner Traum, den Hillmann sich nach langer und sorgfältiger Planung verwirklicht hatte.

An alles hatte man gedacht. Fünf Wohnungen auf jeder Etage, vom Einzimmerappartement bis zur Fünf-Zimmer-Luxuswohnung. Dazwischen die sogenannten Schlichteinheiten für die mittleren Einkommensklassen. Soziales Miteinander. Freizeiteinrichtungen von der Sauna bis zur Teestube, daneben die Veranstaltungen. Kaffeenachmittage für die Älteren, Tanzabende für die Jüngeren, Sommerfeste für die Kinder, Wettschwimmen und Tennisturniere, damit die Menschen einander näherkamen, damit niemand ausgeschlossen oder isoliert wurde. Aber wenn sich einige nicht wohl fühlten, war das kein Versagen der Verwaltung.

Bergner hob die Hände noch einmal, um sich in dem einsetzenden Gemurmel Gehör zu verschaffen.

»Noch etwas«, sagte er. »Natürlich hat Herr Hillmann recht. Die Sache wirft ein schlechtes Licht auf Kronbusch. Vermutlich werden wir jetzt ein paar herbe Kritiken einstecken müssen. Wenn das bekannt wird, wird sich die Presse darauf stürzen. Die ersten beiden hat niemand bemerkt, aber heute, das war spektakulär.« Er sprach eindringlich und langsam. Die ruhige Stimme verfehlte ihre Wirkung nicht. Sogar Hillmanns Hände lagen endlich still auf der Tischplatte.

»Ich schlage vor«, fuhr Bergner fort, »daß ich mich darum kümmere, daß ich Fragen beantworte, falls man uns welche stellt. Was man vielleicht tun wird.«

Hillmann nickte. Er schien erleichtert. Nach einer weiteren winzigen Pause sprach Bergner in sachlichem Ton weiter. »Ich habe mich bereits ein wenig umgehört und einige Fakten zusammengetragen. Was die Motive Burgaus betrifft, da liegt der Fall zum Beispiel ganz klar. Er hatte sich hier selbständig gemacht. Kürzlich hat seine Frau sich von ihm getrennt und eine hohe Abfindung verlangt, die er nach Lage der Dinge wohl hätte zahlen müssen. Das hätte ihn geschäftlich ruiniert. Da sah er keinen Ausweg. Auch im Fall Hoffmann sehe ich durchaus ein Motiv. Von den Nachbarn habe ich erfahren, daß Maria Hoffmann von Sohn und Schwiegertochter bedrängt wurde, in ein Altenheim zu gehen. Vor Jahren hatten sie das schon einmal mit ihr versucht. Damals lebte sie noch mit ihrer Familie zusammen im eigenen Haus. Sie zog daraufhin aus und kam hierher. Sie wurde regelmäßig von Sohn und Schwiegertochter besucht. Man glaubte wohl, man müsse bei ihr ständig nach dem Rechten sehen. Dabei war die Frau noch sehr rüstig und durchaus in der Lage, sich selbst zu versorgen. Sie half sogar bei den jüngeren Nachbarn aus. Aber diese ständige Drängelei hat sie wohl am Ende zermürbt. Fragen kann man sie ja leider nicht mehr.«

Bergner hob kurz die Achseln. »Und was diese junge Frau von heute betrifft, da finde ich garantiert auch ein Motiv. Da hätten wir dann drei ganz persönliche Schicksale und drei ganz persönliche Beweggründe. Und keiner davon hat etwas mit Kronbusch zu tun.«

Luitfeld und Gersenberg standen bereits bei der Tür. Auch Martin erhob sich. Bergner folgte ihm. Draußen auf dem Gang meinte Martin: »Es ist trotzdem eine scheußliche Sache. Ich begreife es einfach nicht. Wir sind seit drei Jahren hier. Und drei Jahre lang läuft alles wie geplant. Keine größeren Mängel, keine unzufriedenen Mieter, nicht der kleinste Vorfall. Du hast da drin gesprochen, als sei es alltäglich, wenn sich plötzlich kurz hintereinander drei Menschen umbringen.«

Bergner legte ihm eine Hand auf die Schulter. »Jetzt beruhige dich, ich …«

»Nein«, brauste Martin auf. »Ich will mich nicht beruhigen. Ich habe sie gesehen, Friedhelm, sie war noch so jung.«

»Martin«, mahnte Bergner mit einem Blick den Korridor entlang. Sanft, aber nachdrücklich schob er Martin zu seinem Büro hinüber. Dort schloß er die Tür, bevor er weitersprach. »Ich mußte doch etwas sagen. Der Alte nimmt das gleich so

59

persönlich. Glaub nicht, daß mir wohl dabei ist. Ich habe die Frau schließlich auch gesehen, und diesen Anblick werde ich mein Leben lang nicht wieder vergessen. Das geht einem an die Nieren. Da fragt man sich, warum sie das tun?«

Bergner suchte in den Hosentaschen umständlich nach der Zigarettenpackung, bevor er fortfuhr: »Aber wer weiß schon immer, was in den Leuten vorgeht.«

Martin schaute auf einen imaginären Fleck an der Wand. Es war nicht ersichtlich, ob er Bergner überhaupt zuhörte.

Als er die Haustür hinter sich ins Schloß drückte, glaubte Martin, jetzt könne er wieder denken. Es war alles so normal hier oben. Die Müllerin stand vor dem Küchentisch und würzte zwei Steaks. Angela saß auf der Couch im Wohnzimmer und blätterte in einem Buch. Es schien so, als ob sie einen bestimmten Textabschnitt suchte. Sie wurde aufmerksam, als er in der Tür erschien, und schaute ihm entgegen. Dabei legte sie den Kopf leicht zur Seite. Aber sie lächelte nicht. Etwas an ihrer Haltung irritierte ihn.

Plötzlich sprang sie auf, kam mit kleinen, fast tänzelnden Schritten auf ihn zu. Dicht vor ihm blieb sie stehen, schlang beide Arme um seinen Nacken und schaute ihm in die Augen. Ihre Stimme klang atemlos. »Du weißt, daß ich dich nie betrügen würde, nicht wahr? Du weißt, daß ich dich liebe und alles für dich tue.«

Bevor Martin dazu kam, ihr zu antworten, zog sie seinen Kopf zu sich herunter und küßte ihn. Grub die Zähne in seine Unterlippe, preßte sich gegen ihn und stöhnte leise. Sie zitterte, er konnte es fühlen, aber er konnte es sich nicht erklären. Es paßte nicht zu ihr.

Martin löste die Arme aus seinem Nacken, schob sie ein Stück von sich ab. Seine Lippe schmerzte. Als er mit der Zungenspitze darüberstrich, schmeckte er Blut. Augenblicklich wurde ihm übel. »Was ist denn los?« fragte er unsicher. »Du bist doch sonst nicht so stürmisch.«

60

»Liebst du mich noch?« Sie klang immer noch atemlos.
»Natürlich, deshalb brauchst du nicht über mich herzufallen wie eine Raubkatze.«
»Du wirst mich niemals verlassen, oder?«
Ihre Haltung störte ihn immer noch. Martin seufzte: »Nein, Engel, natürlich nicht.«
Ihre Augen waren ganz weit, es sah fast aus, als ob sie sich fürchte. Sie ließ den Blick nicht von seinem Gesicht. »Sag es mir einmal so, daß ich dir glauben kann.«
Ungewollt heftig fuhr er sie an: »Was soll denn das Theater? Mir steht im Moment nicht der Kopf nach großartigen Liebesschwüren. Ich liebe dich, laß es damit für heute gut sein.«
»Nein«, ihr Gesicht war voller Zweifel, die Stimme bettelte. »Bitte, Martin. Du mußt es einmal so sagen, daß ich dir auch glauben kann.«
Martin war es endgültig leid. »Also bitte, Angela, mir reicht es jetzt. Ich glaube kaum, daß ich heute noch sehr überzeugend bin. Es war ein ekelhafter Tag. Sei nett und frag die Müllerin, ob die Steaks bald fertig sind. Ich will nur noch essen, und anschließend möchte ich meine Ruhe haben, wenn das irgendwie machbar ist.«
Sie duckte sich unter seinen Worten wie unter einem Schlag, starrte ihn sekundenlang mit entsetzten Augen an und schluckte heftig dabei. Es wäre so wichtig gewesen, von ihm zu hören, daß er sie liebte. Immer, ohne jeden Vorbehalt, ohne jede Ausnahme. »Warst du artig, mein Engel?« Daß er sie auch dann noch liebte und bei ihr blieb, wenn der Engel einmal stolperte und dabei zu Fall kam, wenn er sich gerade erst mühsam wieder aufraffte, nicht sanft und schön in dem Augenblick, nur verzweifelt und hilflos.
Sie war sehr verzweifelt und sehr hilflos, fühlte sich schuldig und wußte inzwischen sogar, warum. Weil sie ihr Versprechen nicht eingelöst hatte. Das Versprechen an Vater. Es war alles fort, was an ihrer Kindheit schön gewesen war: der

Apfelbaum, die Rosenblätter, Vaters Lächeln. Vati hatte geweint. Den halben Nachmittag hatte er sie mit seinem traurigen Gesicht verfolgt. Seine Stimme polterte immer noch durch ihren Kopf wie die eines strafenden Gottes. »Was willst du denn tun, mein Engel?« Was konnte ein Kind denn tun? Nichts! Sich fürchten konnte es, sich schuldig fühlen, weil es zu klein war und zu schwach, um ihm das Leben leichter zu machen.

Sie hatte versucht, seiner vorwurfsvollen Stimme zu entkommen, sich bemüht, die Gedanken in eine andere Richtung zu lenken. Und dann blieben sie im Schlamm einer sonnigen Terrasse und am Kuß eines Prinzen hängen, hingen dort immer noch. Martin hätte ihr helfen können, mit einem einzigen Satz. Aber er wich ihrem Blick aus. Sie sah es ganz deutlich. Sie drehte sich um und tat, was er verlangt hatte.

Martin hörte sie in der Küche mit Elfriede Müller reden, ging zu einem Sessel und ließ sich hineinfallen. Seine Grobheit bereute er schon wieder. Als sie hereinkam, um den Tisch zu decken, entschuldigte er sich. »Ich habe es nicht so gemeint, Engel. Sei nicht böse. Machst du mir etwas zu trinken?«

Wieder tat sie, was er verlangte, ohne auf seine Entschuldigung einzugehen. Sie brachte ihm ein halbgefülltes Glas, Sodawasser mit ein paar Eisstückchen und ein paar Tropfen Whisky darin. Martin griff nach ihrem Handgelenk und hielt sie fest. »Jetzt sei doch nicht gleich beleidigt, Engel.« Sie war nicht beleidigt. Sie wußte im Augenblick selbst nicht genau, was sie war, vielleicht nur verwirrt.

Martin sprach weiter: »Es tut mir leid, was ich gesagt habe. Ich habe es wirklich nicht so gemeint. Ich wollte dich nicht verletzen. Mir sind einfach die Nerven durchgegangen. Jetzt haben wir schon Nummer drei.«

»Ich weiß«, sagte sie, es klang abweisend. Sie schaute an

ihm vorbei zum Tisch. »Die Müllerin hat mir davon erzählt, als sie vom Einkaufen zurückkam.«

»Es war entsetzlich«, murmelte Martin mehr zu sich selbst. »Du kannst dir nicht vorstellen, welch ein Anblick das war. Überall Blut, aus dem vierzehnten Stock auf den Betonboden. Der Kopf war völlig zerschmettert. Sie hatte kein Gesicht mehr.«

Martins Stimme klang, als wolle er weinen. Er tat ihr leid, sie hätte ihm gern geholfen. Sie hätte auch Vati damals gern geholfen, alle bestraft, die ihn verletzten. Großmutter und Mutter. Aber ein Kind war doch so hilflos. Ein Kind konnte gar nichts tun.

»Kein Knochen war mehr heil«, sagte Martin. »Sie wollten sie auf eine Trage legen. Das war, als hätten sie ein Bündel Kleider gepackt. Dann haben sie sie in den Sarg gelegt. Sie war nicht mal dreißig, hatte zwei kleine Kinder …«

Sie konnte ihm nicht länger zuhören. Mit jedem Wort schob er das Kind tiefer in finstere Gänge hinein. Und in der Dunkelheit dröhnte Vaters Stimme: »Was willst du denn tun, mein Engel?« Sie wollte ihm antworten, aber sie schaffte es nicht, nicht bei Vater, nicht bei Martin.

Wie früher floh sie zu Emmi, wenigstens in Gedanken. »Erzähl mir eine Geschichte, Emmi.« Gute Emmi, treue Seele, sie kämpfte sich mit ihrem Wispern durch all die Jahre, durch Vaters Gebrüll und Martins Anklage. »Gut, wenn du möchtest, mein Kleines. Kennst du die Geschichte von den Feuerteufelchen?«

»Nein, Emmi, die will ich nicht hören. Ich brauche jetzt eine sanfte Geschichte. Erzähl mir von Schneewittchen.« Spieglein, Spieglein an der Wand, wer ist die Schönste im ganzen Land? Weiß wie Schnee, rot wie Blut, schwarz wie Ebenholz.

»Hallo, Schneewittchen«, sagte Mutter, »ich sollte dir mal ein paar Gartenzwerge mitbringen.« Das Lied der Spottdrossel.

Angela zog fröstelnd die Schultern zusammen. Martin hielt ihren Arm immer noch. Rot wie Blut, rot wie Glut. »Sie hatte kein Gesicht mehr«, hatte Martin gesagt. Er irrte sich. Mutter hatte ein schönes Gesicht. Wenn man nicht so genau hinschaute, bemerkte man die gierigen Züge darin nicht. Spieglein, Spieglein an der Wand, wer ist die Schönste …

»Hörst du mir überhaupt zu, Angela?« fragte Martin.

»Nein«, erklärte sie heftig. »Nein, ich höre dir nicht zu, Martin. Sie gehen mich nichts an, die Leute da draußen. Warum soll ich mir dann den Kopf mit ihrem Wahnsinn schwermachen? Vielleicht die ganze Nacht wach liegen und mir das vorstellen. Nein, vielen Dank! Da weiß ich, was ich lieber tue.«

»Ich bin ja schon still«, murmelte er bedrückt. »Ich mußte es einfach loswerden, sonst wäre ich daran erstickt.«

»Wenn du so etwas unbedingt loswerden mußt«, meinte sie, »dann sprich mit Friedhelm darüber, aber nicht mit mir. Ich kenne diese Leute nicht. Ich will damit nichts zu tun haben.«

ZWEITES KAPITEL

Vor einigen Monaten war Friedhelm Bergner achtunddreißig geworden. Gefeiert hatte er seinen Geburtstag nicht. Nur still für sich eine Art Bilanz gezogen. Und was unter dem Schlußstrich für ihn dabei herauskam, war nicht sehr erfreulich.

Da war einmal seine Anstellung bei der Kronbusch-Bau GmbH. Vor Jahren mit großen Hoffnungen und Idealen begonnen, geblieben waren ihm nicht viele, weder Hoffnungen noch Ideale. Für ihn gab es kaum noch etwas zu tun. Meist spielte er den Gehilfen für Martin, ansonsten saß er in seinem Büro und machte sich Notizen für ein neues Buch. Sein erstes hatte ihm zu dieser Anstellung verholfen.

»Der Mensch und die moderne Architektur. Leben in der Masse.«

Er hatte eine vage Vorstellung, daß er etwas verändern mußte. Dabei wußte er genau, daß er zu träge war, um von sich aus eine Veränderung herbeizuführen. Er war nie ein Mensch schneller Entschlüsse gewesen, liebte die Bequemlichkeit und stellte keine großen Ansprüche, weder an seine Umgebung noch an seine Ziele. Aus diesem Grund hatte Sibylle ihn vor vier Jahren verlassen. Privat ein Debakel, beruflich ohne Belang.

Seit Anfang Oktober gab es wieder eine konkrete Aufgabe für ihn. Zwar schien sie vorerst noch ohne erkennbares Ziel – wem nutzte es schließlich, wenn er die Motive dreier

Selbstmörder fand? –, doch sie gab ihm wenigstens das Gefühl, etwas für die Menschen in Kronbusch zu tun.

Vor ihm auf dem Schreibtisch lagen Notizen, die er sich während seiner bisherigen Nachforschungen gemacht hatte. Eine Liste hatte er angefertigt, drei Namen darauf, ganz oben stand: »Walter Burgau«. Der erfolgreiche Geschäftsmann vor den Scherben seiner Existenz.

Bergner war überzeugt, daß Burgau gar nicht hatte sterben wollen. Sonst hätte er sich einen anderen Platz dafür gesucht. Er hatte einfach Pech gehabt, daß an diesem Abend relativ wenig Verkehr in der Tiefgarage herrschte.

»Maria Hoffmann«, zweiundsiebzig Jahre alt, rüstig, agil, von ihren meist jüngeren Nachbarn als lebensfroh und kontaktfreudig bezeichnet, bei allen beliebt, vom eigenen Sohn und der Schwiegertochter als lästige Verpflichtung empfunden.

Dann der dritte Name. »Lisa Wagner«. Da sah die Sache ganz anders aus. Eine anscheinend glückliche Ehe, zwei gesunde Kinder, ausreichendes Einkommen von Seiten des Ehemannes. Und dieser Ehemann behauptete, jemand müsse seine Frau aus dem Fenster gestoßen haben. Für einen Selbstmord habe es keinen Grund gegeben.

Nach Aussage ihrer ältesten Tochter war Lisa Wagner allein in der Küche gewesen. Es war niemand in die Wohnung gekommen. Sie war vom Tisch aufgestanden, hatte das Fenster geöffnet, war auf die Fensterbank gestiegen, nicht etwa, um das Fenster zu putzen. Und vorher hatte sie mit der Zubereitung eines recht aufwendigen Abendessens begonnen, hatte eine kurze Wartezeit genutzt, um ein Kreuzworträtsel zu lösen. Sieben waagerecht, Lebensbund, drei Buchstaben … Aber das Kind war erst drei Jahre alt, ob man seine Aussage so unbedingt glauben konnte, blieb vorerst dahingestellt. Die Polizei ermittelte noch.

So weit war Bergner gekommen, als es an einem Montag

Mitte Oktober an die Tür zu seinem Büro klopfte. Überrascht schaute er auf. Niemand klopfte an seine Tür. Sie kamen einfach so herein. Und im Grunde kam auch nur Martin.

Sein »Herein« klang erstaunt, er fuhr rasch noch einmal mit dem Zeigefinger unter den Kragen seines Pullovers. Die Tür wurde geöffnet, eine junge Frau betrat sein Büro. Bergner schätzte sie auf Anfang bis Mitte Dreißig. Ihr Anblick ließ ihn zischend die Luft einziehen. Fast hätte er gefragt: »Was willst du denn hier?« Doch bevor es dazu kam, hatte er seinen Irrtum bereits erkannt. Das war nicht Sibylle. Die Ähnlichkeit war verblüffend, doch auf den zweiten Blick gab es gravierende Unterschiede. Das war nicht Sibylles Art, sich zu bewegen, und dem Gesicht fehlte der Ausdruck von Arroganz.

Bergner erhob sich und fragte: »Was kann ich für Sie tun?«

»Jasper.« Anna stellte sich erst einmal vor, lächelte ihn an und kam näher. Sie hielt ihm eine Hand entgegen. »Ich hoffe, ich störe Sie nicht, Herr Bergner.«

Er beeilte sich, ihr zu versichern: »Nein, keineswegs, nehmen Sie doch Platz, Frau Jasper.«

Anna setzte sich, sie lächelte immer noch. Er tat es ihr gleich und nickte aufmunternd. »Womit kann ich Ihnen behilflich sein?«

Jetzt würde sich gleich herausstellen, daß es ein Irrtum war. Dann würde er ihr erklären, daß Martins Büro nebenan lag. Und daß er sie rasch begleiten könne, weil Martin doch immer so beschäftigt sei. Doch ehe er ihr irgend etwas erklärte, wollte er jede Sekunde auskosten.

»Es handelt sich um meine Kinder«, begann Anna und stellte sogleich richtig: »Vielmehr um die Kinder meines Mannes aus seiner ersten Ehe. Stefan ist acht, Tamara zehn Jahre alt. Wir haben sie vor einiger Zeit zu uns geholt. Bis dahin lebten sie in einem Internat.« Die letzten Worte klangen düster.

67

Und als seien sie bereits Erklärung genug, schwieg Anna und schaute ihn abwartend an. Bergner schwieg ebenfalls.

»Nun ja«, begann Anna von neuem. Es war gar nicht so einfach. Tagelang hatte sie überlegt, wie sie am besten schilderte, was es mit diesen Kindern auf sich hatte, ohne dabei den Eindruck einer Verrückten zu machen. Es war unmöglich, zu sagen: »Mich fröstelt, wenn sie mich ansehen, vor allem das Mädchen. Ich habe dabei das Gefühl, daß ich bereits mit einem Fuß im Grab stehe. Sie ist so kalt. Ich habe sie einmal einen toten Fisch genannt, und ein besserer Vergleich fällt mir dazu nicht ein. Ein toter Fisch, der andere vergiftet, wenn man ihm zu nahe kommt.« So etwas dachte man, aber man sprach es nicht aus.

Statt dessen erklärte Anna: »Ich halte die Kinder für verhaltensgestört. Ursprünglich wollte ich mit ihnen zu einer offiziellen Beratungsstelle gehen. Aber man bekommt dort nicht gleich einen Termin, und sie bestehen darauf, daß der Vater an den Gesprächen teilnimmt. Ich brauche auch keine Erziehungsberatung in dem Sinne. Also wäre ich dort vermutlich falsch.«

Bei ihm war sie auch falsch. Er hätte ihr das sagen müssen. Aber er ließ sie reden, dachte, sogar die gleiche Stimme, nur der Ton ist anders, wärmer und herzlicher. Doch nun schwieg Anna endgültig, er war gezwungen, zu fragen: »Was verstehen Sie unter verhaltensgestört, Frau Jasper?«

Anna berichtete ihm der Reihe nach, nur die Fakten. Sie schilderte das Zusammenleben mit den Kindern, das Schweigen, die peinliche Sorgfalt, die Sauberkeit, die Tischgebete.

»Am ersten Morgen bin ich um sechs Uhr aufgestanden und habe für beide das Frühstück gemacht. Ich dachte, als Mutter tut man das. Als ich am zweiten Morgen um sechs Uhr in die Küche kam, saßen sie bereits am Tisch. Tamara war eigens früher aufgestanden, damit ich mich nicht bemühen mußte. Sie machen ihre Betten selbst, räumen sogar die Schmutzwäsche in die richtigen Körbe, schön sortiert nach Farbe und Temperatur des Waschgangs. Und ich habe ihnen nicht gezeigt, wie das geht. Sie reden kaum, nicht einmal miteinander.«

Einen kleinen, überaus dezenten Hinweis erlaubte Anna sich doch. »Ich habe das Gefühl, sie verständigen sich auf andere Weise. Sie schauen sich an, verstehen Sie?«

Natürlich verstand Bergner. Es war für ihn auch nichts Außergewöhnliches daran. Verständigung durch Blickkontakt gab es häufig bei Menschen, die sehr vertraut miteinander waren. Er war dennoch von der Aufzählung betroffen, gleichzeitig fühlte er sich hilflos. Wie zu einer Entschuldigung hob er beide Hände. »Ich fürchte, ich kann nicht viel für Sie tun, Frau Jasper. Ich würde Ihnen sehr gerne helfen, aber das ist nicht mein Fachgebiet.«

»Sie sind doch Psychologe«, hielt Anna verständnislos dagegen.

»Ja, das schon«, er schmunzelte, »aber ich bin kein Fachmann für Kinderseelen. Mein Gebiet«, mit einer weitausholenden Geste zeigte er durch den Raum und zum Fenster hin, »ist das hier. Kronbusch, die Wohnsituation, verstehen Sie?«

»Nein«, sagte Anna und schüttelte zur Bekräftigung den Kopf.

Bergner seufzte und überlegte, wie er es ihr verständlich machen konnte. »Der Mensch und die moderne Architektur«, begann er. »Leben in der Masse, auf engstem Raum. Isolation in der Masse, und wie man sie verhindern kann.«

Jetzt nickte Anna zustimmend. »Genau das meine ich. Isolation in der Masse oder in einer Familie. Die Kinder sind isoliert. Sie haben sich selbst eingemauert, leben in einem Gefängnis. Vielleicht in einem Gefängnis aus Furcht. Es kann aber auch ein Gefängnis aus Haß sein. Und wenn es das jetzt noch nicht ist, wird es später vielleicht eins.«

Sie unterbrach sich kurz, lächelte ihn an. Er schien sehr aufmerksam, also sprach sie weiter: »Ich sehe die Sache so, zuerst wurden sie von der Mutter verlassen. Für ein kleines Kind muß das eine Katastrophe sein. Dann wurden sie vom Vater weggeschickt, ihnen wurde jede Sicherheit genommen. Sie waren ganz auf sich allein gestellt in einer Umgebung, die ihnen vermutlich nicht gefiel, kein Verständnis, nur Strenge. Sie mußten sich anpassen, wollten sie sich nicht ständigen Repressalien aussetzen. Nun holt man sie zurück. Aber sie trauen uns nicht mehr, sie trauen niemandem mehr.«

Bergner nickte einmal kurz, für Anna genug Bestätigung, um auch den Rest an Vermutungen noch zu äußern, nur die Logik. »Sie befürchten wahrscheinlich, daß sie wieder weggeschickt werden. Und deshalb benehmen sie sich, als seien sie gar nicht da. Kein Lärm, kein Schmutz, kein Ärger, wer nicht bemerkt wird, kann auch nicht lästig werden. Ich will den Kindern helfen. Und ich möchte von Ihnen nur einen Rat. Wie mache ich den beiden klar, daß sie auch dann noch bleiben dürfen, wenn sie ihre Betten einmal nicht selbst machen, wenn Krümel auf dem Fußboden liegen oder Spielzeug in der Diele. Ich will keine wüsten Teufel aus ihnen machen, bestimmt nicht. Ich will nur, daß sie wieder Vertrauen in ihre Umgebung entwickeln, daß sie sich normal verhalten. Und sagen Sie selbst, was ich Ihnen da beschrieben habe, das ist eine Verhaltensstörung.«

»Sicher«, sagte Bergner leise und nickte.

»Und man muß etwas dagegen tun«, stellte Anna sachlich fest, »um spätere Schäden zu verhindern.«

Bergner nickte wieder. Sie hatte recht, natürlich hatte sie das, in jedem einzelnen Punkt. Dafür mußte man nicht Psychologe sein, das sagte einem bereits der gesunde Menschenverstand. Und sein Verstand sagte ihm darüber hinaus, daß er nichts tun konnte, daß es in solch einem Fall einen Fachmann brauchte, einen Spezialisten für Kinderseelen. Aber wenn er sie jetzt fortschickte … Daß er Sibylles Schwester vor sich hatte, wußte Bergner nicht. Er sah nur die Ähnlichkeit und hätte noch stundenlang mit ihr sitzen können, nur sitzen, sie ansehen, ihr zuhören.

Nach einer endlosen Pause des Überlegens fragte er: »Sind Sie einverstanden, wenn ich nachmittags mal bei Ihnen vorbeischaue? Ich müßte mir zuerst einen eigenen Eindruck verschaffen. Nur versprechen Sie sich nicht zuviel davon. Ich hatte noch nie mit Kindern zu tun, jedenfalls nicht in dieser Hinsicht. Ich kann Ihnen genau sagen, wieviel Quadratmeter ein Kind zum Spielen braucht. Aber wie man es zum Spielen veranlaßt, da kann ich nur probieren.«

»Etwas anderes tue ich zur Zeit auch nicht«, erwiderte Anna. »Und ich habe keinen Erfolg mit meinen Versuchen. Vielleicht haben Sie welchen.« Sie schien sehr erleichtert.

Noch lange nachdem sie sein Büro wieder verlassen hatte, saß Bergner nachdenklich an seinem Schreibtisch. Das sonderbar wehmütige Gefühl im Innern, das Anna Jasper ausgelöst hatte, verklang allmählich. Zurück blieb eine Mischung aus Unbehagen und Unsicherheit. Er starrte seine Notizen an, vor allem den letzten Namen auf seiner Liste. Lisa Wagner.

Isolation in der Masse. Lisa Wagner war nicht isoliert gewesen. Sie hatte in einer Familie gelebt. Diese Kinder lebten auch in einer Familie. Vorher jedoch … da mußte man ansetzen. Jede Therapie setzte dort an, aber er war kein Therapeut. Nur ein Mann der grauen Theorie, der sich bisher nicht mit der Praxis hatte auseinandersetzen müssen. Er fragte sich, was er getan hätte, wenn Lisa Wagner zu ihm gekommen wäre. Oder Maria Hoffmann. Oder Walter Burgau. Er hätte nicht mehr für sie tun können als für Anna Jasper. Ihnen zuhören. Das war zuwenig, viel zuwenig.

Kurz nach neun am Abend fuhr er hinauf zu den Lagerhoffs. Er hatte da einiges im Kopf, was er unbedingt loswerden mußte. Einfach mal darüber reden, manche Dinge wurden klarer, wenn man sie aussprach. Martin öffnete ihm.

»Ich hoffe, ich störe nicht«, sagte Bergner. Es klang wie eine Entschuldigung, war aber nicht so gemeint. »Mir sind da eben ein paar Dinge durch den Kopf gegangen. Ich muß mit dir darüber reden.«

Er war immer noch unsicher, fühlte sich überfordert von der selbstgestellten Aufgabe und bedauerte die rasche Zusage an Anna Jasper. Es war eben doch ein großer Unterschied, ob er sich mit drei Selbstmördern beschäftigte, denen niemand mehr helfen konnte, oder mit zwei verhaltensgestörten Kindern, die kompetente Hilfe brauchten. Er war nicht kompetent. Aber wenn er nicht zugesagt hätte, welchen Vorwand hätte er finden können, um Anna wiederzusehen? Er ging an Martin vorbei ins Wohnzimmer, erkundigte sich flüchtig: »Wo ist denn Angela?«

»Im Bad«, sagte Martin.

Bergner nickte ohne jedes Interesse. In solch einer Situation war ein verwöhntes, meist gelangweiltes und selbstgefälliges Geschöpf wie Angela unwichtig. Er setzte sich gleich in einen Sessel und schilderte die gesamte Unterhaltung mit Anna Jasper, ohne auch nur einmal auf den Gedanken zu kommen, daß er damit einen Vertrauensbruch beging.

»Das ist es«, meinte er abschließend. »Und es hat, wenn auch nur im entfernten Sinne, sehr wohl etwas mit Kronbusch zu tun. Weil wir mit unseren Prospekten eine heile Welt suggerieren. Stell es dir einmal so vor: Da sind Menschen mit einem psychischen Defekt. Einsame, in sich verschlossene Menschen, die in ihrer Kindheit …«

Er wurde durch Angela unterbrochen. Nur mit einem

Bademantel bekleidet kam sie ins Zimmer. Um den Kopf hatte sie ein weißes Handtuch geschlungen. Sie setzte sich ihm gegenüber auf die Couch und lächelte ihn an.

»Hallo«, grüßte Bergner lässig. Er war aus dem Konzept gebracht, schaute zu, wie Angela eine kleine Kosmetiktasche öffnete und eine Nagelschere herausnahm. Sie zog ein Bein an, stellte den Fuß auf die Kante der Couch. Und ohne sich weiter um ihn zu kümmern, begann sie ihre Fußnägel zu schneiden.

Unvermittelt wurde Bergner wütend. Warum tat sie das nicht im Bad? Der Bademantel klaffte ein Stück auseinander, gab die schlanken, gebräunten Schenkel frei. Sie behandelt mich wie ein Neutrum, dachte er und fragte sich, ob aus Gedankenlosigkeit oder mit Absicht. Vielleicht wollte sie ihm nur zeigen, daß er um diese Zeit hier nichts mehr zu suchen hatte. Anscheinend hatte sie Pläne für den Abend gehabt, der Bademantel sprach deutlich genug.

Sie hatte tatsächlich Pläne gehabt für den Abend, hatte sich gedacht, daß sie etwas für Martin tun mußte, um zumindest ihn auf andere Gedanken zu bringen. Drei Tote! Wie es dazu hatte kommen können, wußte sie nicht, wollte es auch nicht wissen. Es waren Fremde, die sie nichts angingen. Martin dachte anders darüber. Er hatte sich ja schon immer für alles verantwortlich gefühlt. Ihm lagen sie wie Steine auf den Schultern, drei Tote. Ein bißchen Zärtlichkeit, vielleicht half es ihm. Wenn Bergner erst ging …

Er dachte gar nicht daran. Wie er da im Sessel saß! Als ob er es sich darin für die Nacht bequem machen wollte. Sie hatte nichts dagegen, wenn er sich mit Martin über die Vorfälle in Kronbusch unterhielt, wahrhaftig nicht. Aber konnte er das nicht unten tun? Und dieser Blick, wie er sie anstarrte. Jetzt klopfte er auch noch mit den Fingerspitzen auf die Sessellehne, er schien nervös, schaute Martin fragend an.

»Wo war ich stehengeblieben?«

»Bei der Kindheit«, half Martin. Sein Tonfall verriet Aufmerksamkeit und gespanntes Interesse.

Laß die Finger von der Kindheit, Friedhelm, dachte sie, dabei kommt nichts Gescheites heraus. Es gibt Dinge, die läßt man besser, wo sie sind, im dunkeln. Sonst hocken sie einem im Genick, und man wird sie nicht mehr los. Sie dachte es wirklich sehr intensiv. So intensiv, daß sie sekundenlang dachte, er müsse darauf reagieren. Zusammenzucken, mit den Augen blinzeln, ins Stottern geraten, irgendwie zeigen, daß ihr Wille ihn erreicht hatte. Natürlich war es verrückt, so etwas zu denken. Es funktionierte auch nicht. Bergner scherte sich einen Dreck darum.

»Ach so, ja«, nahm er den Faden an anderer Stelle wieder auf. »Nimm dieses Kind als Beispiel.«

Der Einfachheit halber beschränkte Bergner sich auf das Mädchen. Annas Bericht hatte deutlich gemacht, daß Tamara Jasper erheblich stärker gefährdet war als ihr kleiner Bruder. Daß sie sich bereits völlig von der Außenwelt in sich selbst zurückgezogen hatte, wohingegen der Junge offenbar noch bereit war, sich erneut einer Erwachsenen anzuschließen und es bisher nur unter dem Einfluß seiner Schwester nicht getan hatte.

»Es ist zutiefst verletzt worden«, erklärte Bergner. »Ausgerechnet der Mensch, den es am meisten liebt und am meisten braucht, hat es verlassen. Damit nicht genug, wenig später wird es aus seiner vertrauten Umgebung gerissen.«

Irrtum, Friedhelm, dachte sie. Niemand hat das Kind verlassen. Niemand hat es fortgeschickt. Sie lebten alle in dem großen weißen Haus wie in Emmis Geschichten. Und wenn sie nicht gestorben sind ... Glücklich und zufrieden bis an das Ende der Zeit. Sie spielten sich gegenseitig eine kleine, heile Welt vor. Und dann lief die Zeit ab, das Kind wurde erwachsen, und es hatte genug von den Lügen. Es packte seine Koffer und kam hierher nach Kronbusch. Und noch während es seine Koffer wieder auspackte, vergaß es den ganzen Schmutz und das Elend.

Genau so mußte es gewesen sein. Deshalb konnte sie sich nicht mehr an alles erinnern. Die Brücken abgebrochen, nannte sich das, ein radikaler und endgültiger Strich unter die Vergangenheit. Und Vater blieb zurück, vielleicht hatte er ihr Vorwürfe gemacht beim Abschied. Vielleicht quälte er sie deshalb jetzt wieder mit seinen müden Augen, vielleicht.

»Ich bin kein Experte auf diesem Gebiet«, sagte Bergner. »Für Therapie und dergleichen habe ich mich nie interessiert. Aber soviel weiß ich, auch eine so gravierende Störung erkennst du nicht unbedingt am Äußeren. Du kannst jahrelang mit solch einem Menschen umgehen, wenn er sich gut unter Kontrolle hat, bemerkst du gar nichts. Viele kompensieren ihre Depressionen mit Arbeit oder sonstigen Aktivitäten. Aber oft reicht ein nichtiger Anlaß, und es kommt zur Kurzschlußhandlung. Du kannst den Leuten ins Gesicht schauen, hinter die Stirn schaust du ihnen nicht.«

Da hast du nun ausnahmsweise einmal recht, Friedhelm, dachte sie mit einem Anflug von Ironie und konzentrierte sich wieder auf Martin. Versuchte, seinen Blick einzufangen. Das warme Bad hatte sie entspannt und auf angenehme Weise träge gemacht, ganz weich im Innern. Genau die richtige Stimmung für ein bißchen Liebe und Hingabe. Martin brauchte das. Sie nicht, sie hatte es nie gebraucht, fühlte sich manchmal sogar ein wenig abgestoßen davon. Aber für ihn hätte sie alles getan.

Sie tauchte den Pinsel in die Flasche mit dem Nagellack, streifte ihn sorgfältig auf einem Zehennagel ab. Stellte sich bereits vor, wie es sein würde, wenn Martin endlich begriff und ins Bad ging. Wie er später zum Bett kam, sich auf die Kante setzte, auf sie hinabschaute, dieses Zittern im Blick und in den Fingerspitzen. Wie er mit einem Finger die

Konturen ihrer Lippen nachzeichnete, bevor er sich über sie beugte. Sein Flüstern, die vor Erregung heisere Stimme.

Bergners Stimme störte, wie er da auf seinem Irrtum herumritt, als verkünde er die einzige Wahrheit. Ein einsames Kind, ein verlassenes Kind, es litt. Nein! Sie hatte nicht gelitten, sie hatte doch gar nicht begriffen damals. Emmi machte alles erträglich, fand zu jedem Vorfall die passende Geschichte. Erzählte von Schneewittchen, dem gläsernen Sarg und dem schönen Prinzen, von Dornröschen, dem hundertjährigen Schlaf, der Dornenhecke und noch einem Prinzen. Daß es viele Prinzen gab, wußte das Kind, es gab in jedem Märchen mindestens einen, und sie waren schon ein bißchen verschieden voneinander. Also störte es auch nicht, wenn verschiedene auf die Terrasse kamen, sie kamen ja immer nur einzeln.

Märchen, dachte das Kind einmal bei sich, mußten irgendwo eine Fortsetzung haben. Und wenn sie nicht gestorben sind, dann leben sie heute noch. Aber wie leben sie denn, wo leben sie? Der Prinz kam, küßte Dornröschen wach, führte es ins Schloß, und dann? Wie es weiterging, erzählte Emmi nie. Wahrscheinlich wußte sie es nicht, aber das Kind wollte es wissen.

Einmal folgte es ihnen heimlich. Und da begriff es. Seit Monaten erzählte Emmi die falsche Geschichte. Das war kein Prinz, das war der Wolf. Er schlug seine Zähne in Mutters Kehle, und Mutter stöhnte. Er zog ihr die Kleider aus, um sie zu fressen. Mutters Stöhnen vermischte sich mit kleinen Schreien, als der Wolf sich niederkniete, um in ihre Schenkel und ihren Leib zu beißen. Als er sie dann auf das Bett legte, sich auf sie warf, als Mutter einen langgezogenen Schrei ausstieß, floh das Kind zu Emmi in die Küche.

»Der Wolf ist böse.«

»Ja«, sagte Emmi, »jeder Wolf ist ein Raubtier.«

»Erzähl mir die Geschichte, wie sie ihm den Bauch aufschneiden, Emmi.«

»Ja«, sagte Emmi und seufzte vernehmlich. »Paß auf, mein Kleines. Es war einmal ein kleines Mädchen, das lebte mit seinen Eltern …«

»Und dann lesen sie unsere Prospekte«, fuhr Bergner dazwischen, und ein kleines bißchen war sie ihm sogar dankbar dafür. »Wir versprechen ihnen das Blaue vom Himmel herunter. Aber im Grunde erzählen wir ihnen Märchen. Sie wissen das vermutlich auch. Aber unbewußt sind sie davon überzeugt, hier würden sie finden, was sie vermissen. Dann stellen sie fest, hier ist es wie überall. Die Bestie im Innern wird man auch hier nicht los.«

Die Bestie im Innern! Was tischte er Martin für einen Unsinn auf? Es waren doch nur Märchen gewesen und Alpträume. Nachts kam der Wolf und riß das Kind aus dem Schlaf. In seiner Not lief es auf bloßen Füßen den Gang hinunter. Die Türen rechts und links waren alle geschlossen, aber unter einer war noch Licht.

»Vati«, flüsterte das Kind. »Darf ich in dein Bett kommen?«

Er hörte es nicht. Er hörte nur Mutters Stimme. »Ich habe dir oft genug gesagt, laß deinen verdammten Papierkrieg im Büro. Wenn du dich bis weit in die Nacht hinein mit deinen dreckigen Akten beschäftigst, dann beschwer dich auch nicht, wenn ich mir mein Vergnügen anderswo suche. Und droh mir nicht ständig mit Konsequenzen. Überlaß das deiner Mutter. Du machst dich damit nur lächerlich. Was willst du tun? Mich hinauswerfen?«

»Nein«, sagte er, »ich verlange nur, daß du ab sofort Rücksicht auf das Kind nimmst. Sie hat euch gesehen, Julia.«

»Sie sieht uns oft, aber sie denkt sich nichts dabei.«

»Diesmal ist sie euch gefolgt. Ich warne dich, Julia, lange halte ich das nicht mehr aus. Wenn du so weitermachst, werde ich gehen.«

»Ich habe nichts gesehen«, flüsterte das Kind. »Wirklich nicht, Vati, ich habe gar nichts gesehen.«

»Ach ja«, höhnte Mutter und lachte dabei, »und wohin gehst du beim nächsten Mal?«

»Ich weigere mich, an ein nächstes Mal zu glauben«, sagte Martin.

Bergner wiegte bedenklich den Kopf. »Ich will nicht den Teufel an die Wand malen. Aber ausschließen möchte ich es nicht. Bei mehr als dreitausend Menschen …«

Du bist ein Idiot, Friedhelm, dachte sie. Und bevor Bergner noch mehr Scheußlichkeiten ans Licht zerren konnte, erhob sie sich. Martin wurde aufmerksam. Sie hatte darauf gehofft, die ganze Zeit, sie hoffte auch jetzt noch, daß er seine Schlüsse aus ihrem Verhalten zog und ihr bald folgte. Sie brauchte ihn, jetzt mehr als sonst. Es ging nicht um Zärtlichkeit und gewiß nicht um Leidenschaft. Er mußte ihr nur einmal sagen, daß er sie nie verlassen würde.

»Gehst du schon ins Bett, Angela?«

Sie nickte nur, beugte sich zu ihm hinunter. Martin hauchte einen Kuß auf ihren Mundwinkel und murmelte abwesend: »Dann schlaf gut, Engel.« Er war so kalt und unbeteiligt, stieß sie damit zurück, stellte sie wieder auf den dunklen Gang, vor die nun offene Tür, und da wartete Vater.

»Was machst du denn hier, mein Engel?« Er nahm sie auf den Arm und trug sie zurück in ihr Zimmer.

»Warum weinst du Vati?«

»Ich weine nicht, mein Engel.«

»Ich kann es doch sehen, Vati. Hat sie dir weh getan?«

»Nein«, es klang gequält. »Ich habe zuviel gelesen und meine Augen überanstrengt. Jetzt tränen sie ein bißchen.«

Er deckte sie zu, küßte sie auf die Stirn. Seine Wange war feucht. »Und jetzt schlaf gut, mein Engel.«

Sie konnte nicht schlafen, lag in ihrem Bett und fror entsetzlich. Die Tür stand noch offen. Aus dem Wohnzimmer fiel Licht herein. Auch die Stimmen drangen noch zu ihr. »Schluß, aus, ich will nichts mehr davon hören. Du kannst mir keine Angst machen.« War das Martin? War es Mutter? Sie konnte es nicht unterscheiden. Sie lag nur da, fror und hörte zu, spürte, wie der Körper schwerer wurde, und das Hirn füllte sich mit allerlei Bildern. Mutter und Männer, viele Männer, so viele Männer, daß der, der sie wirklich liebte und brauchte, leiden mußte. Mutter hatte ihn verletzt, soviel stand fest, verraten und betrogen hatte sie ihn, immer nur an ihr eigenes Vergnügen denken können.

In den Herbst- und Wintermonaten wurde es allgemein etwas ruhiger in der Verwaltung von Kronbusch. Interessenten kamen nur wenige. Die anfallende Arbeit bestand für Martin zum größten Teil aus Routine. Er rief am nächsten Morgen aus dem Terminal eine Liste der freien Garagenplätze ab, ließ sie ausdrucken, tat das gleiche mit den freien Wohnungen. Anschließend verteilte er die Reparaturaufträge an die vier Hausmeister. Danach ging er zu Bergner hinüber. Das lange Gespräch vom Vortag ließ ihm keine Ruhe. Es hatte ihn sogar in den Schlaf hinein verfolgt.
Manchmal hatte er geglaubt, er schlafe gar nicht. Er stehe vor dem Bett und schaue auf Angela hinab. Und es war kein Bett. Es war ein tiefes Wasserbecken. Am Rand standen Menschen, sie schauten zu, wie Angela schwamm, Bahn um Bahn, hinauf und hinunter. Die kraftvollen Züge der Arme, die ruhigen, gleichmäßigen Bewegungen der Beine.
Dann versank sie plötzlich für einen Augenblick, und als sie wieder auftauchte, war der Rand ringsum in Flammen gehüllt. Und er stand irgendwo darüber und konnte nichts tun. Schweißgebadet war er aufgewacht, hatte eine Weile gebraucht, um sich zurechtzufinden, hatte sich erst richtig beruhigen können, als er sie friedlich schlafend im Nebenbett liegen sah. Nur ein schlechter Traum. Friedhelm

hatte ihn verrückt gemacht mit den Spekulationen. Man sollte drei Tote nicht auf die leichte Schulter nehmen, aber man sollte auch nicht übertreiben. Und man sollte einem Engel die nötige Beachtung schenken, man wußte doch, was ein Engel braucht.

Martin war fest entschlossen, sich ab sofort wieder etwas mehr um Angela zu kümmern. Dieser Alptraum schien ihm ein Fingerzeig, daß er sie doch sehr vernachlässigt hatte in den letzten Wochen. Aber Martin mochte gute Vorsätze fassen, soviel er wollte. Er kam nicht mehr dazu, einen davon in die Tat umzusetzen. Drei Tote in zwei Wochen, es war nur der Auftakt gewesen.

In Bergners Büro erreichte ihn wenig später der Anruf. Der Leiter einer Abteilung der Kaufhausfiliale teilte ihm mit, eine der Verkäuferinnen sei heute morgen nicht zur Arbeit erschienen. Man könne sich das gar nicht erklären. Martin hörte zu und malte dabei Kringel auf Bergners Notizen.

»Frau Hellwin ist uns als absolut zuverlässig bekannt«, sagte sein Gesprächspartner.

»Und was kann ich in dieser Angelegenheit für Sie tun?« fragte Martin mehr als reserviert. Der Anrufer geriet merklich in Verlegenheit. Man habe ja bereits getan, was man tun konnte. Man habe in Frau Hellwins Wohnung angerufen, aber es hebe niemand ab. Man sei zu dieser Wohnung hingegangen, doch es öffne niemand. »Frau Hellwin ist alleinstehend«, erfuhr Martin. Möglicherweise sei sie ja unglücklich gestürzt und liege jetzt hilflos in ihrer Wohnung. Da müsse doch jemand nachsehen. Und wo doch die Hausverwaltung Ersatzschlüssel für den Notfall bereithalte ...

»Natürlich«, sagte Martin immer noch sehr reserviert. »Möchten Sie den Schlüssel abholen, oder soll ich ihn vorbeibringen lassen?« Bergner machte ihm heftig Zeichen. Martin ignorierte sie.

Der Abteilungsleiter kam Bergner zu Hilfe. »Ich dachte, Sie übernehmen das. Ich kenne die Rechtslage nicht so genau.«
»Ich gehe«, schrieb Bergner auf einen Zettel. Er schob ihn zu Martin hinüber, der winkte ab. »Gut«, preßte Bergner hervor. »Wir gehen beide. Sag ihm das. Na los.«
Martin deckte den Hörer mit einer Hand ab und tippte sich gleichzeitig an die Stirn. »Bist du verrückt geworden? Wie komme ich denn dazu? Ich betrete doch nicht grundlos eine fremde Wohnung.«
»Grundlos?« zischte Bergner. Er war sichtlich erregt, und genau das hielt Martin von einer Zusage ab. Da nahm Bergner ihm einfach den Hörer aus der Hand.
»Wir kümmern uns sofort darum«, erklärte er. Nicht einmal seinen Namen hatte er genannt. Zack, lag der Hörer bereits wieder auf der Gabel.
»Du bist wirklich verrückt geworden«, fuhr Martin ihn an.
Bergner ging auf die Tür zu, verließ den Raum, ohne sich weiter um Martin zu kümmern. In Martins Büro machte er sich augenblicklich am Computer zu schaffen. Er hatte oft genug über Martins Schulter geschaut, gab dessen Kennwort ein, rief das Mieterverzeichnis ab, tippte den Namen Carmen Hellwin. Als die Angaben auf dem Monitor erschienen, kam Martin ebenfalls zum Schreibtisch. Dann begann er zu lachen. »Du brauchst dir keine Sorgen zu machen.«
Auf dem Bildschirm stand: »Carmen Hellwin, zwo-vier-zwo, alleinstehend, Anfang Dreißig, sehr gesellig. Beschwerde wegen Ruhestörung am 2. September, Beschwerde wegen Ruhestörung am 15. September, Beschwerde wegen Ruhestörung am 3. Oktober.«
»Die hat mal wieder gefeiert und den Wecker überhört«, sagte Martin. »Wahrscheinlich ist sie nicht allein in der Wohnung.«
Er sperrte sich immer noch, obwohl Bergner bereits dabei war, den Schlüssel herauszusuchen.

»In dem Fall, mein Lieber«, erwiderte Bergner ruhig, »ziehen wir diskret die Tür hinter uns zu und verschwinden wieder.«

Murrend und mit einem Gefühl tiefer Abneigung gegen das, wozu man ihn zwang, folgte Martin ihm schließlich. Es waren nur drei Minuten Fußweg bis zu Haus Nummer zwei. Mit dem Lift fuhren sie hinauf in den vierten Stock, in dem Carmen Hellwin eine Zweizimmerwohnung gemietet hatte. Wohnung zwo-vier-zwo.

Vor der dunklen Tür blieb Bergner stehen und drückte zuerst auf den Klingelknopf. Anschließend machte er sich durch lautes Klopfen bemerkbar, zusätzlich rief er noch den Namen der Frau. Und endlich steckte er den Schlüssel ein. Die Tür schwang ein wenig nach innen, Bergner drückte sie weiter auf und betrat die im Halbdunkel liegende Diele.

In der ganzen Wohnung herrschte diffuses Dämmerlicht, vor allen Fenstern waren schwere Gardinen vorgezogen. Drei Türen zur Diele standen offen, Wohnraum, Schlafzimmer und Küche. Bergner warf einen Blick in die Küche, alles war aufgeräumt. Einen Blick in den Wohnraum, sehr viel war nicht zu erkennen, aber es stand nicht einmal ein benutztes Glas auf dem Tisch.

»Nach einer Feier sieht es hier nicht aus«, murmelte er.

Hinter ihm drückte Martin wiederholt auf den Lichtschalter für die Dielenlampe. Es blieb dunkel, Martin schaltete die Küchenlampe ein, sie funktionierte. Bergner ging ins Schlafzimmer. Das Bett war leer, doch es war ohne Zweifel benutzt worden. Auf dem Kissen zeichnete sich deutlich die Kuhle ab, die ein Kopf dort hinterlassen hatte, das Federbett war zurückgeschlagen, das Laken machte den Eindruck, daß auf ihm ein Mensch ruhig und friedlich geschlafen hatte. Über der Lehne des Stuhles am Fußende hingen Kleidungsstücke. Bergner zog die Unterlippe ein und öffnete die Tür zum Bad. Es gab kein Fenster in diesem Raum, nur aus der gegenüberliegenden Küche fiel ein wenig Licht ein, dementsprechend war kaum etwas zu erkennen. Die Umrisse von Waschbecken, Wanne und Toilette. Eine weiße Schnur, die von der Wand über dem Waschbecken quer durch den Raum zur Wanne führte. In der Diele öffnete Martin den Sicherungskasten. »Es hat anscheinend einen Kurzschluß gegeben«, sagte er, »eine Sicherung ist unten«.

Die weiße Schnur war ein Elektrokabel. Bergner spürte, wie sich sein Magen mit glühenden Kohlen füllte. »Dann laß sie unten«, brachte er mühsam beherrscht heraus. »Sie liegt in der Wanne.« Er schlug mit dem Kopf gegen die Wand. »Ich wußte es, verdammt, ich wußte es. Ich hatte recht. Da hast du die Nummer vier. Komm, wir gehen.« Er faßte sich wieder, griff nach Martins Arm und zerrte ihn aus Carmen Hellwins Wohnung. »Telefonieren können wir im Büro.«

Martin informierte die Kriminalpolizei, gab einen nüchtern sachlichen Bericht. Eine Tote in zwo-vier-zwo, vermutlich ein Unfall. Martin hätte jede Wette gehalten, daß man auf dem Boden der Wanne einen Haartrockner finden würde. Bodenloser Leichtsinn. Die Leute wurden schließlich immer wieder davor gewarnt, ihre Haare noch in der Wanne sitzend trocken zu fönen, aber sie wußten es ja besser.

Anschließend ging Martin zu Hillmann. Bergner war kaum mehr ansprechbar, hatte sich in sein Büro verkrochen und nur noch gemurmelt: »Wenn die Polizei mich braucht, kannst du mich rufen. Sonst laß mich in Ruhe.«

Hillmann schaute erfreut auf, als Martin eintrat. Als er jedoch seinen Bericht vorgetragen hatte, war Hillmann in Abwehr erstarrt. »Sagen Sie das noch mal«, forderte er.

Martin hielt sich an die Tatsachen. »Wir haben eben eine Tote gefunden. Die Polizei ist bereits verständigt. Ich denke, es war ein Unfall.«

»So«, Hillmann wurde sarkastisch. »Sie denken, dann ist ja

alles klar. Und wie sind sie dazu gekommen, diese Wohnung zu betreten?«

Für einen Augenblick dachte Martin, es wäre Hillmann entschieden lieber gewesen, man hätte die Frau nicht gefunden. Nicht heute, nicht morgen, in einem Jahr vielleicht.

»Man hat mich darum gebeten.« Martin wurde wütend. »Und dafür haben wir schließlich Ersatzschlüssel. Wir behaupten jedenfalls, daß wir sie für den Notfall bereithalten. Was hätte ich denn Ihrer Meinung nach tun sollen?«

Der kleine Mann mit der dicken Hornbrille und dem schütteren Haar sackte ein wenig in sich zusammen. »Schon gut, Martin. Sie haben sich korrekt verhalten.«

Dann schaute er mit einem hilflosen Blick zu Martin auf, wirkte ganz verloren hinter dem wuchtigen Schreibtisch. Seine Stimme war nur noch ein Betteln. »Und Sie sind sicher, daß es ein Unfall war?«

Martin fühlte sich unbehaglich, zuckte mit den Schultern. »Da führte ein Elektrokabel in die Wanne. Vielleicht wollte sie sich die Haare fönen.«

Das Bett stand ihm noch deutlich vor Augen. Und auf dem Rückweg zur Verwaltung hatte Bergner gesagt: »Sie hat schon geschlafen, darauf halte ich jede Wette. Ruhig und friedlich geschlafen. Wer steht denn mitten in der Nacht auf, um ein Bad zu nehmen?«

Anna wußte nicht genau, was sie sich von Bergners Hilfe versprochen hatte. Aber im Grunde wußte sie gar nichts mehr genau, von allem nur noch ein wenig. Daß irgend etwas geschehen mußte, daß die Stille am Nachmittag sie allmählich um den Verstand brachte, daß die Ordnung in den Kinderzimmern in ihr selbst ein Chaos entfachte, nackte Angst, die nichts weiter tun konnte als auf ein Wunder hoffen.

Doch Anna begriff rasch, daß Bergner keine Wunder

vollbringen konnte. Zweimal kam er am Nachmittag vorbei. Beim erstenmal schaute er sich unter Berufung auf die Baugesellschaft die Wohnung an, vor allem natürlich die beiden Kinderzimmer. Er lobte die Kinder für die Ordnung, gab jedoch auch deutlich zu verstehen, daß er etwas anderes erwartet hatte.

Er schaffte es sogar, den Eindruck zu vermitteln, daß die Ordnung ihn persönlich enttäuschte, und lockte ein paar einsilbige Antworten aus den Kindern heraus. Aus Stefan, um genau zu sein. Tamara stand nur dabei, ein unbeteiligtes Gesicht, das nur noch aus Augen bestand. Augen, die nach Annas Gefühl wie schwarze Löcher im All waren. Auch Bergner schien den Sog zu spüren, der von diesen Löchern ausging, der alles, was hineingeriet, ins Verderben riß. Ein paarmal schaute er irritiert in das Kindergesicht, fast schon erschrocken, als habe er einen Stoß in die Seite bekommen. Anna rechnete fest damit, daß er eine Bemerkung dazu machte. Nur ein paar Worte, die es ihr erlaubten, sich den Wahnsinn einmal von der Seele zu reden. Aber er schwieg, saß ihr noch eine halbe Stunde lang im Wohnzimmer gegenüber, schaute sie an, als sehe er sie zum allerersten Mal. Sein Blick brachte Anna zumindest vorübergehend auf andere Gedanken. Er machte mehr als jedes Wort deutlich, wie es um Bergners seelische Verfassung bestellt war. Verliebt wie ein Erstkläßler in die Lehrerin. Anna wußte nicht, ob sie es peinlich finden oder sich darüber freuen sollte. Aber eines wußte sie, er meinte nicht sie, nur ihre Schwester. Im Gegensatz zu ihm wußte Anna genau, wen sie vor sich hatte. Sie kannte ihn aus Sibylles Briefen. Persönlich kennengelernt hatte sie ihn nie.

Trotzdem, sein Blick war ein Schlupfloch. Wenn du es hier eines Tages nicht mehr aushältst, Anna Jasper, dann kommst du zu mir. Und die Kinder? Wer wird sich denn so einfach aus der Verantwortung stehlen, Anna? Sie nicht, sie war eher der Typ, der den Kelch bis zur bitteren Neige leerte. Notfalls auch ohne Bergners Hilfe.

Beim zweiten Besuch überbrachte er die Einladung zu irgendeiner Veranstaltung und ließ sich das Versprechen geben, daß Tamara und Stefan daran teilnehmen würden. Anschließend saß er wieder mit Anna im Wohnzimmer, hatte nur einen einzigen Rat. Und während er den erteilte, fraß er Anna mit den Augen auf. Es amüsierte sie fast ein wenig.

»Es braucht einfach Zeit, Frau Jasper. Vertrauen wächst nicht in ein paar Wochen. Haben Sie Geduld.«

Den Jungen hielt er für äußerst sensibel, abhängig von der älteren Schwester. Das hatte Anna auch ohne ihn bereits festgestellt. In bezug auf Tamara war Bergner unsicher, aber das war er auch in bezug auf sich selbst. Nur war er bei sich selbst völlig sicher, was die Verwirrung auslöste, die Frau ihm gegenüber, die Frau mit Sibylles Gesicht. Und Tamara, ihr Blick war ihm irgendwie vertraut, nur hätte er nicht sagen können, woher er ihn kannte. Es war mehr ein Gefühl als eine konkrete Tatsache. Und es war ein äußerst unangenehmes Gefühl.

Nach Bergners zweitem Besuch änderte Anna ihr Verhalten den Kindern gegenüber grundlegend. Still für sich nannte sie es, in die Offensive gehen. Für Stefan ein Lächeln nach dem anderen. Ein Streicheln, wann immer sich die Gelegenheit bot, auch wenn er vorerst noch vor ihrer Hand zurückwich. Tamara behandelte sie eher wie eine Erwachsene, hielt ein wenig auf Distanz, um sich an diesem Eisblock nicht die Finger wund zu kratzen. Und da beide Kinder jedem Befehl widerspruchslos folgten, machte Anna sich das Befehlen zur Regel.

»Gib mir einen Kuß, Stefan!«

»Komm her, Stefan, setz dich zu mir auf die Couch!« Dann durfte sie ihn sogar für eine Weile im Arm halten. So lange, bis Tamaras Blick ihn zum Widerstand aufforderte. Für Anna stand fest, wenn es ihr gelang, das Vertrauen des Mädchens zu gewinnen, hatte sie auf der ganzen Linie gesiegt. Aber dieses Kind war aus Eisen gegossen, mit Nägeln gespickt.

An einem Novembertag befahl Anna gleich nach Mittag: »Zieht eure Mäntel an. Wir machen einen Spaziergang.« Es war ein sonniger Tag. Zwar hatte die Sonne ihre Kraft längst eingebüßt, doch allein ihr Vorhandensein schuf die Illusion von Wärme. Zuerst bummelten sie durch die Ladenstraße, dann zog es Anna hinaus an die frische, klare Luft. Hinter Haus Nummer drei verschwanden sie zwischen den kahlen Bäumen. Der Boden war uneben, aber trocken. Anna atmete tief durch, lehnte sich an einen Baumstamm und schaute zum fast wolkenlosen Himmel hinauf.

»Anfangs«, sagte sie leise und vorerst nur zu sich selbst, »hatte ich Angst davor, hier zu leben. Als wir damals herkamen, um uns die Wohnung anzusehen, bin ich zu Tode erschrocken. Die Häuser selbst waren fertig, aber hier draußen sah es noch wüst aus. Das sind seelenlose Klötze, dachte ich. Ich dachte, daß ich hier sehr einsam sein werde. Anfangs bin ich fast täglich in die Stadt gefahren. Ich konnte mich nicht daran gewöhnen, hier einzukaufen. Das wäre gewesen, als hätte ich mich selbst eingesperrt. Dann fiel mir eines Tages auf, daß ich mich bei der Heimfahrt freute. Ich wußte plötzlich, was es bedeutet, daheim zu sein.«

Stefan hockte sich hin und sammelte Kiesel auf. Anna schaute ihm zu. Jeden Stein prüfte er sorgfältig, einige schob er sich in die Hosentasche. Er war so durch und durch Kind in diesem Moment. Anna fühlte grenzenlose Erleichterung. Aber da stand immer noch dieser Eisblock vor ihr.

»Bevor ich nach Kronbusch kam«, fuhr Anna bedächtig fort, »war ich nirgendwo richtig daheim. Natürlich hatte ich eine Wohnung, aber meist lebte ich in Hotels.« Auf ein Echo wartete sie vergebens. Sie sprach einfach weiter, ohne vorerst ein bestimmtes Ziel damit zu verfolgen.

»Ich habe mir nie etwas dabei gedacht. Tagsüber war ich mit vielen Menschen zusammen. Jeder kannte mich, und alle taten sie so, als liebten sie mich auch.« Anna stieß die Luft aus. »Aber viele Menschen wissen gar nicht, was das ist, Liebe. Und irgendwann hat es mich angeödet. Ich wollte nicht mehr viele, die mir etwas vorspielten, weil sie mit meinem Gesicht ihr Geld verdienten. Ich wollte nur noch wenige, die mich wirklich brauchten. Und ich wollte einen Platz, an dem ich die Tür hinter mir schließen kann, und die Welt bleibt draußen.« Anna schrak förmlich zusammen, als Tamara ihr antwortete: »Das gibt es nicht.«

»Doch«, widersprach Anna. »Das gibt es. Man muß nur bereit sein, die Tür hinter sich zu schließen. Vielleicht kann man nicht die ganze Welt aussperren, aber einige Dinge schon. Dafür öffnet man sich eine andere Tür und fängt noch einmal ganz von vorne an. Und je jünger man ist, um so leichter ist das.«

»Das gibt es nicht«, wiederholte das Mädchen.

»Nur weil du es bisher nicht geschafft hast?« fragte Anna. »Du hältst alle Türen fest geschlossen. Du gibst nicht einen Spalt breit nach.«

Eine Weile war es still, das Mädchen schien nachzudenken, und Stefan sammelte immer noch Kieselsteine auf. Plötzlich fragte Tamara: »Und wenn ich dir meine Tür öffne, was habe ich davon? Eines Tages wirst du selbst ein Kind haben, dann schlägst du sie wieder zu.«

Annas Herz machte ein paar unvernünftig leichte Schläge. Die Kälte hatte einen Namen bekommen, aber den hatte Anna auch vorher schon gekannt, Mißtrauen, nur hatte sie geglaubt, in diesem Fall sei es etwas mehr. Sie schüttelte den Kopf, ganz langsam und sehr bedächtig. »Nein«, sagte sie bestimmt, »ich werde nie ein eigenes Kind haben.«

»Weißt du das genau, oder glaubst du es nur?«

»Ich weiß es genau«, antwortete Anna mit fester Stimme. Das Mädchen nickte gedankenverloren.

»Du traust mir nicht«, stellte Anna fest. »Das kann ich verstehen. Wenn es mir so ergangen wäre wie dir, würde ich auch niemandem mehr trauen. Ich will dir nichts versprechen, was ich am Ende nicht halten kann. Ich entscheide nicht allein, wie es mit uns weitergeht. Aber eines kann ich dir versprechen. Ich werde für euch tun, was ich tun kann. Ich werde niemals vergessen, daß ihr da seid. Was auch immer geschieht, und egal, wo ich bin, ich bin für euch da.« Für einen winzigen Augenblick erreichte Tamaras Lächeln die Augen. Aber es war immer noch ein spöttisches Lächeln.

»Warum tust du das?«

»Weil einer etwas tun muß«, erwiderte Anna.

»Aber du doch nicht. Dich zwingt doch niemand.«

»Ich würde mich auch nicht zwingen lassen«, erklärte Anna. Kein Grund mehr zur Sorge. Vor ihr stand nur noch ein verletztes Kind, das sich soeben die erste Blöße gegeben hatte.

»Wenn ich etwas tue«, sagte Anna noch einmal mit großer Bestimmtheit, »dann nur, weil ich es selbst will. Weil es mir gefällt, weil ich es gut finde. Es gibt viele Gründe. Ich will nicht behaupten, daß ich für euch beide die beste Alternative bin. Aber ich bin mehr als gar nichts. Und ich mag euch.« Stefan warf ein paar von seinen Steinen in die Büsche.

»Gib mir doch wenigstens eine Chance«, bat Anna. Sie schaute zu dem Jungen hin. »Und wenn nicht mir, dann gib ihm eine«, sagte sie leise. »Er braucht es wirklich.«

Tamara nickte, aber vielleicht bildete Anna sich auch nur ein, ein zustimmendes Nicken zu sehen.

Stefan schob beide Hände in die Manteltaschen und trippelte von einem Fuß auf den anderen. »Können wir wieder zurückgehen?« bat er. »Mir ist kalt.«

»Ich mußte einfach kommen«, erklärte Anna mit einem Lächeln, als wolle sie um Entschuldigung bitten. »Hoffentlich störe ich nicht zu sehr. Ich werde Sie nicht lange aufhalten.«

Bergner sah sehr beschäftigt aus, doch das täuschte. Er hatte den vierten Namen in die Liste eingetragen, dazugeschrieben, was er im Laufe der vergangenen Wochen erfahren hatte. Ein lebenslustiger Mensch, diese Carmen Hellwin, Kontakte, wohin man nur sah. Zwei Liebhaber, mit denen sie abwechselnd ihre Freizeit verbracht hatte, und ein paar lockere Verhältnisse obendrein, freundschaftliche Beziehungen zu Kolleginnen, beliebt bei ihren Vorgesetzten, bei den Nachbarn nicht gar so sehr. Kein Mensch, der Trübsal blies, diese Carmen Hellwin, jung und hübsch und bereit, alles zu nehmen, was das Leben bot. Auf dem Boden der Wanne hatte ein Elektrorasierer gelegen. Er gehörte einem von Carmen Hellwins Liebhabern. Bergner war deprimiert, und Anna wirkte wie das Leben.

»Ich habe unsere Kleine zum Reden gebracht. Sie hat sich tatsächlich auf eine Unterhaltung mit mir eingelassen. Es waren nur ein paar Sätze, aber immerhin.«

Annas Gesicht war gerötet, vielleicht von der Kälte draußen, vielleicht vor Aufregung. Ihre Stimme war voller Genugtuung. Das Eis war gebrochen. Sie gab kurz den Inhalt des Gespräches wieder und schloß: »Ich hoffe nur, daß ich sie nicht überfordert habe. Mir ging es vor allem darum, eine Vertrauensbasis zu schaffen. Ich dachte, mit der Wahrheit ist das am einfachsten. Man sollte Kinder nicht belügen, auch dann nicht, wenn es im Augenblick als beste Lösung erscheint. Was haben sie davon, wenn man ihnen eine heile Welt vorgaukelt, die über kurz oder lang zerbricht?«

»Nichts«, stimmte Bergner ihr zu, so recht bei der Sache war er nicht. Nicht einmal Annas Anblick tat Wirkung. Vier Tote, da zerbrach man sich nicht mehr den Kopf über die eigenen zwiespältigen Gefühle und auch nicht über kleine Mädchen, die einem allein mit den Augen einen Stoß in die Seite versetzen konnten. Da sprach man nur ganz automatisch aus, was in solch einem Fall zu sagen war: »Ich glaube kaum, daß Tamara von der Wahrheit überfordert ist. Sie ist sehr reif für ihr Alter.«

»Den Eindruck hatte ich auch«, erklärte Anna. »Deshalb habe ich ihr auch gesagt, daß ich immer für sie da sein will, egal, was geschieht.«

Das klang ihm sekundenlang in den Ohren nach, ein ganzes Orchester von Glocken. Bergner sah erstaunt auf. »Das klingt ja fast, als befürchten Sie, eines Tages nicht mehr da zu sein.«

»Wer weiß das schon.« Anna lehnte sich zurück und schlug die Beine übereinander. »So ganz von der Hand weisen würde ich es jedenfalls nicht.«

Schöne Beine. Er starrte sie an, obwohl er das gar nicht wollte, aber vielleicht war es besser, als unentwegt in ihr Gesicht zu starren. »Wollen Sie sich von Ihrem Mann trennen?« Bergner kam sich sehr aufdringlich und entsetzlich neugierig vor, schaffte es nicht einmal, das hoffnungsfrohe Interesse in der Stimme wenigstens etwas zu dämpfen. Anna schüttelte den Kopf und drückte ihn damit zurück ins kalte Wasser. »Will er sich von Ihnen trennen?« Auch eine Möglichkeit, zumindest ein Hoffnungsschimmer.

»Ich weiß es nicht. Es gab eine Zeit, da waren wir beide überzeugt, den richtigen Partner gefunden zu haben. Wir haben uns beide verändert. Aber wir sind erwachsen. Es hat ohne große Illusionen begonnen. Von mir aus kann es so weitergehen. Nur weiß ich nicht, wie er darüber denkt. Er wollte seine Kinder nicht hier haben. Vielleicht können wir uns in diesem Punkt noch arrangieren. Ich werde ihn ab sofort nicht mehr mit meinen Sorgen belästigen. Vielleicht löst sich unser Problem dann ganz von selbst.«

Bergner gab sich skeptisch. Es kämpft schließlich jeder um seinen Anteil am Leben. »Das ist aber keine Voraussetzung für eine gute Ehe, Anna.«

Als er bemerkte, daß er sie plötzlich mit ihrem Vornamen ansprach, errötete er leicht. Gleichzeitig freute er sich, wie leicht ihm ihr Name über die Lippen kam. Und wie zu einer Bestätigung wiederholte er ihn gleich noch einmal. »Sehen Sie, Anna, im Grunde sind für ihn die Kinder das wahre Problem. Und die verschwinden nicht so einfach aus seinem Leben. Das können Sie nicht arrangieren, weil Sie in erster Linie an die Kinder denken und nicht an ihn. Und diese Kinder sind abhängige, gehemmte Menschen. Wie sollen sie sich mit der Ablehnung des einen auseinandersetzen, wenn sie gleichzeitig fürchten müssen, daß der andere wieder verschwindet?«

»Ich weiß nicht«, räumte Anna ein, »aber ich weiß auch nicht, wie ich es anders machen soll.« Dann lächelte sie. »Sie haben sich aber rasch in die Kinderseelen eingefunden.«

Bergner lächelte ebenfalls. »Notgedrungen. Vielleicht mehr in die Seelen allgemein. Nur bezweifle ich immer noch, daß ich der richtige Mann dafür bin. Wir hatten vor einigen Wochen ein paar plötzliche Todesfälle hier. Von mir erwartet man eine Erklärung, und ich dachte, ich hätte eine gehabt.«

Er stieß die Luft aus und betrachtete die Notizen auf dem Schreibtisch. »Sie haben mich darauf gebracht, Anna, als Sie mir zum erstenmal von den Kindern erzählten. Da fängt es immer an, in der Kindheit, da werden praktisch die Weichen gestellt. Da werden die Fehler gemacht. Die Auswirkungen zeigen sich oft erst beim Erwachsenen, Depression, Flucht in die Isolation!«

Er dachte gar nicht darüber nach, sprach einfach weiter von diesen vier Toten. »Aber ich habe keine Hinweise in dieser Richtung gefunden, bei der letzten bestimmt nicht. Die war das genaue Gegenteil eines depressiven Menschen. Sie hatte ein gutes Verhältnis zu ihren Eltern und Geschwistern, hatte zahlreiche Freunde und Bekannte. Sie war lebenslustig, feierte gerne. Abends war sie noch in der Kronenschenke gewesen. Zwei Stunden vor ihrem Tod hat sie mit einer Arbeitskollegin einen kurzen Winterurlaub geplant. Dann traf sie noch eine Verabredung mit einem Mann für den nächsten Abend, ging heim, legte sich ins Bett, stand wieder auf und brachte sich um.«

Als er wieder schwieg, flüsterte Anna: »Entsetzlich. Wir, das heißt, die Kinder haben gesehen, wie eine Frau aus dem Fenster sprang.«

Bergner nickte flüchtig. »Lisa Wagner, unsere Nummer drei, die hatte auch keinen Grund.«

»Aber es muß doch Gründe geben«, meinte Anna.

Er hob die Schultern. »Sicher, wahrscheinlich gibt es sie. Aber ich finde sie nicht.« Seine Stimme war voll Bitterkeit, in dem Augenblick war er nur Friedhelm Bergner, der Mann, der niemals Ansprüche gestellt hatte, weder an seine Ziele noch an sich selbst. Der gerade erst damit anfangen wollte, weil er plötzlich ein Ziel vor Augen hatte. Es saß ihm direkt gegenüber und war unerreichbar. Er nickte grimmig. »Ich habe mich ja auch bisher mehr für Architektur und Landschaftsgestaltung interessiert.«

»Sie dürfen sich für diese Vorfälle nicht verantwortlich fühlen, Friedhelm«, sagte Anna ruhig.

Er zuckte mit den Achseln. »Man darf vieles nicht und tut es doch. Was soll ich denn sonst tun? Soll ich mich auf die Straße stellen und mit einer Glocke läuten? Vielleicht ein Aushang am Schwarzen Brett: Wer daran denkt, sich in nächster Zeit das Leben zu nehmen, möge sich bitte umgehend bei der Hausverwaltung melden und seine Gründe mitteilen!«

»Jetzt werden Sie sarkastisch«, stellte Anna fest.

»Nein«, widersprach er müde. »Das ist kein Sarkasmus, das ist die einzig brauchbare Idee, die ich im Augenblick habe.« Er versuchte zu lächeln, und Anna meinte ungläubig: »Das hört sich fast so an, als würden Sie mit weiteren Toten rechnen.«

»Nein, das eigentlich nicht. Die vier folgten in kurzen Zeitabständen aufeinander. Vielleicht hat mir das einfach einen Schock versetzt.« Er seufzte, nickte, lächelte noch einmal, diesmal fiel es recht zuversichtlich aus. »Aber es ist ja seit Wochen wieder ruhig.«

Als Anna sich erhob und zur Tür ging, fragte er: »Wie geht es eigentlich Sibylle?«

Anna drehte sich noch einmal zu ihm um. »Darauf habe ich gewartet.«

Bergner wurde verlegen. »Ich bin erst vor zwei Tagen durch einen Zufall darauf gestoßen.« Das war eine glatte Lüge. Gesucht hatte er danach. Es mußte schließlich eine Erklärung geben für die frappierende Ähnlichkeit. In Martins Terminal hatte er sie gefunden, hatte, als Martin das Büro einmal kurz verließ, dessen Kennwort und den Namen eingegeben, hatte dann nur noch ablesen müssen. Anna Jasper, geborene Demir, Sibylles Schwester, so einfach war das.

Er hatte gewußt, daß es eine Schwester gab, auch gewußt, daß diese Schwester als Fotomodell große Erfolge feierte und deshalb von Sibylle beneidet wurde. Nur war er nicht auf den Gedanken gekommen, hinter einer Frau, die sich um zwei fremde Kinder sorgte, ein gefeiertes Fotomodell zu suchen.

Anna hielt die Türklinke immer noch in der Hand. »Es geht ihr gut«, erklärte sie abfällig. »Sibylle geht es immer gut. Sie werden vielleicht anders darüber denken, Friedhelm, aber Sie haben nicht viel verloren.«

»Dann haben Sie die ganze Zeit über gewußt, wer ich bin?« Es erstaunte ihn, war irgendwie unangenehm.

Anna lächelte. »Wie hätte ich Sie denn sonst finden sollen?

Es ist nicht üblich, daß eine Baugesellschaft einen Psychologen beschäftigt. Sibylle schrieb mir damals, daß Sie den Posten angenommen haben. Das war der Grund für die Trennung, nicht wahr? Ihr wäre es lieber gewesen, Sie hätten eine eigene Praxis eröffnet.«

Bergner hob die Schultern. »Ich habe ihr immer gesagt, daß ich nicht das Zeug dazu habe. Aber sie meinte, der Wille zum Geldverdienen könne fachliche Mängel ausgleichen.«

»Machen Sie sich nichts daraus. Sibylle schrieb mir einmal, wir beide hätten gut zueinander gepaßt. Traumtänzer nannte sie uns. Sie hat auch nicht verstanden, daß ich mich für einen Mann mit Anhang entschied. Es ist nicht jedermanns Sache, sich die Beweggründe eines anderen zu erschließen. Dazu braucht man mehr, als Sibylle hat.«

Anna sagte noch mehr. Aber Bergner hörte nicht mehr zu, hatte nur noch das eine Wort im Kopf. Traumtänzer. Es ließ ihn nicht mehr los.

Vier Tote! Ein Haufen böser Erinnerungen. Und die Angst. Martin wurde von Tag zu Tag bedrückter. Zwar versuchte er, seine Sorgen vor ihr zu verbergen, aber sie kannte die Zeichen, kannte jedes einzelne. Den geistesabwesenden Blick, der stets auf einen Punkt gerichtet war, den niemand sonst sehen konnte. Das Lächeln mit wehmütigen Augen. Die Lippen eine Spur schmaler als sonst. Die Stirn von feinen Furchen durchzogen. Genau so war es mit Vater gewesen.

Bei Vater hatte sie sich schuldig gefühlt, aber jetzt … Es war alles nur Bergners Schuld. Er ließ Martin einfach keine Ruhe, machte ihm den Kopf schwer mit seinen Spekulationen, ihr auch. Kaum ein Abend verging, an dem er nicht spätestens um acht vor der Tür stand. Meist kam er sogar noch früher, saß mit am Tisch, bohrte anschließend in den verschlossenen Kammern herum. Zerrte Einzelheiten ans Licht, die seit ewigen Zeiten begraben waren.

Sie schaffte es nie lange, ihm zuzuhören. Oft verließ sie das Wohnzimmer, lange bevor Bergner auch nur daran dachte, zu gehen. Sie duschte gründlich, legte sich in ihr Bett und wartete. Die Tür zur Diele stand immer offen. Und Bergners Stimme erreichte sie so lange, bis Emmi ihn endlich ablöste. »Soll ich dir eine Geschichte erzählen, mein Kleines?«
Die Geschichte von den Feuerteufelchen. Immer wieder bot Emmi ihr die an, in einer sehr beschwörenden, eindringlichen Art, als ob der Friede im Paradies nur von dieser Geschichte abhinge. Aber die wollte sie nicht hören. Vielleicht wollte sie gar keine mehr hören. Auch Emmis Geschichten waren grausam, es wimmelte in ihnen von Toten, von Hexen und Flüchen, reißenden Bestien und Prinzen, die sich einfach nahmen, was schlafend auf einer Terrasse herumlag.
Emmis Geschichten waren niemals nur Märchen gewesen. Sie hatten immer eine besondere Bedeutung gehabt, waren Wegweiser. Früher waren sie das Seil gewesen, an dem man sich durch das Leben zog, wenn einem der Wind gar so sehr ins Gesicht blies, daß man die Augen nicht offenhalten konnte. Heute halfen sie nicht mehr, im Gegenteil, sie nahmen der Gegenwart nichts von der Bedrohung.
Vier Tote! Es mußte Gründe geben dafür, aber Bergner fand die Gründe nicht. Bergner war ein Trottel, und Martin konnte nicht mehr lächeln. Martin sagte nicht mehr: »Ich liebe dich, Engel. Ich könnte ohne dich nicht leben.« Hätte er es nur einmal getan, und einmal so, daß sie ihm glauben konnte, vielleicht wäre alles wieder so wie früher gewesen. Vielleicht.
Wann Martin ins Bett kam, wußte sie nie. Morgens wirkte er übermüdet, immer häufiger verlangte er zum Frühstück einen besonders starken Kaffee. Wenn er ihr dann am Tisch gegenübersaß, hob er kaum einmal den Kopf, als könne er ihren Anblick nicht mehr ertragen. War es mit Vater nicht genauso gewesen?

Warst du artig, mein Engel? Wer konnte das denn, immer nur artig sein? Wer konnte denn von sich behaupten, daß er nicht in Notfällen zu einer kleinen Lüge griff? »Ich habe nichts gesehen, Vati, wirklich nicht!«

Nur den Wolf, wie er sich über Mutter hermachte. Von wegen! Nur einen von Mutters Liebhabern. Es gab viele Schatten auf dem sonnigen Rasen. Überall nur Lügen und Betrug und die Panik im Innern. Es war pure Verzweiflung, daß sie gleich nach Carmen Hellwins Tod ihr gewohntes Leben wieder aufnahm. Es war ein kindlich naiver Versuch, die verbogene Welt wieder in den festgefügten Rahmen zu zwingen.

Wenn Martin kurz vor neun das Haus verließ, fuhr sie hinunter ins Schwimmbad, zog ihre Bahnen durch das klare, blau schimmernde Wasser, bis die Kraft in den Armen erlahmte, bis das Hirn ganz ausgelaugt war von der Erschöpfung, bis es keinen Gedanken mehr gab als den, den Rand des Beckens zu erreichen. Mittags aß sie eine Kleinigkeit, meist alleine, Martin fand kaum noch Zeit für eine Mittagspause. Sie machte ihm keine Vorwürfe deswegen, vermied jeden Gedanken daran, weil jeder Gedanke sich nach hinten wenden konnte. Ein Blick über die Schulter zurück, mitten hinein in Vaters Gesicht, in die vorwurfsvollen Augen.

Wenn das Wetter es erlaubte, verbrachte sie den Nachmittag auf dem Tennisplatz. Manchmal spielte sie gegen Kinder. Es machte keinen Spaß, Zwerge über den Platz zu hetzen. Es gab ihr ein Gefühl von Macht, und das wollte sie nicht. Das auf gar keinen Fall. Sie war hilflos, nicht mächtig, das war sie nie gewesen. Manchmal spielte sie gegen einen Prinzen. Es gab nicht viele davon hier draußen. Vielleicht waren sie empfindlich gegen die Kälte, vielleicht starben sie aus mit der Zeit. Das wußte sie nicht genau.

Wenn sich kein Partner fand, machte sie Spaziergänge. Das wilde Land hinter Haus Nummer drei hatte nichts von sei-

nem magischen Zauber eingebüßt. Und der späte Herbst
stärkte die Anziehungskraft noch. Da war der Apfelbaum.
Allein der Anblick stellte sie wieder vor die Tonschale auf
einer Küchenfensterbank. Die Nußbäume warfen ihre Last
ins Gras, Erinnerungen an Sofie. Die Kälte ließ den Atem in
kleinen Wolken davontreiben. Äste und Zweige stachen
schwarz gegen die klare Luft ab. Schwarz wie Ebenholz,
dachte sie jedesmal bei diesem Anblick. Oder wie verkohlte
Balken, die man aus der Ferne betrachtet. Und es war still.
Da draußen war es immer still, es war überhaupt still geworden. Es dauerte seine Zeit, ehe ihr auffiel, daß sich die Zahl
nicht erhöhte.

Erst im November bemerkte sie, daß Bergner und Martin
immer noch über Carmen Hellwin sprachen. Es war fast so,
als ob sie mit ihren Aktivitäten den Fluch habe bannen können. Natürlich war es Unsinn, so etwas zu denken, sie dachte
es auch nur einen winzigen Augenblick lang. Und so unsinnig war es vielleicht gar nicht. Immerhin hatte sie drei Jahre
lang so gelebt, morgens das Schwimmbad, nachmittags der
Tennisplatz, und es war immer gut gewesen. Jetzt war es
auch gut, es machte müde, zu müde für Gedanken und Erinnerungen, und es hielt die Angst in Schach.

Am nächsten Morgen fuhr sie wieder hinunter ins
Schwimmbad. Schwamm, bis die Kraft in den Armen endgültig erlahmte. Sie saß noch minutenlang auf dem Rand
des Beckens, atmete keuchend, hörte den dröhnenden Herz-
schlag in den Ohren und sonst nichts. Anschließend ging sie
zu den Umkleidekabinen. Dann fuhr sie hinauf, duschte
gründlich, rief in Martins Büro an und fragte, ob er zum
Mittagessen hinaufkommen würde. Aber Martin war
beschäftigt, gar nicht hungrig, und seine Stimme am Telefon klang fremd und müde. Sie schob den Klang von sich
weg, so weit es nur ging, aß zusammen mit der Müllerin eine
Kleinigkeit, duschte noch einmal. Ihr war heiß, sie fühlte

sich verschwitzt, schmutzig und unwohl, wie mit Asche an den Händen und Ruß im Gesicht.

Nachdem sie sich angekleidet hatte, fuhr sie wieder hinunter und ging zum Tennisplatz. Es war ein kalter und sehr windiger Tag, dennoch fand sie rasch einen Partner. Er saß auf einer der Bänke am Rand des Spielfeldes, als habe er dort auf sie gewartet. Ein junger, blonder, sehr kräftiger Mann, der sie sofort an die Prinzen auf der Terrasse erinnerte. Aber er spielte gut, jagte sie über den Platz, bis ihr die Seiten stachen, bis die Kehle schmerzte vom raschen Einziehen der eiskalten Luft. Sie gewann nicht einen Satz gegen ihn. Darüber hinaus zeigte der Vormittag endlich Wirkung. Sie war völlig erschöpft. Es war gut so. Es war fast so wie früher.

Um fünf ließ sie sich von Elfriede Müller die wenigen Handgriffe für das Abendessen erklären. Als die Müllerin ging, sagte sie: »Bis morgen, Emmi.« Das war ihr in den letzten Tagen mehrfach passiert. Dann wartete sie auf Martin. Er kam spät und nicht alleine. Bergner war bei ihm, und Bergner wirkte bedrückt.

Sie stellte ein drittes Gedeck auf den Tisch. Nach dem Essen machte sie Kaffee und schenkte den beiden Männern Cognac ein. Nachdem sie den Tisch abgeräumt und das Geschirr in die Küche getragen hatte, hockte sie in ihrer Ecke und hörte zu. Aber nicht lange. Es war widerlich. Martin sprach wieder von Nummer vier, deren Gründe man vielleicht niemals erfahren würde, und Bergner sprach von einem Traumtänzer, der sich einbildete, eine Frau auf dumme Gedanken bringen zu können. Die Frau war verheiratet, aber anscheinend liebte sie ihren Mann nicht. Es hatte ganz den Anschein, daß sie bereit war, ihn zu betrügen. Alles, was dem noch im Wege stand, war ein Kind, ein kleines Mädchen, das der Frau angst machte. Bergner auch, das war seiner Stimme deutlich zu entnehmen.

Sie hätte ihm gerne noch ein Weilchen zugehört, um herauszufinden, warum er sich vor dem Kind fürchtete. Aber es war ein ekelhaftes Thema. Das wollte sie sich nicht antun. Um acht ging sie ins Bad, duschte ausgiebig und sehr gründlich, zum viertenmal an diesem Tag. Sie zog nur noch den Bademantel über, bürstete das Haar und putzte auch gleich die Zähne. Inzwischen war es fast neun, und sie fühlte sich auf eine angenehme Art müde, kroch zurück in die Couchecke neben Martin, legte den Kopf an seine Schulter und wartete. Er mußte ihr noch einmal sagen, daß er sie liebe, daß er sie niemals verlassen würde. Sie rieb ihren Kopf an Martins Schulter.

»Wenn du müde bist, Angela«, sagte Martin, »geh ins Bett.«

»Kommst du mit?« murmelte sie.

Martin warf Bergner einen verlegenen Blick zu. Ihm schien die Situation peinlich. Nach einer Weile forderte er erneut und diesmal drängender: »Geh doch ins Bett, Engel, du schläfst ja fast im Sitzen ein.«

Die Weichheit im Innern war mit einem Schlag zerstört. Sie rückte von Martin ab, schüttelte sich, als habe er sie geschlagen. Dann erhob sie sich und ging ins Bad. Martin sah ihr kopfschüttelnd nach. »Entschuldige, Friedhelm«, sagte er.

Als aus dem Bad das eindeutige Geräusch der Dusche zu hören war, fragte Bergner verständnislos: »Was macht sie denn? Sie hat doch gerade erst geduscht?«

Martin seufzte. »Mich mußt du nicht fragen. Jetzt ist sie wütend. Aber kann ich denn nicht ein bißchen Verständnis erwarten? Ich bin schließlich kein Stehaufmännchen.«

Auffordernd und um Zustimmung bettelnd, schaute Martin in Bergners Gesicht. Als der schwieg, meinte er: »Ich kann mich nicht den ganzen Tag mit vier Toten auseinandersetzen und abends den zärtlichen Ehemann für Angela spielen. Und darauf lief es nämlich hinaus. Wahrscheinlich hat sie fest damit gerechnet, daß ich vor lauter Dankbarkeit in die Knie gehe. Wenn sie schon einmal so deutlich zeigt, daß ihr der Sinn nach Liebe steht. Passiert ja selten genug, daß sie sich dazu überwinden kann. Da müßte ich mich doch glücklich schätzen.«

Bergner schwieg immer noch, deutliche Verlegenheit auf dem Gesicht. Es geschah zum erstenmal, daß Martin über derart intime Dinge sprach. Bisher hatte Bergner sich keinerlei Gedanken darüber gemacht, wie es in dieser Hinsicht um Martins Privatleben bestellt war. Er wollte das auch jetzt nicht tun. Speziell nicht in diesem einen Punkt, weil dieser Punkt ihn selbst betraf. Da konnte er doch nicht objektiv sein.

Weil er selbst bereits ein paar unruhige Nächte hinter sich hatte, weil er genau wußte, daß ihm noch etliche solcher Nächte bevorstanden. Nächte, in denen er sich zwangsläufig vorstellte, daß Anna schlafend neben einem Mann lag. Oder nicht schlafend und nicht daneben. Und das war schlimmer, da nagte Eifersucht an den Knochen, Wut auf einen gesichtslosen Rivalen, der eindeutig alle Trümpfe in seiner Hand hielt. Und gegen diese Wut waren Martins Eheprobleme ein lindes Lüftchen.

Aber Martin ignorierte die Zurückhaltung und fuhr aufgebracht fort: »Sie tut den lieben langen Tag nichts weiter, als ihrem Vergnügen nachzugehen. Bitte, ich habe nichts dagegen. Sie soll sich ruhig amüsieren. Aber sie muß auch begreifen, daß ich jetzt andere Dinge im Kopf habe.«

»Warum sagst du das mir?« fragte Bergner endlich.

Martin winkte ab, seine Stimme klang resignierend. »Das weißt du genau. Ihr kann ich es nicht sagen. Mit Angela kannst du vieles machen, aber nicht streiten. Ein falsches Wort, und sie verläßt das Zimmer. Das ist nicht die Sprache ihrer Kreise. Wahrscheinlich wurden bei ihr daheim die Gemeinheiten in Watte gepackt, bevor man sich damit bewarf. Aber lassen wir das. Ich will dich nicht auch noch mit meinen Problemen belästigen. Und morgen ist alles wieder in Ordnung. In dieser Hinsicht hat Angela ein sehr kurzes Gedächtnis.«

Als Martin nach eins das Schlafzimmer betrat, lag sie auf dem Rücken und schaute zur Decke hinauf. Kaum sah er sie so liegen, bereute er, was er zu Bergner gesagte hatte. Er war nur dankbar, daß sie unter der Dusche nichts davon gehört hatte.

»Bist du mir böse?« fragte er.

Stumm schüttelte sie den Kopf.

»Kannst du nicht schlafen?«

Noch ein Kopfschütteln.

»Soll ich dir eine Tablette holen?«

»Nein«, sagte sie leise.

»Tut mir leid, daß es so spät wurde, Engel.« Martin knüpfte das Hemd auf, zog es aus, ließ die Hose folgen.

»Es ist nicht deine Schuld«, meinte sie.

»Nein.« Halbwegs erleichtert von ihrer Antwort setzte er sich auf die Bettkante und streifte die Socken ab. »Friedhelm fühlte sich nicht so besonders. Ich konnte ihn nicht gut hinauswerfen.«

»Nein«, sagte sie wieder.

Martin legte sich ins Bett, drehte sich auf die Seite, küßte sie flüchtig und löschte das Licht. »Schlaf gut, Engel.«

Mit einem Schlag war es finster. Vorher war wenigstens noch Licht aus dem Wohnzimmer in die Diele gefallen. Da sie die Tür offengelassen hatte, war alles im Raum zu erkennen gewesen. Jetzt gab es nichts mehr zu sehen. Mit weit aufgerissenen Augen lag sie da, sah sich über den Tennisplatz hetzen, sah das selbstgefällige Lächeln auf dem Gesicht des jungen Mannes. Das gleiche Lächeln wie damals, mit hochgezogenen Lippen gab es kräftige weiße Zähne frei. Und der Wolf schlug seine Zähne in Mutters Kehle. »Darf ich in dein Bett, Vati?«

Aber er trug sie zurück in ihr Zimmer, deckte sie zu, küßte

sie flüchtig auf die Stirn. Hatte kein Ohr für ihre Nöte, keinen Gedanken für ihre Verlassenheit, keinen Arm frei, um sie hineinzunehmen. Irgendwann in der Nacht kam Emmi. »Aber, mein Kleines, wer wird denn weinen? Was ist denn geschehen? Laß mich raten, der böse Wolf war wieder da.« Das Kind nickte krampfhaft, unterdrückte die Schluchzer und wischte sich mit dem Handrücken die Tränen aus dem Gesicht. »Darf ich in dein Bett, Emmi?«

»Ich würde dich ja mitnehmen, Kleines, aber es geht nicht. Die Großmutter mag es nicht. Und du weißt doch, sie sieht alles. Aber wenn du dich so fürchtest, warte, ich hab' was für dich. Ich hole es rasch.«

Emmi ging und kam bald darauf zurück, einen Trost im Arm, den sie neben das Kind legte. Viel half er nicht.

Gegen zehn Uhr am nächsten Vormittag, verließ Marthe Gemrod ihre Wohnung im dritten Stock von Haus Nummer acht. Eine unscheinbare Frau im dunklen Wollmantel, die Einkaufstasche in der Hand, von niemandem sonderlich beachtet, ging sie zur Ladenstraße. Marthe Gemrod war fünfundvierzig, und nichts unterschied sie von anderen Frauen ihres Alters. Ein früher hübsches, nun ausdrucksloses Gesicht, Falten um die Augen, zwei ausgeprägte Kerben neben den Mundwinkeln. Blasse Haut zeigte, daß Marthe wenig Wert auf Kosmetik legte.

Es gab niemanden, für den es sich gelohnt hätte. Wilhelm sah nicht einmal mehr, wenn sie an drei Tagen hintereinander dasselbe Kleid trug. Wilhelm war fleißig, ehrlich, treu und müde, wenn er von der Arbeit kam. In mehr als zwanzig Jahren Ehe hatte Marthe Gemrod gelernt, damit zu leben. Von ihrer Tochter wußte sie, daß sie einiges versäumt hatte. Doch sprach sie mit Wilhelm darüber, reagierte der unwillig. Wo sie nur immer diese Ausdrücke aufschnappe, hatte er sie mehr als einmal gefragt, Orgasmus, so ein Quatsch.

Und dann sagte er: »Bleib mir mit dem neumodischen Kram vom Leib. Früher gab es das auch nicht, da warst du auch zufrieden.«

Marthe wußte nicht mehr genau, ob sie wirklich zufrieden gewesen war. Und manchmal schämte sie sich, daß sie in ihrem Alter überhaupt noch an Liebe und dergleichen dachte. Aber sie sah die Bilder von Filmstars, Artikel in den Illustrierten; Frauen in ihrem Alter, manche sogar noch älter, mit dem dritten oder vierten neuen Ehemann an der Seite. Junge Männer. Marthe dachte nicht daran, Wilhelm zu betrügen, sie dachte eigentlich gar nicht. Sie war nur deprimiert an diesem Morgen. Doch das fiel niemandem weiter auf.

Sie ging an hell erleuchteten Schaufenstern vorbei, blieb vor den Auslagen einer Boutique stehen und betrachtete nachdenklich die wenigen und exklusiven Stücke. Ein Nachthemd aus schwarzer, fast durchsichtiger Spitze zog ihren Blick an, es war sündhaft teuer und verrucht. Flüchtig dachte Marthe daran, daß für Wilhelm das Wort Sex nur noch in einer Zahlenreihe existierte, und da wurde es anders geschrieben. Vielleicht wäre einiges ganz anders, wenn sie sich einmal etwas in dieser Art leisten würde. Dieses Nachthemd, und Wilhelm würde nicht vor dem Fernseher einschlafen. Wilhelm würde toben, wenn sie sein sauer verdientes Geld für solche Dinge zum Fenster hinauswürfe.

Im Supermarkt sah sich Marthe Gemrod erleichtert von ihresgleichen umgeben. Frauen in dunklen Mänteln, angegraute Haare und Einkaufstaschen zwischen den Paradiesvögeln mit Handtäschchen und Plastiktüte. Dann stand sie wieder auf der Straße. Umgeben von künstlicher Helle. Und am Ende der Neonröhren wartete eine blasse Wintersonne. Nur diese blasse Sonne.

An diesem Morgen saß Bergner vor seinem Schreibtisch und sah im Geist nur ein lachendes Frauengesicht. »Traumtänzer«, flüsterte Sibylle. Es machte ihn wütend auf sich selbst, daß er sich von einem Wort so aus der Fassung bringen ließ. Aber Sibylle hatte mehr gesagt als dieses eine Wort. Und im Grunde hatte sie recht. Er war ein Traumtänzer, wenn er glaubte, eine Frau wie Anna würde Mann und Kinder im Stich lassen, um zu ihm zu kommen. Ausgerechnet zu ihm, er konnte ihr ja auch sehr viel bieten. Eine Zweizimmerwohnung, ein geregeltes Einkommen, das er praktisch mit Nichtstun verdiente, weil die Baugesellschaft vermutlich vergessen hatte, ihn zu entlassen. Und er war noch viel mehr ein Traumtänzer, wenn er sich einbildete, vier Todesfälle aufzuklären, indem er Namen auf ein Blatt Papier schrieb.

Kurz vor zehn kam Anna. Sie wirkte verstört. In einer Tüte trug sie einen stark ramponierten Teddybären bei sich. Und statt einer Begrüßung hielt sie ihm das Plüschtier entgegen wie eine Anklage. So klangen auch ihre Worte. »Das habe ich vor einer halben Stunde gefunden.«

Anna setzte sich und begann zu erzählen. Als sie die Zimmer für die beiden Kinder einrichtete, hatte sie neben den notwendigen Möbelstücken auch ein wenig Spielzeug gekauft, darunter diesen Teddybären. Das erwies sich als überflüssig, die Kinder spielten nicht.

»Nach dem Spaziergang gestern und dem Gespräch mit Tamara habe ich zum erstenmal erlebt, daß Stefan sich ein Puzzle aus dem Regal nahm. Und dann setzte er diesen Bären auf sein Bett. Ich wollte heute morgen die Betten frisch beziehen. Da fand ich ihn so. Nicht bei Stefan, bei Tamara. Er lag unter der Decke. Und einmal abgesehen davon, daß er Stefan gehört, sie hat noch nie etwas kaputt gemacht. Es steht in so krassem Widerspruch zu ihrem bisherigen Verhalten. Ich verstehe das nicht. Sie war doch so vernünftig.«

Bergner wußte nicht, was er ihr antworten sollte. Zum einen verwirrte es ihn, ausgerechnet die Frau, die ihm wie ein unerschütterlicher Fels in der Brandung erschien, so ratlos vor sich zu sehen, richtig aufgewühlt. Zum anderen stand ihm nicht der Kopf danach, sich mit den Launen eines überdrehten kleinen Mädchens auseinanderzusetzen. Aber etwas mußte er sagen. Er versuchte, Anna mit einer Floskel zu besänftigen. »Wir dürfen nicht vergessen, daß Tamara bei aller zur Schau gestellten Vernunft ein sehr verletztes Kind ist.«

»Sie war noch nie aggressiv«, murmelte Anna, fügte eine Lehrbuchweisheit an, um sich selbst ein wenig zu beruhigen. »Nicht nach außen. Vielleicht habe ich sie doch überfordert. Vielleicht ist sie eifersüchtig. Stefan schmust gerne. Sie dagegen mag das nicht, also fasse ich sie auch nicht an.«

Bergner schüttelte den Kopf, ihm war immer noch nicht danach, sich mit derartigen Lappalien zu beschäftigen. Vier Tote oder ein zerrupfter Teddybär und kindliche Eifersucht unter Geschwistern, man mußte Prioritäten setzen. Fast widerwillig betrachtete er das Plüschtier auf Annas Schoß. Im Gegensatz zu seinen Notizen hatte es etwas Reales.

Ein Ohr fehlte, dort, wo es sein sollte, quoll hellgelbe Füllmasse aus dem Kopf. Eines der Glasaugen war herausgerissen, und ein Arm baumelte nur noch lose an Fäden. Bergner seufzte vernehmlich. Er wollte Anna auf keinen Fall verärgern, aber sie mußte begreifen, daß sie sich über Nichtigkeiten aufregte.

»Ich persönlich finde es nicht tragisch«, meinte er schließlich, »daß sie eine derartige Reaktion zeigt. Es ist immerhin eine Reaktion, bisher hatten wir gar nichts. Viele Kinder neigen dazu, ihr Spielzeug auseinanderzunehmen.« Er wollte noch mehr sagen, wurde jedoch durch ein Klopfen an der Tür unterbrochen. Ein bißchen unwillig schaute er auf. Martin kam herein. »Tut mir leid, wenn ich störe, Friedhelm, aber wir brauchen dich dringend.«

»Hat das nicht Zeit?« Man mußte wirklich Prioritäten setzen. Es war immerhin Anna, die ihm da gegenübersaß. Und ein Plüschtier, mochte es noch so zerrupft aussehen, war angenehmer zu betrachten als alles, was Martin ihm bieten konnte. Martins Miene nach zu urteilen, handelte es sich wieder um eine Katastrophe.

Aber Anna erhob sich bereits. »Ich wollte ohnehin gerade gehen. Nur eine Frage noch: Soll ich sie darauf ansprechen oder einfach so tun, als hätte ich nichts bemerkt?«

»Fragen würde ich sie schon«, riet Bergner, »aber keine Vorwürfe machen.«

Er erhob sich ebenfalls und ging hinter Anna her auf die Tür zu. Im Vorbeigehen lächelte Anna Martin zu, drückte den Bären an sich, als schäme sie sich für dessen Zustand. Noch während Anna den Korridor entlangging und Bergner ihr mit leicht verlorenem Blick nachschaute, begann Martin: »Man hat mir gerade eine Frau ins Büro gebracht. Sie hat sich in der Ladenstraße ausgezogen.«

»Was hat sie gemacht?« fragte Bergner entgeistert.

»Ausgezogen bis auf die Unterwäsche«, erklärte Martin. »Vor einer Boutique.« Er schilderte kurz, was er selbst wußte. Eine Verkäuferin hatte das Schlimmste verhindert, Marthe Gemrod, als die sich gerade ihres Schlüpfers entledigen wollte, in die Boutique geführt und sie genötigt, sich wieder anzuziehen. Nun saßen beide Frauen in Martins Büro.

»Welchen Eindruck macht sie denn?« erkundigte Bergner sich vorsichtig. Martin hob vage die Achseln.

Jetzt galt es! Bergner war versucht, die Schultern zu straffen. Jetzt konnte er beweisen, ob er imstande war zu helfen. Gleich hinter Martin betrat er dessen Büro. Marthe Gemrod saß auf der kleinen Couch bei dem Tisch, an dem Martin neue Interessenten zu bewirten pflegte. Eine junge Frau in sehr modischer Aufmachung saß neben ihr, hatte einen Arm um Marthes Schultern gelegt und sprach beruhigend auf sie ein.

Als Bergner den Raum betrat, erhob sie sich. »Kann ich gehen, oder brauchen Sie mich noch?«

»Nein«, sagte Bergner, »und vielen Dank für ihre Bemühung.«

Die Frau warf Marthe einen letzten, zaghaften Blick zu. »Ich wußte nicht, wohin ich sie sonst hätte bringen sollen. Und ich wollte sie nicht alleine lassen.«

»Das war vernünftig«, sagte Bergner, »nochmals vielen Dank. Ich kümmere mich darum.«

»Auf Wiedersehen«, sagte die Verkäuferin zu Marthe Gemrod.

»Auf Wiedersehen«, sagte Marthe ganz automatisch.

Bergner betrachtete sie. Die halbgefüllte Einkaufstasche auf ihrem Schoß erinnerte ihn an Maria Hoffmann. Sein Pulsschlag beschleunigte sich. Den Mantel hielt sie mit einer Hand über der Brust zusammen.

»Wie wäre es mit einem Kaffee?« fragte Bergner, um einen Anfang zu finden.

Marthes Finger drehten an einem Mantelknopf. Ihr Blick war starr auf die Platte des kleinen Couchtisches geheftet. Nach ein paar Sekunden hob Marthe scheu und ängstlich den Kopf, schaute Bergner mit großen Augen an. »Werden Sie mich anzeigen?«

»Nein«, erklärte Bergner voll Überzeugung. »Dazu besteht keine Veranlassung. Sie haben niemandem geschadet.«

Er setzte sich ihr gegenüber. Martin ging hinaus, um Kaffee zu besorgen, während Bergner behutsam zu erfahren versuchte, was Marthe zu ihrem sinnlosen Tun veranlaßt hatte. Doch vorerst erreichte er nichts. Als Martin zurückkam, saßen sich beide schweigend gegenüber. Martin stellte Geschirr auf den Tisch, stellte auch gleich zwei Gläser dazu und holte die Cognacflasche aus dem Schrank. Vielleicht ging es damit leichter.

Doch alles, was Bergner an diesem Tag von Marthe Gemrod

erfuhr, war ein verzweifeltes: »Es war dieses Hemd im Fenster. Mein Mann hockt nur vor dem Fernseher, und ich dachte … Ich dachte …« Sie hob ratlos die Schultern, schaute Bergner an und sprach den Satz zu Ende: »Ich weiß nicht mehr, was ich gedacht habe. Es ging alles so schnell.«

Angela steuerte den Wagen in eine freie Parkbucht, stellte den Motor ab und blieb noch einen Augenblick sitzen, bevor sie nach ihrer Tasche griff. Ein naßkalter Wind wehte durch die Fahrzeugreihen auf dem offenen Parkdeck des Kaufhauses. Sie zog die Jacke enger um die Schultern und lief eilig auf die Tür zu den Verkaufsräumen zu. Warme, verbrauchte Luft schlug ihr entgegen, Hektik und Gedränge nahmen sie auf, schlossen sie ein. So viele Menschen, nervöse Gesichter, kleine Schritte in der Masse. Am liebsten wäre sie augenblicklich wieder umgekehrt. Aber Umkehren war unmöglich.
Noch drei Wochen bis Weihnachten. Martin hatte darauf bestanden, persönliche Dinge zu schenken. Fast wäre es darüber zu einer Auseinandersetzung gekommen. Sie hatte vorgeschlagen, der Müllerin einen größeren Geldschein in ein Kuvert zu legen, eine Karte dazu. »Frohe Weihnachten«. »Eine Gratifikation in dem Sinn bekommt sie bereits von mir, Angela«, hatte Martin erklärt. Schon dabei war er so ungehalten gewesen. »Ich will, daß du dir ein bißchen Mühe für sie gibst. Sie gibt sich auch immer soviel Mühe, dir alles recht zu machen. Eine nette Kleinigkeit, die ihr zeigt, daß sie hier mehr ist als nur eine Angestellte. Denk an die Nüsse für meine Mutter. Du bist doch sonst nicht um eine gute Idee verlegen. Also laß dir gefälligst etwas Vernünftiges einfallen.«
Martin war so gereizt in letzter Zeit, wurde schnell wütend und sagte dann Dinge, die grausam und verletzend klangen. Geschmacklos hatte er sie genannt, gedankenlos, und damit

irrte er sich. Sie war nicht gedankenlos. Sie war voller Gedanken, und es war so wichtig, sie alle zu kontrollieren, ständig, kein einziger durfte abschweifen. Jeder, der abschweifte, verlor sich unweigerlich in der Vergangenheit, hob das Vergessen über dem nächsten widerlichen Punkt an. Und seltsamerweise kam Martin dann wenig später und erzählte von einer weiteren Toten, als ob die eine Scheußlichkeit noch nicht reichte. Wie hätte sie da über eine nette Kleinigkeit für die Müllerin nachdenken können?

Für Bergner war es einfacher. Der bekam in jedem Jahr einen dicken Winterpullover. Er freute sich jedesmal darüber. Vermutlich würde er sie auch diesmal wieder für ihren guten Geschmack loben. Den Pullover hatte sie bereits in Kronbusch gekauft. Aber eine nette Kleinigkeit für die Müllerin …

Unschlüssig betrachtete Angela kleine Porzellanfiguren auf einem Glasbord. Winzige, kitschige Kunstwerke, ein Schäferjunge, ein Hirtenmädchen, zwei Schwäne, ein Engel mit hohen, schneeweißen Flügeln in einem ebenfalls schneeweißen Kleid. Die Farbe stimmte nicht, also war er kaum geeignet. Und eine Müllerin war nicht dabei, das wäre originell gewesen.

Vielleicht eher etwas Praktisches? Sie ging weiter zur Rolltreppe, fuhr ein Stockwerk höher hinauf in die Abteilung für Haushaltswaren. Vielleicht ein Speiseservice, es gab sie in allen Formen, Farben und Preislagen.

Aber vermutlich brauchte die Müllerin kein Speiseservice. Was brauchte sie überhaupt? Geld, jedenfalls stöhnte sie immerzu über die Preise. Angela wußte nicht genau, wieviel Martin ihr für die Arbeit bezahlte. Es war auch unwichtig. Alles war unwichtig und nebensächlich geworden. »Wohin gehst du denn, Vati?« Als Martin verlangte, sie möge sich gefälligst etwas Vernünftiges einfallen lassen, war ihr tat-

sächlich etwas eingefallen. Vielleicht sogar das Wesentliche.
Es war ein Tag in der Vorweihnachtszeit gewesen, ein Tag
wie heute. Das Kind fuhr mit Mutter in die Stadt, die letzten Kleinigkeiten vor dem Fest besorgen. Ein dickes Buch
für Emmi. Mutter lachte. »Falls ihr einmal die Geschichten
ausgehen. Hier drin sind welche, die kennt sie bestimmt noch
nicht.«
Dann gingen sie in ein CafÈ. An die düstere Atmosphäre
erinnerte Angela sich genau. Auch Mutters Gesicht wurde
düster. Schließlich fuhren sie heim. Vater stand in der Diele,
neben sich einen Koffer. Mutter wurde wütend: »Warum
hältst du dich nicht an die Abmachung? Du wolltest weg
sein, wenn wir zurückkommen.«
»Ich konnte nicht gehen«, erwiderte Vater mit sanftem
Lächeln. »Nicht, ohne meinem kleinen Engel vorher noch
einen Kuß zu geben. Komm her, mein Engel.«
Und das Lied der Spottdrossel. »Mein kleiner Engel! Hast
du dich eigentlich nie gefragt, ob du tatsächlich an deinem
Engel beteiligt warst?«
Vater beachtete die Frage nicht, hatte nur Augen für das
Kind auf seinem Arm.
»Wohin gehst du denn, Vati?«
Er hatte sie geküßt und war gegangen, über die Terrasse zu
seinem Wagen. Dann fuhr er fort. Sie fragte Emmi, und
Emmi sagte: »Sei nur ganz artig, mein Kleines, dann kommt
er bestimmt bald zurück.« Sie war artig, artiger als jemals
zuvor. Aber er kam nicht zurück. Er hatte sie verlassen, war
einfach gegangen. Das war es, in Bergners Büchern gab es
unzählige Namen dafür, Schock, Trauma. Es gab sogar
Erklärungen für das Schuldgefühl. Nicht artig genug, mein
Engel, einmal gelogen. Aber das war bestimmt nicht der
Grund gewesen. Der Grund war Mutter. Vielleicht, dachte
Angela, hatte er eine andere Frau gefunden, eine sanfte,
stille, eine, die so war wie er selbst. Und mit der lebte er

111

dann wie im Märchen. »Und wenn sie nicht gestorben sind ...«

Und sie hatte er vergessen. Sie ließ er bei Mutter zurück, was hätte er auch sonst tun sollen mit einem Bastard? Zurücklassen in all dem Schmutz, zwischen den grapschenden Händen. »Die ist ja niedlich, die Kleine. Eh, komm mal her, du.«

Mutter lebte weiter mit den Prinzen im Schloß. Emmi erzählte Geschichten. Und heute war es nicht mehr so schlimm. Heute war Martin da. Und früher hatte Martin oft gesagt: »Engel, ohne dich könnte ich nicht leben. Allein der Gedanke, daß du mich einmal verlassen könntest, macht mich verrückt.« Jetzt sagte er das nicht mehr. Martin hatte sich verändert.

Martin war Vater sehr ähnlich, hatte das gleiche dunkle Haar, das gleiche Gesicht, die gleiche schlanke Figur, sogar die gleichen Hände. Martin sprach mit Vaters Stimme, es hatte sie anfangs verwirrt. »Darf ich Ihnen etwas zu trinken holen?« Es war fast so gewesen, als sei er zurückgekommen.

»Möchten Sie tanzen?«

Jetzt nicht, später vielleicht. Zuerst hatte sie ihn nur ansehen können, hatte gedacht, es sei ein Traum, nur ein Trugbild, eine optische Täuschung, die sich auflöste, wenn man sie berührte. Aber er löste sich nicht auf. Er war nur Martin, blieb den ganzen Abend an ihrer Seite. Und dann hielt er sie die ganze Nacht im Arm, strich nur einmal scheu und behutsam mit den Fingerspitzen über ihre Haut. Später sagte er: »Ich kann es gar nicht glauben. Als ich dich da stehen sah, dachte ich, an solch eine Frau komme ich niemals im Leben heran.«

Gedankenverloren ging Angela zum Wagen zurück und fuhr heim. Es war spät, die Müllerin hatte das Haus bereits verlassen. Martin war noch nicht da. Im Kühlschrank stand ein fertiges Ragout. Sie mußte es nur aufwärmen. Doch damit wollte sie warten, bis Martin kam.

Sie duschte, setzte sich auf die Couch und blätterte in einem Buch. Es war eins von Bergners Büchern, es handelte von Kindern, die so verletzt wurden, daß die Wunden niemals verheilen konnten, nicht äußerlich, nur die Seelen wurden zerrissen. Ihre Seele war wohl auch zerrissen worden, damals, als Vater gegangen war. Sie wollte nicht darüber nachdenken, legte das Buch zur Seite und erhob sich, um noch ein wenig Ordnung zu schaffen. Es gab kaum etwas zu tun. Nur Martins Jackett vom Vortag hing noch in der Diele. Sie brachte es ins Schlafzimmer. Und bevor sie es in den Schrank hängte, griff sie in die Taschen, damit nichts Wichtiges darin vergessen wurde. Dabei stieß sie auf den Schlüssel.

Sie zog ihn heraus und betrachtete ihn ungläubig, begann zu zittern. Für einen Augenblick glaubte sie, die Beine würden ihr nachgeben. Martin trug einen Wagenschlüssel bei sich. Martin brauchte nur den Lift, um ins Büro zu fahren.

Der erste klare Gedanke war: Ich hätte den Wagen nicht in die Garage bringen dürfen. Nicht an so einem Tag. Vielleicht hatte er sie nur deshalb in die Stadt geschickt. Und diesmal hatte er sich an die Abmachung gehalten. Er hatte da unten gewartet, hatte sich in den Wagen gesetzt, kaum daß sie ihn abgestellt hatte, nun war er fort.

Daß ihre Schlußfolgerung unmöglich zutreffen konnte, weil sie den Schlüssel in der Hand hielt, begriff sie nicht. In hektischer Eile begann sie, Martins Garderobe auf den Bügeln abzuzählen. Es schien alles vollzählig. Auch die beiden großen Koffer lagen im Schrank. Es beruhigte sie nicht. Vor dem offenen Schrank ging sie in die Knie, sank weiter vor, bis die Stirn den Boden berührte. Der Schmerz im Innern war überwältigend. Sie hielt den Wagenschlüssel umklammert und verstand nicht mehr, was vorging.

Martin verstand es ebenfalls nicht. Er fand sie auf dem

Boden liegend, als er eine Stunde später ins Haus kam. Und als er das Schlafzimmer betrat, schnellte sie wie von Sinnen in die Höhe, warf beide Arme um seinen Hals und stammelte: »Du bist zurückgekommen.«

»Natürlich«, sagte Martin. »Was ist denn los?«

»Du konntest es nicht tun«, flüsterte sie und küßte seinen Hals, die Wangen, reckte sich auf Zehenspitzen, um auch seine Schläfen zu erreichen.

»Was denn?« fragte Martin verständnislos.

Sie atmete tief durch, versuchte, ruhiger zu werden. »Ich habe den Schlüssel gefunden«, erklärte sie und streckte ihm die Hand entgegen. »Warum hast du den Schlüssel in der Tasche, Martin?«

»Warum nicht?« Martins Gesicht bekam einen Ausdruck von Trotz. Er konnte ihr das nicht erklären, sie hätte es nicht verstanden. Mein Haus, meine Frau, dafür brauchte es keine Beweise, das wußte jeder, der in Kronbusch lebte. Aber mein Wagen, er fuhr ihn so selten. Da spielte er hin und wieder in Gesprächen ein wenig mit dem Schlüssel. Martin schürzte die Lippen und stellte fest: »Das ist ja schließlich auch mein Wagen!«

Als sie ihn daraufhin fassungslos anstarrte, wurde Martin wütend. Er tippte sich bezeichnend an die Stirn. »Sag mal, spinnst du«, fuhr er sie an. »Ich fahre dir die Karre schon nicht gleich zu Schrott, wenn ich mich mal hineinsetze. Wenn du mir wegen so einer Lappalie eine Szene machen willst, dann mache ich dir auch eine. Und die wirst du so schnell nicht vergessen, das kannst du glauben.«

Damit drehte er sich um, ging zur Tür, ließ sie einfach vor dem Schrank stehen. Selbst am nächsten Morgen war er noch so wütend, daß er sich diesmal nicht bei ihr entschuldigte. Er bereute auch nicht, was er zu ihr gesagt hatte.

Im Laufe des Vormittages kam Oskar Gersenberg in sein

Büro und berichtete von einer jungen Frau, die man vor knapp einer Stunde gefunden hatte.

»Jetzt hatten wir ein paar Wochen Ruhe«, sagte Gersenberg, »jetzt geht es wieder los. Nummer fünf, in sieben-acht-zwo. Die Polizei ist noch da. Wollen Sie rübergehen?«

»Nein, bestimmt nicht«, erwiderte Martin.

»Ich war drüben«, gestand Gersenberg. »Sie lag in der Wanne, hat sich vergiftet, mit einem Pflanzenschutzmittel. Muß ein entsetzlicher Tod gewesen sein. Ganz verkrümmt lag sie da. Das Gesicht war so verzerrt, einfach scheußlich das Ganze.«

Gersenberg schüttelte den Kopf. »Ich begreife das nicht.«

»Ich auch nicht«, flüsterte Martin.

DRITTES KAPITEL

Nummer fünf, hatte Martin gesagt. Es war schlimm. Aber viel schlimmer war die Furcht, daß Martin sie verlassen würde, wie Vater sie verlassen hatte. Sie versuchte, dagegen anzukämpfen, gab sich wirklich Mühe, las in Bergners Büchern über Ursache und Wirkung, über ein Trauma und seine Folgen. Der Verstand begriff auch, daß die Furcht wahrscheinlich unbegründet war, daß sich so etwas vermutlich nicht wiederholen würde.

Wahrscheinlich! Vermutlich! Da bäumte sich alles auf, da stieg blinde Panik hoch, und jedes Wort von Martin, das auch nur ein bißchen ungehalten klang, stocherte in der offenen Wunde herum. Nachts wachte sie auf, glaubte zu ersticken, konnte erst wieder atmen, wenn sie ihn neben sich atmen hörte. Tagsüber saß sie meist in der Couchecke, hielt ein Buch auf dem Schoß, damit es nicht so auffiel. Sie konnte sich kaum rühren, konnte nur darauf warten, daß es fünf wurde und Martin heraufkam. Und wenn es ein paar Minuten später wurde, versteifte sich alles in ihr. Fast zwei Wochen ging es so.

Dann stand sie an einem Mittwoch vor dem Küchentisch, stach Figuren aus einem Teigstück. Halbmonde, Tannenbäume, Glöckchen und kleine Engel. Alles, was nicht perfekt gelungen war, wurde zurück auf den großen Teigklumpen gedrückt. Die Müllerin nahm die fertigen Stücke und legte sie auf ein großes Kuchenblech. Gleich nach Mittag hatten sie begonnen. Die Müllerin knetete den Teig, sie stand dabei und starrte auf die mehlverschmierten Hände, als ob die ihr eine Antwort geben könnten. Sie hatte sich eine weiße Schürze vorgebunden. Die Ärmel des Kleides aufgerollt. Drei Bleche waren schon belegt, vier faßte der Ofen. Eine Reihe Sterne, eine Reihe Glöckchen, eine Reihe Engel. »Vier Pfund Mehl«, hatte die Müllerin geschimpft. »Da backen wir ja die ganze Woche.« Aber es war ein freundliches Schimpfen gewesen, in keiner Weise beängstigend und nicht zu vergleichen mit Martins Schimpfen.

»Wir haben ja auch noch eine Woche Zeit.«

Noch eine Woche bis Weihnachten. In die Stadt war sie nicht mehr gefahren, wie denn auch, wenn sie sich kaum rühren konnte! Ihr war auch nichts mehr eingefallen, womit man der Müllerin eine Freude machen konnte. So hatte sie montags in der kleinen Buchhandlung in Kronbusch ein dickes Märchenbuch gekauft. Eine Reihe Tannenbäume, eine Reihe Halbmonde, eine Reihe Engel.

»Was, um alles in der Welt, soll sie denn mit einem Märchenbuch«, hatte Martin sich abends erregt. »Bist du eigentlich nicht mehr ganz dicht, oder was?« Dabei hatte er sich mit seinen Händen über die Stirn gestrichen. Sie wußte genau, was er meinte, und einen Moment lang fürchtete sie, daß er vielleicht recht hatte, daß sie wirklich dabei war, ihren Verstand zu verlieren. Es war so ungeheuer anstrengend gewesen, das Haus zu verlassen, zum Lift zu gehen, hinunter in die Ladenstraße zu fahren. Und sie konnte nicht einmal mit ihm darüber reden. Als sie ihm nicht antwortete, hatte er abgewinkt, »Mach doch, was du willst.«

Den ganzen Dienstag hatte sie darüber nachgedacht, daß sie etwas tun müsse, sich irgendwie ablenken, sich beschäftigen, damit sie nicht wirklich verrückt würde. Nur deshalb stand sie vor dem Tisch und stach ganz mechanisch Figuren aus dem Teig. Eine Reihe Sterne, eine Reihe Engel.

Die Müllerin schob das vierte Blech in den Ofen und unter-
sagte ihr, die Tür zu öffnen, bevor die Zeit abgelaufen war.
Sie lächelte nur. Sie wußte selbst, daß man die Tür nicht öffnen durfte, bevor die Zeit abgelaufen war.
Aber die Zeit war wie ein Rad. Manchmal drehte sie sich
rückwärts, und nichts konnte das verhindern. Irgendwo in
ihrem Kopf ging Vater noch einmal über die Terrasse, den
Koffer in der Hand. Dann zog der erste, schwache Duft
durch die Küche, öffnete eine weitere Tür. Advent, warten
auf den Erlöser. Warten auf Vati. Plätzchen backen mit
Emmi in der Küche. Eine weiße, viel zu große Schürze vor
das Kleid gebunden.
»Mach dir nur dein Kleidchen nicht schmutzig, sonst
bekommen wir beide Schimpfe«, mahnte Emmi. Es war
kein Schmutz. Es war nur Mehl. Weiße, staubige Flecken
auf dunklem Samt. Man konnte sie ausbürsten, wie man den
Schnee von den Stufen vor der Haustür bürsten konnte.
»Wann kommt Vati denn zurück?« fragte das Kind.
»Bald«, sagte Emmi. »Jetzt kommt er sicher bald, Kleines.«
Emmi nahm eine Bürste und strich den Mehlstaub vom
Kleid.
»Warum muß ich jetzt immer so dunkle Kleider anziehen?«
»Weil Winter ist, Kleines. Der Winter ist kalt und dunkel.
Böse ist er, man darf ihn nicht zusätzlich verärgern.«
»Aber der Schnee ist ganz weiß.«
Emmi nickte und schob ein Kuchenblech in den Ofen.
»Und einmal war kein Schnee neben der Garage. Da war der
Boden schwarz, das weiß ich noch.« Emmi betrachtete den
Herd. »Jetzt muß ich aber nachlegen«, murmelte sie, »sonst
reicht die Hitze nicht.«
Dann zog Emmi die eisernen Ringe über der Glut zur Seite.
Kleine Funken stoben. Das Kind schaute ihnen fasziniert
zu. »Das waren die Feuerteufelchen«, sagte Emmi. »Soll ich
dir die Geschichte erzählen, mein Kleines?«

118

»Nein«, sagte das Kind. »Erzähl mir die Geschichte von dem kleinen Mädchen mit den Schwefelhölzchen.«

»Hast recht, mein Kleines«, seufzte Emmi. »Das paßt besser in die Zeit.« Und Emmi erzählte. Das Kind kannte die Geschichte bereits in allen Einzelheiten, den geldgierigen und herzlosen Vater, der sein armes Kind in die Kälte jagte, die gütige Großmutter. Doch an dem Dezembertag vor neunzehn Jahren erzählte Emmi sie ein wenig anders.

»Dann saß das kleine Mädchen frierend neben der Steinmauer. Die Hände waren ihm zu Eis geworden. Mit zitternden Fingern riß es ein Hölzchen an, um sich an der Flamme zu wärmen. Doch noch bevor ihm etwas wärmer geworden war, erlosch die Flamme wieder. Da riß es noch ein Hölzchen an und noch eines. Jetzt muß ich aber aufhören, dachte es. Sonst bleiben mir keine, die ich verkaufen kann. Dann wird die Großmutter sehr böse. Aber die Sehnsucht nach Wärme war so groß, da riß das kleine Mädchen alle Hölzchen, die ihm verblieben waren, auf einmal an. Es gab eine schöne große Flamme. In ihrem Schein wurde die Steinmauer durchsichtig. Das kleine Mädchen schaute direkt in eine warme Stube. Da brannte ein Feuer im Ofen, der Tisch war gedeckt. Und neben dem Tisch stand der Vater. Er streckte beide Hände aus, winkte und rief: ›Komm her zu mir, hier ist uns beiden warm.‹ Und das kleine Mädchen ging durch die Mauer, als sei diese nicht vorhanden. Der Vater nahm es auf die Arme, und sie lebten glücklich bis an das Ende der Zeit.«

»Nein«, sagte Angela. »Sie waren tot.«

»Was?« fragte die Müllerin und riß entsetzt die Augen auf. Angela betrachtete sie mit einem verständnislosen Blick, wischte sich mit dem mehlverschmierten Handrücken über Stirn und Augen. War es das, Emmi? Wolltest du mir das sagen? Er kommt nie mehr zurück, Kleines. Er ist tot.

Jetzt war die Tür weit aufgestoßen, und dahinter lag alles

119

ganz klar. Er ist tot. Gestorben wie der Mann in der Garage. Seinen Wagen brachten sie zurück, mit einem Loch in der Scheibe. So stand er dann noch einige Zeit neben der Garage. In der Garage war kein Platz, dort stellten Mutters Liebhaber ihre Autos ab. So hat es angefangen.

Sie bohrte einen Finger in das Teigstück. Vor zwanzig Jahren. Und das Kind wurde belogen. Ich wurde belogen. Sie zogen mir ein dunkles Kleid an und sagten, er kommt bald zurück. Sei nur immer artig, dann kommt er bald. Ich war artig, ein stiller, sanfter, gehorsamer Engel, aber er kam nicht.

Ihre Hand preßte den Teigballen zusammen, so fest, daß der schwere Teig zwischen den Fingern hervorquoll. Sie knirschte mit den Zähnen und schlug mit der geballten Faust auf den zerquetschten Brocken. Und ich habe mich schuldig gefühlt. So entsetzlich schuldig. Ich hatte mein Versprechen nicht gehalten, ihm nicht geholfen, keine von denen bestraft, die ihn verletzt hatten. Eine Reihe Sterne, eine Reihe Glöckchen, eine Reihe Engel. Engel werden niemals schuldig. Nur betrogen werden sie und aus dem Paradies vertrieben. Angela drückte beide Hände fest gegen die Augen und stöhnte.

»Was haben Sie denn?« erkundigte sich die Müllerin besorgt. Benommen schüttelte Angela den Kopf und antwortete mit gleichgültiger Stimme: »Nichts. Was soll ich denn haben? Gar nichts. Ich werde nur nicht gerne betrogen. Aber wer wird schon gerne betrogen? Mit mir könnt ihr es machen, habt ihr gedacht. Ihr habt euch geirrt. Engel sind geduldig, aber wenn man sie belügt, werden sie böse und schlagen zu.«

Elfriede Müller nickte ratlos und schwieg. Sie war jetzt fast sechzig, und die meisten Jahre waren hart und entbehrungsreich gewesen. Der Mann trank und brachte sein Geld mit jüngeren Frauen durch. Der Sohn war in schlechte Gesellschaft geraten. Geändert hatte sich ihr Leben erst, als sie vor drei Jahren in dieses Haus kam. Die Arbeit war ein Geschenk des Himmels. Nun fürchtete Elfriede, die Zeit sei abgelaufen. Der Baum der Erkenntnis warf seine Früchte ab. Auch im Vorjahr hatten sie Plätzchen gebacken. Und Angela hatte erzählt. Von einem großen weißen Haus, von einer gemütlichen Küche, von warmen Steinplatten neben dem Herd. Und jetzt sprach sie plötzlich von Tod und Betrug. Er wird sie doch nicht betrügen, dachte Elfriede.

Sicher, es kriselte ein wenig. Das war ihr nicht entgangen. Die Bettwäsche wurde regelmäßig gewechselt, und es fehlten die gewissen Zeichen. Seit Monaten fehlten sie, seit es angefangen hatte mit den Unglückseligkeiten. Er war wohl ein bißchen überlastet. Aber eine so schöne Frau betrog man doch nicht.

Ganz kurz spielte Elfriede mit dem Gedanken, einmal mit Martin zu reden. Sie verwarf es gleich wieder, wollte nicht den Eindruck erwecken, daß sie in den Betten herumschnüffelte.

Sie sollten ein Kind haben, dachte Elfriede. Da hätte die junge Frau eine Aufgabe. Vielleicht sollte man ihm einmal so ganz nebenbei sagen, daß eine junge Frau eine Aufgabe braucht. Und sie stellte sich schon einmal vor, wie es sein würde mit einem Baby im Haus. Später vergaß sie es wieder.

Als sie an diesem Abend heimkam, warteten zwei Polizisten vor ihrer Wohnungstür. Man hatte den Sohn bei einem Autodiebstahl erwischt, auf frischer Tat sozusagen. Es war schlimm, doch Elfriede fühlte sich sonderbar erleichtert. Sie ließ die Polizisten ein und stand dabei, als sie das Zimmer des Sohnes durchsuchten. Sie mußten eigens die Tür aufbrechen.

Als sie endlich wieder allein war, ließ Elfriede sich atemlos in einen Sessel fallen. Der Mann war nicht daheim. Es war so friedlich in der Wohnung. Und sie dachte sich, so könnte es immer sein, wenn ich nur einmal mutig wäre.

121

Jetzt war sie mutig. Sie erhob sich, rückte die Couch von der Wand, kippte sie, so weit es ging, nach hinten und griff in die Federung an der Unterseite. Dazwischen war ein kleines Paket versteckt. Nicht auszudenken, wenn die Polizei auch das noch gefunden hätte. Elfriede zog ihren Mantel über und ging noch einmal zurück zu Haus Nummer eins.

Martin saß allein am Eßtisch und schaute erstaunt auf, als sie eintrat. »Nanu, Frau Müller, haben Sie etwas vergessen?« »Nein«, sagte Elfriede und strich eine Haarsträhne aus der Stirn. »Die Polizei war gerade da. Sie haben den Jungen verhaftet.«

Martin lächelte unbehaglich. »Das tut mir leid.«

»Mir nicht«, erklärte Elfriede mit fester Stimme. »Sie haben eine Menge Sachen in seinem Zimmer gefunden. Der Polizist sagte, das reicht für ein paar Jahre.«

Martin lächelte immer noch verlegen.

»Das hier«, sagte Elfriede und zog das kleine Paket aus der Manteltasche, »haben sie nicht gefunden. Aber vielleicht kommen sie noch mal wieder. Da hätte ich es lieber aus der Wohnung. Der Junge hat ja schon genug Schwierigkeiten.« Sie legte das unförmige Etwas in braunem Packpapier vor Martin auf den Tisch.

»Was ist das?« fragte er mißtrauisch.

Elfriede schwieg demonstrativ. Erst als Martin begann, das Papier aufzuwickeln, erklärte sie: »Ich hab' damit nichts zu tun, Herr Lagerhoff. Ich hab' immer gesagt, ich will so ein Ding nicht in meiner Wohnung haben. Aber auf mich hat er ja nie gehört.«

Mit einem Ausdruck von Widerwillen wog Martin die großkalibrige Pistole in der Hand. »Ich will es auch nicht im Haus haben«, sagte er.

»Aber man kann sie auch nicht einfach wegwerfen«, belehrte Elfriede ihn. »Am Ende finden noch kleine Kinder das Ding. Und das gibt ein Unglück.«

Zwei Sekunden lang schwieg sie, dann fügte sie bittend hinzu: »Ich kann es doch nicht zur Polizei bringen. Da kommt er ja nie wieder raus, der Junge.«

Martin seufzte vernehmlich. »Da tun Sie mir aber etwas an, Frau Müller.« Er überlegte und meinte schließlich: »Vielleicht kann man sie irgendwie unbrauchbar machen. Dann kann man sie immer noch in einem Müllcontainer verschwinden lassen. Es ist gut, Frau Müller, ich kümmere mich darum.«

Er mühte sich sekundenlang damit ab, das Magazin zu überprüfen. Drei Patronen steckten darin, halbwegs erleichtert atmete Martin auf. Drei Patronen erschienen ihm nicht so gefährlich wie ein volles Magazin. Er stand auf und ging zur Anrichte. Einen Augenblick lang zögerte er noch, dann zog er eines der Schubfächer auf und legte die Pistole unter einen Stapel Servietten. »So«, meinte er, »da liegt sie erst mal gut. Kleine Kinder, die sie finden könnten, sind hier jedenfalls nicht.«

Elfriede Müller atmete auf wie von einer schweren Last befreit. »Da ist noch was, Herr Lagerhoff«, begann sie umständlich und trug ihm etwas verworren ihre Gedanken vor.

Wo doch der Junge jetzt weg war. Und der Mann nur selten daheim und die Wohnung so groß und so teuer. Und wo doch so viele Wohnungen leerstanden. Und sie für sich alleine nur eine von den kleineren brauchte. Martin dachte an die Wohnungseinrichtung, die vor einiger Zeit von zwei Hausmeistern ins Lager geschafft worden war. Wohnung zwo-vier-zwo.

Zwei Tage vor Heiligabend zog Elfriede Müller um. Wirklich eine schöne Wohnung, überall dicke Teppiche. Im Bad überkam sie ein kurzes Frösteln. Doch sie sagte sich, die Wohnung könne schließlich nichts dafür. Was Carmen Hellwin getan hatte, mußte sie allein verantworten. Falls da oben jemand saß, der sie zur Verantwortung zog. In diesem Punkt war Elfriede sich nicht ganz sicher.

Trotz der oftmals krausen Gedanken der letzten Monate hielt Anna sich immer noch für nüchtern und objektiv. Doch in den letzten Tagen vor Heiligabend kam Wehmut auf. Anna dachte zurück an das Gewisper vor verschlossenen Schränken, an Wachskerzen und Wunschzettel, an die Zeit, als selbst Sibylle noch mit Kleinigkeiten zufrieden gewesen war. Bisher war es nicht möglich gewesen, ein persönliches Weihnachten für die Kinder herzurichten. Sie hatte auch nicht darüber nachgedacht. Jetzt dachte sie darüber nach, und jetzt sagte Roland: »Ich halte nichts von diesem Humbug. Wenn die Kinder einen besonderen Wunsch haben, können sie ihn offen aussprechen. Und Wachskerzen sind zu gefährlich, mir ist nicht nach einem Zimmerbrand.«
Anna war verbittert darüber, doch dann regte sich Trotz. Notfalls würde sie mit den Kindern allein feiern, ein Weihnachten wie aus dem Bilderbuch. Stefan brauchte das. Warum sie immer nur um den Jungen besorgt war, darüber gab Anna sich keine Rechenschaft. Vielleicht lag es einfach daran, daß er noch so sehr Kind war. Und Tamara, sie war anders, kein Kind, keine Erwachsene, nicht einmal eine Halbwüchsige mit ihren zehn Jahren, einfach nur etwas anderes.
Ein Igel vielleicht, in Momenten der Sentimentalität sah Anna sie so, zur Kugel gerollt, rundum nur Stacheln, dennoch so wehrlos gegenüber dem Leben, einem Autoreifen zum Beispiel. Und manchmal wachte Anna nachts auf, vielleicht auch nicht, vielleicht schlief sie weiter und träumte nur. Und dann war etwas Dunkles um das Mädchen, noch nicht sehr groß, aber man mußte vermutlich das Alter berücksichtigen. Wirklich ein paar krause Gedanken. Sie paßten nicht zur Jahreszeit, wahrhaftig nicht. Anna schob

124

jeden, der sich ihr aufdrängte, gewaltsam zur Seite und konzentrierte sich auf das Naheliegende.

Vor dem Eingang zur Ladenstraße stand ein Mann mit Bäumen. Sie ließ Stefan wählen. Mit todernstem Gesicht entschied sich der Junge für eine stattliche Blautanne, dichtgewachsen und raumhoch. Nur mit Mühe brachte Anna den Baum im Lift unter. Dann stand er noch zwei Tage lang auf dem Balkon. Und am Morgen des 24. Dezember holte Anna ihn zusammen mit Tamara ins Zimmer.

Die Kinder halfen, ihn zu schmücken. Roland ging gleich nach dem Frühstück. Anna bemerkte mit Unbehagen den Blick mit dem Tamara ihrem Vater nachschaute. Es war ein Blick ohne jeden Ausdruck, völlig unbeteiligt, absolut gefühllos.

Anna hielt den Atem an, wartete förmlich auf den Knall, die Erschütterung oder wenigstens einen Schmerzensschrei. Etwas in dieser Art mußte kommen. Doch während Anna noch wartete, war alles bereits Vergangenheit, Einbildung, eine zu lebhafte Phantasie möglicherweise. Da war nur ein zehnjähriges Mädchen, das mit Eifer die nächste silberne Kugel in die unteren Zweige des Baumes hängte.

Am Tag zuvor hatte Tamara noch erklärt, ein geschmückter Baum sei etwas für Kleinkinder. Jetzt behauptete sie in einem ungestörten Augenblick, man müsse es für Stefan tun. Sie sprach Anna aus der Seele, es war trotzdem nicht in Annas Sinn.

»Er ist noch so naiv. Er glaubt noch an die Menschen.«

»Und du«, fragte Anna und fühlte dabei wieder diese sonderbare Beklemmung, die sie in den letzten Monaten so oft gespürt hatte, »an wen glaubst du?«

»An mich«, erwiderte das Mädchen ruhig und überzeugt.

»Das ist nicht viel«, sagte Anna leise.

»Du meinst, weil ich noch ein Kind bin? Warte ab, ich werde erwachsen.«

»Und dann«, fragte Anna. »Was ist denn so anders, wenn du erwachsen bist?«

»Dann bin ich stärker.«

Stärker, es rieselte wie ein feiner und sehr kalter Wasserstrahl zwischen Annas Schulterblättern den Rücken hinunter. Stärker, fragte sich nur, in welcher Hinsicht. Im Willen, im Wollen, im Können. Und Anna dachte wieder an all die Bücher über Kinder und Fehler, die mit ihnen gemacht wurden. Ganz flüchtig dachte sie. Das sind die Terroristen von morgen, und wir machen sie dazu. Aber das muß sich doch aufhalten lassen!

Eine Weile blieb es still. Stefan spielte in einer Zimmerecke mit Lamettastreifen. Tamara stieg auf einen Stuhl, um auch die oberen Zweige des Baumes zu schmücken. Ganz Kind in dem Augenblick, die Zungenspitze vor Konzentration zwischen die Zähne geklemmt, die Lippen leicht geschürzt. Es schwankte ständig zwischen diesem letzten Rest an Schutzbedürftigkeit und der Kälte. Ja, Kälte, jemand hatte die Tür zu einem Eisschrank aufgerissen, und jetzt klemmte sie, ließ sich nicht mehr völlig schließen. Anna zuckte zusammen, als das Mädchen plötzlich fragte: »Bestehst du darauf, daß ich dich Mutter nenne?«

Bisher hatte Tamara jede persönliche Anrede vermieden. Es war Anna wohl aufgefallen, und sie hatte sich eine Unmenge von Gedanken darüber gemacht. Bin ich zu unwichtig, um mit meinem Namen angesprochen zu werden? Bin ich nur eine Randfigur in ihrem Leben? Jetzt sagte sie ruhig: »Nein.«

»Gut, dann werde ich Anna zu dir sagen, wenn du damit einverstanden bist. Mutter, das paßt nicht zu dir. Mutter, das ist nur Haß.«

Sekundenlang war Anna erleichtert. Bergners Stimme zuckte ihr durch den Kopf. Reden und reden lassen, das war immer der erste Schritt.

»Und Vater?« fragte Anna stockend.

Das Mädchen hob gleichgültig die Schultern. »Er hat sich nicht darum gekümmert, was aus uns wurde, als wir ihn am meisten brauchten. Jetzt brauchen wir ihn nicht mehr. Er stört hier. Es wäre besser, wenn er nicht zurückkäme. Nur wir beide und Stefan, das wäre gut. Das würde mir gefallen.«

»Aber er gehört dazu«, erwiderte Anna. Wieder hob Tamara nur die Achseln. Pures Eis im Blick und ein paar Zweifel, Skepsis, sorgfältiges Abwägen vor der nächsten Frage. »Bedeutet er dir so viel, daß du ohne ihn nicht leben möchtest? Liebst du ihn noch?«

Anna brauchte ein paar Sekunden. Auch das war eine Frage, die sie in den letzten Wochen hin und her gewälzt hatte, ohne jedoch eine Antwort darauf zu finden. Liebst du ihn noch, Anna? Hast du ihn überhaupt jemals geliebt, richtig geliebt?

»Nicht mehr so sehr«, murmelte Anna.

Zu Mittag war Roland noch nicht zurück. Anna aß mit den Kindern in der Küche. Dann saß sie im Wohnzimmer und starrte den Baum an, zornig, traurig und voller wehmütiger Erinnerungen. Um vier war Roland immer noch nicht da. Die Kinder spielten in Stefans Zimmer. Zu hören war nicht viel von ihnen. Hin und wieder die helle Stimme des Jungen. Als Anna einmal kurz nachschaute, lag er bäuchlings auf dem Boden und suchte Puzzleteile aus einem Haufen. Tamara stand am Fenster und schaute hinaus. Dabei spielte sie mit einem Kieselstein herum, warf ihn von einer Hand in die andere, ganz gedankenverloren. Anna fragte sich, wo sie mit ihren Gedanken sein mochte. Es lenkte vorübergehend von Roland und seinem langen Ausbleiben ab. Erst nach fünf hörte Anna den Schlüssel in der Tür. Gleich darauf kam er ins Zimmer.

»Tut mir leid, daß es so spät wurde«, entschuldigte er sich sofort. »Es ist nicht mein Verschulden. Mit dem Wagen war etwas nicht in Ordnung. Ich mußte ihn auf halber Strecke stehenlassen und bin den ganzen Weg hierher gegangen.«

127

Er wies auf seine Schuhe, doch Anna konnte nichts Außergewöhnliches daran entdecken. Plötzlich fürchtete sie sich vor dem Augenblick, wenn sie die beiden Kinder ins Zimmer rufen mußte. »Ich hoffe«, sagte Roland, »ich komme nicht zu spät zur Bescherung.«

Und da erst sah sie, daß er zwei Päckchen bei sich trug. Er legte sie zu den anderen Geschenken unter den Baum. Als er sich aufrichtete, erklärte er: »Nur eine Kleinigkeit, damit es nicht heißt, ich hätte mich um gar nichts gekümmert.«

Friedhelm Bergner nahm den letzten Stern mit Zuckerguß aus der Glasschüssel und lehnte sich zurück. Er war versucht zu fragen: »Und was machen wir jetzt?« Unterließ es jedoch. Martin hatte eine Platte aufgelegt. Ein Knabenchor sang: »Stille Nacht, heilige Nacht …«

Heilig wohl kaum, aber still. Die Müllerin, eigentlich als Gast dabei, hatte sich gleich nach dem Essen in die Küche verzogen. Von ihr hörte man nur Geschirrklappern. Martin saß auf der Couch und rauchte schweigend. Angela stand vor der Terrassentür und schaute hinaus in die Dunkelheit. Ihr Gesicht war der Scheibe so nahe, daß sie jedesmal unter ihrem Atem beschlug. Plötzlich sagte sie leise: »Es fehlt etwas.«

Martin warf ihr einen kurzen Blick zu und zuckte mit den Schultern. Sie benahm sich seltsam, den ganzen Abend schon. Ohne jede Freude hatte sie gleich nach dem Essen ihre Geschenke ausgewickelt. Hatte sich bedankt, bei Bergner für das Buch, bei der Müllerin für die hübsche Häkelstola. Dann betrachtete sie mit gerunzelter Stirn das Kleid. Martins Geschenk. Artig wie ein Kind murmelte sie: »Danke schön« und ging zur Terrassentür. Das Kleid lag jetzt achtlos im Sessel.

Martin verstand es nicht. Er hatte sich soviel Mühe gegeben. Hatte gedacht, daß er sie in den letzten Monaten sehr vernachlässigt hatte, daß er sie irgendwie dafür entschädigen müsse. Zuerst wollte er ihr ein Schmuckstück kaufen, einen kostbaren Ring vielleicht. Aber Angela mochte keinen Schmuck. Und was sie mochte, kaufte sie normalerweise selbst.

Dann war ihm vor ein paar Wochen bei einem Bummel in der Ladenstraße der Blick aufgefallen, mit dem sie dieses Kleid betrachtete. Ein langer, abschätzender und irgendwie verträumter Blick. Martin hatte fest damit gerechnet, das Kleid an einem der nächsten Tage in ihrem Schrank vorzufinden. Aber nein, aus irgendeinem unerfindlichen Grund hatte sie es nicht gleich selbst gekauft. Und Martin hatte sich gedacht, er habe den Wink verstanden.

Martin verstand nichts, absolut nichts. Sie hatte dieses Kleid nicht haben wollen. Jedes andere, aber dieses nicht. Weicher, fließender Stoff, der sich anschmiegte, der dem Körper folgte wie eine gierige Hand. Genau diese Art Kleider hatte Mutter getragen, wenn sie mit den Prinzen das Haus verließ. Nur deshalb hatte sie es angestarrt, hatte denken müssen, mit solch einem Kleid hat sie Vater um den Verstand gebracht und in den Tod getrieben. Sie trug es ja nicht für ihn. Es waren nicht seine Hände, die in das Dekolleté griffen, nicht seine Finger, die es von Mutters Schultern streiften, nicht seine Füße, die es anschließend achtlos beiseite schoben. Und jetzt lag dieses Kleid hinter ihr im Sessel.

Martin war ein Dummkopf, gedankenlos hatte er den Abend zerstört, hatte Dinge heraufbeschworen, die im Dunkeln bleiben mußten. Sie kämpfte mühsam dagegen an, rief sich gewaltsam die schönen Seiten in Erinnerung. Aber es gab nichts mehr. Keine Rosenblätter, keine Eisblumen.

»Es fehlt etwas«, wiederholte sie und suchte krampfhaft nach Emmis Stimme.

In Martins Gesicht zuckte es verdächtig, Groll und Enttäuschung brachen durch. Er warf Bergner einen wild entschlossenen Blick zu, dann begann er: »Gut, ich habe verstanden. Das Kleid gefällt dir nicht. Du hast es dir ziemlich lange angeschaut. Da dachte ich eben, es gefällt dir. Und ich finde, es paßt zu dir. Es ist sehr weiblich, du bist genau der Typ für solch ein Kleid.«

Bergner schaute pikiert zu Boden. Wenn sie jetzt streiten, dachte er, dann gehe ich. Aber Angela drehte sich nur lächelnd um. »Findest du wirklich, es paßt zu mir?«

Ihre Stimme war anders. Es fiel Bergner auf, doch er hätte nicht gleich sagen können, warum ihn die plötzliche Weichheit darin störte.

Sie strich das Haar über die Schultern zurück und kam langsam zum Tisch. »Wenn du meinst«, sagte sie, und jetzt war ihre Stimme kalt. Sie klirrte fast. Bergner fühlte sich zunehmend unbehaglicher. Er dachte an Anna, fragte sich, was sie jetzt wohl machte. Feiern mit Mann und Kindern. Er fühlte ein Ziehen im Innern, etwa auf Höhe des Herzens, und wollte es gar nicht erst höhersteigen lassen.

Angela seufzte vernehmlich, warf der Terrassentür noch einen sehnsüchtigen Blick zu und bemerkte ohne Zusammenhang: »Früher war es anders.«

»Richtig«, sagte Martin, »vor allem du warst früher anders. Man weiß nicht mehr so recht, woran man mit dir ist. Vielleicht erklärst du mir bei Gelegenheit einmal, was in deinem Kopf vorgeht. Was hast du gegen dieses Kleid?«

Sie beachtete ihn gar nicht, schaute über die Schulter zurück in die Dunkelheit vor der Terrassentür. »Weiße Hauben auf den Tannen«, sagte sie. »Die Rosen unter Zuckerguß, Fußstapfen im Schnee und die Blumen.«

Martin lachte gereizt und spöttisch: »Bringst du da nicht etwas durcheinander?«

»Es gibt keine Eisblumen mehr«, murmelte sie und wandte sich enttäuscht ab. »Was du da an der Scheibe siehst«, hatte Emmi vor langen Jahren gesagt, »das ist dein eigener Atem, mein Kleines. Weil der Winter so dunkel und so kalt ist, daß in ihm keine Blumen wachsen können, läßt der liebe Gott aus dem Atem der Menschen solche Blumen wachsen. Sie sind so zart, daß man sie nicht berühren darf. Tut man es, dann zerstört man sie. Nur die Sonne darf sie zerstören, weil die Sonne ihrerseits viele Blumen wachsen läßt, bunte, kräftige, andere als die an der Scheibe.«

Angela kam zur Couch und setzte sich neben Martin. Sie legte den Kopf an seine Schulter und schmiegte sich an ihn. Bergner betrachtete sie, und das Unbehagen verstärkte sich noch. Was ist denn los mit ihr? dachte er. Er sah, wie Martin eine Hand in ihren Nacken schob und sie auf den Scheitel küßte. Hörte Martin flüstern: »Tut mir leid, Engel. Es ist ja gut.«

Sie hat sich wirklich verändert, dachte Bergner. Oder liegt es nur daran, daß wir an solch einem Tag alle ein bißchen sentimental werden? Daß wir uns nach Dingen sehnen, die entweder längst vorbei sind oder die wir nicht haben können? Ihm selbst war auch so sonderbar. Und er war dankbar gewesen für Martins Einladung. Nur nicht allein sitzen, nur nicht grübeln. Sibylle, die ganz große Liebe, in gewisser Weise war er ihr vielleicht hörig gewesen, hatte einfach nicht sehen wollen, daß es Seiten an ihr gab, die bei Licht betrachtet abstoßend wirkten. Und dann kam Anna. Von außen die gleiche Frau, von innen dem Idealbild um Meilen näher. Aber Anna war verheiratet, hatte ihm deutlich zu verstehen gegeben, daß sie nicht daran dachte, ihren Mann zu verlassen. Für wen denn auch? Für einen Traumtänzer?

Erzähl mir eine Geschichte, Emmi. Ich will nicht denken. Vater ist tot. Ich will nicht wissen, wie es weiterging. Aber ob sie wollte oder nicht, es kam, es war alles wieder da. Noch ein Advent. Emmi vor dem großen Herd, keine Geschichte. Ein winziges, kaum wahrnehmbares Aufstampfen mit dem Fuß. Die Stimme gebrochen von den Schluchzern: »Ich will aber nicht weggehen. Ich will bei dir bleiben, Emmi. Sag ihr, daß ich hierbleiben muß.«

Die Hände in Emmis Schürze verkrampft. Emmi weinte ebenfalls. »Ach, mein Kleines.« Emmi war hilflos, konnte nichts tun.

Großmutter hatte entschieden. »Es geht nicht an, daß das Kind in dieser Atmosphäre von Schamlosigkeit aufwächst. Es hat schon viel zuviel mitbekommen von deiner Hurerei. Wer weiß, wie sich das auf die zarte Seele auswirkt? Ich werde verhindern, daß es sich eines Tages ebenso zur Hure macht wie du, Julia. Das bin ich meinem Sohn schuldig.« Mutter widersprach nicht. Mutter lachte nur.

Zwölf Jahre, bitterkalte Jahre, ohne Emmi, ohne Wärme. Düster drohende Geschichten von Hölle und Fegefeuer, von Engeln, die sich auflehnten und aus dem Himmel verbannt wurden, die jetzt nur noch danach trachteten, die Menschen mit sich ins Verderben zu reißen.

Ein klammes Bett und die Hände streng über der Decke. Züchtig! Zucht und Ordnung und ein schmerzverzerrter Jesus am Kreuz über der Tür zum Schlafsaal. Vater im Himmel, wir danken dir! Vater war tot. Vater war in der Hölle, verführt und hinabgerissen von den schwarzen Engeln. Vater hatte die schwerste Sünde begangen, derer ein Mensch schuldig werden konnte: Hand an das eigene Leben zu legen. Das machte man ihr rasch klar. Tochter eines Sünders und einer Hure. Die zarte Seele befleckt, der zarte Geist noch schwach.

Zu Weihnachten eine Karte von Mutter. Ein vorgedrucktes frohes Fest und ein weiteres neues Jahr. Mutter hatte nie ein Wort zuviel verloren. Von Emmi ein Brief, verwaschene Buchstaben, verschmiert von Emmis Tränen, und ein warmes Nachthemd, liebevoll von Hand gesäumt und bestickt. Im Frühjahr, schrieb Emmi, werde sie einen Apfelbaum kaufen. »Wenn Du heimkommst, wird er im Garten stehen.«

Sie kam nicht heim, nicht einmal in den zwölf Jahren. Großmutter hatte es verboten, fürchtete um ihren Charakter. Und Mutter … dort lag ihr Kleid im Sessel. Die Hure in den Saum genäht. Und Martin sagte: »Es paßt zu dir.«

Nein! Sie schrie, bettelte ohne Laut. Bitte, Emmi, erzähl mir eine Geschichte. Martins Finger glitten in ihrem Nacken auf und ab. Sie schloß die Augen, fühlte Übelkeit aufsteigen, schrie weiter. Bitte, Emmi, hilf mir doch. Aber als Emmi endlich zu sprechen begann, erzählte sie keine Geschichte. »Was hast du getan, Kleines?« flüsterte Emmi nur in tonlosem Entsetzen. »Was hast du getan?«

Zur Jahreswende wollte Martin Gäste einladen. Damit es nicht so trübsinnig würde, sagte er. Sie haßte es, Gäste zu haben, Mutter hatte so oft Gäste gehabt, doch sie wagte nicht, sich Martin zu widersetzen. Man kam ihr ungewollt entgegen. Bergner fuhr über Silvester zu seinem Bruder und wollte erst am zweiten Januar zurück sein. Hillmann war bereits eingeladen. Auch Luitfeld und Gersenberg feierten anderswo.

Nur die Müllerin war da, stieß um zwölf Uhr mit glänzenden Augen auf ihr letztes Stückchen Freiheit an. Ein zufriedenes Lächeln auf dem faltigen Gesicht. Und leicht beschwipst von dem ihr ungewohnten Sekt, benahm sie sich ein wenig albern. Martin blieb ernst. »Hoffentlich bringt uns das neue Jahr etwas mehr Glück.«

Die Baugesellschaft hatte ein Feuerwerk arrangiert. Pünktlich um zwölf stiegen die ersten farbenprächtigen Sterne dem Nachthimmel entgegen. Es nieselte leicht, war unangenehm kalt. Dennoch gingen sie hinaus auf die Terrasse, um das Schauspiel zu betrachten. Angela trat bis an den Sicherungszaun heran, faßte mit beiden Händen in die engen

Maschen und starrte so lange in den Himmel, bis auch der letzte Funke erloschen war.

Wenig später verabschiedete sich die Müllerin. Sie kicherte und zwinkerte unentwegt. Martin brachte sie bis zum Lift und kam gleich darauf zurück. Er setzte sich ihr gegenüber und verzog den Mund. »Das war armselig. Im letzten Jahr haben wir entschieden mehr gelacht.«

»Siehst du einen Grund zum Lachen?« fragte sie.

Martin hob kurz die Schultern. »Wahrscheinlich nicht. Deine schlechte Laune ist ansteckend.«

»Ich bin nicht schlecht gelaunt, Martin.«

»Ach«, spottete er, »nennt man das jetzt anders?«

Für den ersten Tag des neuen Jahres hatte er der Müllerin freigegeben. Angela brachte mit Mühe ein Frühstück auf den Tisch, setzte sich danach auf die Couch, zog die Beine unter und stützte den Kopf mit einer Hand ab. So blieb sie sitzen. Martin räumte ein wenig auf, betrachtete sie zwischendurch immer wieder nachdenklich. Endlich fragte er: »Was ist eigentlich los mit dir? Geht es dir nicht gut?«

Sie antwortete nicht gleich, schaute ihn nur mit einem merkwürdigen Blick an. Dann schüttelte sie langsam den Kopf.

»Und was fehlt dir?« erkundigte sich Martin.

»Ich weiß es nicht genau. Mein Kopf ist nicht in Ordnung.«

»Hast du Kopfschmerzen?«

»Das ist kein richtiger Schmerz«, erklärte sie, »es ist nur so ein unangenehmer Druck. Als ob sich darin etwas breitgemacht hat, was nicht hinein gehört.«

»Daran ist der Sekt schuld«, meinte Martin. »Wir sollten einen Spaziergang machen. Die frische Luft tut dir gut. Anschließend können wir in der Kronenschenke essen.«

Sie schwieg dazu, ließ sich jedoch ohne Widerspruch in den Mantel helfen. Eine Weile schlenderten sie durch die Anlagen. Doch die feuchtkalte Luft trieb sie rasch in die Kronenschenke. Ohne ersichtlichen Grund spürte Martin ein schlechtes Gewissen. »Geht es dir jetzt besser?« fragte er.

Sie schüttelte den Kopf und stocherte in ihrem Essen herum.

»Vielleicht sollten wir für ein paar Tage wegfahren«, schlug Martin vor. »Am Anfang vom Jahr ist es immer ruhig. Ich kann bestimmt eine Woche Urlaub nehmen. Dann suchen wir uns eine kleine Pension in den Bergen, wo der Schnee jetzt meterhoch liegt. Vielleicht finden wir sogar noch eine, in der nachts die Zimmer nicht beheizt werden. Oder wir stellen die Heizung über Nacht ab. Was hältst du davon?«

Sie zuckte freudlos mit den Achseln.

Martin versuchte es weiter. »Eisblumen am Fenster, und wir beide in einem gemütlich warmen Bett. Das würde dir bestimmt gefallen.«

Ebensogut hätte er Hure sagen können. Sie senkte den Kopf und schwieg.

»Angela«, seufzte Martin und griff über den Tisch nach ihrer Hand. »Jetzt mach es mir doch nicht so schwer. Ich hatte nicht viel Zeit für dich in den letzten Monaten, das weiß ich selbst. Es tut mir leid, wirklich. Aber ich kann mich nicht vierteilen. Manchmal wächst mir die Situation hier einfach über den Kopf. Fünf Tote, eine Menge vorzeitiger Kündigungen. Ich bin dafür verantwortlich, daß es hier ...«

Sie schüttelte den Kopf und unterbrach ihn damit, schaute ihn lange an, ehe sie ihm widersprach. »Du irrst dich, Martin. Du bist nicht verantwortlich. Niemand ist verantwortlich.«

Was hast du getan, Kleines? Nichts, Emmi! Was soll ich denn getan haben? Ich konnte doch gar nichts tun! Ich war doch noch viel zu klein, ich habe ja nicht einmal begriffen, was vorging.

Martin sah, daß sie sich auf die Lippen biß. Etwas in ihrer Stimme hatte ihn irritiert. Sie hatte sehr erschöpft geklungen, jedes Wort schien sie Kraft und Überwindung gekostet zu haben.

»Man sagt das eben so«, meinte er. »Im Grunde hast du natürlich recht. Ich bin nicht verantwortlich, wenn sich hier welche umbringen. Aber ich bin verantwortlich dafür, daß es hier reibungslos funktioniert. Und das tut es nicht. Wie geht es deinem Kopf? Ist es jetzt besser?«

»Nein.«

»Was mache ich denn nur mit dir?« Martin brachte ein klägliches Lächeln zustande und gab ihre Hand frei. »Gehen wir heim. Du legst dich hin, und ich mache dir einen starken Kaffee. Vielleicht solltest du ein Aspirin nehmen. Und ein warmes Bad, das entspannt.«

Den Nachmittag verbrachte Martin mit weiteren vergeblichen Versuchen, sie aus ihrer Lethargie zu reißen. Schließlich resignierte er, nahm sich eine Zeitschrift und begann darin zu blättern.

Sie hatte ein Bad genommen, eine Weile auf der Couch gelegen und behauptet, im Liegen sei es noch viel schlimmer. Jetzt stand sie am Fenster, starrte hinaus in den trüben Tag. Das dunkle Haar fiel ihr wie ein Schleier den Rücken hinunter bis auf die Hüften. Schmal wirkte sie. Ihm schien, sie hatte abgenommen. Vielleicht war sie wirklich krank. In letzter Zeit hatte sie häufiger über diesen Druck im Kopf geklagt. Immer dann, wenn er von den Vorfällen in Kronbusch sprach. Und er hatte gedacht, sie benutze das als Vorwand, um sich nicht mit seinen Problemen auseinandersetzen zu müssen.

Bestimmt ist sie krank, dachte er. Es war eine Erklärung für ihr seltsames Verhalten. Der Gedanke erschreckte ihn zwar, beruhigte ihn jedoch auch ein wenig. Gegen eine Krankheit konnte man etwas tun. Es gab ein paar gute Ärzte in Kronbusch, sogar einen Internisten. Eine gründliche Untersuchung konnte nicht schaden. Bestimmt war es harmlos, ein niedriger Blutdruck, davon bekam man Kopfschmerzen, oder eine leichte Magenverstimmung, das verursachte

Übelkeit. Gleich morgen würde er darauf bestehen, daß sie zu einem Arzt ging und sich untersuchen ließ. Am Morgen schlief sie noch fest, als er das Haus verließ. Aufwecken wollte er sie nicht. Und dann vergaß er seinen Vorsatz.

Es war ein hektischer Tag, dieser zweite Januar. Am frühen Morgen hatte Bergner zurückkommen wollen. Doch irgendwo auf der Strecke hatte sich ein schwerer Unfall ereignet, Bergner geriet in einen Verkehrsstau. Er traf erst am späten Vormittag in Kronbusch ein. Bis dahin hatte man ihn noch nicht einmal vermißt.

Hillmann lief gereizt und nervös durch die einzelnen Büros, gab unsinnige Anweisungen, und seine Mitarbeiter tippten sich hinter seinem Rücken bezeichnend an die Stirn. Peter Luitfelds kleine Tochter war während der Feiertage erkrankt. Man hatte sie in die Klinik bringen müssen. Seiner Miene nach zu urteilen, stand es nicht gut um sie. Er wollte gleich nach Mittag mit seiner Frau in die Klinik fahren. Oskar Gersenberg machte sich unsichtbar, verschloß die Tür hinter sich und verschanzte sich hinter einer Kosten-Nutzen-Rechnung. Und Martins Telefon klingelte. Kaum hatte er den Hörer aufgelegt, klingelte es von neuem.

Während der Feiertage war die Verwaltung nicht besetzt gewesen. Jetzt häuften sich die kleineren und größeren Beschwerden. Dort funktionierte ein Heißwassergerät nicht. Da ließ sich angeblich ein Heizkörper nicht mehr regulieren. In Nummer sechs war die Treppenhausbeleuchtung zwischen dem neunten und dem vierzehnten Stockwerk defekt. Und ein aufgebrachter Mieter drohte mit Regreßansprüchen, falls er sich im Dunkeln den Hals breche. In Nummer zehn kam Wasser durch die Decke zur Zweizimmerwohnung im ersten Stock, angeblich schon seit Tagen.

Irgendwann erschien dann Bergner, setzte zu einer langatmigen Entschuldigung an, wurde durch das Telefon unterbrochen und bekam von Martin wortlos die Notizzettel hingeschoben. Neue Auftragsverteilung an die Hausmeister. Bergner schickte den Elektriker zu Nummer sechs, den Installateur zum defekten Heißwassergerät. Der kam allerdings gleich wieder zurück und behauptete, das sei eine Arbeit für den Elektriker. Ohne ein Wort reichte Bergner ihm den Zettel mit der Notiz: »Wasserdurchbruch in Nummer zehn-eins-zwei.«

Als Martin gegen sechs am Abend heimkam, war er erschöpft. Sein linkes Ohr schmerzte, weil er dort ständig den Telefonhörer angepreßt hatte. Die linke Schulter schmerzte ebenfalls, und der Nacken war verspannt. Martin sehnte sich nach einem heißen Bad, einer warmen Mahlzeit und nach seinem Bett.

Wie am Tag zuvor saß Angela still in der Couchecke. Ihm fiel ein, daß er sie zu einem Arzt schicken wollte. Doch er war zu müde, um sich auf eine Diskussion mit ihr einzulassen. Und der dritte Januar ließ sich nicht besser an.

Gleich um neun erschien Anna Jasper bei Martin. Sie hatte Bergner nicht in seinem Büro angetroffen und erkundigte sich lächelnd, ob sie vielleicht hier auf ihn warten könne. Martin, den Telefonhörer zwischen Schulter und Ohr, den Kugelschreiber in der Hand, deutete stumm auf die kleine Sitzgruppe und vergaß Anna gleich wieder.

In der Tiefgarage hatte es eine Karambolage gegeben. Einer der Betroffenen erkundigte sich gerade, ob man die Polizei rufen müsse oder ob sich die Verwaltung darum kümmern würde. So höflich wie eben noch möglich erklärte Martin, man möge doch bitte die Polizei rufen, wenn man sich nicht einigen könne. Er legte den Hörer auf und brummte mißmutig: »Dämlicher Hund, das fehlt mir noch. Wo sind wir denn hier?«

»In Kronbusch!« Die amüsierte Stimme aus der Ecke erinnerte ihn an die wartende Frau, die etwas von Bergner wollte.

»Und so friedlich, wie im Prospekt behauptet wird, scheint es dann doch nicht«, fügte Anna hinzu.

Martin lachte leise und verlegen. »Wahrhaftig nicht. Manchmal ist es ein Hexenkessel. Aber vielleicht kommt es mir nur so vor, weil hier alles zusammenläuft.«

Er warf einen Blick auf die Uhr und griff erneut zum Telefon. »Ich ruf' mal eben rauf und frage ihn, ob er heute noch im Büro erscheint.«

Bergner hatte verschlafen, entschuldigte sich wortreich und versprach, in fünf Minuten unten zu sein. Das schaffte er auch, doch hatte er in der Eile sein Hemd falsch geknöpft, und Martin grinste, als es ihm auffiel.

Bergner griff nach Annas Arm. »Gehen wir zu mir rüber. Bis er sich wieder beruhigt hat, kann einige Zeit vergehen.«

Er führte Anna zu seinem Schreibtisch und bot ihr den Platz davor an. »Ich hoffe, Sie haben nicht zu lange warten müssen.«

»Es war nicht langweilig«, erwiderte Anna. »Man hat als Mieter keine Vorstellung von dem, was hinter den Kulissen vorgeht. Es war sehr aufschlußreich. Ist es immer so?«

»Häufig«, entgegnete Bergner. »Ich möchte nicht auf Martins Platz sitzen, auch nicht für sein Gehalt. Zu Anfang war Hillmann so freundlich, Martins private Telefonnummer in unsere Prospekte drucken zu lassen, für den Notfall sozusagen. Da konnte es geschehen, daß nachts um elf jemand anrief, weil der Wasserhahn tropfte. Manche Leute sind zu blöd, um eine Glühbirne auszuwechseln. Die behaupten gleich, der Strom sei ausgefallen.«

Anna runzelte die Stirn, Bergner lächelte. »War ein bißchen übertrieben, aber zu beneiden ist Martin wirklich nicht. Offiziell ist Hillmann der Geschäftsführer, aber zu Hillmann geht niemand. Alles läuft gleich zu Martin, für Kronbusch ist er der Thronfolger, und privat …«

Bergner brach ab. Fast hätte er auch noch erklärt, daß es um

Martins Ehe zur Zeit nicht so hundertprozentig bestellt war. Er besann sich rechtzeitig. Martin wäre kaum erfreut darüber gewesen, und Anna war nicht hier, um sich die Sorgen anderer anzuhören.

»So«, sagte er deshalb, »soviel über Kronbusch, und nun zu Ihnen. Wie waren die Feiertage im engsten Familienkreis?« Es sollte scherzhaft klingen, das gelang ihm sogar. Er war stolz auf sich; richtig stolz. Aber das verging wieder.

Anna holte tief Luft. »Deswegen bin ich hier. Ich weiß nicht, was bei uns vorgeht. Drei Tage lang habe ich mich gefühlt wie ein Zuschauer in einem schlechten Theaterstück. Ich fange am besten ganz vorne an.« Das tat sie, berichtete von Rolands Fahrt in die Stadt, von Tamaras Vorstellung eines schönen Familienlebens, von Rolands später Rückkehr und der angeblichen Panne mit dem Wagen.

»Angeblich?« fragte Bergner.

Anna zuckte mit den Schultern. »Er hatte den Wagen auf freier Strecke stehenlassen. Er behauptete, das Gaspedal habe sich verklemmt. Er habe den Wagen nur mit knapper Not zum Stehen gebracht. Er bestand darauf, ihn in eine Werkstatt zu bringen, wollte ihn abschleppen lassen. Wir sind am nächsten Tag mit meinem Wagen hinausgefahren, es war alles in Ordnung. Ich habe den Wagen selbst zurück nach Kronbusch gefahren, Roland kam mit meinem hinterher. Das Gaspedal ließ sich leicht treten, da war nichts verklemmt. Er brachte ihn trotzdem gestern in eine Werkstatt, aber man hat nichts gefunden.«

Anna zuckte noch einmal mit den Schultern. Selbst in der Erinnerung kam ihr Rolands Verhalten noch lächerlich vor. Wie ein Kind hatte er sich benommen, das um jeden Preis Aufmerksamkeit erregen will. Aber der Rest an der Sache war gar nicht mehr lächerlich.

Roland hatte tatsächlich Geschenke für die Kinder besorgt. Für Stefan ein hochkompliziertes elektronisches Spielzeug, beim Auspacken freute der Junge sich noch. Anschließend war er sichtlich enttäuscht. Und Roland wurde wütend. Er schrie das Kind an: »Dafür habe ich mir nun fast den Hals gebrochen.« Dann verlangte er, Stefan solle gefälligst die Bedienungsanleitung lesen. Die war zu allem Überfluß in Englisch abgefaßt, der Junge kam damit überhaupt nicht klar. Dann kam Tamaras großer Auftritt. Anna wußte nicht, wie sie es anders bezeichnen sollte. Sie packte ihr Geschenk aus. Roland war immer noch wütend. Tamara hatte das Papier noch nicht ganz entfernt, da meinte er: »Wenn du auch meckern willst, tu dir keinen Zwang an. Das ist ein Lexikon.«

Tamara behauptete, sie habe sich seit langem sehnlichst ein gutes Lexikon gewünscht. Damit schien Roland einigermaßen versöhnt, Anna weniger. Sie stand daneben, als das Mädchen das Geschenkpapier entfernte. Man hatte Roland wohl im Gedränge das falsche Buch eingepackt. Kein Lexikon, ein Märchenbuch.

Für den Bruchteil einer Sekunde erkannte Anna die Figuren auf dem Schutzumschlag, Tischlein deck dich, Hänsel und Gretel, eine ziemlich bunte Mischung. Auch Tamara bemerkte rasch, was sie da in der Hand hielt, wickelte das Geschenkpapier wieder darum. Das ging so schnell, Anna konnte den Fingern kaum folgen. Dann bedankte Tamara sich überschwenglich bei Roland. Sie ging sogar zu ihm hin und küßte ihn auf die Wange.

»Jetzt kann ich alles nachschlagen, was ich noch nicht weiß«, sagte sie. Aber ihr Blick dabei! Selbst im nachhinein fröstelte Anna noch.

»Sie hätten den Blick sehen müssen, Friedhelm. Ich sollte das vielleicht nicht sagen, aber dieses Kind ist mir unheimlich. Sie hat etwas an sich, das mir angst macht. Sie ist so falsch, so … ach, ich weiß nicht. Ich habe mich noch nie in meinem Leben so dumm gefühlt wie an dem Abend. Dieses

Theater widerte mich an. Ich sagte zu ihr, dann kannst du Stefan ja hin und wieder etwas vorlesen. Und sie schaute mich erstaunt an und meinte, aber dafür interessiert er sich doch gar nicht.

Ich habe sie später dabei beobachtet, wie sie ein Lexikon aus dem Regal nahm und den Schutzumschlag entfernte. Darin schlug sie das Märchenbuch ein. Sie verzog sich mit dem Ding in eine Ecke und vertiefte sich darin. Roland fragte sie mehrfach, ob es ihr wirklich gefalle. Und jedesmal erzählte sie ihm irgendwelche Weisheiten über den Erdumfang oder Dampfmaschinen. Sie tat, als habe sie wirklich ein Lexikon vor sich.«

»Ach«, meinte Bergner leichthin, »das würde ich nicht so tragisch nehmen. Vielleicht war es für Tamara einfach nur ein Triumph, daß ihr Vater nicht so unfehlbar ist, wie er sich gerne gibt.«

Anna schüttelte den Kopf. »Für einen Triumph war das zu billig. Unterschätzen Sie sie nicht, Friedhelm. So etwas paßt nicht zu ihr. Sie hätte doch sagen können, das ist das falsche Buch. Natürlich hätte es Ärger mit Roland gegeben, aber ihr liegt absolut nichts an seinem Wohlwollen. Sie wünscht ihm die Pest an den Hals, glauben Sie mir. Es wäre viel eher normal gewesen, wenn sie die Auseinandersetzung gesucht hätte, vor allem, weil er sich zuvor Stefan gegenüber so schäbig benommen hatte. Sie hat doch immer das Bedürfnis, Stefan zu schützen. Mit dem Kind ist etwas nicht in Ordnung, Friedhelm. Sie paßt sich jeder Situation an, wenn es sein muß, spielt sie mir sogar das kleine Kind vor. Erinnern Sie sich an den Teddybären?«

Als Bergner kurz nickte, fuhr Anna fort: »Ich habe sie darauf angesprochen. Und sie behauptete, ich hätte den Bären ihr geschenkt, und er sei von Anfang an so gewesen. Sie hat mir eine phantasievolle Geschichte erzählt, von den Kämpfen, die der Bär mit dem bösen Wolf ausgetragen hat.«

»Ich weiß nicht recht, Anna«, sagte Bergner, »vielleicht legen Sie da einfach zuviel hinein.« Da ihm nichts Besseres einfiel, wiederholte er einfach noch einmal, was er ihr bereits im November gesagt hatte. »Sie dürfen nicht vergessen, daß sie ein Kind ist, ein zehnjähriges Mädchen, das sich gern erwachsen und unabhängig gibt. Aber im Grunde des Herzens sehnt sie sich nach Geborgenheit wie alle Kinder. Viele Kinder zerstören ihr Spielzeug, vielleicht holt sie einfach etwas nach.«

»Stefan ist anders«, erklärte Anna. »Dann müßte er doch auch einen Nachholbedarf haben. Aber er macht nicht willkürlich etwas kaputt, er erzählt auch keine wilden Geschichten. Er verhält sich normal, denke ich. Aber sie ist nicht in Ordnung.«

»Ich werde noch einmal mit ihr reden«, erklärte Bergner. Anna schien ein wenig erleichtert.

Bis zum Mittag hatte sich die Lage weitgehend beruhigt. Dennoch rechnete Martin nicht damit, daß er zum Essen hinaufgehen könnte. Angela rief ihn an und drängte. Er gab schließlich soweit nach, daß er sich von ihr sein Essen ins Büro bringen ließ. Angela ging gleich wieder, und wieder fiel ihm auf, daß sie blaß und schmal geworden war. Aber er kam nicht dazu, weiter darüber nachzudenken. Er hatte gerade zu essen begonnen, als das Telefon klingelte.

Es war der Installateur. »Schwarz«, meldete er sich, sprach gleich weiter. »Herr Bergner hat mich gestern zu zehn-eins-zwo geschickt, wegen dem Wasserdurchbruch. Gestern habe ich in zwo-zwo niemanden angetroffen. Deshalb bin ich heute noch mal rüber. Es öffnet aber immer noch niemand.«

»Und was ist mit dem Wasserdurchbruch?«

»Sieht böse aus. Ich bin jetzt in eins-zwo. Die Decke ist ruiniert, an einer Wand löst sich bereits die Tapete.«

Martin wurde wütend. »Dann holen Sie sich gefälligst den

Schlüssel für zwo-zwo. Sind Sie denn nicht bei Trost, Mann? Da hätten wir doch gestern schon was unternehmen müssen. Ein bißchen Eigeninitiative kann ich doch wohl erwarten.«

Wenig später stand Schwarz eingeschüchtert vor Martins Schreibtisch und ließ sich den Schlüssel aushändigen. Nachdem er das Büro verlassen hatte, rief Martin das Mieterverzeichnis ab, um sich eine Notiz zu machen. Schließlich mußte man die Leute informieren. Vermutlich waren sie noch verreist. »Sonja Rieguleit«, las er vom Bildschirm ab. »Alter: 22, ledig …«

Als der Installateur nach nur einer Viertelstunde zurückkam, war Martin davon überzeugt, er habe es schon in dem Moment gewußt, als die Angaben zur Person auf dem Bildschirm erschienen. Schwarz war auffallend blaß und zitterte. Seine Stimme klang nach einem beständigen Würgen, als er Martin einen kurzen Bericht gab. Dabei war er kaum in der Lage, in zusammenhängenden Sätzen zu sprechen. Martin verstand nur soviel: In zehn-zwo-zwo lag eine Frau in der gefüllten Badewanne, und in der Wanne war mehr Blut als Wasser. Martin spürte würgende Übelkeit. Leicht schwankend stand er auf und preßte hervor: »Es ist gut, Herr Schwarz, ich komme mit.«

Der Mann hob beide Hände und streckte sie abwehrend von sich, schüttelte gleichzeitig den Kopf. »Da bringen mich keine zehn Pferde mehr rein.«

»Dann rufen Sie mir Bergner her«, bat Martin.

Flüchtig dachte Martin daran, Hillmann zu informieren, aber das hatte Zeit. Als Bergner eintrat, telefonierte er gerade mit der Polizei. Bergner hörte zu, den Mund leicht offen, die Wangenmuskeln zuckten.

Sie stiegen die Treppen hinauf. Es hätte nicht gelohnt, für zwei Stockwerke den Lift zu nehmen. Schweigend und verbissen stampfte Martin voran. Bergner hatte vorgeschlagen, man könne doch vor dem Haus auf die Kripo warten. Aber nein, Martin mußte das sehen, mußte sich tapfer und trotzig von dem überzeugen, was Schwarz behauptet hatte. Bei Carmen Hellwin hatte er sich feige im Hintergrund gehalten. Dabei war nicht einmal klar gewesen, wie sie Carmen Hellwin finden würden. Jetzt war es klar. Und jetzt steckte er den Schlüssel in die Wohnungstür. Trotz seiner Panik hatte Schwarz die Tür ordnungsgemäß hinter sich verschlossen, als er aus der Wohnung von Sonja Rieguleit gerannt war.

Und dann stand Martin vor der Wanne, bei Lampenlicht, nicht wie Bergner in der Dunkelheit. Das Wasser war tatsächlich rot. Sonja Rieguleit hatte sich im Wasser liegend mit einem Fleischermesser die Halsschlagader durchtrennt. Die Hähne waren nicht fest geschlossen, so daß ein dünnes Rinnsal die Wanne zum Überlaufen gebracht hatte. In der gesamten Wohnung waren die Teppichböden durchtränkt. Da jedoch der Dielenboden leicht abschüssig war, war kein Wasser in den Hausflur ausgetreten. Sonst hätte man den Tod der jungen Frau früher bemerkt.

Als man sie fand, war Sonja Rieguleit seit zehn oder elf Tagen tot. Gestorben an einem der Weihnachtsfeiertage. Eine genauere Zeitangabe war beim Zustand der Leiche nicht mehr möglich.

»Ich habe mit der Mutter gesprochen«, sagte Bergner ein paar Stunden später. »Sie hat es sehr gefaßt aufgenommen.« Er setzte sich auf die Kante des Schreibtisches und zündete sich umständlich eine Zigarette an. Dann sprach er weiter: »Die Rieguleit war Fremdsprachensekretärin, das müßte aber auch in deinen Unterlagen stehen. Sie hat gut verdient, galt als tüchtig, wurde von den Kollegen geschätzt. Wen man auch fragt, man hört nur Gutes. Aber!«

Bergner machte eine bedeutungsschwere Pause. »Sie war seit gut einem Jahr wegen Depression in ärztlicher Behandlung.« »Das ist die Erklärung, nicht wahr?« Martin bettelte fast.

Bergner nickte kühl und schaute auf die Glut seiner Zigarette. »Ja«, sagte er knapp, »in diesem Fall ist es die Erklärung.«

»Warum betonst du das so?«

Bergner hob die Achseln. »Weil es den Tatsachen entspricht. Bei den anderen kann ich nur raten, und etwas anderes habe ich auch nicht getan.«

Martin seufzte. Es klang wie ein Stöhnen.

»Jetzt hör mir mal zu«, verlangte Bergner kalt. »Wenn du es nicht schaffst, dich von diesen Dingen zu distanzieren, könntest du die Nummer sieben oder acht sein. Verstehst du, Martin? Es ist schrecklich. Es ist entsetzlich. Ich bin ratlos, manchmal auch verzweifelt. Und ich weiß beim besten Willen nicht, was hier los ist. Aber es geht im Grunde weder mich noch dich persönlich an. Also versuch, es ein bißchen von dir fernzuhalten.«

»Sie war noch zwei Jahre jünger als Angela«, murmelte Martin. »Und die davor war auch nur drei Jahre älter. Und Carmen Hellwin war noch so jung, und Lisa Wagner ...«

Bergner faßte nach den Aufschlägen von Martins Jackett und zwang ihn so, den Kopf zu heben. »Wenn du nicht sofort aufhörst«, sagte er ruhig, »schlag ich dir eine runter. Ich hätte dich nicht in die Wohnung gehen lassen dürfen, mein Fehler. Ich hätte dich bestimmt nicht vor der Wanne stehenlassen dürfen. Aber ich bin auch nur ein Mensch. Ich habe nicht gleich gesehen, was mit dir los war. Jetzt sehe ich es. Du machst dich selbst fertig, Martin. So geht das nicht. Reiß dich zusammen, nimm ein paar Tage Urlaub, oder tu sonst etwas. Es ist keinem geholfen, wenn du dich hier völlig aufreibst.«

Weiß wie Schnee, rot wie Blut. Martin erzählte abends etwas davon. Es war im Augenblick nicht so wichtig. Es hieß anders. Aber es gab viele Irrtümer. Die Kindheit ein Alptraum. Das große weiße Haus nur ein besseres Bordell, die Küche ein Zufluchtsort, Emmis Geschichten ein Trost, nicht mehr und nicht weniger. Und dann eingesperrt, zwölf Jahre lang. Ein paar Erinnerungen an die warme Küche, den großen Herd. Funken über der Glut. Hoffnungsfunken. Briefe von Emmi.

Emmi schrieb regelmäßig, versprach auf den Seiten, was immer man einem verzweifelten Kind versprechen konnte. Berichtete von Abenden, an denen Großmutter bei ihr in der Küche saß. Von Gesprächen neben dem Herd. Nur zwei alte Frauen, von denen jede das verloren hatte, was ihr am liebsten gewesen war. Die eine den einzigen Sohn, die andere ein Kind. Und plötzlich behauptete Emmi, Großmutter sei nicht so schlimm, auch nicht so hart, wie sie immer tat.

Emmi wollte mit ihr reden, bei nächster Gelegenheit, schrieb sie. »Ich werde sie einfach fragen, ob Du nicht wieder heimkommen kannst.«

Es half nichts, Großmutter blieb hart. Emmi betete jeden Abend, schrieb, es breche ihr das Herz. Arme Emmi, sie litt. Der Gedanke, daß sie leiden mußte, war unerträglich. Großmutter spielte sich zur Richterin auf. Hatte ihr bereits die Kindheit genommen, nahm ihr die Jugend. Es war nur ein Gedanke, nicht einmal sonderlich intensiv. Wenn sie tot wäre, könnte ich heim.

Und Emmi schrieb von einer traurigen Nachricht, ein plötzlicher Tod. Kein schöner, und kein von Gott gewollter. Natürlich nicht, nicht von Gott, nur von einem verzweifelten Kind. Es war ein berauschendes Gefühl, die Gewißheit, mit einem Gedanken töten zu können. Es war selbst dann noch berauschend, als sich herausstellte, Großmutter war für einen Irrtum gestorben. Ihr Tod änderte nichts. Danach kämpfte Emmi gegen Mutter. Und Mutter gab niemandem eine Chance.

Sogar Emmi, die niemals einen Menschen verurteilte,

meinte: »Sie ist ein schlechter Mensch. Manchmal denke ich, anstelle Deiner Großmutter wäre besser sie gestorben. Dann könnten wir drei hier in Frieden leben, Du, Deine Großmutter und ich.«

Das Kind war überzeugt davon, daß es die Dinge ins rechte Lot rücken konnte. Mit einem einzigen Gedanken, an dessen Ende diesmal Mutter stand. Emmi sah das anders. Wenn nach Großmutter nun auch noch Mutter sterben würde, wäre die Tür daheim endgültig zu. Es war dann niemand mehr da, der für ein Kind sorgen konnte. Ihr, so schrieb Emmi, würde man das nicht erlauben, sie sei nur eine einfache alte Frau. Und darüber hinaus glaubte Emmi nicht, daß Menschen starben, nur weil ein Kind es so wollte.

»Das ist Unsinn, Kleines. Mach dir mit solchen Gedanken nicht das Leben schwer. Du hast nichts Böses getan. Ein Mensch kann wollen und denken, was er will. Wenn einmal etwas eintrifft, ist das Glück oder ein Zufall.«

Glück wohl kaum in solch einem Fall, aber ansonsten hatte Emmi zweifellos recht gehabt. Angela hatte in einem von Bergners Büchern darüber gelesen, in einem seriösen wohlgemerkt, von ernst zu nehmenden Wissenschaftlern verfaßt. Bergner kaufte sich ja nicht ausschließlich Unfug. Kindliche Allmachtsphantasien! So nannte sich das. Ich bin groß, ich bin stark, ich kann fliegen. Und ich kann jeden bestrafen, der dir weh getan hat, Vati. Fangen wir mit Großmutter an. Sie hat dich beschimpft, ich habe es oft genug gehört. »Bist du ein Mann oder ein Waschlappen? Wie lange willst du dir das noch bieten lassen? Hast du denn keinen Funken Stolz mehr im Leib?«

Sie hatte Großmutter damals mehr als einmal den Tod gewünscht. Jedesmal wenn die markante Stimme laut wurde, wenn das kleine Herz sich vor Furcht überschlug, und das war oft gewesen. Aber es war nie etwas geschehen. Großmutter brüllte auch am nächsten Tag noch. Und dann hatte sie sich viele Jahre später … mit einem Schlafmittel. Aber es war ein purer Zufall gewesen, daß das Kind in derselben Nacht dachte, wenn sie tot wäre, könnte ich heim. Es mußte ein Zufall gewesen sein. Und was in Kronbusch geschehen war, das waren auch nur Zufälle.

Bergner hätte das vielleicht anders gesehen, wenn er erfahren hätte, unter welchen Umständen Großmutter gestorben war, wenn er einmal in seinem idiotischen Buch nachgeschlagen hätte. Davon erfahren würde er nie, von wem denn auch? Und in seinem Buch konnte er nicht nachschlagen. Sie hatte ihm das vermaledeite Ding bisher nicht zurückgegeben, hatte auch nicht vor, das in absehbarer Zeit zu tun. Sollte er danach fragen, konnte sie behaupten, sie habe es verlegt, oder, sie lese da gerade eine besonders amüsante Stelle.

Ja, genau so, eine besonders amüsante Stelle. Und wenn er dann irgendwie zu erkennen gab, daß er es nicht für amüsant hielt, konnte sie sich mit dem Finger an die Stirn tippen. »Aber, Friedhelm, du glaubst doch nicht an solchen Schwachsinn. Das paßt gar nicht zu dir.«

Schwachsinn, ausgemachter Blödsinn, solche Gedanken waren wie ein luftgefüllter Reifen, der den Kopf über Wasser hielt. Und es war bitter nötig, ihn über Wasser zu halten. Wochenlang hatte sie gegen den Wahnsinn angekämpft, aber es nahm einfach kein Ende. Noch ein Fetzen und noch ein Fetzen. Und jetzt das! Absonderliche Fähigkeiten des menschlichen Geistes. Zerbrochene Glasscheiben oder zerbrochene Menschen, wenn man daran glaubte, war der Unterschied vielleicht nicht so groß. Und es gab tatsächlich ein paar verblüffende Parallelen. Sie selbst war förmlich darüber gestolpert, als ihr die Briefe von damals in den Sinn kamen, als sie darüber nachzudenken begann.

Sie erinnerte sich deutlich an die einzelnen Tage, an denen Martin abends von Toten berichtet hatte. Zuerst ein Mann, dann nur noch Frauen. Allein das erschien schon sinnvoll wie eine logische Konsequenz. Und zuerst eine alte Frau, dann nur noch junge. Und es starb immer dann eine, wenn ihr ein neues Stück Dreck bewußt wurde. Es sah fast nach einer späten Rache aus, aber das war es nicht. Wenn es so war, dann war es nur ein hilflos um sich schlagendes Kind, das in seiner Panik die Falschen traf.

Natürlich war es nicht so, es konnte gar nicht so sein. Aber da war diese lange Pause nach Carmen Hellwins Tod. Bis weit in den November hinein hatte sie sich täglich aufs neue völlig verausgabt, im Schwimmbad und auf dem Tennisplatz. Und manchmal sah sie es so, wie es in Bergners Buch beschrieben war. Die schlafende Kraft, von Walter Burgau aus dem Schlaf gerissen. Sechzig Prozent, die jeden Tag neu verbraucht werden mußten, damit sie keinen Schaden anrichten konnten.

Es war entsetzlich, über solche Dinge nachzudenken, es war grauenhaft. Und es schwankte ständig, kindliche Allmachtsphantasien oder sechzig Prozent Hirnmasse, die im Normalfall nicht genutzt wurden. Mit denen man bei eiserner Konzentration, aber auch, wenn man in Panik geriet, Glasscheiben zerspringen oder Menschen sterben lassen konnte. Sechs Tote, und Bergner suchte immer noch nach Motiven, nach Gründen, nach Erklärungen. Und wie er sie immer anschaute, wenn er heraufkam. Er hatte das Buch doch bereits gelesen, lange vor ihr. Aber es gab keine Beweise, es konnte gar keine Beweise geben. Und wenn sie es irgendwie wieder unter Kontrolle brachte, bevor Bergner Verdacht schöpfte. Es mußte Möglichkeiten geben, es unter Kontrolle zu bringen, es wieder einzuschläfern, es auszuschalten, es … vorausgesetzt, es existierte überhaupt.

Bergner war nicht gekommen an dem Abend. Martin dachte, sie sei glücklich darüber. Ganz verträumt saß sie in ihrer Ecke, hielt ein Buch auf den Knien. Sie las nicht darin, blätterte nur hin und wieder eine Seite um.

»Machen wir es uns gemütlich«, sagte Martin. Bergners Worte klangen ihm noch im Ohr, nicht aufreiben lassen, Abstand halten, so tun, als sei nichts geschehen. Er suchte eine Weile nach geeigneter Musik, legte schließlich eine Platte von Engelbert auf. Dann setzte er sich neben sie auf die Couch.

Martin war unsicher, das schlechte Gewissen drückte. Er war mehr als einmal grob geworden in den letzten Wochen, und er hatte sich nicht immer gleich dafür entschuldigt. Als er den Arm um ihre Schultern legte, zuckte sie kurz zusammen. Mit den Fingern einer Hand strich er über ihren Arm, schob ihr Haar zurück und küßte sie auf den Hals. Dann legte er eine Hand unter ihr Kinn, drehte ihr Gesicht zu sich herum und beugte sich darüber, um sie zu küssen.

»Nicht«, sagte sie und drehte den Kopf wieder zur Seite.

»Was ist denn los, Engel?«

Sie fühlte, daß er sie von der Seite betrachtete mit diesem Blick, der sie so sehr an Mutters Liebhaber erinnerte. Ein hungriger Blick, den sie nicht ertrug, unter dem sie sich schmutzig und verdorben fühlte. Sie stand auf und ging ins Bad, um den Schmutz abzuwaschen.

Martin folgte ihr, saß auf dem Rand der Wanne. Überzeugt davon, daß sie nur das übliche Ritual zelebrierte, schaute er auf sie hinab, flüsterte mit heiserer Stimme. »Du bist schön, Engel. Ich liebe dich.«

Dann ließ er seine Hände über ihre Haut wandern. Sein Atem wurde schneller. Und sie wurde ganz steif vor Ekel und Entsetzen. Er zeichnete mit einem Finger ihren Mund nach und beugte sich wieder über sie, um sie zu küssen. Diesmal wehrte sie ihn nicht ab, konnte ihn nicht abwehren, die Hände waren ganz starr, ließen sich nicht heben.

Und dann lag er neben ihr auf dem Bett. Flüsterte noch einmal: »Ich liebe dich.« Seine Lippen hinterließen kleine schmerzende Flecken auf ihrer Haut, es war fast wie Feuer, machte sie hilflos und lahm.

»Nein«, stammelte sie. »Nein, Martin, bitte hör auf, ich kann nicht. Ich ertrage das nicht mehr.«

Zuerst lachte Martin noch unsicher. »Aber, Engel, wir haben so lange nicht mehr miteinander geschlafen.« Und jetzt küßte er sie heftiger. Sie konnte nicht atmen. Martin richtete sich ein wenig auf, als er ihre Abwehr bemerkte, betrachtete aufmerksam ihr Gesicht und seufzte vernehmlich.

»Gut«, sagte er, verzog den Mund wie zu einer Entschuldigung, »ich war ein bißchen gereizt in letzter Zeit. Ich habe Dinge zu dir gesagt, die mir später wieder leid taten. Wenn du deswegen böse bist …«

»Ich bin dir nicht böse«, murmelte sie, als er mitten im Satz abbrach. »Es ist nur«, jetzt begann sie selbst zu stammeln. Sie konnte ihm nicht erklären, was es war, ihm nicht und auch sonst keinem. Konnte mit niemandem reden über diese furchtbaren Zweifel, diesen grauenhaften Verdacht gegen sich selbst. Kindliche Allmachtsphantasien! Und wenn es mehr war als das, dann waren es sechs Tote. Sieben, Großmutter gehörte dazu.

Martin schaute immer noch aufmerksam in ihr Gesicht. Und plötzlich sagte sie: »Vielleicht solltest du einfach gehen. Du würdest es mir damit leichter machen.«

Martin war mehr als verblüfft. Er starrte sie verständnislos an, schüttelte den Kopf und fragte zögernd: »Habe ich das richtig verstanden? Ich soll gehen.«

Sie nickte kaum merklich. »Ich glaube, es wäre besser. Es ist soviel passiert in den letzten Monaten. Immer hatte ich Angst, daß du mich verlassen wirst. Vielleicht ist es nur das, die Angst, manchmal denke ich, daß ich darüber verrückt werde. Ich weiß es nicht genau. Ich weiß überhaupt nichts mehr. Aber ich muß herausfinden, was mit mir los ist, verstehst du?«

152

»Natürlich«, Martin nickte voller Sarkasmus, es war wohl eher Bitterkeit. »Mal sehen, ob ich es richtig verstehe. Du hast Angst, ich könnte dich verlassen, und deshalb schickst du mich vorbeugend in die Wüste.«

Sie nickte wieder, etwas deutlicher diesmal. »Es wäre ja nicht für immer«, erklärte sie, »nur so lange, bis ich meine Gefühle wieder völlig unter Kontrolle habe.«

»Na, da bin ich aber beruhigt«, sagte Martin. »Und ich dachte schon, der Mohr hat seine Schuldigkeit getan, der Mohr kann gehen. Ich darf also wiederkommen eines Tages, ja? Wenn du deine Gefühle wieder unter Kontrolle hast.« Er lachte einmal kurz auf und verzog abfällig den Mund. »Vielleicht habe ich dann keine Lust mehr. Es könnte doch sein, daß mir auch eines Tages jemand über den Weg läuft, der meine Gefühle durcheinanderbringt. Du magst ja einmalig sein, aber die einzige Frau bist du nicht.«

Er richtete sich auf, rückte von ihr ab, als er bemerkte, wie nahe er immer noch bei ihr lag. Ernüchtert und verletzt, schaute er zur Tür hinüber. »Soll ich sofort packen, oder darf ich bis morgen früh warten? Muß ich gleich alle meine Sachen mitnehmen, oder darf ich ein paar Anzüge hängen lassen? Das machen ja viele in solchen Fällen, lassen ein paar Anzüge hängen, um sie dann später zu holen und dabei zu sehen, ob die Luft schon wieder rein ist.«

Seine Stimme zitterte, das konnte er nicht verhindern. Er glaubte plötzlich, ganz klar zu sehen, ihr verändertes Verhalten, die Schweigsamkeit, das Grübeln in der Couchecke, die abwesend, manchmal verträumt wirkenden Blicke, alles zusammen paßte in ein ganz bestimmtes Bild. Ein anderer Mann! Und kennengelernt hatte sie ihn vermutlich an dem Tag, als Lisa Wagner aus dem Fenster sprang. Martin erinnerte sich nur zu gut an die Szene, als er abends heimkam, an die blutende Lippe, an die Beteuerung, daß sie ihn niemals betrügen würde. Da hatte sie das wohl auch noch nicht vorgehabt.

Da sie ihm nicht antwortete und er sie im Augenblick nicht ansehen konnte, sprach er in Richtung Tür gewandt weiter. »Du machst es dir verdammt leicht. Aber wir sind verheiratet, Angela. Du kannst mich nicht so einfach vor die Tür setzen. Du mußt schon darauf warten, daß ich freiwillig gehe. Im Moment habe ich nicht vor, das zu tun. Wenn ich es mir so überlege, mir gefällt es hier.«

So sehr er sich auch bemühte, es gelang ihm nicht, seine Stimme fest klingen zu lassen. Sie schwankte zwischen Enttäuschung und Schmerz, ein erster Zorn klang auch darin mit. »Ich werde dir das nicht ersparen können, deine Gefühle in meiner Nähe unter Kontrolle zu bringen. Vielleicht kann ich dir sogar helfen. Stell mir den Typ doch einfach mal vor. Lad ihn ein, wir machen uns einen gemütlichen Abend zu dritt, dann kannst du in aller Ruhe Vergleiche ziehen. Wer weiß, vielleicht schneide ich dabei gar nicht so schlecht ab.«

Bis dahin hatte sie ihn nur ratlos angestarrt, jetzt schüttelte sie den Kopf. »Du irrst dich, Martin, das ist es nicht. Es gibt keinen anderen Mann. Ich könnte dich niemals betrügen.«

Eine volle Minute lang wußte Martin nicht, was er darauf erwidern sollte. Mit allem Möglichen hatte er gerechnet, nicht mit solch einem Satz. Kein anderer Mann. »Was ist es dann?« fragte er endlich.

»Ich kann es dir nicht sagen.«

»Gut!« Er glaubte ihr nicht, war immer noch zutiefst verletzt, schwang die Beine aus dem Bett, raffte Decken und Kissen zusammen und ging zur Tür. Bevor er das Schlafzimmer verließ, drehte er noch einmal das Gesicht über die Schulter zurück. »Dann behalt es für dich«, sagte er kalt. »Aber dann beschwer dich in Zukunft auch nicht mehr, wenn ich meine Zeit mit anderen verbringe. Ab und zu muß ich mir auch über verschiedene Dinge Klarheit verschaffen.«

Er sah noch, wie sie den Kopf schüttelte.

Anfang Februar standen in Kronbusch rund achtzig Wohnungen leer. Das war nicht viel, wenn man die Größe des Komplexes in Betracht zog. Dennoch war Martin in Sorge. Gerade in den ersten Monaten der letzten Jahre hatte es viele neue Interessenten gegeben. Man hatte zeitweise Wartelisten geführt und unter den Bewerbern auswählen können. Jetzt kam niemand, statt dessen gingen vorzeitige Kündigungen ein. Die Todesfälle waren von der Presse aufgegriffen worden. Man hatte ausführlich darüber berichtet, wohl auch ein wenig spekuliert. Das schreckte ab und verunsicherte die Menschen.

Hillmann zog sich mehr und mehr von allem zurück. Morgens erschien er zwar noch zur gewohnten Zeit, doch zu sprechen war er nie. Offiziell galt Martin als sein Stellvertreter. Er konnte und wollte jedoch nicht sämtliche Entscheidungen allein treffen. Die Verantwortung war ihm zu groß. Hinzu kam die Angst, Angela zu verlieren. Eine schon panische Angst. Er beobachtete sie, belauerte sie förmlich, rechnete jeden Abend fest damit, sie nicht daheim anzutreffen, stundenlang auf sie warten zu müssen mit der Gewißheit, daß sie jetzt bei einem war, der mehr Zeit für sie hatte. Vielleicht bei einem, der sich nicht gar so sehr an die Spielregeln hielt. Nicht erst lange fragte, ob ihr dies oder jenes genehm sei. Vielleicht bei einem, der ihr einmal richtig gezeigt hatte, was das war, Leidenschaft, alles rundherum vergessen. Vielleicht war es ihr mit der Zeit zu eintönig geworden, immer nur Rücksicht und Vorsicht und Sanftheit.

Ihm wurde regelmäßig übel bei solchen Vorstellungen. Und wenn sie ihn im Büro überfielen, konnte er gar nicht anders. Er mußte hinauf, nur einmal ganz kurz, um zu sehen, ob sie unterwegs war. Meist war sie unterwegs, dann wurde das Herz augenblicklich zu einem Stück glühender Kohle. Es hörte auf zu schlagen, brannte nur noch, sengte sich durch das Zwerchfell, den Magen, durch sämtliche Innereien bis in die Beine, so daß er kaum noch die Füße vom Boden bekam. Und das für nichts. Die Müllerin konnte regelmäßig Auskunft geben. Sie ist im Schwimmbad, sie ist auf dem Tennisplatz. Sie macht einen Spaziergang. Sie wollte Einkäufe machen. Alles ließ sich kontrollieren. Wenn er sie dann über den Tennisplatz laufen sah, in diesem kurzen weißen Rock, die schlanken Beine darunter, das lange Haar im Nacken mit einer Spange zusammengefaßt, dann stieg das Herz allmählich wieder höher, erreichte die Kehle, verstopfte sie mit sengender Glut.

Oder draußen hinter Haus Nummer drei. Da war sie nicht so leicht zu finden, aber meist fand er sie doch. Oft stand sie einfach an einen Baumstamm gelehnt. Dann war es, als ob eine Mauer um sie herum sei. Auch in der Ladenstraße entdeckte er sie regelmäßig, in die Stadt fuhr sie anscheinend nicht mehr. Und er wußte nicht mehr, was er denken sollte. Ob er ihr glauben konnte. Wenn er abends heimkam, war sie da, aber sie war nicht mehr die Frau, die er seit Jahren kannte.

Einmal versuchte er, mit Bergner darüber zu reden. Der winkte nur ab. »Tut mir leid für dich, aber ich habe im Augenblick wirklich andere Sorgen. Da kann ich mich nicht auch noch mit einer überspannten Göre auseinandersetzen. Rück ihr mal anständig den Kopf zurecht. Irgendwann muß sie schließlich begreifen, daß sie nicht der Nabel der Welt ist.«

Verwöhnt, gelangweilt und launisch, nannte Bergner sie. Aber das waren keine Launen. Es war etwas, das Martin nicht einordnen konnte. An manchen Tagen war sie von einer überdrehten Fröhlichkeit, lachte zu oft und zu laut, wirbelte im Haus umher und versicherte ihm immer wieder, er müsse sich keine Sorgen machen, es sei alles in bester Ordnung, es seien nur ein paar dumme Gedanken gewesen. Kindliche Vorstellungen, weiter nichts.

Kam er an solch einem Tag heim, empfing sie ihn mit Hektik. Sie nannte es Gemütlichkeit, drückte ihm ein Kissen in den Rücken, schob einen Hocker unter seine Füße, massierte ihm den Nacken und füllte sein Glas auf, kaum daß er einen Schluck daraus getrunken hatte. Und bei allem, was sie tat, erklärte sie, es gehe nur darum, daß er sich wohl fühle und zufrieden sei, daß er zur Ruhe komme.

Dann gab es Abende, da fand sie nicht aus ihrer Ecke. Schaute nur kurz auf, wenn er eintrat, und versank gleich wieder in dumpfes Brüten. Jede Frage beantwortete sie mit einem: »Liebst du mich wirklich?« Und wenn er das bejahte, wollte sie wissen: »Was liebst du an mir? Könntest du mich auch noch lieben, wenn ich schlecht wäre, richtig schlecht, durch und durch böse?«

Dann versicherte er ihr, daß sich an seiner Liebe niemals etwas ändern würde. Sie war ja nicht schlecht, er wußte das. Sie konnte gar nicht böse sein. Aber ihre Zweifel ausräumen, das konnte er nicht. Und er wußte nie, woran sie zweifelte, worüber sie nachdachte. Vielleicht darüber, wie sie ihn aus dem Haus bekam?

Das Haus gehörte ihr, halb Kronbusch gehörte ihr. Wenn sie ihn wirklich loswerden wollte, würde sie einen Weg finden, und er würde gehen müssen, sich nicht nur eine andere Bleibe suchen, auch einen anderen Job. Aber genau das wollte sie angeblich nicht. Ihr Vorschlag, versicherte sie wiederholt, sei nur eine dumme Idee gewesen, gemacht aus unsinnigen Selbstzweifeln und Ratlosigkeit. Nur woran sie zweifelte, was sie ratlos machte, wollte sie ihm nicht sagen, konnte sie ihm nicht sagen. »Es würde dich zerbrechen«, erklärte sie einmal. Also mußte es schlimm sein, sehr schlimm. Jetzt zerbrach sie.

Martin fühlte sich so entsetzlich hilflos. Da war die Sorge um Kronbusch fast eine Möglichkeit des Ausweichens. Nachdem er sie eine Zeitlang kontrolliert hatte, schaffte er es meist, jeden Gedanken an sie beiseite zu schieben, wenn er tagsüber im Büro saß. Statt dessen machte er Pläne. Kronbusch brauchte wieder eine gute Presse. Er hatte da ein paar durchaus brauchbare Ideen. Wenn er nur einmal mit Hillmann darüber hätte reden können. Der saß nur zwei Türen weiter hinter seinem Schreibtisch, ebensogut hätte er auf dem Grund des Ozeans sitzen können.

Mitte Februar, nach einer vollen Woche Schweigen, kam Martin der glorreiche Einfall einer kleinen, gemütlichen Runde. Zwei Fliegen mit einer Klappe schlagen, dachte er. Er wußte, daß sie Partys verabscheute, aber es war einen Versuch wert, sie aus ihrer Ecke zu reißen und gleichzeitig eine Gelegenheit zu schaffen, bei der Hillmann nicht ausweichen konnte.

Er lud Hillmann und seine Kollegen zu einem zwanglosen Abend ein, ohne vorher mit ihr darüber zu sprechen. Als er es ihr sagte, rechnete er fest mit Vorwürfen, zumindest mit einem Schmollen. Aber sie jubelte, klatschte in die Hände wie ein übermütiges Kind und begann sofort, ein umfangreiches Büfett zu planen. »Du wirst mit mir zufrieden sein«, meinte sie.

Abends stand sie minutenlang vor ihrem Kleiderschrank. Endlich nahm sie das Kleid heraus, das er ihr zu Weihnachten geschenkt hatte.

»Ich dachte, du magst das Kleid nicht«, sagte Martin.

Mysteriös lächelnd hielt sie sich das Kleid vor und drehte sich damit vor dem Spiegel. »Aber du magst es. Du hast gesagt, es passe zu mir. Vielleicht gefällt es dir sogar, wenn andere sich den Hals nach mir verrenken.« Sie lächelte immer noch. Doch dieses Lächeln schien ihm böse.

»Ich tu' nur, was dir gefällt«, sagte sie und drehte sich noch einmal um die eigene Achse. Martin schwieg. Er nahm ein frisches Hemd aus dem Schrank und ging damit ins Bad. Sie folgte ihm, blieb auch, während er duschte. Schaute ihm zu, als er sein Haar trocknete, sich rasierte. Stand neben ihm und lächelte.

»Regt es dich auf«, fragte sie plötzlich, »wenn andere sich den Hals nach mir verrenken? Du magst das, nicht wahr? Das mögt ihr alle. Dann seid ihr stolz. Meine Frau! Aber wehe, es streckt einer seine Finger zu weit vor.«

Martin hielt es für sinnvoller zu schweigen, bis ihre Laune sich gebessert hatte.

»Ihr seid alle gleich«, meinte sie, während sie das Kleid endlich überstreifte. »Und wenn es euch dann nicht mehr paßt, geht ihr einfach. Und keiner von euch fragt noch, was aus denen wird, die zurückbleiben. Sollen sie doch an ihrer Trauer und den Schuldgefühlen ersticken.«

Kurz nach acht kamen die ersten Gäste, Herbert und Gerda Hillmann. Er legte ihr zur Begrüßung väterlich die Hand auf die Schulter, meinte in ehrlichem Ton: »Da wohnt man so dicht beieinander und sieht sich doch nur selten. Wie geht es dir, Angela?«

Dabei verirrten sich seine Augen flüchtig auf dem Ansatz ihrer Brüste. Sie fand, er sei ein feister, lüsterner alter Mann. Gerda Hillmann lobte das Haus, obwohl sie das gleiche bewohnte, lobte die Einrichtung, stand vor dem Büfett und meinte: »Du hast dir zuviel Mühe gemacht, Angela.«

»Ich nicht«, erwiderte sie mit diesem kalten, fremden Lächeln. »Das war nur die Köchin.«

Dann öffnete sie für Bergner. Der betrachtete sie kurz und pfiff leise durch die Zähne. »Donnerwetter, so kenne ich dich ja gar nicht.«

Sie lächelte ihn an. »Aber oberflächlich betrachtet, müßtest du es für meine zweite Haut halten.«

Bergner runzelte die Stirn und erkundigte sich in bedächtigem Spott: »Wohl mit dem falschen Bein aufgestanden, was?«

»Nein«, erwiderte sie, »mit dem falschen Kopf.«

»Hast du Kopfschmerzen?«

Als er es aussprach, spürte sie den ersten Stich hinter der Stirn. Er fuhr quer durch den Schädel und ließ sie einen Moment lang schwanken.

»Es ist erträglich«, sagte sie dann. »Es wird den Abend in keiner Weise stören. Martin braucht ein bißchen Abwechslung.«

Ihre Stimme troff vor Sarkasmus, veränderte sich jedoch abrupt, als sie hinzufügte: »Geh nur hinein, Friedhelm. Ich warte hier auf die anderen. Sie kommen sicher gleich, und die frische Luft tut mir gut.«

Dann stand sie da, fror in dem dünnen Kleid. Sie schaute hinauf zum Nachthimmel. Von keiner Wolke bedeckt, zeigte er seine gesamte flackernde Pracht. Der Mond war nicht zu sehen. Doch ein großer, ruhig stehender Stern ersetzte ihn. Hell und kraftvoll stand er neben dem Liftaufbau. Sie hätte gern seinen Namen gewußt. Es war plötzlich so wichtig, seinen Namen zu kennen. Er herrschte oben über reine, neutrale Leere. Um ihn herum gab es weder Gut noch Böse, nur einen immerwährenden Ablauf, Leben und Sterben.

Es war so anders als hier unten, wo es für alles einen Anfang und ein Ende, aber keine Erklärungen gab. Der Anfang war gemacht, sechs Tote. Sechs, nicht sieben. Nur die Frauen, Großmutter dazugerechnet, für den Mann war sie nicht verantwortlich, da war sie ganz sicher. Aber jede der Frauen war genauso unschuldig gewesen wie der Mann, allein deshalb mußte es rasch ein Ende haben. Doch vor dem Ende stand die Gewißheit. Einen gewollten Tod, einmal ganz gezielt, so wie bei Großmutter damals. Dann würde sich herausstellen, ob das Unmögliche möglich geworden war. Aber sie glaubte nicht, daß sie das konnte, noch eine harmlose, unschuldige Person dazu veranlassen, in den Tod zu gehen. NEIN!

Ihre Gedanken wurden unterbrochen, als die Türen des Lifts auseinanderglitten. Sie begrüßte ihre Gäste und folgte ihnen ins Haus.

Martin stand neben Hillmann an der Bar. Luitfeld und Gersenberg gesellten sich augenblicklich dazu. Die Frauen gingen zum Tisch, mit dem die Müllerin sich soviel Mühe gegeben hatte. Köstliche Salate, aufgeschnittener Braten, geräucherter Fisch, Käse und Früchte. Und bei allem die Frage: »Ist es recht so?« Früher war es mit Emmi auch oft so gewesen. Und dann griffen gierige Finger danach, rissen gedankenlos auseinander, was Emmi mit peinlicher Sorgfalt hergerichtet hatte. Öde Gesichter mit dümmlichem Lächeln stopften sich die Mäuler voll. Damals wie heute.

Nur Bergner sonderte sich ab. Er saß auf der Couch, als gehöre er nicht dazu. Er beobachtete sie, ließ keinen Blick von ihr. Vielleicht vermutete er bereits Zusammenhänge. Er war der einzige weit und breit, der sich auskannte, und er hatte ja oft genug über das verlassene Kind und die Bestie im Innern gesprochen. Sie schaffte es nicht, seinen Blick zu erwidern, lehnte sich gegen die Wand, schaute zu Martin hin und spürte, wie der Körper zu zittern begann. Gerda Hillmann kam mit einem gefüllten Teller auf sie zu. »Du solltest eine Kleinigkeit essen, Angela, du bist ja ganz blaß.«

Dann folgte Gerda Hillmann ihrem Blick. Martin legte eine Hand auf Hillmanns Arm und sprach erregt auf ihn ein. Und Gerda Hillmann meinte: »Ist es nicht furchtbar? Sechs Tote in so kurzer Zeit. Herbert schläft keine Nacht mehr richtig. Man fragt sich wirklich, was in die Leute gefahren ist.«

»Der Teufel«, murmelte Angela. »Vielleicht hat Luzifer einen seiner Engel geschickt. Er kann keine Ruhe geben, bis die wirklich Schuldigen in seiner Hölle schmoren.«

Gerda Hillmann starrte sie sekundenlang an, flüsterte endlich: »Aber, Kind, um Gottes willen! Was redest du für einen Unsinn? Einen Engel geschickt …« Gerda Hillmann brach ab, schüttelte den Kopf und ging zurück zu den anderen, warf nur noch einmal einen seltsam forschenden Blick über die Schulter zurück.

Wieder raste ein Stich quer durch den Schädel. Diesmal blieb ein Druckgefühl zurück, breitete sich aus, begann zu hämmern. Die Knie gaben nach. Ihr wurde übel vor Schmerz. Martin sprach immer noch auf Hillmann ein. Sie verstand nur ein Wort. »Kronbusch.« Es hallte in ihrem Schädel nach. Sie preßte die Lippen aufeinander. Wenn er sich nur halb soviel um sie kümmern würde wie um diese Steinklötze.

Vater hatte damals auch ständig irgendwelche Akten mit heimgebracht. Es gab immer Gründe, sogar für die Prinzen auf der Terrasse. Vielleicht war es nicht allein Mutters Schuld gewesen. Und Großmutter hatte nur etwas zu retten versucht. Und sterben müssen dafür! Im Magen begann es zu glühen. Die Hitze breitete sich rasch im ganzen Körper aus, erreichte das ohnehin schon rasende Hirn. Sie stieß sich von der Wand ab und ging mit staksigen Schritten zur Couch.

Bergner hatte längst bemerkt, daß etwas mit ihr ganz und gar nicht in Ordnung war. Richtig krank sah sie aus, diese Blässe, das Zittern der Mundwinkel und der Hände. Im Geist entschuldigte er sich für die verzogene Göre. Er erhob sich, griff nach ihrem Ellenbogen.

»Geht es dir nicht gut, Angela?«

Sie schüttelte leicht den Kopf, bereute es gleich wieder, weil es den tobenden Schmerz noch verstärkte. Bergner wollte noch etwas fragen, da sackte sie plötzlich in sich zusammen. Er konnte gerade noch verhindern, daß sie mit dem Kopf auf die Tischkante schlug. Entschlossen griff er unter ihre Kniekehlen und die Achseln, nahm sie auf die Arme. Ihm schien, sie hatte für Sekunden das Bewußtsein verloren, dann bewegte sie sich wieder. Martin kam eilig herbei und schlug hilflos gegen ihre Wange. »Engel, was ist denn los mit dir?«

»Ich bring' sie ins Bett«, sagte Bergner. »Und du schickst am besten deine Gäste heim.« Dann verließ er mit seiner Last den Wohnraum und ging hinüber ins Schlafzimmer. So wie sie war, legte er sie auf das Bett und setzte sich dazu.

»Angela«, rief er leise, schlug ihr ebenfalls leicht gegen die Wange. »Angela, kannst du mich hören?«

Sie stöhnte, wimmerte wie ein Kind. »Nein! Ich will nichts mehr hören.«

»Angela«, er wurde eindringlich, »komm, mach die Augen auf. Ich bin es, Friedhelm.« Er kam sich ein wenig tölpelhaft vor. »Hast du immer noch Kopfschmerzen?« erkundigte er sich. Sie nickte nicht, es war nur ein Blinzeln. »Ich hole dir etwas«, sagte er. »Bleib still liegen. Ich bin sofort wieder da.«

Er ging ins Bad, fand in einem der Schränke ein Schmerzmittel, füllte einen Porzellanbecher mit kaltem Wasser. Damit ging er zurück. Sie hatte sich auf die Seite gedreht, zusammengerollt und die Beine angezogen wie ein Fötus. Bergner hob ihren Kopf ein wenig an. »Hier, schlucken und austrinken.«

Sie starrte ihn an, preßte die Lippen aufeinander, versuchte anscheinend, noch einmal den Kopf zu schütteln. Doch nach ein paar Sekunden ließ sie sich die beiden Pillen in den Mund schieben, trank gehorsam den Becher leer. Dabei schaute sie ihm unentwegt in die Augen. Da war soviel Panik in ihrem Blick, wie Bergner bis dahin noch nie bei einem Menschen gesehen hatte. Sie murmelte etwas, er verstand sie erst, als er sich ganz dicht über ihr Gesicht beugte.

»Was hast du mir gegeben?«

»Zwei Aspirin«, sagte er und sah, wie sie zitternd ausatmete, »jetzt versuch zu schlafen. Oder möchtest du lieber reden?«

Sie antwortete ihm nicht, schloß die Augen wieder. Bergner strich ihr behutsam eine der langen Haarsträhnen aus der Stirn. »Soll ich Martin rufen?«

»Nein«, es kam rasch und irgendwie angstvoll, »laß ihn in Ruhe. Ich will ihn damit nicht belasten.«

»Kann ich etwas für dich tun, Angela? Willst du mir nicht sagen, was dir fehlt?« Bergner sprach ruhig, aber so fühlte er sich nicht. Er fühlte sich hilflos, so hatte er sie noch nie erlebt.

Sie stöhnte leise, ein paar Muskeln zuckten in ihrem Gesicht. Dann kam ein kleines, bitteres Lachen. »Mir fehlt nichts«, murmelte sie undeutlich. Bergner hatte Schwierigkeiten, sie zu verstehen. »Im Gegenteil, ich glaube, da ist etwas zuviel. Ich bin mir nicht sicher. Ich sollte mir wohl erst Gewißheit verschaffen, aber ich kann das nicht. Ich will es nur loswerden, und ich weiß nicht, wie ich das anstellen soll. Ich weiß nur eins, wenn es nicht verschwindet, gibt es eine Katastrophe.«

Er strich noch einmal über ihre Stirn, war unsicher, wußte nicht weiter und ärgerte sich darüber. Traumtänzer, dachte er, wer sich einbildet, er könne fremden Menschen helfen, und dann hilflos dabeisitzt, wenn es einem Menschen, den er wirklich gut kennt, dreckig geht, wer dann nicht weiß, was er sagen soll, der ist mehr als nur ein Traumtänzer. Psychologe, der Mensch und die moderne Architektur. Ihm war danach, einmal hämisch aufzulachen, aber er wiederholte nur: »Wenn du still liegen bleibst, wird es besser.«

»Nein«, jetzt weinte sie fast. »Wenn ich still liege, werde ich verrückt. Dann muß ich mir vorstellen, wie es da in mir herumkriecht. Tagsüber geht es, da kann ich etwas dagegen tun. Aber ich kann nicht auch noch in der Nacht schwimmen und Tennis spielen bis zur Erschöpfung. Nachts frißt es mich auf.«

Da glaubte Bergner plötzlich, zu verstehen. Sie tat ihm leid in dem Augenblick, und er begriff die Zusammenhänge nicht ganz. Martin nicht damit belasten. Aber das war ja wohl nicht nur ihr Problem, an einer Schwangerschaft waren immer zwei beteiligt. Na warte, Freundchen, dachte er noch. Er beugte sich ein wenig tiefer, lächelte sie an, sehr zuversichtlich und kameradschaftlich.

»Wir beide sollten morgen darüber reden«, sagte er, »wenn es dir besser geht. Und ich verspreche dir eins, Angela, wir finden eine Lösung. Ich helfe dir, so gut ich kann. Und jetzt ruh dich aus.«

»Mein Gott«, verteidigte sich Martin am nächsten Morgen aufgebracht. »Hätte ich sie alle rauswerfen sollen? Hillmann weicht mir seit Wochen aus. Ich war froh, daß er mir endlich zuhörte. Ich mache mich doch nicht lächerlich. Du selbst hast mir vor kurzem noch den Rat gegeben, ich soll mich weniger um Angelas Launen kümmern, wenn ich dich daran erinnern darf.«

Dieser Morgen hatte für Martin recht chaotisch begonnen. Gut eine Stunde zuvor war Peter Luitfeld in sein Büro gestürmt. Völlig aufgelöst, kaum fähig, es auszusprechen. »Der Tennisplatz ist total zerstört. Zerhackt, ein tiefes Loch neben dem anderen.« Der Tennisplatz war Luitfelds ganzer Stolz. »Du mußt es sehen, Martin, sonst glaubst du es nicht. Manche Löcher sind mehr als einen halben Meter tief. Wenn ich den Idioten erwische …«

Martin ging gar nicht erst hinaus, erledigte alles Notwendige vom Schreibtisch aus. Eine Fuhre Sand, eine Planierraupe, ein Bautrupp, zwei oder drei Mann genügten. Es würde schon werden. Oskar Gersenberg tobte. Keinen Pfennig wollte er für die Instandsetzung des Platzes zahlen, weder für den Sand noch für die Raupe. Dann verlangte Gersenberg energisch nach der Polizei. »Hier geht doch ein Irrer um«, behauptete Gersenberg. »Am Ende hat der auch die Frauen auf dem Gewissen. Da muß doch endlich etwas unternommen werden.«

An den Irren mochte Martin nicht glauben. Schließlich hatte

sogar die Kripo bisher in allen Fällen ein Fremdverschulden ausgeschlossen. Mit Mühe gelang es ihm, Gersenberg zu überzeugen, daß es ein großer Fehler sei, die Polizei auch noch wegen eines Sachschadens zu rufen. Schlechte Presse! Gersenberg gab endlich Ruhe, und nun kam Bergner mit seinen Vorwürfen. »Es war keine Laune, Martin. Es ging ihr wirklich schlecht. Ich denke doch, daß ich das beurteilen kann.«

Martin winkte ab. »Ach, hör auf. Du hättest sie eine halbe Stunde vorher erleben sollen. Sie hat sich benommen wie eine«, er brach ab und biß sich auf die Lippen. Beinahe hätte er Hure gesagt. Statt dessen fuhr er etwas weniger heftig fort: »Es war widerlich. Sie mag eben keine Partys, da läßt sie sich schon etwas einfallen, um mir einen Denkzettel zu verpassen.«

»Sie hatte Kopfschmerzen«, sagte Bergner ruhig.

Martin nickte voller Sarkasmus. »Ich weiß, Friedhelm. Sie hat schon seit Monaten Kopfschmerzen. Aber es ist kein richtiger Schmerz, mußt du wissen, nur ein unangenehmer Druck. Übel ist ihr auch häufig, aber es ist keine richtige Übelkeit, nur so ein sonderbares Gefühl im Magen. Ich kann es nicht mehr hören. Wenn sie sich nicht wohl fühlt, soll sie zu einem Arzt gehen. Und wenn es so schlimm wäre, wie sie immer behauptet, wäre sie garantiert längst bei einem Arzt gewesen.«

»Vielleicht fürchtet sie sich davor, sich Gewißheit über ihren Zustand zu verschaffen«, sagte Bergner. Er wollte noch mehr sagen, doch in diesem Augenblick klingelte das Telefon.

Martin hob ab und lauschte, erklärte kurz: »Das geht nicht. Ich kann das Büro jetzt nicht verlassen.«

Bergner schaute ihn abwartend an. Als keine Erklärung kam, fragte er: »Wer war es denn?«

»Einer der Hausmeister«, erwiderte Martin. »Der Bautrupp für die Reparatur ist da. Darum soll Luitfeld sich kümmern.

Die Außenanlagen sind sein Ressort. Angela war es nicht, das dachtest du doch.«

»Wie geht es ihr denn?«

Martin verzog gequält das Gesicht. »Prächtig, blendend, beim Frühstück ging es ihr ausgezeichnet. Sie wollte in die Stadt fahren und sich ein schickes Kleid kaufen.«

»Martin«, sagte Bergner nachdrücklich. »Ich habe versprochen, ihr zu helfen, so gut ich kann. Vielleicht gibt es da zwischen euch eine besondere Vereinbarung. Aber dann solltest du deine Einstellung noch einmal prüfen. Und du solltest eines bedenken. Eine Frau in solch einer Situation gerät schnell in Panik, wenn sie keinen Ausweg sieht. Kümmere dich ein bißchen um sie, bevor sie Dummheiten macht.«

Martin kniff die Augen zu schmalen Schlitzen zusammen. »Welche Situation, verdammt noch mal, und welche Dummheiten?«

Bergner wollte nicht zu deutlich werden, fand, das sei eine Sache, die sie besser unter sich abmachten, damit es nicht peinlich wurde. Er senkte den Blick und erklärte: »Das soll sie dir selbst sagen. Mir sagte sie, es gibt eine Katastrophe, wenn sie die Sache nicht bereinigen kann. Muß ich noch deutlicher werden?«

Martin war es endgültig leid. »Na, die Katastrophe hätten wir ja bereits. Nur ist sie wahrscheinlich ein bißchen anders ausgefallen, als Angela sich das vorgestellt hat. Die Erde hat nicht gewackelt, und der Himmel hat nicht Pech und Schwefel gespuckt. Es hat uns lediglich ein Idiot den Tennisplatz ruiniert, aber mir reicht das schon. Tu mir einen Gefallen, Friedhelm. Sag klar und deutlich, worum es geht, oder halt den Mund.«

»Bist du eigentlich blind«, fuhr Bergner ihn an, »oder bist du nur so beschäftigt, daß du nicht mehr eins und eins zusammenrechnen kannst? Ihr ist häufig übel. Das halte ich noch für normal, in der ersten Zeit jedenfalls. Aber ihre

167

Kopfschmerzen sollte man ernst nehmen. Das könnten erste Anzeichen für eine Komplikation sein. Es paßt dir vielleicht nicht ins Konzept, aber es ist nun mal passiert, also steh auch dazu. Sorg dafür, daß sie zu einem Arzt geht, aber zu einem, der ihr gut zuredet. Daß sie es unbedingt loswerden will, glaube ich ihr nicht so unbesehen. Dabei denkt sie doch nur an dich. Vielleicht denkst du einmal darüber nach, was du ihr antust.«

»Tu ich«, erwiderte Martin kalt. »Wenn ich Zeit habe, fange ich sofort damit an.«

Bergner drehte sich um und ließ ihn stehen.

Als er sein Büro betrat, stand sie am Fenster. Offenbar hatte sie zugeschaut, wie draußen die Fuhre Sand abgekippt wurde, wie die Planierraupe hin und her rangierte. Jetzt drehte sie sich langsam um.

»Hallo«, grüßte Bergner. »Ich sehe, es geht dir wieder besser. Martin sagte, du willst in die Stadt?«

Sie nickte, dann fragte sie: »Hast du mit Martin über mich gesprochen?«

»Ja und nein, Angela. Sieh mal«, er brach ab, als er ihr Lächeln sah. Bergner hätte nicht sagen können, ob es böse oder hilflos war, dieses Lächeln. Ihn machte es hilflos. »Sieh mal, Angela«, begann er von neuem. »Was du mir gestern abend anvertraut hast, geht doch auch Martin an. Das kannst du nicht mit dir alleine ausmachen. Martin hat seinen Teil dazu beigetragen. Du mußt mit ihm darüber reden, anders geht es nicht.«

Sie antwortete ihm nicht gleich, biß sich auf die Unterlippe und betrachtete ihn voller Zweifel. Seine Augen schienen so wachsam, bohrten sich förmlich in ihre Gedanken. Sie hatte ihm am Abend zuvor viel zuviel gesagt, das wußte sie, hatte sich einfach nicht unter Kontrolle gehabt mit diesen wahnsinnigen Schmerzen und der Übelkeit. Und wie er da auf der Bettkante gesessen hatte, war er nur ein Freund gewesen.

Vielleicht ein Trick von ihm. Vielleicht hatte er gehofft, sie mit Freundlichkeit und geheuchelter Anteilnahme zu einem Geständnis zu bewegen. Aber so etwas konnte niemand gestehen, bestimmt nicht dann, wenn er es selbst nicht mit letzter Sicherheit wußte. Einmal gezielt zugeschlagen. Aber bevor sie noch irgend etwas anderes unternahm, mußte sie wissen, wieviel Bergner bereits wußte oder vermutete. Wenn er bereits ahnte, was die Menschen in Kronbusch in den Tod trieb, wenn ihm nur noch die Beweise fehlten, wenn er glaubte, sie mit seinem Angebot der Hilfe hereinlegen zu können, vielleicht mußte sie an ihm beweisen, was möglich und was unmöglich war.

Es würgte sie, aber sie schaffte es, ihn zu fragen: »Du weißt Bescheid, nicht wahr? Du hast zumindest einen Verdacht?«

»Angela«, Bergner lachte leise, die Wirkung ihres Lächelns klang ab, er spürte ihre Unsicherheit, fühlte sich selbst wieder völlig sicher, ging zu ihr hin und legte aus lauter Erleichterung einen Arm um ihre Schultern. Dann führte er sie zu seinem Schreibtisch und drückte sie dort auf einen Stuhl nieder. Er blieb vor ihr stehen und schaute immer noch lachend auf sie hinunter. »Ich müßte ein vollkommener Trottel sein, wenn ich nicht zumindest einen Verdacht hätte.«

Natürlich, es war sein Beruf. Und was jetzt? Sein Lachen und die fürsorgliche Art verwirrten sie, nur ein Täuschungsmanöver? Vielleicht war er gerissener, als sie sich vorstellte, versuchte, sie in Sicherheit zu wiegen, so wie sie es bei ihm versuchen mußte.

»Es tut mir so leid«, murmelte sie. »Ich habe nie gewollt, daß so etwas geschieht. Glaubst du mir das?«

Sie wollte weitersprechen, aber er nickte bereits, sein Lächeln glitt ins Wehmütige. »Mir tut es auch leid. Für dich. Und ich verstehe Martin nicht. Gut, es gibt Leute, die keine Kinder wollen. Aber wenn das für Martin gilt, was ist mit dir? Du kannst es nicht nur ihm zuliebe tun. Man hat sich schnell zu einer Abtreibung entschlossen. Aber das ist ein Schritt, den man nie wieder rückgängig machen kann. Du solltest dir gut überlegen, was du tust.«

Ein Irrtum!

Die Erleichterung hob sie auf dem Stuhl ein wenig an. Er wußte nichts, hatte keine Ahnung. Er war ein vollkommener Trottel, ein blinder Idiot. Er las diese Bücher, er sah, was in Kronbusch vorging, aber er schaffte es nicht, eins und eins zusammenzuzählen. Vielleicht war das sein Glück.

Was hast du getan, Kleines? Was hast du getan? Ich weiß es nicht, Emmi, wahrscheinlich gar nichts. Aber ich werde es herausfinden. Ich werde versuchen, es einmal ganz gezielt zu tun. Ahnst du, bei wem ich es versuchen will? Ich habe lange darüber nachgedacht. Ich kann nicht irgendeine unschuldige Person töten, es sind schon so viele gestorben. Jetzt ist die an der Reihe, die das ganze Elend verursacht hat. Ob Vater nun sein Teil dazu beigetragen hat oder nicht. Ich denke, es ist die einzige Möglichkeit, die ich noch habe. Sie nickte und erhob sich.

»Gut«, sagte sie. »Ich gehe dann.«

Bergner schaute ihr besorgt nach, als sie auf die Tür zuging. »Wohin gehst du denn?«

Sie drehte sich noch einmal um, lächelte, wie sie immer gelächelt hatte. »Ich fahre in die Stadt und kaufe mir ein Kleid, wie ich es Martin gesagt habe.«

»Du gehst nicht zum Arzt?«

»Nein«, sagte sie. »Nein, Friedhelm, wirklich nicht. Soll ich es schwören?«

Erzähl mir eine Geschichte, Emmi. Erzähl mir meinetwegen von den Feuerteufeln oder von den Prinzen, erzähl irgend etwas, damit es nicht vorzeitig zuschlägt. Es würde nur wieder eine Unschuldige treffen, und das kann ich nicht zulassen. Es ist ein Test, Emmi, nur ein Test. Jetzt werde ich Mutter fühlen lassen, wie es ist, wenn ich denke. Und wenn sie es nicht fühlen kann, bin ich frei, Emmi. Dann ist alles in Ordnung.

VIERTES KAPITEL

Sie lief durch die Tiefgarage zu ihrem Wagen, hörte
Emmis Stimme: »Mach dich nicht unglücklich, Kleines.«
Emmi schrie so laut, es war fast wie eine Mauer. Aber es war
doch nur ein Test. Es würde vermutlich gar nichts geschehen, weil es unmöglich war, einen Menschen mit Gedanken
zu töten. Sie setzte sich in den Wagen, zögerte wieder.
Selbst wenn überhaupt nichts geschah, wenn die Gedanken
nicht über die eigene Nasenspitze hinausreichten, jetzt los-
zufahren bedeutete, Mutter noch einmal gegenüberzutreten.
Mutter noch einmal ins Gesicht zu sehen. Spieglein, Spieglein an der Wand … Mutter vor dem Spiegel.
Sie sah es vor sich. Emmi hatte ihr die Tür geöffnet, damals,
als sie nach zwölf Jahren endlich heimkam. Emmi war so
schmächtig geworden, so zerbrechlich. Ein runzeliges
Gesicht, Altersflecken auf den Händen, Furcht im Gesicht.
»Hallo, Kleines, wie schön, daß du wieder da bist.«
Den Koffer abgestellt, Emmi in die Arme genommen. Wie
ein Bündel Knochen in einem gemusterten Kittel, so fühlte
sich das an. Die Feuchtigkeit am Hals, als Emmi ihr Gesicht
dorthin drückte. Dann sagte Emmi: »Geh lieber zuerst hinauf und begrüß deine Mutter.«
»Später, das hat Zeit. Erzähl mir lieber, wie es dir ergangen
ist in all den Jahren. Das ist sicher eine lange Geschichte.«
Emmi seufzte. »Nein, Kleines, nur eine kurze. Geh hinauf,
bitte. Sie bekommt sonst wieder einen Wutanfall.«

Und Mutter vor dem Spiegel, ein spöttisches Lachen. Das Haar so blond wie vor Jahr und Tag, pure Chemie. Das einst schöne Gesicht von den Ausschweifungen gezeichnet. »Laß dich anschauen. Donnerwetter, was ist aus unserem Engel geworden? Da werden wir wohl rasch einen Freier finden. Wir reden morgen miteinander, jetzt habe ich keine Zeit. Ich bin verabredet.«

Mutters Blick, der blanke Neid in den Augen. Der erste Abend mit Emmi, Trauer und Erinnerungen. Emmi war so alt geworden, so schwach und so ängstlich. »Paß nur gut auf dich auf, Kleines. Sie hat ein paar üble Pläne mit dir.«

Sie half Emmi in der Küche. Emmi sagte: »Laß nur, Kleines, mit der täglichen Hausarbeit komme ich noch zurecht. Aber sie lädt sich häufig Gäste ein, dann stellt sie so hohe Ansprüche. Und nie kann ich es ihr recht machen.«

»Ich werde morgen mit ihr reden, Emmi. Sie soll eine junge Hilfe einstellen, dann bist du entlastet.«

Emmi seufzte erneut: »Sie kann keine junge Hilfe einstellen, weil es Geld kostet. Und Geld hat sie nicht, nur Schulden. Sie bekommt eine monatliche Rente, die ist nicht sehr hoch, und im Moment halten die Banken wieder einmal die Hand darauf. Das Vermögen ist für dich angelegt. Ein Freund deines Vaters verwaltet es.«

»Gut«, sagte sie, »dann werde ich eine Hilfe einstellen.«

»Das wird auch nicht gehen, Kleines. Du kannst erst in drei Jahren über dein Geld verfügen. Bis dahin bekommst du nur ein Taschengeld. Es sei denn, du würdest vorher heiraten.«

»Das habe ich nicht vor, Emmi. Ich werde den guten Freund meines Vaters eben bitten müssen, mein Taschengeld zu erhöhen. Wie heißt er und wo finde ich ihn?«

»Hillmann heißt er, aber er kann dir nicht helfen. Er kann nur tun, was dein Vater verfügt hat. Ich weiß das alles von der Großmutter. Sie war kein schlechter Mensch. Sie war

173

nur verbittert. Sie hat immer gefürchtet, daß du eines Tages so werden könntest wie deine Mutter.«

»Die Gefahr besteht nicht, Emmi. Ich bin nicht so schwach wie Vater, und ich bin bestimmt nicht so veranlagt wie Mutter. Und was die hohen Ansprüche betrifft, in Zukunft werde ich ihre Feste ausrichten. Das haben sie mir beigebracht in diesen verdammten zwölf Jahren. Ich kann kochen, Strümpfe stopfen und Rosen auf Tischläufer sticken.«

Gleich am nächsten Abend gab Mutter ein Fest. Zur Begrüßung, sagte sie, um die schöne Tochter in die Gesellschaft einzuführen. Die Prinzen waren alt geworden, aufgeschwemmt vom Alkohol, verlebt, verbraucht, aber es gab auch ein paar junge darunter. Da war einer mit hellem Haar und breiten Schultern. »Sei nett zu ihm«, verlangte Mutter. Es war ein kühler Abend. Der erste Frost war bereits zu spüren. Dennoch führte der Prinz sie in den Garten, legte den Arm um ihre Schultern, dann um ihre Taille.

»Ich bin nicht meine Mutter«, sagte sie und hoffte, die Situation damit klären zu können. Aber er lachte nur.

»Das ist auch gut so. Julia wird alt, ohne Schminke erträgt man ihren Anblick kaum noch. Es ist nicht ganz mein Geschmack, in Falten zu wühlen. Mir ist ein saftiges Stück Fleisch entschieden lieber.«

Wieder lachte er, schüttelte sie dabei wie einen Baum mit überreifen Früchten. »Himmel, bist du schüchtern. Julia sagte, du warst in einer Klosterschule. Was haben sie dir dort beigebracht? Beten?« Noch einmal ließ er dieses widerliche Lachen folgen. »Hier wird aber nicht gebetet.«

Dann drückte er ihre Schultern gegen den Stamm eines Baumes, preßte sie fest gegen die kalte, borkige Rinde. Breitbeinig stand er vor ihr, schaute auf sie herab. Sein Atem roch nach Alkohol. Es würgte sie. Und er beugte sich hinab, um sie zu küssen. Emmi weinte am nächsten Tag.

»Ich habe es geahnt, Kleines. Sie zieht dich mitten hinein in ihren Sumpf. Für dieses verkommene Pack bist du nur Julias Tochter.«

»Jetzt reg dich doch nicht auf, Emmi. Es ist nichts geschehen. Ich weiß mir schon zu helfen.«

Er hatte sie nicht geküßt. War ihrem Mund nicht einmal sonderlich nahe gekommen. Ganz plötzlich nahm er die Hände von ihren Schultern, sein Gesicht nahm einen entrückten, verklärten Ausdruck an. Dann kniete er nieder, kniete in das frostige Gras, hob die Augen zum Himmel empor, faltete die Hände. Und dann betete er, laut und inbrünstig.

Niemand hatte es gesehen, niemand gehört. Sie tobten hinter den erleuchteten Fenstern herum. Mutter war sich ihrer Sache so sicher, hatte den besten Reiter aus ihrer Gefolgschaft auf die frische Fährte gesetzt.

Sie sah ihn wieder vor sich auf dem kalten Boden knien, sah ihn aufstehen und über den Rasen zur Straße gehen, die Hände immer noch gefaltet, den Blick zum Himmel gehoben, ein inbrünstiges Murmeln auf den Lippen. Ein Beweis war das nicht. Vielleicht war er ja nur ein sehr gläubiger Mensch gewesen.

Angela bemerkte die Frau nicht, die zwei Stellplätze weiter ihren Wagen aufschloß und einen kleinen Jungen einsteigen ließ. Ein Mädchen stand noch neben dem Wagen, schaute zu ihr hin, und diesen Blick konnte sie fühlen. Wie zwei Hände legte er sich auf ihre Schultern, glitt über das Gesicht.

Als sie den Kopf hob, sah sie das Kind. Nur das Kind. Alles andere verschwamm ihr vor den Augen. Es war noch so jung. Es war fast wie ein Blick in den Spiegel um viele Jahre zurück. So war sie selbst auch einmal gewesen, genau so. So sicher, so stolz, voll mit Haß und so stark. Kindliche Allmachtsphantasien, das Kind war randvoll damit.

Angelas Finger zitterten, als sie den Schlüssel drehte. Nur weg von diesem Spiegel, in dem Großmutter schwamm. Und ein junger Mann, der plötzlich gläubig wurde. Der

Motor heulte hochtourig auf, mit quietschenden Reifen schlingerte der Wagen auf die Rampe zu. Zu schnell, viel zu schnell. Das automatische Tor begann sich eben erst langsam anzuheben.

Draußen auf der Rampe schloß Angela für einen Augenblick geblendet die Augen. »Was hast du mit diesem Mann gemacht, Kleines?« fragte Emmi irgendwo in ihrem Kopf. »Sie sagen alle, er ist nicht mehr bei Verstand, und das sei deine Schuld.«

»Ich habe nichts mit ihm gemacht, Emmi. Und jetzt hör auf zu weinen, bitte. Ich will nicht, daß du weinst.«

Drei Wochen nach dem Fest. Emmi am Tisch in der Küche. »Sie hat mir gekündigt, Kleines. Weil ich dich beeinflusse, sagt sie. Was soll ich denn jetzt tun? In meinem Alter findet man keine neue Stelle mehr.«

»Mach dir keine Sorgen, Emmi, ich kümmere mich darum.«

»Du machst sie nur noch wütender, und tun kannst du am Ende überhaupt nichts.«

»Ich kann eine Menge tun, Emmi. Und bevor du dieses Haus verläßt, sorge ich dafür, daß sie verschwindet.«

»Ach, hör doch auf, wie willst du das anstellen? Sie wird niemals freiwillig gehen, und zwingen kannst du sie nicht.«

Nein, da hatte Emmi zweifellos recht. Mutter war nie der Mensch gewesen, der sich zu etwas zwingen ließ. Angela hatte die Abzweigung erreicht und wußte nicht weiter. Wollte auch nicht weiter. Nach rechts abbiegen, in die Stadt fahren und ein Kleid kaufen, wie sie es Bergner gesagt hatte. Oder nach links … zu Mutter. Um zu töten! Oder einfach nur angebettelt zu werden? Um Geld, oder … »Was denn, du bist verheiratet? Wann stellst du mir deinen Mann vor?« Martin und Mutter? Zusammen an einem Tisch? Nein! Niemals! Ihr Wagen blockierte beide Fahrspuren.

Wie war es denn weitergegangen damals? Wann war Emmi gegangen? Mutter hatte ihr gekündigt, also hatte Emmi gehen müssen. Im anderen Fall wäre Emmi doch bei ihr geblieben. Alles vergessen. Hinter ihr näherte sich ein Wagen. Sie bemerkte nichts davon. Hillmann verwaltete Vaters Vermögen, das genaugenommen einmal Großmutters Vermögen gewesen war. Hillmann hatte Kronbusch geplant und bauen lassen. »Natürlich ist es letztlich deine Entscheidung, Angela. Aber es ist eine gute Investition. Und wir werden nicht das gesamte Vermögen dort anlegen.« Und ein Lächeln. »Aber ein kleines Stück vom Paradies …«

Das Haus auf dem Dach, die Jahre mit Martin. Und davor? Da fehlten noch zwei Jahre. Sie war achtzehn gewesen, als sie aus der Schule zurück nach Hause kam. Sie war zwanzig gewesen, als sie Martin begegnete. Wo hatte sie die fehlenden beiden Jahre verbracht? Und wie?

Sie sah es plötzlich vor sich. Ein Zimmer, eines von mehreren, hoch gelegen, mit Blick über die Stadt. Hillmann in einem Sessel. »Es wäre auch für dich persönlich von Vorteil, denke ich. Du würdest da draußen zur Ruhe kommen. Und du mußt zur Ruhe kommen, Angela. Du mußt das alles vergessen.«

Hinter ihr hupte jemand. Gleichzeitig entstand der Gedanke, daß solche Mütter es nicht wert waren, daß sie nichts als Unglück brachten, daß man sie töten konnte, ohne Skrupel, daß man sie töten mußte, damit sie nicht eines Tages wieder mit am selben Tisch sitzen wollten.

Aufgeschreckt durch die Hupe trat Angela das Gaspedal durch, riß das Lenkrad nach links. Sie spürte das Schlingern unter sich, als der Wagen mit einem mächtigen Satz vorwärts schoß und gleichzeitig zur Seite ausbrach, und dachte für einen Moment nur daran, ihn wieder unter ihre Kontrolle zu bringen. Dann beschleunigte sie.

Die Landstraße lief schnurgerade auf einen kleinen Ort zu. Zu beiden Seiten standen kahle Bäume. Es war ein vertrau-

177

tes Bild. Hatte sie nur vergessen, weil Hillmann ihr dazu geraten hatte? Jetzt glaubte sie, sich wieder zu erinnern. Es war einfach logisch, Emmi mußte gehen, da wollte auch sie nicht bleiben. Nicht in diesem Haus, unter einem Dach mit Mutter. Wahrscheinlich hatte sie damals mit Hillmann gesprochen. Der hatte ihr die Wohnung in der Stadt besorgt, hatte vielleicht auch eine neue Bleibe für Emmi gefunden. Aber wo war Emmi jetzt?

Und Mutter? Sie war allein zurückgeblieben, einsam, verarmt, mit der Zeit von allen gemieden. Nun stand ihr ein Wiedersehen mit der Tochter bevor. Ob sie sich freute, wenn sie die Tür öffnete und sah, wer da vor ihr stand? Donnerwetter, was ist aus unserem Engel geworden?

Stolz und aufrecht, ein glattes, beherrschtes Gesicht. Die Panik tief im Innern verschlossen, die Gedanken streng auf ein Ziel ausgerichtet und keinen davon auf die Stirn geschrieben. Vielleicht noch einen Blick in das entsetzte Gesicht werfen, wenn Mutter begriff, daß ihre Zeit abgelaufen war, wenn sie es überhaupt noch begreifen konnte. Und wenn es funktionierte! Und wenn es nicht funktionierte? Vielleicht einen Anflug von Freiheit spüren. Das Aufatmen! Keine Schuld, Engel, dein Vater war schwach, darum ist er gestorben. Und was immer auch in Kronbusch geschehen ist, du hast nichts damit zu tun. Du hast bewiesen, daß das Unmögliche unmöglich ist.

Jetzt kam das Dorf, eng aneinander gebaute Häuser, alte Fassaden. Gleich dahinter führte die Straße weiter auf eine schmale Abzweigung zu. Zwei Kilometer, sie bog ab, der Wagen rumpelte über den holprigen Weg. Alles war verändert, war kleiner als in der Erinnerung. Zuerst glaubte sie sogar, sie sei falsch abgebogen.

Da war kein weißes Haus in einiger Entfernung, da war auch keine mannshohe Mauer, die das Grundstück umrandete. Da war nur ein mannshoher, mauerähnlicher Rest, von

Grünpflanzen überwuchert, denen die Kälte nichts auszu-
machen schien. Angela ließ den Wagen nur noch rollen,
starrte diesen Mauerrest an. Dann entdeckte sie das Tor. Es
hing schief in den Angeln, war von Rost zerfressen. Zuerst
verunsicherte es sie, dann begriff sie, warum es so sein
mußte. Genau so und nicht anders. Mutter konnte mit ihrer
kleinen Rente und den großen Ansprüchen solch ein Anwe-
sen unmöglich instand halten.
Endlich stieg sie aus, ging auf das schief hängende Tor zu,
ging durch die Öffnung, die Augen starr auf den Boden
gerichtet. Es schmerzte ein wenig. Es war der endgültige
Abschied von den sanften Bildern der ersten Jahre. Der
früher so gepflegte Plattenweg war von Moos überwachsen.
Links und rechts davon gab es immer noch Sträucher,
wildwüchsige, nackte Büsche. Das mußten die Rosen sein.
Der Rasen dazwischen kniehohes Gras. Langsam ging sie
weiter auf das Haus zu.
Es war noch da. Am Ende des Plattenweges begann die
Freitreppe. Aber es war nicht mehr das Haus, das sie so oft
in ihren Gedanken sah. Keine weißen Mauern, keine schma-
len, hohen Fenster, kein Schieferdach.
Rußgeschwärzte Steine, gähnende Löcher, verkohlte Dach-
balken.
»Was hast du getan, Kleines«, schrie Emmi dicht neben ihr.
»Was hast du getan?«
»Nichts, Emmi. Ich habe dir gesagt, ich muß keinen Finger
rühren. Ich habe dir gesagt, sie wird es tun. Und sie hat es ge-
tan. Gestern hast du mir nicht geglaubt. Glaubst du mir jetzt?«
Gestern!
»Fromme Wünsche, Kleines. Du wirst sie nie dazu bringen,
dieses Haus zu verlassen. Warum sollte sie auch? Sie hat
Wohnrecht auf Lebenszeit, und sie lebt hier relativ gut.«
»Wohnrecht auf Lebenszeit, das gefällt mir. Ich werde die
Lebenszeit verkürzen, Emmi. Ich werde sie töten.«

»Sag doch nicht so etwas, Kleines. Mach dich nicht unglücklich. Man wird dich einsperren, und ...«

»Das hat man doch bereits getan, Emmi. Zwölf Jahre lang war ich eingesperrt, ich habe meine Schuld verbüßt. Jetzt ist sie an der Reihe.«

Jeder Test war überflüssig, jeder Beweis bereits vor Jahren erbracht. Mit steifen Beinen ging sie zum Wagen zurück, setzte sich hinein, legte die Hände hoch oben auf das Lenkrad, legte den Kopf auf die Hände. Nur nicht hinsehen jetzt.

»Und niemand wird mich für ihren Tod belangen, Emmi. Es hat mich schließlich auch niemand für Großmutters Tod belangt. Ich weiß, daß du mir nicht glaubst, aber ich werde dir beweisen, wozu ich fähig bin. Weißt du, ich denke mir einfach, sie ist die Hexe, von der du mir immer erzählt hast. Früher hat man die Hexen auf Scheiterhaufen verbrannt, genauso machen wir es. Und sie wird ihren Scheiterhaufen selbst anzünden.«

Emmi glaubte ihr nicht. Aber Emmi sah den Haß. Und Emmi schloß sie in der Küche ein. Emmi nahm alle Zündhölzer an sich, ließ das Feuer im Herd ausgehen, ging die halbe Nacht vor der verschlossenen Tür auf und ab und betete. Sie saß auf den kalten Steinplatten neben dem Herd und wartete auf Mutter. Mutter kam spät.

Eine ausgebrannte Ruine, Efeu wucherte aus den Fensterhöhlen. Geschwärzte Balken stachen anklagend in den kalten Winterhimmel. So wie heute hatte sie das Haus nie gesehen. Zuerst war es weiß, blendend in der Sonne. Dann war es rot, eine einzige, wabernde Glut. Ringsherum schmolz der Schnee, darüber stieg dicker Rauch in den Nachthimmel. Ein unvergleichlicher Himmel. Die Sternbilder so klar, ein schmaler Mond hing in den Zweigen der Buche wie die Kufe einer Kinderschaukel. Prächtige, nüchterne Freiheit, nachdem Emmi sie aus der Küche geholt

180

hatte. Eingeschlagen in eine nasse Decke, schleifte Emmi
sie hinaus, flüsterte immerzu nur diesen einen Satz.
Ein Mann streckte die Arme nach ihr aus, legte sie auf eine
Tragbahre, deckte sie zu. Er sprach ein paar Worte, strich ihr
über die Stirn, wie Vater es früher getan hatte. Alles war gut.
Gebrüllte Kommandos, zischendes Wasser in der Glut. Ein
Arzt sprach auf sie ein. Man brachte Emmi an ihr vorbei.
Und Emmi fragte wieder mit purem Entsetzen in den
Augen: »Was hast du getan, Kleines?«
Mutter hinter einem der oberen Fenster, selbst nur noch
Flamme wie das Haus. Schrille Schreie der Todesangst und
des Schmerzes, man hörte sie mehr mit dem Herzen. Und
nun glaubte Emmi, fürchtete sich, ging fort wie Vater und
kam nie zurück. Es gab keine Wärme mehr, keinen Frieden.
Warst du artig, mein Engel? Nein! Du hast deine Mutter
getötet. Und nicht nur deine Mutter.
Ganz klein und still fuhr sie zurück nach Kronbusch. Fuhr
den Wagen in die Garage, stellte ihn auf seinen Platz und
ging zum Lift. Als er sie an der Verwaltungsetage vorbeitrug,
dachte sie flüchtig an Bergner und fühlte würgende Furcht
im Innern. Wann würde Bergner begreifen? Und was würde
er tun? Mit Martin darüber reden? Alles, nur das nicht.
Martin war nicht da, als sie das Haus betrat. Es war noch zu
früh. Die Müllerin stand in der Küche, klein, alt, verbraucht, halb Emmi. Sie grüßte mechanisch, ging gleich
ins Bad und ließ Wasser in die Wanne. Sie war so lahm,
halbtot vor Entsetzen, schaffte es nur mit Mühe, sich aus-
zuziehen, sich im Wasser auszustrecken. So viele Tote.
Vielleicht wäre es am besten gewesen, selbst zu sterben.
Martins Rasierapparat lag auf der Ablage unter dem Spiegel. Um ihn zu erreichen, hätte sie aus der Wanne steigen
müssen. Und sie konnte nicht einmal einen Arm heben.
Außerdem war die Schnur viel zu kurz. Sie wollte auch
nicht sterben. Sie hatte Angst. Wahnsinnige Angst vor dem

181

Tod. Und furchtbare Angst vor dem Leben. Vor diesem Ding in ihrem Innern. Sechzig Prozent, die schlafende Kraft, die sich nicht beherrschen ließ.

Früher hatte sie es gekonnt, hatte nur zweimal einen Gedanken losgeschickt. Bei Großmutter nicht einmal besonders intensiv, bei Mutter scharf und gebündelt, wie aus einem Gewehr geschossen. Es mußte eine Möglichkeit der Kontrolle geben.

Wenig später hörte sie, daß die Haustür geöffnet wurde, hörte Martins Stimme. Er war nicht allein, zusammen mit Bergner ging er in die Küche und sprach kurz mit der Müllerin. Dann kam er ins Bad, beugte sich über die Wanne und küßte sie leicht auf die Stirn. Es war ein fast neutraler Kuß.

»Hallo, Engel«, sagte er knapp und sehr distanziert. »Ich habe Friedhelm mitgebracht. Wir haben ein paar Dinge zu besprechen. Ich hoffe, du hast nichts dagegen.«

Sie schüttelte nur den Kopf und erklärte: »Ich komme sofort. Wir können gleich essen.«

Als sie Bergner am Tisch gegenüber saß, fühlte sie sich sehr hilflos. Er sprach mit Martin über das Mieterverzeichnis, aber er ließ die Augen nicht von ihr, drängte sich ihr mit seinen fragenden Blicken auf und wartete. Sie hatte ihm nichts mehr zu sagen. Sie wünschte nur, er würde endlich gehen.

Aus dem Mieterverzeichnis hatte Bergner sich in nächtelanger Arbeit alle Namen herausgesucht, die in ein bestimmtes Konzept zu passen schienen. Eine regelrechte Liste hatte er zusammengestellt, fast zweihundert Namen. Damit saß er einige Tage später abends wieder bei Martin und versuchte zu erklären, worum es ging.

»Warum gerade die?« wollte Martin wissen.

»Weil es alleinstehende Mieter sind.«

»Lisa Wagner war nicht alleinstehend.«

»Das weiß ich auch«, gestand Bergner leicht ungehalten.

»Ich werde die Liste ergänzen, und einige Namen kann ich wohl streichen, wenn du mich an den Computer läßt.«

»Tut mir leid! » Martin war bereit gewesen, ein komplettes Mieterverzeichnis ausdrucken zu lassen, als Bergner ihm erklärte, er brauche es für seine Untersuchungen. Zu mehr war Martin nicht bereit. Er lehnte sich im Sessel zurück und lauschte auf die Geräusche aus dem Bad. Sie lag wieder in der Wanne, seit Tagen lag sie ständig in der Wanne. Früher war sie zweimal täglich unter die Dusche gegangen. Manchmal auch häufiger, aber das wußte Martin nicht. Es mußte einen Grund dafür geben, daß sie jetzt die Wanne vorzog. Doch es war Martin unmöglich, darüber nachzudenken, weil dann augenblicklich Namen und Bilder durch sein Gehirn schossen. Carmen Hellwin, Sonja Rieguleit, ein Elektrokabel und ein Fleischermesser.

»Jetzt stell dich doch nicht so an«, fuhr Bergner auf. »Die Liste allein reicht nicht. Du hast alle Informationen gespeichert, die ich brauche. Du kannst mir die Arbeit wesentlich leichter machen. Ohne den Computer bin ich aufgeschmissen. Da brauche ich gar nicht erst anzufangen. Im Grunde brauche ich nämlich mehrere Listen. Einmal die Alleinstehenden, dann die, die nie an einer Veranstaltung teilnehmen, die keine Hobbys haben und so weiter.«

Bergner atmete einmal tief durch, um seinen Worten mehr Gewicht zu verleihen. »Diese sechs, Martin, haben nämlich etwas gemeinsam. Ausgenommen die Rieguleit, die war in der Stadt beschäftigt, aber sie war nachweislich stark gefährdet. Bleiben fünf Leute, die Kronbusch theoretisch nicht verlassen mußten.« Bergner seufzte. »Wir haben da eine sehr komplexe Anlage in die Landschaft gestellt. Weit und breit nur Kronbusch. Alles, was du zum Leben brauchst, findest du an Ort und Stelle, sogar den Arbeitsplatz.«

Wieder machte er eine kurze Pause, hoffte darauf, Martin für seine Schlußfolgerungen begeistern zu können. »Man muß das berücksichtigen. Die weniger Aktiven igeln sich hier ein.«

»Carmen Hellwin war sehr aktiv«, widersprach Martin.

»Zugegeben«, räumte Bergner ein. »Sie paßt auch irgendwie nicht ins Bild.«

»Warum gibst du nicht zu, daß du überhaupt kein Bild hast?« wollte Martin wissen. »Lisa Wagner paßt nicht ins Bild. Carmen Hellwin paßt nicht ins Bild. Walter Burgau paßt schon allein deshalb nicht ins Bild, weil er ein Mann war. Und Maria Hoffmann paßt auch nicht ins Bild, sie war einfach zu alt. Was willst du überhaupt, Friedhelm?«

»Das kann ich dir ganz genau sagen«, brauste Bergner auf. »Ich will verhindern, daß es hier eine Nummer sieben gibt. Und um das zu verhindern, brauche ich Informationen. Eine Menge Informationen, und du hast eine Menge. Wenn du mir die zur Verfügung stellst …«

Martin unterbrach ihn mit einem Kopfschütteln. »Das geht nicht. Ich muß mich auch an bestimmte Regeln halten.«

Das Plätschern in der Wanne hatte aufgehört. Aufatmen? Kam sie jetzt? Oder lag sie einfach nur still im Wasser? Warum? Worüber dachte sie nach? Sie dachte ständig über irgend etwas nach.

»Jetzt komm mir nicht mit Datenschutz«, fuhr Bergner ihn an. »Verdammt, ich will den Leuten nur helfen.«

Martin konnte sich kaum noch auf das Gespräch konzentrieren. »Du kannst vielleicht einem helfen«, sagte er, »vielleicht auch zweien, aber ehe du die aus dem Haufen gefischt hast. Und du hast gar keine Vorstellung, wie groß der Haufen ist. Wie hast du dir das Sortieren vorgestellt? Die Alleinstehenden, wie geht es weiter? Ach ja, die, die kein Hobby haben. Die, die in Kronbusch beschäftigt sind. Das ist Wahnsinn, Friedhelm. Selbst wenn du eine akzeptable Liste zusammenstellst, willst du anschließend von Tür zu Tür gehen? Guten Tag, mein Name ist Bergner. Ich komme von der Hausverwaltung. Wir machen uns große Sorgen um Sie. Wir haben nämlich gerade herausgefunden, daß Sie zu den potentiellen Selbstmördern gehören.«

Martin tippte sich bezeichnend an die Stirn. »Schlag dir das aus dem Kopf, Friedhelm. Es ist unmöglich. Außerdem gehst du von völlig falschen Kriterien aus. Nimm mich, ich wohne hier, arbeite hier, habe keine Zeit für ein Hobby.«

»Dich kenne ich persönlich«, wandte Bergner ein.

»Gut«, Martin hob die Achseln. »Dann nimm die Müllerin. Jetzt alleinstehend, hier beschäftigt …«

»Die Müllerin ist ein sehr ausgeglichener Mensch«, warf Bergner dazwischen.

Martin seufzte. »Dann nimm Angela. Die kannst du nicht als ausgeglichen bezeichnen.«

»Angela«, sagte Bergner sehr leise und gedehnt, »hat ein großes Problem.«

Martin preßte die Lippen aufeinander und nickte.

Bergner schien erleichtert. »Hat sie mit dir gesprochen?«

Martin schüttelte den Kopf. Zwei, drei Sekunden war es still. Beide horchten in Richtung Badezimmer. Dort lief jetzt wieder Wasser in die Wanne. Bergner beugte sich vor und flüsterte: »Sie ist schwanger, du Idiot.«

Martin erstarrte förmlich, strich mit einer Hand über sein Gesicht, preßte die Lippen aufeinander. Er schluckte heftig und spürte, wie ihm die Tränen in die Augen stiegen.

»Das ist völlig unmöglich«, murmelte er. »Aber ich habe so etwas schon befürchtet. Ich wollte es nur einfach nicht wahrhaben.«

»Heißt das etwa«, Bergner mußte ebenfalls schlucken, ehe er die Worte über die Lippen brachte, und er schalt sich dabei den größeren Idioten, weil er die Möglichkeit übersehen hatte, obwohl sie naheliegend war. »Du glaubst doch nicht etwa, daß sie dich betrügt?«

Martin schaute zur Tür hin. »Ich glaube gar nichts mehr. Seit

Monaten darf ich sie nicht anrühren. Sie hat sogar verlangt, ich soll gehen. Gleichzeitig erklärte sie mir, daß es keinen anderen Mann gibt. Und jetzt sagst du, sie ist schwanger.«
Martin preßte die Handflächen gegen die Schläfen, legte den Kopf in den Nacken und starrte die Zimmerdecke an. Nach einer Weile murmelte er mehr zu sich selbst: »Ich halte das nicht aus. Wenn sie mich verläßt, drehe ich durch.«
»Sie wird dich nicht verlassen«, sagte Bergner, es klang nicht sehr überzeugend. »Sonst würde sie sich nicht die Mühe machen, ihren Zustand vor dir zu verheimlichen.«
Als sie aus dem Bad kam, war Martin alleine. Er bemühte sich verzweifelt um ein ungezwungenes Lächeln. Versuchte, dieses neue Wissen zu verarbeiten, glaubte, daran zu ersticken. Allein die Vorstellung, daß sie ihn betrogen hatte, war ein Schock. Und der Gedanke an die Folgen brachte ihn fast um den Verstand.
»Friedhelm ist schon gegangen«, sagte er, um überhaupt etwas zu sagen. Sie stand bei der Tür, schien sehr unsicher. »Willst du schon ins Bett?« fragte Martin. Sie nickte nur.
»Ich komme auch gleich«, sagte er. »Das war wieder ein Tag. Wenn das so weitergeht, wird Friedhelm noch verrückt.«
Er wußte nicht weiter, schaute sie nur an. Seine Stimme war belegt, klang rauh. Er fuhr mit der Zungenspitze über die Lippen, versuchte zu lächeln. »Ich bin froh, daß du da bist. Wenn ich mir vorstelle, ich würde wie Friedhelm aus dem Büro in eine leere Wohnung kommen, da würde ich auch verrückt. Ich glaube, wenn du nicht mehr da wärst, möchte ich nicht mehr leben.«
Sie stand immer noch bei der Tür, erwiderte seinen Blick aus großen, dunklen Augen.
»Warum antwortest du mir nicht, Angela?«
»Was soll ich dir antworten?«
Martin atmete zitternd aus. »Ich weiß es nicht«, flüsterte er. »Du hast mich immer gefragt, was ich an dir liebe. Und ich

konnte es dir nie so sagen, daß du es auch geglaubt hast. Aber ich liebe dich. Ich liebe dich so, wie du bist. Daran wird sich nie etwas ändern. Ich kann dich nicht verlieren, das ertrage ich nicht.«

Sie schaute ihn nur an. Martin fuhr fort. »Ich habe seit Wochen das Gefühl, daß du mir etwas sagen willst. Aber anscheinend hast du Angst davor. Warum eigentlich? Jeder Mensch kann einmal einen Fehler machen. Und kein Mensch kann etwas für seine Gefühle. Ich kann sehr viel verkraften, Engel.«

Kaum merklich schüttelte sie den Kopf. »Das nicht, Martin.« Er erhob sich, ging zu ihr und nahm sie in die Arme. »Versuch es doch einfach, Engel. Ich bin stärker, als du denkst. Und ich liebe dich mehr, als du weißt.«

»Nein!« Es klang sehr bestimmt.

»Doch«, widersprach Martin. »Ich habe dich neulich gefragt, ob da ein anderer Mann ist. Du hast nein gesagt. Das habe ich dir geglaubt. Aber inzwischen denke ich, selbst wenn einer da wäre oder da gewesen wäre, das ändert nichts.«

Sie war ganz steif in seinen Armen. Martin hielt sie dennoch fest. Er war den Tränen nahe, drückte das Gesicht in ihr Haar und bemühte sich, ruhig zu bleiben.

»Ich zweifle nicht an deinen Gefühlen«, erklärte sie leise, »nur an deiner Stärke.« Sie legte endlich die Arme um ihn, strich über seinen Rücken, hielt ihn fest und wiegte ihn wie ein verängstigtes Kind. Ihr Atem ging gepreßt und stoßweise. »Aber du mußt auch nicht stark sein«, sagte sie leise. »Ich bin es, und ich weiß genau, was ich machen muß. Es wird alles gut, das verspreche ich dir.«

Am nächsten Morgen bat Friedhelm Bergner in Hillmanns Büro um uneingeschränkten Zugang zum Mieterverzeichnis. Es kam darüber zu einer Auseinandersetzung, weil Hillmann den gleichen Standpunkt vertrat wie Martin.

»Wollen Sie eigentlich nicht begreifen«, fragte Bergner noch einigermaßen ruhig, »was ich zu erklären versuche? So schwierig ist das doch nicht. Nehmen Sie nur unseren Werbeslogan. Wir versprechen den Leuten das Blaue vom Himmel herunter. Es mögen einige darunter sein, die sitzen jetzt da und warten darauf, daß wir ihnen auch noch den Löffel in den Mund schieben. Und die will ich aus dem großen Haufen fischen. Davon verstehe ich etwas, Statistiken auswerten, Anhaltspunkte suchen. Vielleicht ist es das einzige, wovon ich wirklich etwas verstehe. Ich will niemanden behandeln, verstehen Sie? Ich will die gefährdeten Personen nur ausfindig machen.«

Als Hillmann den Kopf schüttelte und auf Bergners Position innerhalb der Verwaltung verwies, war es mit dessen Beherrschung vorbei. »Suchen Sie sich ein anderes Aushängeschild!« Bergner bat um sofortige Entlassung. Er stehe auch weiter gerne als Berater zur Verfügung, erklärte er. Doch seiner Meinung nach könne er als frei praktizierender Psychologe mehr für die Menschen in Kronbusch tun. Es kam für ihn selbst überraschend, hatte er doch gerade erklärt, er wolle niemanden behandeln. Er konnte das auch nicht, er war nicht als Therapeut ausgebildet.

»Warum?« fragte Hillmann mißtrauisch. Seine Stimme zitterte. »Dazu besteht doch gar keine Veranlassung. In der Verwaltung können Sie bedeutend mehr tun. Und es ist seit Wochen ruhig.«

»Eben«, sagte Bergner, »das soll es auch bleiben. Deshalb muß ich jetzt etwas unternehmen. Wenn Nummer sieben erst rausgetragen wird, ist es für die zu spät.«

Anschließend ging er zu Peter Luitfeld und ließ sich zeigen, was zur Zeit an Räumlichkeiten in der Ladenstraße zur Verfügung stand. Auf einer Planskizze suchte er ein kleines Geviert heraus, erklärte knapp: »Das nehme ich. Setz den Pachtvertrag auf, Peter.«

Luitfeld schüttelte den Kopf. »Hast du dir das auch gut überlegt?«

»Nein«, sagte Bergner. »Wenn ich mit Überlegen anfange, wird nichts daraus. Dann will ich keinen Pachtvertrag, nur noch eine Spedition, um hier wegzukommen. Such mir die Schlüssel raus. Ich will mir den Laden mal ansehen.«

Luitfeld informierte Martin. Der stellte wenig später die gleiche Frage. »Hast du dir das auch gut überlegt? Glaubst du wirklich, du hättest etwas verhindern können, wenn du schon früher …«

Martin brach mitten im Satz ab, und Bergner hob die Schultern. »Vielleicht. Die Rieguleit vielleicht. Über die anderen will ich nicht nachdenken.«

»Es ist seit Wochen ruhig«, sagte Martin wie vor ihm Hillmann.

Bergner nickte. »Ja! Aber zwischen Nummer vier und Nummer fünf war es auch ein paar Wochen lang ruhig. Der eine entschließt sich schnell, der andere überlegt etwas länger. Aber jeder hier, der mit seinem Leben unzufrieden ist, weiß jetzt, wie er sich davonmachen kann, es wurde ihm ja oft genug vorgemacht. Solche Punkte gibt es überall, Brücken, Hochhäuser, einer springt, und kurze Zeit später springt der nächste von derselben Stelle. Und es gibt da eine Theorie bezüglich der Jahreszeit. Jetzt geht es auf den Frühling zu, manche sind der Ansicht, daß sich Depressionen im Frühjahr verstärken. Ich neige eher dazu, das Gegenteil anzunehmen. Und was hier passiert ist, gibt mir recht. Frühling macht optimistisch, längere, hellere Tage. Der Sommer steht vor der Tür und mit ihm die Urlaubszeit. Wer jetzt noch alleine lebt, hat vielleicht in der kommenden Saison mehr Glück als im vergangenen Jahr. Und wenn nicht, dann kommt wieder ein verdammt einsamer Herbst, ein nasser, kalter Winter, Weihnachten, das Fest der Liebe. Blanker Horror für einen einsamen

Menschen. Bis dahin, Martin, will ich hier fest etabliert sein.«

»Und wie willst du an die Leute rankommen?«

»Zuerst werde ich mich mit den praktizierenden Ärzten in Verbindung setzen. Die Verwaltung steht mir ja nicht zur Verfügung. Ein Schild an der Praxis ist die einfachste Methode. Wir werden sehen.« Unvermittelt das Thema wechselnd, fragte er: »Hast du mit Angela gesprochen.«

»Ich habe es versucht«, erwiderte Martin. »Aber sie weicht mir aus. Sie hat mir nur versprochen, es zu Ende zu bringen.«

Es klang nicht so, als ob Martin sich große Hoffnungen auf eine Änderung machte. Bergner bereute schon wieder, das Thema überhaupt angeschnitten zu haben. Er betrachtete die Schlüssel in seiner Hand, hörte Sibylle sagen: »Traumtänzer.«

»Mehr kann ich nicht tun«, sagte Martin. Und Bergner hatte das Gefühl, er habe etwas überhört. »Ich weiß nicht, wie es weitergehen soll«, sagte Martin und schaute zum Fenster hinaus. »Ich schiebe es einfach vor mir her. Aber wenn sie mir gegenüber sitzt, macht mich das ganz verrückt. Sie ist mir so fremd geworden. Manchmal wirkt sie richtig böse.«

Bergners Gedanken schweiften ab. Er mußte sich um die Renovierung des Ladens und um die Einrichtung kümmern. Martin sprach immer noch. »Sie grübelt unentwegt. Ich kann förmlich sehen, wie es hinter ihrer Stirn arbeitet.«

Bergner klopfte ihm auf die Schulter. »Tut mir wirklich leid für dich. Viele Frauen fühlen sich vernachlässigt, die gehen auch nicht gleich fremd. Denk nur an Marthe Gemrod. Die ging auf die Straße und zog sich aus.«

Mit der muß ich auch reden, dachte er. Sie fühlte sich vernachlässigt, aber das ist doch kein Motiv für einen moralischen Selbstmord. Erst als er es dachte, begriff er es auch, moralischer Selbstmord. Alles mal gehört und dann wieder

vergessen. Verflucht, jetzt hatte er sich die Schuhe angezogen, aber sie waren ihm viel zu groß. Er war kein Mann
der Praxis.

Ihr war übel, entsetzlich übel, seit dem frühen Morgen
schon. Sie war mit Martin aufgestanden, hatte ihm das Frühstück machen wollen, doch statt dessen mußte sie ins Bad
laufen, mußte sich übergeben, würgte und spuckte sich die
Verzweiflung aus dem Leib. Martin war besorgt. »Leg dich
wieder ins Bett, Engel, dann wird es sicher besser. Ich
mache mir selbst einen Kaffee.«
Dann wartete sie den ganzen Tag darauf, daß Martin zurückkam. Er hatte gesagt, daß er sie liebe. Das hatte Vater auch
immer behauptet. Er hatte gesagt, daß er ohne sie nicht
leben könne. Er hatte gesagt, er sei stark, Vater war schwach
gewesen. Nur deshalb hatte das alles geschehen können.
Männer wie Vater mußte man unentwegt schützen vor
Unrecht, vor Schmerz und vor sich selbst. Wenn Martin erst
kam, wollte sie mit ihm reden. Nicht alles sagen, weiß Gott
nicht, nur ein wenig. Ein wenig von Vater, was ihn zerstört
hatte. Und die Ähnlichkeit mit ihm. Daß Vater sich in seinem Beruf aufgerieben hatte, daß daran sehr viel, wenn
nicht alles zerbrochen war. Daß er ebenfalls zerbrechen
würde, wenn er nicht Abstand von Kronbusch gewann. Daß
sie weggehen mußten, wenigstens für eine kurze Zeit. Ein
paar Monate, ein halbes Jahr. Aber als Martin endlich kam,
war er nicht allein. Nur ganz kurz schob er seinen Kopf
durch einen Türspalt.
»Geht es dir noch nicht besser? Die Müllerin sagt, du seiest
den ganzen Tag im Bett geblieben und hättest noch nichts
gegessen. Willst du nicht aufstehen und wenigstens ein
bißchen mit uns essen?«
Sie schüttelte den Kopf, und er ging wieder. An seiner Stelle
tauchte die Müllerin in der Tür auf. »Soll ich einen Teller

Suppe bringen, nur ein bißchen, damit Sie was Warmes in den Bauch kriegen?« Gute, treue Seele, Emmis Schatten.

Die Müllerin brachte einen Teller Suppe, saß auf der Bettkante, schüttelte das Kissen auf, stützte den Kopf, während Martin im Wohnzimmer mit Bergner debattierte. Die Müllerin holte ein kühles, feuchtes Tuch und wischte ihr die Stirn ab, während Martin im Wohnzimmer über die Wirkung von hell gehaltenen Bildern auf psychisch Kranke palaverte. Die Müllerin half ihr aus dem Bett, stützte sie auf dem Weg ins Bad, blieb sogar neben ihr, als sie die Suppe erbrach, während Martin im Wohnzimmer Bergner viel Glück wünschte und seine Hoffnung darüber ausdrückte, daß das Unternehmen zum Erfolg führte.

Und die Müllerin brachte sie wieder zurück ins Bett, deckte sie mit einem Laken zu, erkundigte sich mit besorgtem Blick: »Soll ich nicht lieber einen Arzt rufen?« Während Martin im Wohnzimmer zwei Gläser füllte, mit Bergner anstieß und laut verkündete: »Auf eine rosige Zukunft. Und darauf, daß die Leute ihr Leben schön finden.« Und irgendwo in ihrem Kopf zog Vater die Decke über ihre Schultern, küßte sie noch einmal flüchtig auf die Stirn, murmelte: »Schlaf gut, mein Engel.« Und ging zurück zu seinen Akten oder zu Mutter, um sich weiter von ihr demütigen zu lassen.

Kurz nach neun Uhr abends hob Richard Wego die erste Flasche. Er holte weit aus und schleuderte sie mit Vehemenz in die Vitrine mit den kostbaren Kristallgläsern. Alte Erbstücke, Gläser und Vitrine. Nur zu besonderen Anlässen wurde aus diesen Gläsern getrunken. Kathi war da sehr eigen und überdies sehr stolz auf ihren Besitz.

Der angerichtete Schaden war beachtlich. Die rechte Glastür zertrümmert, die leere Bierflasche lag mitten zwischen den kostbaren Trinkgefäßen. Vier davon waren auf Anhieb zerbrochen. Wego nahm den schweren Bleiascher. Er war halb gefüllt. Wenn Kathi zum Kegeln ging, rauchte er immer zuviel. Es machte ihn schon nervös, wenn sie ihm eilig und lieblos das Abendbrot richtete. Es machte ihn noch nervöser, wenn sie dabei in alberner Vorfreude kicherte.

Natürlich sollte Kathi ihr Vergnügen haben. Er gönnte es ihr von ganzem Herzen. Aber konnte sie es denn nicht so einrichten, daß man die ohnehin knapp bemessene Freizeit gemeinsam verbrachte? Richard Wego war Fernfahrer, oft länger als eine Woche unterwegs. Wie ein Kind freute er sich jedesmal aufs Heimkommen. Und Kathi ging kegeln.

Der schwere Ascher durchschlug die linke Tür der Vitrine und hieb fünf Weinkelche von den kunstvoll gedrehten Stielen. Wego stöhnte unbewußt und starrte in die Scherben. Er hatte getrunken, zwei Flaschen Bier. Sonst trank er höchstens mal ein Glas davon und das auch nur mit Widerwillen. Er mochte kein Bier. Es schmeckte ihm einfach nicht.

Süße, coffeinhaltige Getränke waren ihm entschieden lieber. Heißer, süßer, schwarzer Kaffee, genau das richtige auf einer langen Fahrt. Auch sonst war er mehr für Süßes, zog eine Tafel Schokolade jederzeit einer deftigen Bratwurst vor. Für einen Karamelpudding ließ er jeden Braten stehen. Man sah ihm seine Vorliebe nicht an. Er war groß, kräftig, muskulös. Und Kathi war ein zierliches, süßes Püppchen.

Den ganzen Tag lang hatte er sich auf sie gefreut. Auf den letzten Kilometern war er unruhig geworden bei der Vorstellung, wie dieser Abend für sie beide enden würde. Und Kathi ging kegeln. Wego griff nach seinem Teller. Reste von Bratensoße klebten daran. Kein Pudding heute. Keine Cola, nicht ein Riegel Schokolade im Schrank, aber zwei Flaschen Bier hatte er gefunden. Der Teller flog gegen den Fernseher und zerbrach am Bildschirm. Der Bildschirm selbst blieb heil. Wego ließ das Bierglas folgen.

Für einen Augenblick war er ratlos, schaute sich nach weiteren Wurfgeschossen um. Dann ging er in die Küche, räumte dort den Inhalt der Schränke aus, wobei er einen beträchtlichen Lärm verursachte. Und weiter ins Schlafzimmer.

Als kurz nach zehn zwei Polizeibeamte, von aufgebrachten Nachbarn alarmiert, an seine Tür klopften, hatte Richard Wego die gemütliche Zweizimmerwohnung völlig verwüstet. Zuletzt hatte er noch eine Fensterscheibe zertrümmert. Die beiden Beamten zogen nach einer Ermahnung wieder ab. Der Mann hatte schließlich niemandem geschadet, nur sich selbst. Und da er versprach, den Lärm umgehend einzustellen und gleich morgen das zerbrochene Fenster ersetzen zu lassen, konnte man es bei einer Ermahnung belassen.

Um eins kam Kathi heim. In wortlosem Entsetzen betrachtete sie den Schaden, drehte sich auf dem Absatz um und verließ die Wohnung. Am nächsten Morgen verlangte sie von Martin Lagerhoff, daß ihr Name aus dem Mietvertrag gestrichen wurde.

Hillmann war nicht begeistert von der Kündigung. Doch Bergners Argumente hatten einiges für sich. Vor allem die eine Behauptung, daß eine Anlage wie Kronbusch auf depressive Menschen wirken mußte wie ein Magnet, hatte Hillmann zu denken gegeben. So erhob er keine Einwände, als Bergner gleich am nächsten Tag seine Sachen packte und die Verwaltungsetage verließ.

Der übereilte Aufbruch war unnötig, das wußte Bergner. Aber er mochte nicht einen Tag länger in diesem Büro sitzen, nachdem man ihm so deutlich gezeigt hatte, welcher Rang ihm in der Hierarchie von Kronbusch zukam, der des Laufburschen. Er hatte ihnen sagen dürfen, in welcher Höhe sie ihre Aufzugsknöpfe einbauen sollten, man hatte ihm auch noch voller Interesse zugehört, als er die Vorzüge eines urwüchsigen Apfelbaumes gegen die einer frisch gesetzten Pappel aufwog. Aber jetzt war es vorbei. Ihn ging es nichts an, wer in Kronbusch welchen Wagen fuhr, welches Einkommen hatte, welchen Freizeitbeschäftigungen nachging. Und er wußte, daß sie viel mehr als nur das gespeichert hatten. Big Brother is watching you! Nur war er nicht der Große Bruder. Er wäre es gern gewesen, aber in ihm sahen sie nur den Hampelmann.

Am Nachmittag wollte er in die Stadt, um die Maler und die notwendige Einrichtung zu bestellen. Er verstand seine Eile selbst nicht ganz. Daß er sich gekränkt fühlte, traf zwar zu, doch das war vordergründig. Am liebsten hätte er sich in die noch leeren Räume da unten in der Ladenstraße gesetzt und gewartet, daß etwas geschah. Und es würde etwas geschehen.

Es war nicht so, daß er es mit Sicherheit wußte, aber er fühlte es. Und das mit absoluter Sicherheit. So wie man manchmal fühlt, daß ein schweres Gewitter bevorsteht. Die elektrischen Entladungen prickeln bereits im voraus auf der Haut. Bei ihm prickelte es nicht mehr, es glühte bereits. Um sein Ein- oder Auskommen machte er sich vorerst keine Gedanken. Er hatte in den vergangenen Jahren recht bescheiden gelebt und sich eine beachtliche Rücklage geschaffen. Damit konnte er notfalls ein ganzes Jahr auffangen. Das reichte. Was er in einem Jahr nicht schaffte, das schaffte er nie.

Ein wenig niedergeschlagen fuhr er mit dem Lift hinauf in seine Wohnung. In der Diele stellte er den Karton mit seinen persönlichen Sachen ab. Ganz obenauf lag eine Fotografie. Sibylle neben dem Sportwagen, den er damals eigens für sie gefahren hatte. Eine Hand zum Gruß erhoben, der letzte gemeinsame Urlaub. Fünf Jahre dazwischen, es tat immer noch weh, sie lachen zu sehen. Jetzt winkte sie ihm zu und rief: »Traumtänzer.«

Gegen Mittag klingelte es an der Wohnungstür. Ohne Eile ging er hin. Es würde Martin sein, der sich nur erkundigen wollte, warum er so plötzlich verschwunden war. Es war nicht Martin. Anna stand im hellen Korridor. Verlegen strich sie sich eine Haarsträhne aus der Stirn.

»Herr Lagerhoff sagte mir, daß ich Sie wahrscheinlich hier finde. Ich hörte, Sie sind dabei, sich einen alten Traum zu verwirklichen?«

Bergner trat beiseite, um sie hereinzulassen. »Es war Sibylles Traum, nicht meiner. Und jetzt ist es ein Alptraum«, sagte er und ging vor ihr her ins Wohnzimmer.

Unaufgefordert nahm Anna in einem Sessel Platz. »Sie denken an die Toten?«

»Für die kann ich nichts mehr tun«, sagte er.

»Für wen tun Sie es dann?«

Er zögerte mit der Antwort, kam langsam zum Tisch und setzte sich ihr gegenüber. »Vielleicht nur für mich. Damit ich mir später nicht vorwerfen muß, ich hätte mich gedrückt, als es darauf ankam. Mein Gott«, für einen winzigen Moment schloß er die Augen. »Wir haben uns wirklich alle Mühe gegeben mit diesen Klötzen. Alles reingebaut, was die Psychologie hergab, und was hat es uns gebracht?« Er zuckte mit den Achseln und breitete in einer hilflosen Geste beide Hände aus.

»Es muß schlimm für Sie sein«, stellte Anna fest, »wenn es Sie veranlaßt, Ihre gesicherte Position aufzugeben.«

»In meiner gesicherten Position bewirke ich nichts. Man hat mich nicht eingestellt, um den Mietern zur Verfügung zu stehen. Für die Leute hier bin ich nur Bergner von der Hausverwaltung, und wer geht schon zu seinem Vermieter, wenn er ernsthaft in Schwierigkeiten ist?«

»Sie rechnen tatsächlich mit weiteren Toten«, meinte Anna ungläubig.

Bergner nickte und erklärte auch ihr seine Theorie, die er bereits Martin und Hillmann so ausführlich erläutert hatte, die sich in wenigen Sätzen zusammenfassen ließ: Kronbusch, die vermeintlich heile Welt, in die sich all die flüchten konnten, die eine heile Welt brauchten. Und da waren eben auch ein paar dabei, die sie bitter nötig brauchten und bisher nicht gefunden hatten.

Anna hörte ihm aufmerksam zu. Als er geendet hatte, sagte sie: »Deshalb bin ich hier.« Sie lächelte verlegen. »Ich komme mir ein bißchen schäbig vor, wie ein Denunziant. Aber andererseits«, sie hob die Achseln, wieder lächelte sie. »Mir ist da eine junge Frau aufgefallen. Es war an dem Tag, als der Tennisplatz repariert wurde. Ich wollte mit den Kindern in die Stadt. In der Garage bemerkte ich, daß Tamara zu diesem Wagen hinstarrte. Und«, noch einmal hob Anna die Achseln.

Nur nicht von Tamara reden jetzt, nur nicht wieder in diesen sinnlosen Kreislauf hineingeraten. Ein zehnjähriges Mädchen ist kein Ungeheuer, selbst dann nicht, wenn es voller Haß ist. In zehn Jahren sah die Sache vielleicht anders aus. Aber bis dahin war noch Zeit, die Dinge ins rechte Lot zu rücken.

»Die Frau machte auf mich den Eindruck, als brauche sie dringend Hilfe. Ich habe daran gedacht, sie anzusprechen, aber man geht nicht so einfach auf eine Fremde zu. Und ich hatte die Kinder bei mir …«

Und ich wollte verhindern, daß Tamara mit dieser Frau in Berührung kommt. Ich habe mir jedenfalls eingebildet, ich könne es verhindern. Aber die Berührung war da, ich konnte es fühlen. Nur weiß ich nicht, wer wen berührt hat, sie das Kind oder das Kind sie. Aber eins weiß ich, das Kind ist nicht in Ordnung. Ich bin ein durch und durch realistischer Mensch, wäre ich das nicht, würde ich jetzt behaupten, dieses Kind kann Dinge, von denen man sich keine Vorstellung machen kann. Es ist dieser wahnsinnige Haß, er hat Flügel. Ich sehe das richtig vor mir, wie er von der Fensterbank abhebt. Sie stand doch die ganze Zeit am Fenster, am Heiligabend. Und der Haß flog auf die Landstraße zu, erreichte

Rolands Wagen, klemmte das Gaspedal fest. Logisch, daß in der Werkstatt kein Schaden festgestellt werden konnte. Zu dem Zeitpunkt war der Haß doch längst wieder in Kronbusch. Verrückt, nicht wahr?

Und nach außen das Lächeln, die ruhige, beherrschte Stimme. »Inzwischen mache ich mir Vorwürfe. Sie haben mir so viel von diesen Vorfällen erzählt. Ich denke die ganze Zeit, vielleicht ist das Ihre Nummer sieben.«

»Malen Sie nicht den Teufel an die Wand, Anna.«

»Das habe ich nicht vor. Ich dachte mir, wenn ich Ihnen die Frau beschreibe und den Wagen, vielleicht können Sie sie ausfindig machen und etwas unternehmen, falls sie wirklich Hilfe braucht.«

Bergner beugte sich ein wenig vor, irgendwie gespannt und abwartend. »Gut«, meinte er.

»Ein silbergrauer Mercedes«, begann Anna. »Einer von diesen Träumen auf Rädern, ein Sportwagen. Zwei Stellplätze neben meinem Wagen, also entweder Nummer dreiundneunzig oder siebenundneunzig. Die Frau ist Mitte Zwanzig, hatte langes, dunkles Haar, und ...«

Schon als Anna den Wagentyp nannte, begann Bergner zu lächeln. Anna unterbrach ihre Beschreibung leicht irritiert und schaute ihn nun ihrerseits abwartend an. Er winkte ab und lachte sogar leise. »Angela«, der Name kam wie ein Seufzer. »Wenn es Sie beruhigt, Anna, ich weiß, wen Sie meinen. Da besteht absolut keine Gefahr.«

Anna schien keineswegs beruhigt von dieser Behauptung. Mit sehr ernster Miene meinte sie: »Wenn Sie sich nur nicht irren, sie saß so verloren da. Als sie uns bemerkte, fuhr sie los. Ich habe den Atem angehalten, weil ich dachte, sie rammt das Tor. Sie schrammte mit dem Wagendach darunter weg. An der Abzweigung sah ich sie wieder. Sie blockierte beide Fahrspuren. Ich habe eine Weile gewartet, aber sie machte keine Anstalten weiterzufahren. Da habe ich kurz auf die Hupe gedrückt, und sie fuhr mit Vollgas los. Beinahe wäre sie aus der Kurve geflogen. Dann raste sie mit einer wahnsinnigen Geschwindigkeit davon. Sie fuhr, als wolle sie sich den Hals brechen.«

Bergner grinste immer noch, nur war es nicht mehr freundlich, dieses Grinsen. »Sieh einer an«, sagte er, »und Martin behauptet immer, sie fährt besser als er.« Sein Ton verlor den Spott. »Vielleicht sollte ich wirklich mal ein ernstes Wort mit ihr reden.« Ohne sich Gedanken über sein Tun zu machen, begann Bergner zu erzählen.

»... muß sie ihn doch nicht gleich betrügen. Ich kann mir vorstellen, daß sie verzweifelt ist. Aber wie ich Angela kenne, findet sie einen Weg. Besser gesagt, einen Arzt, der sie von ihrem leidigen Problem befreit. An dem Morgen wollte sie in die Stadt ...«

»Sie fuhr nicht in die Stadt«, unterbrach Anna ihn, »sondern in die entgegengesetzte Richtung.«

Desinteressiert hob Bergner die Schultern. »Dann wird sie wohl anderswo einen Arzt ausfindig gemacht haben. Es geht mich nichts an.«

»Das klingt ein bißchen frustriert«, meinte Anna.

»Ich bin nicht frustriert«, widersprach er. »Sie kam zu mir, und ich habe ihr geraten, das Kind auszutragen. Da war ich allerdings noch der Überzeugung, es ist Martins Kind. Jetzt weiß ich, das ist nicht der Fall, ich würde ihr trotzdem noch einmal das gleiche raten, wenn sie mich um einen Rat fragen würde. Vielleicht würde ich sogar mit Martin reden und ihn davon überzeugen, daß so ein Kuckucksei das geringere Übel ist. Ich weiß es nicht. Ich weiß bei Angela nie, woran ich bin, und was ich für sie tun würde. Es gibt Tage, da würde ich mich für sie in der Luft zerreißen. Und es gibt Tage, da würde ich das liebend gerne mit ihr tun. Sie ist das Musterbeispiel einer verwöhnten Göre, egoistisch, arrogant und gelangweilt. Es schadet ihr nichts, wenn sie mal ein wenig auf sich selbst gestellt ist. Das Leben ist ja nicht immer nur ein Zuckerschlecken.«

Ausgerechnet an diesem Abend kam Bergner nicht hinauf. Dabei wäre es so wichtig gewesen. Seine Anwesenheit hätte jedes persönliche Wort verhindert. Rein vom Verstand her wußte Martin, daß er mit ihr allein sein mußte, sollte alles wieder in Ordnung kommen, daß er ihr sagen mußte, was er wußte und wozu er sich durchgerungen hatte. Aber das Gefühl sperrte sich dagegen. Er war immer noch verletzt, müde und niedergeschlagen, irgendwie leer.

Sie hatte darauf bestanden, daß er ihr Bettzeug ins Wohnzimmer trug. Nun lag sie mit geschlossenen Augen auf der Couch. Leichenblaß war sie, hatte das Laken bis zum Kinn gezogen, hielt es dort mit beiden Fäusten umklammert.

Mehrfach versuchte Martin, ein harmloses Gespräch zu beginnen. Jede Nichtigkeit mußte besser sein als dieses lähmende Schweigen. Aber sie reagierte nicht. Er war nicht sicher, ob sie schlief. Ihr Atem ging unregelmäßig, war oft mehr ein Stöhnen. Hinter den geschlossenen Lidern und in ihrem Gesicht zuckte es beständig, als habe sie große Schmerzen. Dann sah er, daß ihre Finger sich bewegten. Sie drehte den Kopf zur Seite, dem Tisch zu. »Bist du wach, Angela?«

Sie murmelte etwas Unverständliches.

»Möchtest du etwas trinken?«

Ihre Lippen waren rauh und trocken. Feine Risse hatten sich in der empfindlichen Haut gebildet. Vielleicht hatte sie Fieber. Martin dachte daran, einen Arzt zu rufen. Doch bevor er das tat, wollte er mit ihr reden. »Ich bringe dir etwas zu trinken, Angela. Du mußt mir nur sagen, was du haben möchtest.«

»Machst du mir einen Kaffee?« Er verstand sie kaum, nur das letzte Wort klang einigermaßen deutlich.

»Natürlich.« Martin sprang auf, erleichtert, etwas tun zu können. Er rannte in die Küche und setzte die Kaffeemaschine in Gang. Abwartend blieb er dabei stehen, bis die gesamte Wassermenge durchgelaufen war. Dann füllte er den Kaffee in einen Thermobehälter um und ging zurück. Für einen Augenblick dachte er, sie sei wieder eingeschlafen. Dann öffnete sie die Augen und schaute zu, wie er zwei Tassen füllte.

»Danke«, sie richtete sich halb auf, griff nach der Tasse und berührte den Rand vorsichtig mit den Lippen, trank einen winzigen Schluck.

»Hast du Schmerzen?« erkundigte Martin sich zögernd.

Sie nickte kurz.

»Warst du bei einem Arzt?« fragte er ängstlich.

Ohne die Tasse abzusetzen, schüttelte sie den Kopf.

»Bei wem warst du dann?«

»Bei niemandem.«

Martin schloß die Augen und stieß zitternd die Luft aus.

»Aber das kann man doch nicht alleine …«

»Man kann«, unterbrach sie ihn. Die Stimme war schwach und erschöpft. Sie schaute ihn an und fügte hinzu: »Wenn man muß, kann man alles.«

»Ich rufe einen Arzt.«

Allein der Gedanke, was sie sich angetan hatte, verursachte ihm Übelkeit. Und die Vorstellung der Folgen brachte ihn fast um. Er erhob sich und wollte zum Telefon. Auf halbem Weg blieb er noch einmal stehen und drehte sich zu ihr um, sehr wütend jetzt. »Das ist unverantwortlich. Du bist weiß wie eine frisch getünchte Wand. Du wirst verbluten, ist dir das nicht klar?«

Sekundenlang schaute sie ihn über den Rand der Tasse verständnislos an, dann erklärte sie leise: »Ich blute nicht.«

Die Tasse behielt sie am Mund, als müsse sie sich daran aufwärmen. Martin versuchte noch zu ergründen, welche

201

Bedeutung und Folgen ihre Erklärung haben mußte, da fügte sie hinzu: »Ich brauche keinen Arzt. Ich bin nicht krank, jedenfalls nicht in dem Sinne.«

»Und in welchem Sinne«, fragte er stockend, »bist du krank?«

Sie tat, als habe sie seine Frage überhört. Er kam langsam zum Tisch zurück, blieb neben der Couch stehen. Nur anschauen konnte er sie nicht, er starrte auf seine Hände.

»Ich habe mit Friedhelm über deinen elenden Zustand gesprochen. Er meint, du bist schwanger.«

»Ich weiß«, murmelte sie, reckte sich zum Tisch hinüber und füllte ihre Tasse noch einmal.

»Und«, fragte Martin drängend. »Bist du schwanger?«

»Nein.«

»Warst du schwanger?«

Noch einmal sagte sie leise: »Nein.«

»Warum erzählst du Friedhelm dann diesen Unsinn?« brauste Martin auf. Irgendwie war er erleichtert, aber gleichzeitig wurde er wütend, entsetzlich wütend über die letzten Tage, über die Schläge gegen das Selbstbewußtsein und den Stolz, die sie ihm zugemutet hatte.

»Ich habe ihm nichts erzählt. Ich habe ihm nur nicht widersprochen. Ich hielt es für besser, ihn in diesem Glauben zu lassen.« In einem Zug trank sie den heißen Kaffee aus. Martin sah, wie sie die Tasse zum drittenmal füllte.

»Gut«, stellte er aufgebracht fest. »Das hätten wir also geklärt, du bist nicht schwanger, warst es auch nicht. Aber dann muß es ja eine andere Erklärung für deinen elenden Zustand geben. Du bist blaß, hast Schmerzen, dir ist übel.«

Während Martin noch aufzählte, trank sie auch die dritte Tasse leer.

»Ich habe dich immer tun lassen, was du wolltest«, fuhr er fort. »Aber wenn du anfängst, derart verantwortungslos mit deiner Gesundheit umzugehen, bekommst du gewaltigen

Ärger mit mir. Ich bestehe darauf, daß du gleich morgen früh zu einem Arzt gehst und dich gründlich untersuchen läßt. Und ich will wissen, was der Arzt feststellt.«

»Er wird nichts feststellen«, erklärte sie bestimmt und stellte die Tasse auf den Tisch zurück. Sie griff erneut nach der Kanne, hob sie an und fragte: »Ist noch Kaffee da?«

Martin schüttelte den Kopf. »Hör auf damit, literweise heißen Kaffee in dich hineinzuschütten. Das bekommt deinem Magen bestimmt nicht, drei Tassen sind genug.«

Sie riß die Augen auf und runzelte die Stirn. Als sie ihm antwortete, hatte ihre Stimme einen aggressiven Beiklang. »Ich bin hier daheim, ja? Ich kann hier tun und lassen, was ich will. Ich muß mich von niemandem bevormunden lassen. Also kann ich auch Kaffee trinken, soviel ich mag, so heiß ich mag und so stark ich mag. Oder willst du mir jetzt die Tassen vorrechnen? Eine zum Frühstück, eine am Nachmittag. Lauwarm und so dünn, daß man glaubt, es sei Spülwasser. Vielen Dank, Martin. Das hatte ich zwölf Jahre lang. Jetzt will ich es anders. Ich bin ein freier Mensch, ich kann meinen Willen äußern. Das muß ich sogar. Ich muß laut und deutlich aussprechen, was ich denke, was ich fühle, was ich will. Und nach Möglichkeit sollte das dann auch geschehen.«

Martin war so verblüfft, daß er gegen seinen Willen den Kopf schüttelte. »Sonst noch was?«

»Nein«, erklärte sie ernst. »So müßte es gehen.«

»Na, da bin ich aber beruhigt.« Martin nickte mehrfach hintereinander. »Und ich hatte schon befürchtet, da kommt ein ernsthaftes Problem auf uns zu. Aber jetzt mal ehrlich, Angela. Was brauchst du sonst noch, außer literweise schwarzem Kaffee? Sprich es aus, tu dir keinen Zwang an, wir wollen doch alle, daß es dir gutgeht, nicht wahr? Ich werde mich bemühen, deinen Willen umgehend zu erfüllen. Wie wäre es mit Eisblumen?« Er grinste böse. »Ich könnte dir vielleicht welche einfliegen lassen. Oder soll ich dir die

Stadtbibliothek kaufen, damit du den lieben langen Tag dicke Wälzer durchblättern kannst?«

»Du nimmst mich nicht ernst«, stellte sie tonlos fest.

»Du hast es erfaßt«, stimmte Martin ihr sarkastisch zu. »Aber wie soll man dich denn noch ernst nehmen? Manchmal glaubt man wirklich, du hast nicht alle Tassen im Schrank. Wann hast du denn deinen Willen einmal nicht bekommen? Habe ich jemals etwas anderes getan, als dir deinen Willen zu lassen? Ich stelle mich widerspruchslos in die Küche und mache das Essen fertig, wenn die gnädige Frau nach einem anstrengenden Tag auf dem Tennisplatz und im Schwimmbad vor Erschöpfung auf der Couch eingeschlafen ist. Ich halte monatelang die Hände und alles andere bei mir, nur weil du wieder mal deinen Schmutztick bekommst. Glaubst du, das fällt mir leicht? Ich setze mich sogar mit dem Gedanken auseinander, daß du mich betrügst, und mache mir am Ende selbst noch Vorwürfe.«

Er holte nur einmal kurz Luft, sprach im gleichen aufgebrachten Ton weiter: »Ich trage dich samt Bettzeug ins Wohnzimmer, wenn du dich nicht wohl fühlst. Ich stehe verdammt hilflos vor dir, wenn du dich wegen eines dämlichen Autoschlüssels am Boden wälzt. Und ich halte den Mund. Nicht einmal habe ich mich beschwert. Nicht einmal habe ich zu dir gesagt, tut mir leid, meine Liebe, ich hatte auch einen harten Tag.«

Martin redete sich mehr und mehr in Wut. »Ich denke mir einfach, so ist sie nun mal. Sie wurde so erzogen, da kann man nichts machen. Man weiß halt nie so genau, was in ihrem Kopf vorgeht. Und Hillmann sagte damals, man muß ein bißchen Rücksicht nehmen. Das habe ich getan. Fast vier Jahre lang, und jetzt denke ich mir, einmal muß es genug sein. Wann nimmst du auf mich Rücksicht? Wenn mir mal nach Heulen ist, kann ich zu Friedhelm gehen. Meine Probleme interessieren dich einen Dreck. Aber du mußt endlich

204

begreifen, daß kein Mensch mit dem Kopf durch die Wand gehen kann. Ich weiß nicht, welche Einstellung deine Eltern zur Erziehung hatten, aber da scheint einiges schiefgelaufen zu sein. Und ich kann es heute ausbaden.«

»Meine Eltern sind tot«, flüsterte sie.

»Weiß ich, Engel, weiß ich. Und ich will bei Gott nichts Schlimmes über die Toten sagen. Nur finde ich, man hätte dir früher mal zeigen müssen, daß es Grenzen gibt.«

Martin war jetzt sehr ruhig. Beherrscht und überlegt sprach er sich all das von der Seele, was sich dort in den letzten Wochen und Monaten angesammelt hatte. Als er ihr ins Gesicht sah, bemerkte er diesen Blick. Da war soviel Panik in ihren Augen. Ihre Lippen bewegten sich unaufhörlich, aber es kam kein Laut. Er las von ihrem Mund ab, was sie sagen wollte. »Sei still!«

Bedächtig schüttelte er den Kopf. »Nein, Angela, ich bin nicht still. Ich muß das einmal loswerden. Ich kann nicht immer alles in mich hineinfressen, daran geht man kaputt. Ich weiß, daß es nicht angenehm ist. Aber es ist die Wahrheit. Du bist manchmal sehr schwer zu ertragen, immer nur du, du, du. Vielleicht solltest du dir für den Anfang eines merken. In einer Ehe sollen zwei füreinander da sein, nicht immer nur der eine für den anderen. In unserem Fall also ich für dich. Ich bin gern für dich da, wenn ich die Zeit dafür habe und den Kopf nicht so voller Sorgen. Ich habe mir oft gewünscht, ich könnte mit dir einmal über meine Sorgen reden. Aber nein, was hier passiert, paßt nicht in dein Weltbild. Davon willst du nichts hören. Damit muß ich zu Friedhelm gehen, und das gefällt dir auch nicht.«

Sie wollte etwas sagen. Martin sah, wie sie sich abmühte, wie sie versuchte, die Worte zu formen. Endlich brachte sie tonlos hervor. »Du liebst mich nicht mehr.«

Er hatte das Bedürfnis, sich neben die Couch zu knien, sie an sich zu ziehen. Aber jetzt wollte er hart bleiben. »Doch,

205

Engel.« Er unterstrich die Worte durch mehrfaches Nicken. »Doch, ich liebe dich. Ich liebe dich sehr, ich liebe dich sogar dann noch, wenn du gemein und ungerecht wirst. Aber auch solch eine Liebe verpflichtet nicht zum widerspruchslosen Stillhalten. Ich bin kein Übermensch. Ich habe schließlich auch Bedürfnisse. Und deine Launen sind oft unerträglich.«

»Du irrst dich, Martin«, flüsterte sie. »Es sind keine Launen.«

»Ach, hör doch auf«, Martin winkte müde ab. Er drehte sich um und verließ das Zimmer. Er sah nicht mehr, wie sie sich zurücklegte, beide Hände gegen die Schläfen preßte, wie sie zu zittern begann.

Emmi flüsterte hinter der schmerzenden Stirn. »Soll ich dir eine Geschichte erzählen, mein Kleines? Kennst du schon die Geschichte von den Feuerteufelchen?«

Ja, ich kenne sie. Aber ich habe das Feuer nicht gelegt. Mutter war es. Ich habe es nicht getan. Ich nicht!

»Nummer sieben«, sagte Martin mit belegter Stimme und räusperte sich. Er versuchte, so sachlich wie möglich zu bleiben. Nur die Fakten, streng an die Tatsachen halten. Nicht in das fassungslose Gesicht hinter dem Schreibtisch sehen. Hillmann sackte in sich zusammen, schien um einen Kopf kleiner zu werden. Sein Gesicht bekam die Farbe verkohlter Knochen.

Ohne es zu wollen, starrte Martin ihn an, suchte dabei fieberhaft nach dem Ausdruck, der diese Farbe treffend beschrieb. Aschfahl! Das war es. Aschfahl.

»Heute morgen hat ein Besucher draußen auf den Parkplätzen einen Wagen gerammt. Der Schaden ist gering, nur ein paar Kratzer.« Das war ungeheuer wichtig. Nur ein paar Kratzer, nichts von Bedeutung. »Er kam ins Büro und meldete den Schaden. Ich habe nachgesehen, wem der beschädigte Wagen gehört.«

Martin schluckte trocken, räusperte sich erneut. Das widerlich schleimige Gefühl in der Kehle blieb. »Carla Rodeck«, fuhr er fort. »Fünf-sieben-zwo. Ich schickte Schneider hin. Die Frau hat nämlich kein Telefon. Schneider kam zurück, ihm hatte niemand geöffnet. Ich bat den Mann, mir seine Anschrift und seine Versicherungsnummer zu geben, was er auch bereitwillig tat.«

Nebensächlichkeiten, alles unwichtig, alles Tatsachen, an die man sich klammern konnte. Realität im Chaos. Unaufmerksamkeit beim Einparken, geringer Lackschaden an einem VW-Golf, ein reuiger Fahrer, eine Anschrift, Hilfsmittel.

Aschfahl, das war es. Das war genau der richtige Ausdruck für Hillmanns Gesichtsfarbe. Die Augen über den Tränensäcken flatterten. Die schweren Hände auf dem Schreibtisch lagen still. Und Bergner hatte gesagt: »Hoffen wir, daß es so bleibt.«

Martin schluckte noch einmal, starrte auf Hillmanns Hände. »Um es kurz zu machen. Ich bin eben noch mal zusammen mit Schneider hinübergegangen. Die Frau konnte uns nicht öffnen. Sie lag in der Wanne. Ich habe die Polizei verständigt. Sie …« kommen gleich, hatte er noch sagen wollen, aber dazu kam es nicht mehr.

»Warum?« unterbrach Hillmann ihn. Der Ton ließ Martin zusammenzucken. »Ich weiß es nicht«, sagte er irritiert.

»Warum haben Sie die Wohnung überhaupt betreten? Dazu bestand doch keine Veranlassung.«

Da hatte Hillmann recht. Eine Veranlassung hatte zu keiner Zeit bestanden. Lackschäden an einem VW-Golf. »Die Frau ist sicher einkaufen«, hatte er zu Schneider gesagt. Und Schneider hatte geantwortet: »Dann muß sie in Kronbusch sein, das Auto steht ja hier. Dann ist sie mittags bestimmt wieder da.«

Und mittags hatten sie dann wieder an der Wohnungstür geklingelt. Als niemand öffnete, wollte Schneider sich bereits abwenden. Aber Martin steckte den Schlüssel in die Tür. Er hätte zu diesem Zeitpunkt nicht einmal sagen können, warum er den Schlüssel überhaupt mitgenommen hatte. Da war eben dieses Gefühl gewesen. Wenn in Kronbusch eine Tür nicht mehr von innen geöffnet wurde, bekam man Schweißausbrüche, die Kehle wurde trocken, das Herz stolperte, und im Magen breitete sich eine unangenehme Wärme aus. Den Schlüssel nahm man dann schon aus Gewohnheit.

»Ich weiß es nicht«, sagte er. »Es spielt doch auch gar keine Rolle mehr. Die Frau ist tot. Und besser, ich habe sie heute gefunden, als daß sich die Nachbarn in einigen Tagen über Verwesungsgeruch beschweren.«

Hillmann nickte kurz. »Wo ist Bergner?«

»Ich weiß es nicht.« Martin fühlte sich so schuldig, fühlte sich hundeelend. Wie er da vor ihrer Wanne stand, wußte er, er hatte sie auf dem Gewissen. Carla Rodeck, ledig, Alter 27, sie stand garantiert auf Bergners Liste. Und er hatte Bergner die Informationen verweigert. Er hatte versucht, ihm diesen scheinbar aussichtslosen Plan auszureden. Nur kein Aufsehen, Datenschutz.

»Ich habe schon versucht, ihn zu erreichen«, erklärte er. »In seiner Wohnung ist er nicht. Vielleicht ist er in die Stadt gefahren. Er wollte noch einiges für die Praxis besorgen.«

»Seine Kündigung kam so überraschend«, sagte Hillmann. »Und dann wollte er auch gleich gehen, nicht die übliche Frist einhalten.« Hillmanns Stimme verlor an Vitalität. »Wenn er zurückkommt, soll er sich gleich bei mir melden. Er wollte Zugang zum Terminal. Sagen Sie ihm, er kann mit meinem Kennwort arbeiten, wenn er meint, daß es ihn weiterbringt.«

Martin nickte. »Ich sag' es ihm.« Seine Stimme behielt er nur noch mühsam in der Gewalt, ständig drohte sie zu kippen. Es wäre entschieden einfacher gewesen, den Raum fluchtartig zu verlassen. Nicht länger in das schwammige, aschfahle Gesicht sehen zu müssen. Hillmann kapitulierte. Er selbst hatte auch bereits alles getan, um Bergner ausfindig zu machen. Der war in den letzten Stunden zu einem Rettungsanker geworden. Nur mit ihm reden. Die gleichen Worte sagen wie eben zu Hillmann. Nummer sieben. Nicht mehr und nicht weniger. Dabei in Bergners Gesicht sehen und seine beruhigende Stimme hören. Aber Bergner war nicht da, und keiner wußte, wo er sich zur Zeit aufhielt.

Hillmann murmelte: »Nummer sieben.«

»Ja«, sagte Martin, schwankend zwischen Furcht und Trotz. »Und das sind noch nicht alle schlechten Nachrichten. In der letzten Woche sind siebzehn Kündigungen reingekommen, zehn davon kleine Einheiten.«

Hillmann wischte sich über die Stirn. »Wie viele stehen insgesamt leer?«

»Hundertzwanzig, davon nur vier größere, aber die kommen jetzt auch allmählich. Leute mit kleinen Kindern wollen weg. Verstehen kann ich das. Es hat sich herumgesprochen. Da steckt irgend etwas dahinter. Wissen Sie, daß es in den letzten Monaten in der Stadt nicht einen Selbstmord gab? Ich habe die Polizei danach gefragt. Es passiert immer nur bei uns. Als ob hier etwas ist, was sie dazu treibt.«

»Sagen Sie doch nicht so was, Martin«, protestierte Hillmann. »So dürfen Sie nicht denken. Was soll denn hier sein? Das ist doch unmöglich, das ist völlig ausge …« Mitten im Wort brach Hillmann ab. Er riß ungläubig die Augen auf, faßte mit einer Hand an die linke Brustseite und fiel mit einem Ächzen in sich zusammen. Sein Kopf schlug schwer auf die Schreibtischplatte.

»Friedhelm«, brüllte Martin, rannte um den Schreibtisch herum und bemühte sich, Hillmann aufzurichten. Auf dessen Stirn zeichnete sich ein kleiner roter Fleck ab. Er atmete, doch sein Atem ging röchelnd, unnatürlich verkrampft. Das

Gesicht war verzerrt. Martin ließ ihn gegen die Rücken-
lehne des Sessels gleiten, dann griff er nach dem Telefon.
Während er die Nummer des Notrufs in die Tastatur drückte,
schrie er wieder in Richtung der Tür: »Oskar, Peter, helft mir
doch!«
Eine Ewigkeit verging, ehe die Tür geöffnet wurde. Gersenberg stürzte herein, blieb sekundenlang mitten im Raum
stehen, ehe er begriff und zögernd zum Schreibtisch kam.
»Was hat er denn?« Er beugte sich über Hillmann, griff nach
dessen Handgelenk und versuchte, den Pulsschlag zu erta-
sten. Anscheinend gelang ihm das nicht. Er ließ den Arm so
plötzlich wieder los, als ekele es ihn davor. Dann besann er
sich jedoch und legte die herunterbaumelnde Hand behutsam in Hillmanns Schoß.
Hillmanns Gesicht war inzwischen blaurot angelaufen. Der
Mund stand offen und wirkte schief. Martin sprach hastig in
den Hörer, stotterte, mußte die Anschrift dreimal wiederholen, ehe man ihn verstand. Er verlangte Notarzt und
Rettungswagen, schilderte die Symptome und legte mit
einem Seufzer auf.
Gersenberg starrte mit einem Gemisch aus Widerwillen und
Furcht auf die schlaffe Gestalt im Sessel und wiederholte
seine Frage. »Was hat er denn?«
»Bin ich Arzt?« fuhr Martin ihn an. Gersenberg brummte
beleidigt: »Das ist hier das reinste Irrenhaus.«
»Eher ein Totenhaus«, murmelte Martin und zog mit steifen
Fingern eine Zigarette aus der Brusttasche seines Hemdes.
Es gelang ihm, auch das Feuerzeug zu fassen. Seine Hand
zitterte unkontrolliert, als er es betätigte. Er inhalierte tief
und blies den Rauch wieder aus. »Nummer sieben«, erklärte
er dann fast beiläufig. »Vor knapp einer Stunde habe ich sie
gefunden. Stromschlag in der Wanne. Immer in der Wanne.
Ich hätte nicht übel Lust, die Wannen rausreißen zu lassen.
Einer von der Polizei sagte, es gibt jetzt neue Modelle, die

sind geerdet, da kann so was nicht passieren. Aber wenn sie es nicht mit Strom tun, tun sie es mit Tabletten oder mit Messern. Das würde uns gar nichts bringen. Und jetzt das hier«, er zeigte auf Hillmann. »Hoffentlich stirbt er nicht. Das stehe ich nicht durch. Bergner ist auch nicht da.«

Peter Luitfeld hatte die letzten Worte von der Tür aus gehört. Er schloß die Tür leise hinter sich und meinte: »Bergner ist nicht der liebe Gott. Was erwartet ihr denn alle von ihm? Soll er hier ein Wunder vollbringen?«

Luitfeld ging ebenfalls um den Schreibtisch herum, faßte wie zuvor Gersenberg nach Hillmanns Handgelenk. Dann legte er zwei Finger an den Hals des Bewußtlosen und nickte irgendwie zufrieden. »Scheint ein Schlaganfall zu sein oder ein Infarkt«, erklärte er. »Er muß nur durchhalten und so schnell wie möglich in die Klinik.«

Er drehte sich wieder zu Martin um. »Brüll nicht immer nach Bergner. Der kann auch nicht mehr tun als wir. Soll er es den Leuten etwa verbieten? Soll er Meetings abhalten oder Yoga mit ihnen machen? Verlier bloß nicht die Nerven, Martin. Es war ruhig in letzter Zeit. Vielleicht ist das jetzt ein Einzelfall. Und selbst wenn es wieder losgeht, dann kann Bergner es auch nicht verhindern.«

»Das weiß ich ja«, murmelte Martin. »Aber man muß doch etwas tun. Wie viele sollen es denn noch werden?«

»Bevor ich heraufkam«, erklärte Martin, »habe ich noch einmal versucht, ihn zu erreichen. Aber er war immer noch nicht zurück. Ich probier es nach dem Essen noch mal.« Er kaute lustlos auf einem Stück Fleisch, griff nach seinem Glas und spülte den Bissen hinunter. Sie saß ihm gegenüber und schwieg. Martin schob seinen Teller von sich und ging zum Telefon.

Sie erhob sich ebenfalls und brachte das Geschirr in die Küche. »Nummer sieben«, hatte er gesagt, als er zur Tür hereinkam. Keinen Gruß, kein persönliches Wort. Wieder eine junge Frau. Selbst in der Küche hörte sie Martin nervös mit den Fingern auf das Telefon klopfen. Dann legte er den Hörer auf, und sie ging zurück ins Wohnzimmer.

»Wo kann er bloß sein?« fragte Martin. Er setzte sich in einen der Sessel. Seit Walter Burgaus Tod saß er fast nur noch in einem Sessel. Er war so offensichtlich auf Abstand bedacht, nur schien er selbst das nicht zu bemerken. Und ihr warf er vor, daß er sie nicht mehr lieben durfte.

»Sonst ist er fast jeden Abend hier«, regte Martin sich weiter auf. »Und wenn man ihn wirklich einmal braucht, ist er nicht aufzutreiben. Das ist eine blöde Idee, eine eigene Praxis.«

»Du wirst ungerecht«, sagte sie.

Sie hätte sich gerne zu ihm auf die Sessellehne gehockt und wagte es nicht, aus Furcht, er könne sie abweisen. So ging sie zur Couch, setzte sich in eine Ecke und zog die Beine unter den Leib.

»Ungerecht«, stieß Martin hervor. »Hier soll man nicht ungerecht werden. Hillmann fällt für Monate aus, mindestens, wenn er überhaupt jemals wieder auf seinen Posten zurückkommt. Gersenberg kümmert sich um rein gar nichts. Er ist ja nur der Buchhalter. Und Peter, mein Gott, er ist ein lieber, hilfsbereiter Kerl. Er könnte sich zur Not mit den Mietern auseinandersetzen, aber von Verwaltung hat er keine Ahnung. Es bleibt alles an mir hängen.«

»Möchtest du etwas trinken?« fragte sie. Als er nickte, erhob sie sich und schenkte ihm einen Whisky ein. Auch Martin stand auf und ging wieder zum Telefon.

»Friedhelm hat mehr Ahnung von verwaltungstechnischen Sachen als Peter. Er hat mir so oft geholfen«, erklärte er, während er erneut Bergners Nummer wählte. Anschließend trommelte er wieder mit den Fingerspitzen auf das Telefon. »Himmel, die Geschäfte schließen um halb sieben. Jetzt ist es fast acht. Er braucht doch nicht anderthalb Stunden bis Kronbusch.«

Angela brachte ihm das Glas zum Telefon. Er setzte es an und trank einen Schluck. Verwundert schaute er auf. Es war purer Whisky. Sie stand vor ihm, schaute fasziniert zu, wie er noch einen Schluck davon trank.

Etwas wie ein Lächeln huschte um ihre Lippen. »Küß mich«, verlangte sie.

Martin zeigte auf das Glas. »Ich habe getrunken.«

Sie nickte. »Ich weiß, ich habe dir das Glas doch gegeben. Küß mich. Bitte.«

Er beugte sich hinunter, drückte ihr nur die Lippen auf den Mund. Sie legte die Hände um seinen Nacken, hielt seinen Kopf fest und schloß die Augen. Martin spürte, wie sie die Lippen öffnete, fühlte, wie ihre Zunge sich vortastete. Er legte ihr die freie Hand unter das Kinn und erwiderte ihren Kuß, bis er die Feuchtigkeit spürte. »Sag mal, weinst du, Engel?«

Endlich legte er den Telefonhörer zurück, bog ihren Kopf leicht nach hinten, schaute sie einen Augenblick lang forschend an. »Warum weinst du?«

Der Kopf in seiner Hand wurde geschüttelt. Sie preßte Lippen und Augen fest zusammen. Ich werde mich nicht wegen gestern entschuldigen, dachte Martin und fragte gleichzeitig: »Wegen gestern?« Noch ein Kopfschütteln. Ihre Tränen machten ihn ganz weich und hilflos. Er trank noch einen Schluck Whisky, beugte sich über ihr Gesicht und folgte den Tränenspuren mit den Lippen. »Hör auf«, murmelte er dabei, »komm, hör auf, Engel. Es ist doch alles gut.«

»Ich liebe dich«, flüsterte sie.

Martin zog sie fest an sich. »Das weiß ich doch, Engel.« Er führte sie zur Couch, drückte sie nieder, setzte sich neben sie und zog sie wieder an sich. »Ich werde Friedhelm nicht anrufen. Ich kann auch morgen noch mit ihm reden.«

Sie zuckte mit den Schultern und murmelte: »Wie alt war sie?«

Im ersten Augenblick wußte Martin nicht, was sie meinte. »Wer?«

»Die Frau, von der du eben gesprochen hast.«

»Ich habe nicht von einer Frau gesprochen, Engel. Ich habe nur gesagt, Nummer sieben. Denk nicht mehr darüber nach.«

Er glaubte, zu begreifen, was in ihr vorging, und log einfach drauflos. »Sie war viel älter als du, Mitte Dreißig. Sie hatte einen Haufen Schulden gemacht und ständig Streit mit den Nachbarn. Sie hatte überhaupt mit allen Leuten Streit, niemand kam gut mit ihr zurecht. Niemand mochte sie. Eine von ihren Nachbarinnen schien richtig erleichtert.«

Das Gesicht halb in seiner Achselhöhle vergraben, beruhigte sie sich ein wenig. Schließlich fragte sie: »Glaubst du, Hillmann wird überleben?«

»Der Arzt war zuversichtlich.«

»Hat er etwas gesagt?«

»Wer? Hillmann? Was soll er denn gesagt haben? Aufgeregt hat er sich.«

»Von mir habt ihr nicht gesprochen?«

»Nein, wir haben nur von dieser Frau gesprochen.«

Seltsam, dachte sie, Hillmann kann es doch nicht vergessen haben. Er weiß es. Emmi hat ihm alles erzählt damals. Und dann kam er zu mir und sagte, ich müsse das vergessen, es sei alles Unsinn. Ob er immer noch so denkt?

»Hast du wirklich nichts dagegen, wenn ich Friedhelm anrufe?«

Sie schüttelte stumm den Kopf. Martin lächelte verlegen und ging noch einmal zum Telefon. Sie zog die Beine wieder unter den Leib, legte den Kopf gegen das Nackenpolster und schloß die Augen. Sie war völlig erschöpft vom Kampf der letzten Nacht, ausgelaugt von der Erfolglosigkeit. »Soll

ich dir eine Geschichte erzählen, mein Kleines? Kennst du die Geschichte von den Feuerteufelchen?«
Sei still, Emmi. Ich bitte dich, sei endlich still.
»Das kann ich nicht, Kleines. Du mußt mir zuhören. Hör gut zu. Es war einmal …«
Nein, Emmi, nein. Du lenkst mich nur ab, und manchmal machst du mir angst. Ich darf mich nicht ablenken lassen, und Angst haben … Wenn ich Angst habe, wird es so stark.

Martin redete, als wolle er nie mehr damit aufhören. Bergner saß nur da, drehte ein halbgefülltes Glas in der Hand, ließ die Eisstücke darin klirren und hörte zu. Bergner wirkte abwesend. Und da Emmi schwieg, hörte sie Martin zu. Er war ratlos.
»Jetzt mach dir nicht auch noch Vorwürfe wegen Hillmann«, sagte Bergner endlich. »Es war zu befürchten, daß er mal einen Infarkt bekommt bei seinem Übergewicht.«
»Das hat doch nichts mit seinem Gewicht zu tun«, widersprach Martin heftig. »Ich hätte ihm das schonender beibringen müssen. Ich wußte doch, wie er darüber dachte.«
Sie ertrug es nicht länger, stand auf und ging ins Bad. Kaum hatte sie das Zimmer verlassen, erkundigte sich Bergner flüsternd: »Hast du inzwischen wenigstens die Sache mit ihr geklärt?«
Martin nickte, wartete darauf, bis aus dem Bad das Wasserrauschen zu hören war, und erzählte kurz von dem gestrigen Streit.
»Verstehe ich nicht«, meinte Bergner, »keine Schwangerschaft, kein Liebhaber. Warum veranstaltet sie dann so einen Zirkus? Was ist denn so schlimm, daß du es nicht erfahren darfst?«
»Ich habe keine Ahnung, Friedhelm, wirklich nicht.«
»Hm«, machte Bergner und schaute mißtrauisch zur offenen Tür. Aus dem Bad drang immer noch das Geräusch ein-

laufenden Wassers. Obwohl kaum die Gefahr bestand, daß Angela hören konnte, was im Wohnzimmer gesprochen wurde, beugte Bergner sich vor und flüsterte wie ein Verschwörer.

»Sie hat sich doch nicht umsonst so aufgeführt, Martin. Wenn sie es nur bei dir getan hätte, würde ich annehmen, sie wollte dich unter Druck setzen. Aber am Abend der Party, das war keine Schauspielerei, und sie ist auch Anna Jasper aufgefallen am nächsten Morgen. Anna sagte, sie sei gerast, als wäre der Teufel hinter ihr her.«

»Sie fährt immer sehr vernünftig«, sagte Martin hilflos.

»Anscheinend nicht. Wann hast du dir den Wagen zuletzt angeschaut? Ich habe es getan. Das ganze Dach ist zerkratzt, sie ist unter dem halboffenen Tor durch. Sie ist eigentlich nicht der Typ, der Dummheiten macht, aber paß mal ein bißchen auf.«

Martins Gesicht war weiß geworden, mit zitternder Stimme erkundigte er sich: »Wie meinst du das?«

»Verdammt«, brauste Bergner in gedämpftem Ton auf. »Du weißt genau, wie ich es meine. Ich kann's mir nicht vorstellen, aber man sollte trotzdem darauf achten, was sie sagt.«

»Du meinst«, würgte Martin hervor, »sie würde sich etwas antun?«

»Ich meine gar nichts, ich bin nur vorsichtig.«

Wenig später begleitete Martin ihn zur Haustür. Neben der Tür zum Bad rief Bergner: »Tschüs, Angela.« Er grinste dabei. Doch als er draußen stand, erlosch sein Grinsen. Ich kann mich einfach nicht mehr konzentrieren, dachte er. Er war wütend auf sich selbst. Sobald ich hier oben einen Fuß über die Schwelle setze, dreht sich alles nur noch um Angela. Er stand vor der Stahltür des Aufzugs und glaubte, in der Sichtscheibe ihr Gesicht vor sich zu sehen.

Wenn er so darüber nachdachte, fand er, daß sie sich wirklich sehr verändert hatte. Früher war ihm ihr Gesicht oft wie eine schöne, aber hohle Maske erschienen. Jetzt lebte es. Und wie sie da oft in ihrer Ecke saß, teilnahmslos und doch aufmerksam.

Am nächsten Morgen ging Bergner zu Richard Wego. Das hatte er Martin versprochen. Man sah der Wohnung die sinnlose Zerstörung noch an. Wego hatte sich bemüht, notdürftig ein wenig Ordnung zu schaffen. Doch damit, fand Bergner, hatte er den Eindruck von Verwüstung nur verstärkt. Bergner beobachtete sein Gegenüber aufmerksam. Der Mann machte auf ihn einen ruhigen und vernünftigen Eindruck.

»Das war eine einmalige Angelegenheit«, sagte Wego in der Annahme, Bergner komme im Auftrag der Hausverwaltung. »Es wird nicht wieder vorkommen, darauf können Sie sich verlassen. Ich bin normalerweise ein friedlicher Mensch.« Wego seufzte und grinste verlegen. »Ich war die ganze Woche unterwegs gewesen, und als ich heimkam, ging meine Frau kegeln. Ich hab' was getrunken, ich trinke sonst nie. Und da hat es plötzlich ausgesetzt hier oben.«

Er faßte sich an die Stirn, grinste Bergner an, fügte hinzu: »Aber jeder verliert mal die Nerven, nicht wahr?«

Bergner nickte. Auf dem Weg zurück zu seiner Wohnung traf er Anna. Zufall, nichts weiter. Doch er empfand ein schon euphorisches Glücksgefühl, hatte das Bedürfnis, sie in die Arme zu nehmen, nur um sie für einen Augenblick zu spüren.

»Das nenne ich eine nette Überraschung«, grüßte er sie. »Haben Sie Lust auf einen Kaffee?«

Anna lachte ihn an, es war nur das Kameralächeln, aber das sah er nicht, für ihn war es so herrlich, so unglaublich normal. »Ich? Immer! Bis um drei stehe ich zu Ihrer Verfügung.«

Es gab ein kleines CafÈ ganz in der Nähe des Hauses, vor dem sie standen. Aber Bergner erkundigte sich: »Ist es

217

unverschämt, zu fragen, ob wir den Kaffee bei mir trinken? Mir ist im Moment nicht nach Öffentlichkeit.«

»Kein bißchen unverschämt«, sagte Anna und folgte ihm mit einer natürlichen Selbstverständlichkeit, die sein Glücksgefühl noch verstärkte. Dann stand sie bei der Küchentür und schaute ihm zu, wie er Kaffee aufbrühte. Später saß sie ihm im Wohnzimmer gegenüber, nippte an dem noch kochendheißen Inhalt ihrer Tasse, schaute ihn an, ohne Lächeln diesmal. Plötzlich sagte sie: »Sie wissen, daß wir hier ein bißchen mit Feuer spielen?«

Bergner nickte nur.

»Davon halte ich nichts«, erklärte Anna ruhig. »Ich bin verheiratet, und ich bin ein Entweder-Oder-Mensch, kein Dazwischen. Aber ich kann zuhören.«

Bergner nickte noch einmal, und nach einer Weile begann er. Er legte sich keinerlei Zwänge auf, sprach ganz offen, nannte die Namen, einen nach dem anderen. Hellwin, Burgau, Rodeck, Gemrod, Hillmann, Wego, Lagerhoff, wie sie gerade kamen. Anna hatte die Fronten geklärt, aber sie war keine Fremde, und diese Namen waren nicht irgendwelche Personen. Es waren Fakten.

»Was wollen Sie überhaupt beweisen?« fragte Anna. Sie war so sehr bei der Sache. Es tat ihm gut.

»Wenn ich das wüßte, wäre ich schon ein Stück weiter. Wir hatten nie Probleme hier. Keine beschmierten Treppenhäuser, nicht mal weggeworfene Zigarettenkippen vor den Haustüren. Und dann geht es so massiv los. Sieben Tote, ein paar Leute, die plötzlich durchdrehen. Vielleicht haben wir es hier mit einem neuen Syndrom zu tun.«

»Das glauben Sie doch selbst nicht, Friedhelm.«

Er hob die Schultern, schenkte noch einmal Kaffee ein.

Den gesamten nächsten Vormittag verbrachte Friedhelm Bergner in Martins Büro. Es war relativ einfach, die gewünschten Informationen abzurufen. AlleinstehendeFrauen zwischen zwanzig und vierzig. Frauen, die in Martins Formularen angekreuzt hatten: »Ohne besondere Interessen.«

Frauen ohne besondere Interessen, die entweder gar nicht oder in Kronbusch berufstätig waren.

Am Ende lag eine Liste von knapp fünfzig Namen vor ihm. Martin schaute ein wenig ängstlich auf das unscheinbare Blatt Papier.

»Bist du sicher, daß das alle sind?«

»Ich hoffe es«, sagte Bergner.

Am späten Nachmittag suchte er zuerst den in Kronbusch praktizierenden Gynäkologen auf. Seine heimliche Befürchtung, er könne mit seinem Ansinnen abgewiesen werden, erwies sich als unbegründet. Der Arzt hatte sich bereits eigene Gedanken gemacht, war erfreut, wenn nicht gar erleichtert über diesen Besuch. Ziemlich lange schüttelte er Bergners Hand und meinte: »Hier kommt man schnell auf dumme Ideen, nicht wahr?«

Dann bot er ihm einen Platz an, sprach weiter: »Und vermutlich haben wir beide die gleiche dumme Idee. Ich habe mir vor einigen Wochen schon meine Kartei angeschaut. Ein paar Namen habe ich notiert. Das sind Fälle, da können Sie wahrscheinlich mehr tun als ich.«

Er beschrieb Bergner eine Reihe diffuser Symptome und Beschwerden. »Natürlich habe ich den Damen schon vor einiger Zeit nahegelegt, sich in fachärztliche Behandlung zu begeben, leider ohne Erfolg. Die bestehen auf ihren Rezepten und sind überzeugt davon, daß sie ihre Probleme mit Pillen im Griff halten. Ich fürchte, man wird es Ihnen nicht leichtmachen.«

Fast hätte Bergner geantwortet: »Ich bin kein Facharzt.«

Statt dessen sagte er: »Ich werde mich so bald wie möglich mit den Betreffenden in Verbindung setzen. Notfalls komme ich immer noch im Auftrag der Hausverwaltung und brauche Informationen für eine Statistik oder dergleichen.«

Der Arzt nickte und reichte ihm eine Liste. Insgesamt sechs Namen, Anschriften, Geburtsdaten, persönliche Verhältnisse und Beschwerden. Bergner war schon wieder an der Tür, als er sich erkundigte: »War eine der Verstorbenen Patientin bei Ihnen?«

»Zwei«, bekam er zur Antwort. »Lisa Wagner und Sonja Rieguleit. Die Rieguleit hätte ganz oben auf meiner Liste gestanden. Sie war zwar in Behandlung, aber da wurde nicht viel getan. Ein Rezept und auf Wiedersehen. Lisa Wagner«, der Arzt wiegte bedächtig den Kopf, »da bin ich mir nicht sicher. Wahrscheinlich hätte ich sie nicht dazugeschrieben, obwohl …«

Er sprach nicht weiter. Bergner schaute ihn abwartend an. Der Arzt seufzte, es schien ihm peinlich, darüber zu sprechen. Schließlich erklärte er: »Sie hatte kurz vor ihrem Tod ein Problem. Die Sache war harmlos, davon bin ich überzeugt. Sie hatte sich mit einem anderen Mann eingelassen, und dann bekam sie einen hartnäckigen Schnupfen. Sie machte sich große Sorgen, richtig aufgelöst war sie, befürchtete, sie habe sich mit Aids infiziert. Ich riet ihr zu einem Bluttest, aber sie meinte, es sei noch zu früh. Sie hatte da wohl etwas gelesen, daß man erst nach sechs Wochen mit einem sicheren Ergebnis rechnen könne. Die sechs Wochen hat sie nicht abgewartet.«

Der Arzt seufzte, hob die Schultern. »Sie hat auf mich immer einen so robusten Eindruck gemacht. Furchtbar, wenn die Leute so in Panik geraten.«

Beim Internisten stieß Bergner auf ähnliches Entgegenkommen. Auch hier stellte man ihm bereitwillig eine Namensliste zur Verfügung. Diesmal waren es fünf junge Frauen. Insgesamt elf möglicherweise gefährdete Personen. Bergner verglich die Namen mit denen, die der Computer preisgegeben hatte, sie waren alle verzeichnet. Das beruhigte ihn.

Zwei Tage nach der offiziellen Eröffnung seiner Praxis erschien ein Mann bei ihm. Patient war in diesem Fall der falsche Ausdruck, Ankläger war treffender. Günter Schwarz war einer der vier Hausmeister in Kronbusch. Von Beruf Installateur. Bergner kannte ihn als einen zuverlässigen, hilfsbereiten Mann. Nun bezichtigte sich Schwarz, er habe den Tennisplatz zerstört. Als Erklärung bot er einen Streit mit Peter Luitfeld. Luitfeld hatte sich mehrfach darüber beschwert, daß die beiden Söhne von Schwarz hin und wieder auf dem Tennisplatz Fußball spielten. Das würde den Platz ruinieren.

»Da wollte ich ihm mal zeigen, was ein ruinierter Platz ist«, sagte Schwarz, »irgendwo müssen die Kinder doch spielen. Wenn sie's auf dem Rasen tun, werden sie auch immer verscheucht.«

Doch seitdem hatte er Angst um seinen Arbeitsplatz, um seine Wohnung. Er war bereit, den Schaden zu bezahlen. Bei Gersenberg hatte er sich bereits unauffällig erkundigt, wie hoch die Kosten der Instandsetzung gewesen waren. Nun unterschrieb er bereitwillig einen Scheck über die Summe.

»Aber geben Sie den nicht Herrn Gersenberg.«

»Keine Sorge«, beruhigte Bergner den Mann. »Das läßt sich auch anders regeln. Aber mich interessiert doch, warum kommen Sie erst jetzt, und warum kommen Sie überhaupt. Es gibt bisher keinen Hinweis auf den Verursacher. «

Der Hausmeister seufzte. »Ich wäre schon viel eher gekommen, Herr Bergner. Es hat ein bißchen gedauert, ehe ich das Geld zusammen hatte. Ich wäre gleich am nächsten Tag gekommen. Die Frau hat mich doch gesehen. Ich hab' mich schon gewundert, daß sie nicht gleich was unternommen hat.«

»Welche Frau?« fragte Bergner.

»Na, die Frau Lagerhoff. Die stand die ganze Zeit oben am Zaun. Die muß mich gesehen haben.«

»Aber nicht unbedingt auch erkannt«, meinte Bergner. »In der Dunkelheit und aus der Höhe.« Aber warum, dachte er, hat sie nicht sofort etwas unternommen? Sie muß zumindest erkannt haben, was da unten vorging.

Bergner hätte gerne mit Anna über seinen ersten vermeintlichen Erfolg gesprochen. Darüber, daß es richtig gewesen war, diesen Schritt zu tun. Daß die Menschen jetzt eine Chance hatten. Daß sie reden konnten wie Schwarz oder zwei der Frauen, deren Namen er von den Ärzten bekommen und die er bereits aufgesucht hatte. Darüber, daß er sich zum erstenmal seit Jahren nicht mehr so unbedingt für einen Versager hielt, daß er wieder an sich selbst und an die gestellte Aufgabe glauben konnte. Er war wütend über dieses Bedürfnis. Anna hatte ihm klar und deutlich zu verstehen gegeben, was er sich von ihr erhoffen konnte. Es war unsinnig, an mehr zu denken als an dieses kameradschaftliche Zuhören.

Dann sagte er sich, daß es vermutlich nur an ihrem Aussehen lag. Er war eben auf diesen Typ Frau fixiert. Und Anna war eine Persönlichkeit, eine selbstbewußte, ausgeglichene Frau, ein ruhender Pol, deren Anblick allein schon ausreichte, um ein Gefühl von Ruhe und Frieden zu vermitteln. Ein ganz kleiner, ein ganz persönlicher Friede, zwei Gedecke auf dem Frühstückstisch und nachts eine warme Haut im Rücken.

Innerhalb der nächsten beiden Tage suchte Bergner in den Abendstunden vier weitere der elf Frauen auf. Jedesmal kostete es ihn einiges an Überzeugungskraft, eingelassen zu werden. Er kam sich dabei vor wie ein Hausierer. Und wenn er dann in den Gesprächen persönliche Belange anschnitt, spürte er, wie sie sich ihm verschlossen, wie sie auswichen und ihm am liebsten die Tür gewiesen hätten. Aber er wollte sich nicht entmutigen lassen. Es war noch so viel zu tun.

Weitere Besuche, weitere Gespräche. Doch dazu kam er nicht mehr.

Am dreizehnten April fand man die achte Tote in ihrer Badewanne. Fremdverschulden ausgeschlossen. Nur zwei Tage später betrat Martin zusammen mit Peter Luitfeld die Wohnung fünf-drei-zwei. Die Mieterin hieß Edith Prinz. Sie hatte sich mit einem Pflanzenschutzmittel vergiftet. Und um das zu tun, war sie in die gefüllte Badewanne gestiegen.

Martin war an diesem Tag nicht mehr imstande, sich mit Bergners vermeintlichen Erfolgen auseinanderzusetzen. Hillmann hatte dringend um Martins Besuch in der Klinik gebeten, um ihm offizielle Vollmacht zu erteilen.

»Ich will das nicht«, sagte Martin. »Ich kann auch nicht. Es wird mir einfach zuviel.«

»Ach Unsinn«, meinte Bergner. »Jetzt machst du es doch auch allein. Und bei jeder Entscheidung kannst du nur auf Rückendeckung von Hillmann hoffen. Mit der offiziellen Vollmacht sieht die Sache doch ganz anders aus.«

»Nein, Friedhelm, ich brauche Urlaub, aber keine Vollmacht. Soll Gersenberg es machen.«

»Martin«, mahnte Bergner, »Oskar hat doch gar keinen Überblick. Der kann dir eine Bilanz erstellen. Und ich an deiner Stelle würde ihn das auch gleich einmal tun lassen. Laß ihn prüfen, wie gesund Kronbusch noch ist. Und dann sperr dich, wenn sie die Zeitverträge lösen wollen.«

Martin hatte sich ein Glas Whisky eingeschenkt und trank es in einem Zug leer. »Ich kann doch keinen zwingen, hier zu bleiben. Die Leute haben Angst. Ich auch.«

Was genau er fürchtete, sagte Martin nicht. Bergner glaubte, es zu wissen, und spürte ein leises Schuldgefühl. Er hätte sich längst um Angela kümmern müssen. Und da war noch ein anderes Gefühl. Keine der beiden Toten stand auf seiner Liste.

Am Tag, als Edith Prinz starb, kam Martin kurz nach fünf heim. Er ging gleich zum Schrank, öffnete die Bar und füllte sich ein Glas zur Hälfte mit Whisky. Dann trank er es langsam aus. Nachdem er mit Angela eine Kleinigkeit gegessen hatte, trank er weiter. Irgendwann erklärte er ihr beiläufig, man habe heute die Nummer neun gefunden.

Sie schwieg dazu, starrte ihn nur an und begann zu weinen. »Ja«, sagte er mit der peinlichen Sorgfalt eines Betrunkenen, »das ist auch zum Weinen.«

»Es tut mir leid«, flüsterte sie, und ihr Gesicht schwamm in Tränen. Martin betrachtete sie fasziniert, hielt das Glas in der Hand und ließ die Eiswürfel darin klimpern. Er sah, wie sie die Fäuste ballte und sich die Lippen blutig biß. Dann wurde sie plötzlich ruhig. Ohne ihn anzuschauen, erklärte sie: »Es gibt nur eine Möglichkeit, du mußt gehen. Ich habe es dir schon einmal gesagt. Wenn ich alleine bin, komme ich damit zurecht. Damals war ich auch allein, da konnte ich es kontrollieren. Wenn du bei mir bist, kann ich das nicht. Du lenkst mich ab, du schimpfst und streitest mit mir, ich mache mir ständig Sorgen um dich. So geht es nicht weiter. Ich will, daß du gehst. Und ich kann dich dazu zwingen.«

»Ja«, sagte Martin gedehnt, »dann muß ich wohl. Friedhelm meint auch, ich muß.« Es fiel ihm schwer, die Sätze zu formulieren. Er hob die Hand, spreizte drei Finger ab: »Drei gegen einen. Da kann man nichts machen. Hillmann ruft, ich springe.«

»Nein!« Es klang hart und endgültig. »Du wirst nicht zu Hillmann gehen. Pack ein paar Sachen und verschwinde einfach. Mach Urlaub, buch einen Flug oder eine Kreuzfahrt. Du kannst zurückkommen, wenn es vorbei ist.«

Martin trank, schluckte, verschluckte sich. Er hustete und lachte gleichzeitig. »Das ist die Idee, Engel. Soll ich dir was sagen, das ist die beste Idee überhaupt. Wir packen ein paar Sachen und verschwinden einfach, sollen sie zusehen, wie sie fertig werden. Ich habe die Schnauze gestrichen voll. Wir machen Urlaub, wir machen uns ein paar schöne Wochen.« Sie kam zu ihm, setzte sich auf die Lehne seines Sessels und zog seinen Kopf gegen ihre Brust. »Du mußt alleine gehen, Martin.« Dann nahm sie ihm das Glas aus der Hand. »Trink nicht mehr, hör mir jetzt zu. Fahr irgendwohin, wo du zur Ruhe kommst. Ich packe einen Koffer für dich, und du fährst gleich morgen früh. Gut?«

»Gut«, lallte Martin. Dann ließ er sich von ihr ins Bett helfen und schlief sofort ein. Daß sie einen Koffer packte und ihn hinunter zum Wagen trug, bemerkte er nicht mehr. Als er ihr am nächsten Morgen beim Frühstück gegenübersaß, fiel ihm auf, daß ihre Hände zitterten. Sie war kaum in der Lage, ihre Tasse zu halten, ohne etwas daraus zu verschütten.

Martin erinnerte sich vage, daß er ihr am Abend zuvor etwas versprochen hatte. Was genau, das wußte er nicht mehr. Sie brachte ihn sogar zur Tür, küßte ihn und erklärte: »Ich liebe dich sehr. Vergiß das nie.«

Dann saß er im Wagen, den Tränen näher als allem anderen. Das Wagendach sah scheußlich aus. Und vielleicht lag sie jetzt in der Wanne. Sein Schädel schmerzte unerträglich. Er konnte kaum denken, aber er dachte, ich muß mich zusammenreißen. Irgendwie muß ich es schaffen. Erst Hillmann, dann sie. Notfalls werde ich sie zu einem Arzt schleifen. Hillmann war abgemagert. Sein Gesicht wirkte eingefallen und immer noch grau. Er lächelte mühsam. »Gut, daß Sie gleich kommen, Martin. Bringen wir es hinter uns.« Hillmann zeigte auf einige Papiere. Sie lagen auf einem kleinen Tisch neben dem Bett. »Sie müssen nur unterschreiben, Martin, alles andere ist bereits erledigt.«

Ich auch, dachte Martin, doch er setzte sich an Hillmanns Bett und unterschrieb die Papiere. Anschließend erklärte er, daß er ein paar früher gemachte Vorschläge nun endlich in die Tat umsetzen wolle. Er glaubte, neben sich zu stehen, während er sprach. Ein spezielles Lokal für Jugendliche, in der Ladenstraße. Da störten sie niemanden. Kostenpunkt gleich Null, wenn die Verwaltung die Einrichtung stellte. Aufsichtspersonen? Mein Gott, Bergner konnte ja hin und wieder mal reinschauen. Hillmann lebte ein wenig auf. Es war fast wie in alten Zeiten. Planen, handeln, für eine gute Presse sorgen. Eine kleine Gartenanlage, Interessenten würden sich rasch finden. Kostenpunkt gleich Null. Ein oder zwei Fuhren Mutterboden, das war schon alles. Parzellieren können wir selbst. Hillmann nickte und stimmte erfreut zu. »Und bei vorzeitigen Kündigungen bleibe ich jetzt hart«, erklärte Martin. »Ich mache den Leuten schon klar, daß irrationale Angst kein Kündigungsgrund ist.«

Hillmann nickte wieder. Martins Kopf schmerzte immer noch, und nach den ausführlichen Erläuterungen, wie er sich die Zukunft Kronbuschs vorstellte, hatte sich der Schmerz noch verstärkt. Nur mit Mühe konnte er sich auf Hillmanns´ Worte konzentrieren. Der fragte unvermittelt: »Was sagt eigentlich Angela zu all dem?«

Martin hob die Achseln. Ihm war nicht mehr danach, Lügen oder Ausreden zu erfinden. »Sie will nichts davon wissen«, erwiderte er knapp.

Hillmann nickte zum drittenmal, murmelte: »Das kann ich mir vorstellen.« Und irgendwie war er plötzlich bei einem anderen Thema. Die Einleitung oder den Übergang hatte Martin bereits verpaßt. »… war einige Jahre jünger als ich, Strafverteidiger, beruflich ein ganz scharfer Hund. Er hat Leute rausgepaukt, für die ich keinen Deut mehr gegeben hätte. Aber privat war er ein Schwächling. Und sie war eben eine schöne Frau. Bildschön, wie man so sagt. Ich war ihr Trauzeuge, Gott, habe ich ihn damals beneidet. Aber nicht lange. Sie betrog ihn nach Strich und Faden. Wie oft hat er bei mir gesessen und geheult wie ein kleines Kind. Was soll ich denn tun? Das Naheliegende wäre eine Trennung gewe-

226

sen, daran dachte er nicht. Ohne sie kann ich nicht leben, sagte er immer. Dann wurde Julia schwanger. Er war nicht sicher, ob das Kind von ihm war. Später war er jedoch fest davon überzeugt. Sein Engel wurde ihm von Tag zu Tag ähnlicher, rein äußerlich jedenfalls.«

Als ihr Kosename fiel, schrak Martin zusammen. Er wischte sich mit der Hand über die Augen, vor Schmerz konnte er kaum noch atmen. Und zurück nach Kronbusch mußte er auch noch. Ob die hier vielleicht ein starkes Schmerzmittel für ihn hatten? Er beschloß, vor der Heimfahrt eine der Schwestern zu fragen.

Hillmann sprach weiter. »Als Angela zwei war, holte er seine Mutter ins Haus. Julia hatte kurz nach der Geburt ihr altes Leben wieder aufgenommen. Ich habe ihm gesagt, daß er einen großen Fehler macht. Er hätte seine Mutter nicht wie einen Wachhund auf Julia ansetzen dürfen. Die scherte sich einen Dreck darum, trieb es nur noch toller, bestellte sich ihre Liebhaber direkt ins Haus. Und seine Mutter setzte ihn unter Druck. Sie verlangte, daß er sich von Julia trenne. Schon dem Kind zuliebe müsse er das tun. Er konnte nicht. Ich habe es nie verstanden. Er haßte Julia. Er fürchtete sie, und er brauchte sie, er konnte ohne sie nicht existieren. Das nennt man wohl Hörigkeit.«

Martin nickte stumm, begriff allmählich, von wem die Rede war. Damals hatte Hillmann nur gesagt, aus einer angesehenen Familie, aber nicht immer auf Rosen gebettet.

»Schließlich«, fuhr Hillmann fort, »hat er es wenigstens versucht. Er verließ sie, kam zu mir, mit einem Koffer. Er war sehr stolz auf sich, richtig euphorisch war er, voller Pläne für die Zukunft. Er wollte sich eine Wohnung in der Stadt nehmen. Eine große Wohnung, er brauchte ja Platz, um das Kind zu holen und Emmi, das war die Haushälterin. Dann fuhr er noch einmal los. Zu mir sagte er, er treffe sich mit einem Makler.«

Hillmann atmete schwer, drehte das Gesicht zur Wand. Martin fühlte sich benommen, und Hillmann sprach weiter, sprach sich durch Selbstvorwürfe – »Zwei Tage später fanden sie ihn. In einer Kiesgrube. Er war mein bester Freund. Ich kannte ihn, wie ich mich selbst kannte. Ich hätte einfach sehen müssen, was mit ihm los war, daß er Hilfe brauchte.« – über zwei Tote, durch zwölf Jahre Einsamkeit bis hin zu einem Feuer.

»Julia war extrem hoch verschuldet. Mit der Bank hatte sie bereits verhandelt und nichts bekommen. Daraufhin kam sie zu mir. Ich durfte ihr auch nichts geben. Sie wurde ausfallend. Drohte damit, sie werde ihrem Engel schon einheizen. Leider habe ich sie nicht wörtlich genommen. Die Untersuchung ergab, daß Julia …«

Als Hillmann nach mehr als einer Stunde endlich schwieg, fragte Martin hilflos: »Und nun?«

Der Alte im Bett hob die Schultern. »Ich habe es doch nur gut gemeint. Ich dachte, bei uns in Kronbusch ist Angela gut aufgehoben, weit weg von allen Erinnerungen. Es war ein Fehler. Als es bei uns losging, hätte ich gleich daran denken müssen.«

Martin war es heiß geworden. Er strich mit einer Hand durch den Nacken und spürte Feuchtigkeit.

»Als wir neulich bei Ihnen waren, fiel mir auf, wie sehr sie sich verändert hat«, sagte Hillmann. »Dieses Kleid, das ganze Gehabe, das war Julia. Zuerst habe ich mich gefragt, was sie damit bezwecken will. Sie hat ihre Mutter abgrundtief gehaßt.«

Martins Kehle wurde eng.

»Vielleicht«, fuhr Hillmann bedächtig fort, »hat sie versucht, auf diese Weise etwas gutzumachen. Sie ist doch überzeugt davon, sie habe ihre Mutter getötet. Wer weiß schon immer, was in solch einem Kopf vorgeht.«

Plötzlich wurde Martin von tiefem Mißtrauen erfaßt.

»Warum erzählen Sie mir das alles? Und warum erst jetzt? Sie haben eben selbst gesagt, Angelas Mutter hat das Haus angezündet.«

»Ja«, sagte Hillmann, »aber darum geht es doch, Martin. Verstehen Sie denn nicht? Julia hat den Brand gelegt, daran gibt es keinen Zweifel. Und Julia hat es nicht aus einer spontanen Eingebung heraus getan, bestimmt nicht unter irgendwelchem Einfluß. Sie hatte das schon vor, als sie am Nachmittag bei mir war. Das sagte ich doch eben, sie hat es mir regelrecht angekündigt. Aber Angela glaubt, sie beeinflußt zu haben, jetzt beweisen Sie ihr mal das Gegenteil. Ich hab's versucht, Martin, ich hab's wirklich versucht damals. Aber wahrscheinlich habe ich ihr nur noch mehr angst gemacht. Wissen Sie, Martin, das eine ist nicht zu beweisen und das andere auch nicht. Vielleicht könnte Bergner es ihr begreiflich machen, zumindest, daß die bei uns aus eigenem Antrieb gehandelt haben. Er hat doch mal studiert, wie man mit Leuten umgeht, die sich irgendwelche Verrücktheiten einbilden. Vielleicht reden Sie mal mit ihm darüber, Martin. Ich mache mir wirklich große Sorgen um Angela. Glauben Sie mir.«

FÜNFTES KAPITEL

Martin fuhr zurück. Stellte den Wagen ab, stieg über die Treppen hinauf in die Verwaltungsetage. Dann saß er in seinem Büro. Die Kopfschmerzen waren nach einem starken Schmerzmittel so gut wie weg, denken konnte er jedenfalls wieder. Er wußte, er hätte hinaufgehen müssen zu ihr. Er hätte sagen müssen: »Du hast keine Schuld, Engel.«
Statt dessen telefonierte er mit der Baugesellschaft. Forderte einen Vermessungstrupp und eine Planierraupe an. Er machte eine Aufstellung der benötigten Einrichtung für einen Jugendtreffpunkt. Damit ging er zu Gersenberg und wies ihn an, umgehend alles zu beschaffen. Er saß an seinem Schreibtisch und formulierte eine Meldung, die an die Presse weitergegeben werden konnte. Positiv, Kronbusch, das Paradies.
Und der Engel auf der ersten Seite.
Keine Schuld, Engel. Niemand kann das, es ist völlig ausgeschlossen. Die haben alle aus eigenem Antrieb gehandelt. Und sie hatten alle ihre Gründe. Es gibt eine Menge guter Gründe. Dein Vater hatte welche, deine Großmutter hatte welche, deine Mutter hatte wahrscheinlich die besten.
Manchmal griff er unbewußt zum Telefonhörer. Wenn er es bemerkte, zog er die Hand sofort zurück. Er sagte sich, ich werde erst mit Friedhelm darüber reden, wenn ich ein bißchen zur Ruhe gekommen bin. Und dann erst einmal sehen, wie er darüber denkt.

Martin versuchte, diesen Tag hinter sich zu bringen wie jeden anderen. Und bei allem, was er tat, glaubte er, ganz allmählich den Verstand zu verlieren. Kurz nach fünf fuhr er hinauf. Das Haus schien verlassen, als er es betrat. Auf dem Herd stand ein Topf. Essen, dachte er, essen, schlafen, arbeiten. So tun, als sei alles in Ordnung. Aber nichts war in Ordnung. Sie brauchte dringend Hilfe, da hatte Hillmann recht. Vielleicht war sie erblich vorbelastet, zwei Selbstmörder in der Familie und eine verrückte Mutter, die das Haus anzündete. Sie badete, selbst in der Küche hörte er das Wasserplätschern. Eine Gänsehaut bildete sich auf Rücken und Armen, kroch über die Schultern in den Nacken und die Kopfhaut hinauf.

Martin ging ins Wohnzimmer und goß sich ein Glas Whisky ein. Damit setzte er sich auf die Couch. Er horchte eine Weile auf die eindeutigen Geräusche aus dem Bad. Drei und neun macht zwölf, dachte er. Und sie entschuldigt sich laufend. Immer wieder sagt sie, es tue ihr leid. Er erhob sich wieder und ging ins Bad. Dort setzte er sich zu ihr auf den Wannenrand.

Schon als er zur Tür hereinkam, zuckte sie zusammen, starrte ihn an mit einem Blick, in dem sich das blanke Entsetzen widerspiegelte. »Warum bist du zurückgekommen?« fragte sie, und noch bevor er ihr darauf antworten konnte, fügte sie hinzu: »Du hast es mir doch versprochen.«

Martin ignorierte ihre Frage einfach, versuchte es zumindest. »Hallo«, sagte er, »nicht wieder gleich böse mit mir werden.« Er beugte sich hinunter und küßte sie auf die Stirn. »Ich kann dich doch jetzt nicht allein lassen, Engel. Ich werde dich nie allein lassen. Das verspreche ich dir. Und ich verspreche dir noch was. Du brauchst dir ab sofort um mich keine Sorgen mehr zu machen. Du kannst ganz so leben wie damals, als ob du allein wärst. Wir schaffen das, wir beide zusammen.«

Er drehte das Glas in der Hand, betrachtete den Rest der Flüssigkeit darin. »Was hast du denn heute gemacht?«

»Nichts«, erklärte sie, »ein bißchen gelesen.«

»Das ist doch mehr als nichts«, sagte er. »Wann ist die Müllerin denn gegangen?«

Einen Augenblick lang mußte sie nachdenken. Dann erwiderte sie: »So gegen halb fünf.«

Martin nickte. »Ich werde ihr sagen, daß sie von jetzt an länger bleiben muß, jedenfalls so lange, bis ich heimkomme. Das Essen schmeckt nicht so besonders, wenn es stundenlang warm gehalten wird.«

Und morgen früh, dachte er, werde ich das Haus erst verlassen, wenn die Müllerin hier ist. Ich kriege das schon in den Griff. Von jetzt an wird sie keinen Augenblick mehr allein sein. Dann werde ich mit Friedhelm reden, nach einem guten Arzt fragen. Er selbst ist wohl nicht der richtige Mann dafür.

Auf dem Tisch im Wohnzimmer lag ein aufgeschlagenes Buch. Martin bemerkte es erst, als er den Raum zum zweitenmal betrat.

»Hast du darin gelesen?» fragte er.

»Nicht direkt gelesen«, antwortete sie. »Ich habe nur etwas gesucht.«

Martin warf einen kurzen Blick auf den Einband. »Parapsychologie«, las er. »Die besondere Fähigkeit des Geistes.« »Was hast du denn darin gesucht, Engel?«

Sie war dabei, den Tisch zu decken, schaute ihn nachdenklich an. Als sie ihm endlich antwortete, lächelte sie seltsam. »Rosenblätter.« Es klang provozierend, Martin bemerkte es sehr wohl. Doch er ging nicht darauf ein.

Zwei Tage später brachte Martin das Buch nach Feierabend zu Bergner. Er hatte darin gelesen, von blödsinnigen Experimenten, von völlig absurden Dingen. Mit einer Miene offensichtlichen Widerwillens legte er das Buch vor Bergner auf den Tisch und erklärte knapp: »Ich will nicht, daß du Angela noch einmal solchen Schwachsinn leihst.«

»Ich wußte gar nicht, daß sie das Buch noch hatte«, rechtfertigte Bergner sich.

Martin ignorierte den Einwand. »Angela ist krank, da muß sie sich den Kopf nicht mit solchem Unfug vollstopfen.«

Martins erste Bemerkung schien Bergner zu erstaunen, doch er reagierte nicht darauf. Meinte statt dessen: »Über den Unfug kann man geteilter Meinung sein.«

»Jetzt erzähl mir nicht, du glaubst an den Schwachsinn.«

Bergner hob die Schultern, wiegte bedächtig den Kopf hin und her und grinste breit. »Es gibt ein paar Leute, die sind fest davon überzeugt. Wenn sie mich einmal teilnehmen ließen an ihren Experimenten, wüßte ich, was ich davon zu halten habe.« Dann erst erkundigte er sich: »Was fehlt Angela denn?«

Eine Antwort darauf bekam er anscheinend nicht. Für ihn ohne erkennbaren Zusammenhang erklärte Martin: »Ich war bei Hillmann in der Klinik.«

»Ich weiß.« Bergner wartete.

Martin stand da, als wisse er nicht weiter, betrachtete angelegentlich die Spitzen seiner Schuhe.

»Setz dich mal«, verlangte Bergner. »Und jetzt erzähl mal der Reihe nach. Was wollte Hillmann von dir?«

Martin blieb stehen. »Da gibt es nicht viel zu erzählen. Ich habe unterschrieben, etwas anderes blieb mir ja nicht übrig.«

»Nein«, sagte Bergner nur.

»Ich habe auch gleich einiges in die Wege geleitet.«

Plötzlich wurde Martin eifrig, sprach über die Diskothek in der Ladenstraße, über Schrebergärten, Planierraupen, Mutterboden, eine Stereoanlage und eine Aufsichtsperson.

Bergner hörte aufmerksam zu. Als Martin wieder schwieg, meinte er: »Hört sich gut an. Natürlich kann ich mal rein-

233

schauen, muß ja nicht regelmäßig sein. Es sollte nicht nach Kontrolle aussehen.«

Martin nickte eifrig. »Genau so hatte ich es mir vorgestellt.« Seit zwei Tagen trug er es nun mit sich herum, ständig von Zweifeln geplagt. Sie wirkte so normal. Es war merkwürdig, aber seit er es wußte, wirkte sie wieder völlig normal, benahm sich, wie sie sich immer benommen hatte. Und er dachte unentwegt, sie braucht so schnell wie möglich einen guten Arzt. Ach was, nenn die Dinge doch beim Namen. Sie braucht einen Psychiater. Sie ist verrückt. Wenn sie glaubt, sie ist für all das verantwortlich, ist sie verrückt. Glaubt sie es?

Martin betrachtete wieder seine Schuhe, fühlte Bergners aufmerksam fragenden Blick. Es war ein großer Fehler, hier zu stehen. Bergner war viel zu sehr in dieser Sache engagiert, um noch objektiv zu sein. Mögliche Motive, hatte er gesagt. Nur: Mögliche Motive.

»Nun komm schon«, forderte Bergner, »du hast doch was auf dem Herzen. Ist sie doch schwanger?«

Martin schüttelte den Kopf, und dabei öffnete sich irgend etwas. Ein Ventil vermutlich. Voller Zweifel schaute er Bergner ins Gesicht. »Sie ist nicht körperlich krank«, begann er zögernd. »Ich war immer der Meinung, ihre Eltern sind durch Unfälle gestorben.«

»Jetzt setz dich doch endlich«, verlangte Bergner noch einmal.

Martin gehorchte. »Hillmann hat es mir vor Jahren so erzählt. Sie verlor ihren Vater, als sie gerade vier war. Und ihre Mutter kam bei einem grauenhaften Unfall ums Leben. Sie leidet sehr darunter, sagte er damals. Aber es waren keine Unfälle. Sie haben sich umgebracht, alle drei.«

»Drei?« fragte Bergner.

Martin nickte und zählte auf. Bergner schwieg, schaute ihn nur an. Als Martin zum Ende kam, fragte Bergner: »Aber das ist nicht alles, oder?«

»Nein.« Martin wagte nicht, den Kopf zu senken, aus Furcht, er könne Bergners Reaktion übersehen. Nach einem tiefen Atemzug fügte er hinzu: »Angela meint, sie habe ihre Familie getötet.«

»Du großer Gott«, entfuhr es Bergner.

Martin nickte kurz, wertete den Zwischenruf als Zeichen der Anteilnahme und entschied sich, auch den Rest auszusprechen. »Sie ist überzeugt davon, zumindest die beiden Frauen umgebracht zu haben.«

Jetzt runzelte Bergner die Stirn. »Wie kommt sie denn auf die Idee? Als ihre Großmutter starb, war sie doch gar nicht in der Nähe.«

»Sie hat beiden den Tod gewünscht. Und als sie dann starben, glaubte sie, das hätte gereicht. Eine Art Gedankenübertragung, nehme ich an.« Er verbesserte sich: »Nimmt sie an.«

»Hat sie dir das erzählt?«

Martin schüttelte den Kopf.

»Wer dann, Hillmann etwa?«

Bergner mußte noch häufiger nachhaken, ehe er alles aus Martin herausgeholt hatte. Und dann war Bergner wütend, nur noch wütend. »Das ist ja ungeheuerlich«, fuhr er auf, »dieses alte Schlitzohr. Wenn das stimmt, sollte man ihn in den Hintern treten. Statt sie schon damals zu einem Arzt zu bringen, setzt er sie oben auf seine Paläste und hofft, der Fall ist damit erledigt. Hat er geglaubt, sie wird eines Tages von alleine zur Einsicht kommen? Oder hat er geglaubt, sie sagt die Wahrheit?« Zuletzt war Bergner immer heftiger geworden.

»Nein«, widersprach Martin rasch. »Er macht sich wirklich Sorgen, Friedhelm.«

»Um wen?« fragte Bergner kalt. »Um sich? Nehmen wir mal an, diese Geschichte spricht sich herum. Da könnte leicht einer den Finger gegen Hillmann heben. Ich sag' dir

235

was, mein Lieber. Der hat es immer schon verstanden, die Verantwortung auf andere abzuwälzen. Jetzt hast du sie nämlich, ist dir das nicht klar? Wenn jetzt noch etwas passiert, wird man später auf dich zeigen. Du hättest sie ja rechtzeitig fortschaffen können.«

Mit ängstlichen Augen starrte Martin ihn an. »Friedhelm, du glaubst doch nicht etwa ...«

Unwillig winkte Bergner ab. »Quatsch! Wenn es dich tröstet, mir käme nicht einmal im Traum die Idee, Angela für die Vorfälle hier verantwortlich zu machen. Das ist ja lächerlich. Hast du schon mit ihr darüber gesprochen?«

»Ich wollte, aber ich kann nicht. Sie ist so verändert, da hat Hillmann ja recht. Sie benimmt sich, als hätte sie etwas zu verbergen. Ständig spricht sie von einem Problem, das sie allein lösen muß. Sie entschuldigt sich laufend. Ich habe Angst um sie, Friedhelm. Sie wird sich etwas antun.«

»Warum sollte sie?« fragte Bergner.

»Aus Schuldgefühl.«

Bergner schwieg und dachte nach. Etwas an der Sache störte ihn gewaltig. Martin sagte vermutlich die Wahrheit, schilderte die Dinge so, wie er selbst sie erlebte. Und es lief im Endeffekt darauf hinaus: Angela war geisteskrank, zumindest psychisch schwer gestört, litt unter einer Wahnidee. Die doch nicht, dachte Bergner. Davon hätte ich längst etwas bemerken müssen.

Martin unterbrach seine Gedankengänge.

»Sieh mal, Friedhelm«, verlangte er bittend. »Für Angela muß das alles eine Wiederholung sein. Zuerst Burgau, der starb wie damals ihr Vater. Dann die Hoffmann, vergiftet sich mit Schlaftabletten wie ihre Großmutter. Lisa Wagner, gut, die sprang nur aus dem Fenster.«

»Nur ist gut«, murmelte Bergner. Martin lächelte verlegen. »Ich meine ja auch nur, sie zündete nicht gleich das ganze Haus an.«

Bergner schüttelte den Kopf und unterbrach ihn damit. »Da sind ein paar Gedankenfehler drin, Martin. Angela mag Gründe gehabt haben, ihrer Mutter den Tod zu wünschen. Es ist anzunehmen, daß sie später unter Schock stand und deshalb von ihrer Behauptung überzeugt war. Es muß schon ein merkwürdiges Gefühl sein, einem Menschen den Tod zu wünschen, und der stirbt dann tatsächlich. Aber hier«, Bergner schüttelte noch einmal den Kopf. »Sie kannte die Leute nicht. Und ich denke eher …« Er unterbrach sich, suchte nach einer behutsameren Formulierung. »Ich denke eher«, begann er von neuem, »daß Angela die Vorfälle für ihre Zwecke nutzt. Du hast immer wieder zugegeben, auch ihr gegenüber, daß du sie seitdem vernachlässigt hast. Ich halte sie durchaus für fähig, dich damit unter Druck zu setzen. Hat sie dich zu Hillmann geschickt?«

»Nein, sie wollte nicht, daß ich zu ihm fahre.«

»Na schön«, räumte Bergner ein. »Aber sie wußte genau, daß du dich nicht drücken konntest. Und daß Hillmann auf Dauer gesehen nicht schweigen konnte, konnte sie an zwei Fingern abzählen. Ganz schön berechnend, wenn man es so sieht.«

Und er war fest entschlossen, es so zu sehen. Wütend war er, sogar er war ihr auf den Leim gegangen, hatte sich auf Martin hetzen lassen, dem Ärmsten noch zusätzlich Vorwürfe gemacht. Na warte, du Biest, dachte er. Und laut sagte er: »Ich komme heute abend rauf und rede mit ihr. Wir werden feststellen, was Angela glaubt und was nicht.«

Bergner kam kurz nach acht. Martin ließ ihn herein, und seine Miene war noch ebenso besorgt wie um fünf. Martin legte beschwörend einen Finger an die Lippen und deutete zur Küche hinüber. Hineinsehen konnte Bergner nicht, die Tür war geschlossen, er hörte nur das Klappern von Geschirr.

Martins Stimme klang nach Tränen. »Ich habe ihr gesagt, daß du kommst, seitdem steht sie in der Küche. Sie wollte unbedingt selbst kochen.«

»Was ist daran schlimm?« fragte Bergner und legte ihm eine Hand auf die Schulter. »Es ist doch ganz normal, wenn eine Frau kocht.«

Sie gingen ins Wohnzimmer. Bergner setzte sich an den Eßtisch. »Ich habe nachgedacht«, erklärte er. »Ich werde wohl zuerst mit Hillmann reden. Er soll mir das mal schön der Reihe nach aufzählen, was damals passiert ist. Ich fahre am Montag zu ihm. Spricht sie eigentlich von ihren Eltern?«

Martin schüttelte den Kopf und brachte zwei gefüllte Gläser an den Tisch. Dann setzte er sich Bergner gegenüber. Der trank einen Schluck und murmelte: »Manchmal denke ich, ich wäre besser Architekt geworden. Vielleicht kenne ich Angela einfach schon zu lange. Ich halte sie für durchaus fähig, hier ein Riesentheater zu inszenieren. Du darfst eines nicht vergessen, Martin. Sie hat sich in den letzten Jahren mehr als ein Buch von mir geliehen. Und dumm ist sie nicht. Ich vermute, auf dem Gebiet steckt sie uns beide in die Tasche.« Er nahm noch einen Schluck und stellte das Glas ab.

Fast eine halbe Stunde verging noch, ehe sie endlich ins Zimmer kam. Sie trug ein helles Kleid mit enger Taille. Bergner fand, es stand ihr ausgezeichnet. »Neu?« erkundigte er sich.

Sie nickte lächelnd. »Ich konnte nicht widerstehen.«

»Wann hast du es gekauft?« Es klang so, wie es klingen sollte. Beiläufige Unterhaltung bei Tisch.

»Als ich neulich in der Stadt war«, antwortete sie.

»Am Tag nach der Party?« fragte Bergner. Sie nickte flüchtig, ordnete das Besteck neben den Tellern und ging noch einmal in die Küche. Gleich darauf kam sie mit zwei Schüsseln zurück.

Bergner schnupperte. »Das riecht köstlich. Ich wußte gar nicht, daß du kochen kannst.«

Sie lächelte freundlich. »Man kann nicht alles wissen, Friedhelm.« Es klang harmlos.

Er zuckte mit den Schultern. »In meinem Beruf sollte man aber, zumindest fast alles. Ich sagte eben schon zu Martin, ich habe den Beruf verfehlt. Ich wäre besser Architekt geworden oder Metzger.«

Angela lachte hell auf. »Aber, Friedhelm, du doch nicht. Du könntest nicht töten.«

»Weiß man das immer so genau«, meinte Bergner und wiegte bedächtig den Kopf. »Es kommt auf die Situation an. Im Grunde ist jeder Mensch fähig zu töten.«

Martin begann zu essen. Auch Bergner griff nach Messer und Gabel. Nach einigen Bissen lobte er: »Es schmeckt, wie es riecht. Du solltest öfter kochen. Woher hast du das Rezept?«

Sie hob flüchtig die Schultern. »Kann ich dir gar nicht genau sagen, aus der Schule vermutlich. Als Martin mir sagte, daß du kommst, fiel es mir plötzlich ein. Ich wußte gar nicht, daß ich es noch so komplett im Kopf hatte.«

»Kompliment an deinen Kopf«, sagte Bergner, hob sein Glas und prostete ihr zu.

Das ist irreal, dachte Martin. Sie unterhalten sich, wie man sich eben unterhält, wenn man zusammensitzt. Ihm muß doch auffallen, daß sie nicht mehr so ist wie früher. Das Fleisch war zart, aber ihm war, als kaue er trockenes Stroh. Angela konnte nicht kochen, hatte nie gekocht, war vor dem kleinsten Handgriff zurückgeschreckt.

Nach dem Essen trug sie das Geschirr in die Küche, kam zurück und bat: »Mach doch ein bißchen Musik.« Dann saß sie auf der Couch, den Kopf leicht zur Seite geneigt, als lausche sie der Musik. Ihre Haltung erinnerte Bergner an eine lauernde Katze. Genau das war es auch.

Sie war wachsam, hielt die Panik im Innern verschlossen. Er war klug, und sie war hellhörig. Es kommt auf die Situation an. Im Grunde ist jeder Mensch fähig zu töten. Das war nicht so belanglos dahergesagt. Das war eine Drohung gewesen. Kompliment an deinen Kopf. Dann nimm dich in acht, Friedhelm. Du kannst diesem Kopf nichts beweisen. Aber unter Umständen wird dieser Kopf in dir die Nummer zehn sehen. Wer weiß das schon? Das weiß nicht einmal ich. Ihr war inzwischen klar, daß Hillmann geredet hatte. Und Martin war mit seinem neuen Wissen natürlich umgehend zu Bergner gerannt. Damit war zu rechnen gewesen. Martin war nicht der Mann, der sich damit allein auseinandersetzen konnte.

»Wir haben lange nicht mehr getanzt«, sagte sie wehmütig und schaute zu Martin hin. »Dabei haben wir früher gerne getanzt. Wir sitzen immer nur hier. Das ist ein Fehler.«

Jetzt schaute sie Bergner an. »Wenn du nicht da bist, wird hier kaum noch geredet. Und wenn du da bist, nun ja, die Themen sind nicht sehr erfreulich in letzter Zeit.«

»Todesfälle sind nie erfreulich«, erklärte Bergner.

»Aber man muß nicht unentwegt darüber reden«, hielt sie dagegen. »Es gibt noch so viel Schönes daneben. Ich war heute morgen unten. Die Bäume sind wieder belaubt. Alles ist noch zart und frisch. Und wir sitzen hier und öden uns an. Martin denkt nur noch an seine Arbeit und seine Verantwortung. Er begreift gar nicht, wie sehr er sich damit schadet.«

Sie ist völlig normal, dachte Bergner. Vielleicht kommt sie endlich zur Einsicht. Er warf Martin einen zweifelnden Blick zu. Aber er verliert die Nerven.

»Sie hat recht, Martin«, sagte er. »Wenn du so weitermachst wie bisher, ergeht es dir eines Tages wie Hillmann. Du fühlst dich für alles verantwortlich und siehst Gespenster.«

Martin reagierte nicht.

»Muß ich deutlicher werden?« fragte Bergner.

»Nein, ich habe schon verstanden.« Martin war müde, einfach nur noch müde. Ihm war danach, die Augen zu schließen, einzuschlafen und aufzuwachen an irgendeinem Tag im August oder im September. Wenn der Himmel über Kronbusch von jenem unvergleichlichen Blau war. Wenn Angela verschwitzt und mit roten Wangen vom Tennisplatz heraufkam. Er glaubte nicht daran, daß es jemals wieder so einen Tag geben würde.

Kurz darauf verabschiedete sich Bergner. Angela brachte ihn zur Tür, ging sogar mit ihm bis zum Lift. »Ich mache mir große Sorgen um ihn«, erklärte sie leise.

»Dazu hast du auch allen Grund.« Bergner nickte voller Bitterkeit und spürte, wie kalte Wut in ihm aufstieg.

»Ich habe ihm geraten, er soll Urlaub machen. Vielleicht wäre es sogar noch besser, er würde kündigen und fortgehen.«

»Warum sollte er das tun? Er war vom ersten Tag an dabei. Für ihn ist Kronbusch mehr als eine Arbeitsstelle.«

»Kronbusch ist sein völliger Ruin«, erklärte sie heftig. »Er verkraftet das nicht, was hier vorgeht.«

»Dann hilf ihm doch«, verlangte Bergner, »sitz nicht in deiner Ecke herum und warte darauf, daß er etwas für dich tut, tu etwas für ihn.«

»Ich versuche es doch.«

»Versuchen reicht nicht, Angela.« Bergner lachte bitter. »Du kannst versuchen, was du willst, funktionieren muß es. Er hat es hier von Anfang an nicht leicht gehabt. Und jetzt machst du ihm seit Monaten das Leben zusätzlich schwer. Was hast du dir von deiner vermeintlichen Schwangerschaft versprochen oder von einem ominösen Liebhaber? Warum setzt du solche Geschichten in die Welt, wenn du nicht einen bestimmten Zweck damit verfolgst? Ich warne dich, Angela, wenn du so weitermachst, wird es dir eines Tages sehr leid tun.«

Ihm schien, sie war blaß geworden, aber das konnte am Licht liegen. Der Lift kam, die beiden Türen glitten auseinander. Ein breiter, gelblicher Streifen fiel heraus. Er klopfte ihr auf die Schulter.

»Jetzt sei nicht gleich beleidigt. Laß dir was einfallen, womit du ihm helfen kannst. Streng dein Hirn mal ein bißchen an. So schwer kann das doch nicht sein. Wenn es um dich geht, fällt dir ja auch ständig etwas ein.«

Sie stand nur da und schwieg. Etwas anderes hatte er auch nicht erwartet. »Vielleicht sollten wir mal zusammen ausgehen«, schlug er vor. »Wie wäre es mit Sonntag abend?« Er lächelte sie an. »Vielleicht bringen wir ihn mit vereinten Kräften auf andere Gedanken.«

Sie nickte, schien erfreut und erleichtert. »Das ist ein guter Vorschlag. Jetzt muß ich ihn nur noch dazu überreden.«

»Tu das«, sagte Bergner und betrat die Liftkabine. Er drückte den Knopf für das dritte Stockwerk. Die Türen schlossen sich automatisch. Durch die Glasscheibe sah er noch, wie sie ihn nachdenklich betrachtete. Als sie seinen Blick bemerkte, begann sie zu lächeln.

Bei seinem Vorschlag hatte Bergner an einen Stadtbummel gedacht, an eines der urgemütlichen Lokale in der Altstadt. Doch Martin erklärte am Sonntag abend, er sei zu müde, um in die Stadt zu fahren. So gingen sie in die Kronenschenke. Gemütlich war es auch hier. Der große Gastraum war geschickt in zahlreiche kleine Nischen unterteilt. Die rustikale Einrichtung wirkte anheimelnd.

Bergner gab sich fröhlich, obwohl ihm nicht danach war. Er lachte viel, erzählte harmlose kleine Witze. Und fühlte sich dabei, als hielte er eine brennende Lunte in seiner Hand. Martin war kurz vor dem Ende, das war nicht zu übersehen. Blaß und schweigend saß er vor seinem Glas. Tiefe Schatten unter den Augen, die Wangen eingefallen, die Lider gerötet. Angela neben ihm wirkte besorgt. Immer wieder streifte sie Martin mit einem Blick, der Furcht und Schmerz ausdrückte. Dann schaute sie zu Bergner hin, verlangend, bittend. Du bist sein Freund, hilf ihm.

Während er ihr gegenübersaß, dachte er immer wieder, ich habe nichts übersehen. Jedenfalls nicht, was sie betrifft. Es scheint doch ganz so, als käme sie langsam zur Besinnung. Sie legt das verwöhnte Püppchen ab und wendet sich ihren Pflichten zu. Warum will er das denn nicht begreifen? Hillmann, dieser Trottel. Ich könnte ihn ohrfeigen. Muß er ausgerechnet jetzt so eine uralte Geschichte aufwärmen? Bergner dachte und sprach gleichzeitig, erzählte eine belanglose, aber witzige Episode aus den Anfängen seiner Laufbahn. Angela lachte hell, selbst ihre Augen waren daran beteiligt.

»Ich habe dich lange nicht mehr so lachen sehen«, sagte Bergner.

»Es gab auch lange keinen Grund mehr«, erwiderte sie.

Ferdi Wiegant hatte die Kronenschenke nur aufgesucht, um an diesem Sonntagabend die letzten Einzelheiten für den nächsten Tag zu besprechen. Vierzig Frauen sollte er fahren. Er fuhr sie nicht zum erstenmal. Vor rund einem Jahr hatte er mit ihnen die gleiche Tour gemacht.

Ferdi Wiegant trank ein bißchen viel an diesem Abend. Der Schnaps schien ihm das einzig wirksame Mittel, um den inneren Ekel zu bekämpfen. Vierzig Frauen, alle in den besten Jahren, gut situiert, wie man so sagt. Mit und ohne Männer, mit und ohne Familie. Frauen, die Tag für Tag ihrer Arbeit nachgingen, ihre Pflichten erfüllten und sich einmal in der Woche trafen, um in der Kronenschenke zu kegeln.

Dann saßen sie zusammen, tranken wohl auch etwas und amüsierten sich. Niemand konnte etwas gegen dieses kleine Vergnügen einwenden. Auch Ferdi Wiegant wäre niemals auf die Idee gekommen, das zu kritisieren. Und einmal im Jahr machten sie einen Ausflug an die Mosel. Sie zahlten gut, und Ferdi konnte einen kleinen Nebenverdienst gebrauchen.

Normalerweise fuhr er Kinder, an fünf Tagen in der Woche. Morgens holte er sie daheim ab, brachte sie zur Schule. Mittags fuhr er sie zurück. Liebe Kinder, gehorsame Kinder, ganz besondere Kinder, die niemand wollte, die jeder geflissentlich übersah, die überall zuviel waren. Ferdi liebte sie. Nachdem er sich erst an sie gewöhnt hatte, war ihm das leichtgefallen. Sie lärmten nicht während der Fahrt. Ganz still saßen sie auf ihren Plätzen. Kleine debile Gesichter, halboffene Münder, eine Wagenladung Anklage gegen die Lieblosigkeit.

Morgen fuhr er die andere Tour. Die Lehrer der Sonderschule hielten eine Konferenz ab. Der Unterricht fiel aus. So hatte er zusagen können. Und wie er jetzt darüber nachdachte, stieg wieder der Ekel in ihm auf. »Noch ein Bier und einen Klaren.«

»Trink doch nicht so viel, Ferdi«, mahnte sein Nebenmann. »Ich denke, du fährst morgen früh.«

Ferdi hatte mit dem Mann über die Fahrt gesprochen. Beiläufig, wie man einem flüchtig Bekannten von Ausnahmen im Alltag berichtet. Ferdi winkte mit einer Hand ab. »Den Weibern ist das egal. Die saufen selbst wie die Löcher.«

Der Mann neben ihm zuckte mit den Achseln. »Du mußt ja wissen, was du tust.«

»Ehrlich«, beteuerte Ferdi, »den Weibern ist das egal. Die bringen sich immer ein paar Flaschen mit. Wenn wir ankommen, sind die schon halbvoll. Ich sage immer: Wehe, wenn sie losgelassen. Hier, wo jeder sie kennt, tun sie fein. Aber draußen mußt du die mal erleben. Da dreht sich einem der Magen um.«

»Männer sind auch nicht besser«, sagte der Mann.

»Das hab' ich auch nicht behauptet. Aber die Weiber werden immer gleich so ordinär.« Ferdi kippte den klaren Schnaps in einem Ruck, spülte mit Bier nach und wischte sich den Schaum von der Oberlippe. »Die erzählen dir nicht nur dreckige Witze. Die wollen es gleich in Natur. Letztes Jahr kam eine mit nacktem Hintern nach vorne und wollte auf meinem Schoß sitzen.«

»Warum fährst du sie denn?« fragte der Mann neben ihm ohne rechtes Interesse.

Ferdi hob die Achseln, schürzte die Lippen und begann, von den Kindern zu schwärmen.

Sie kannte den Mann am Tresen nicht, hörte ihm nur aufmerksam zu. Und dabei wurde ihr ganz leicht. Sie lachte Bergner an und nickte zu dem, was er sagte. Dabei horchte sie angestrengt zum Tresen hinüber, damit ihr kein Wort entging. Die Miene des Mannes nahm einen zärtlichen Ausdruck an. Er sprach immer noch von den Kindern. Wie sich alles wiederholte. Frauen und Kinder, Männer und Ekel, Hilflosigkeit und Alkohol gegen das innere Ersticken. Schweigen, grübeln, zerbrechen wie Vater und Martin.

Er saß neben ihr, drehte sein Glas in den Händen. Seit Montag trank er viel. Kein Abend verging mehr ohne die Whiskyflasche. Er brauchte Hilfe, rasche Hilfe. Männer wie Martin waren es wert, daß man ihnen ein Opfer brachte, daß man sie liebte und für sie tat, was man tun konnte.

Seit sie die Ruine gesehen hatte, hatte sie gedacht, ihr Tod sei die einzige Lösung. Sie konnte es nicht mehr so tun wie damals, gezielt zuschlagen. Es war keine Frau in der Nähe, von der sie mit Sicherheit wußte, daß sie schlecht und verkommen war. Und so eine mußte es sein, wenn der Wahnsinn ein Ende haben sollte. Eine Frau wie Mutter.

Sie lachte wieder, und Bergner nahm für sich in Anspruch, was diesem Glücksgefühl galt. Der Mann am Tresen hatte von solchen Frauen gesprochen, nicht nur von einer, von mehreren.

245

Ob Bergner wohl noch im Zweifel war? Immer noch nach Erklärungen suchte? Sie war sich nicht ganz sicher, aber sie würde vor ihm auf der Hut sein. Unterschätzen durfte sie ihn nicht.

Ich habe dir etwas voraus, dachte sie. Ich weiß jetzt, wie es funktioniert. Der Anfang ist immer ein Mann. Verletzt, enttäuscht, betrogen, voller Ekel vor sich selbst. Ein Mann wie Vater. Und das Ende muß eine Frau sein. Aber nicht irgendeine. Und auf keinen Fall darf sie unschuldig sein wie Großmutter. Eine Frau wie Mutter, schamlos, obszön. Ich tu' nur, was du mir gesagt hast, Friedhelm. Ich strenge mein Hirn an. Nicht mehr blindlings zuschlagen, nicht mehr aus Versehen. Ganz gezielt, so wie damals. Sie lächelte Bergner an, legte ihre Hand auf Martins Arm. Es wird alles gut.

Wie alt er geworden ist, dachte Bergner, als er an Hillmanns Bett trat. So kennt man ihn gar nicht. Keine Spur mehr von der früheren Vitalität. Die Haut faltig, die Hände dürr, das Lächeln eine Mischung aus kindlichem Trotz und stillem Aufbegehren. Ein winziger Hauch Furcht nistete in den Augenwinkeln.

Bergner hatte schon gedacht, es sei überflüssig, mit Hillmann zu reden. Wenn Angela jemals normal gewesen war, dann war sie es jetzt. Aber Martin hatte gedrängt, und Bergner beschäftigte sich seit Monaten mit überflüssigen oder unnützen Dingen. Da konnte er sich auch noch anhören, ob und in welcher Weise Angela vor Jahren unter dem Tod ihrer Familie gelitten hatte.

Statt einer Begrüßung erklärte Hillmann mit Rebellion in der Stimme: »Ich dachte mir, daß Sie kommen, Bergner. Setzen Sie sich, bringen wir es hinter uns.«

»Warum denn gleich so aggressiv?« erkundigte sich Bergner mit leichtem Spott.

Hillmann legte den Kopf auf dem Kissen zurecht. »Sie kommen doch nicht, um sich nach meinen Fortschritten bei der Genesung zu erkundigen.«

Bergner zuckte mit den Schultern, zog einen Stuhl heran und setzte sich neben das Bett. »Nicht unbedingt«, sagte er und beugte sich leicht vor. »Fangen wir an. War es nötig, ausgerechnet jetzt, wo es um Martins Nerven ohnehin nicht zum besten bestellt ist, diese alte Geschichte aufzuwärmen? Oder ist es Ihrer Meinung nach eine Fortsetzungsgeschichte?«

Er lehnte sich zurück, verschränkte die Arme vor der Brust und schaute auffordernd in Hillmanns eingefallenes Gesicht. Der atmete hörbar, starrte ihn aus leicht zusammengekniffenen Augen an. »Quatsch!« stieß er hervor, sprach etwas beherrschter weiter: »Unterstellen Sie mir bloß keinen Blödsinn. Ich weiß selbst, daß ich viel früher mit Martin hätte reden müssen. Es war ein Fehler, so lange zu schweigen.«

Er zuckte mit den Achseln. »Ich hätte gleich damals, als ich sie miteinander bekannt machte …« Er brach ab, setzte neu an: »Aber so was tut man doch nicht. Es sah ja auch so aus, als ob Angela über die Sache hinweg ist. Ob Sie mir das glauben oder nicht, Bergner, ich dachte, sie ist drüber weg. Als es bei uns losging …«

Wieder brach Hillmann ab, schwieg zwei, drei Atemzüge lang. »Ich habe mir keine Gedanken um Angela gemacht. Erst nach der Party, meine Frau sagte mir am nächsten Tag, daß Angela eine komische Bemerkung gemacht hätte. Etwas über Engel, die aus der Hölle steigen. Da dachte ich, jetzt kann man nicht mehr darüber reden. Das könnte leicht einer in die falsche Kehle bekommen. Natürlich habe ich mich gefragt, was man für das Mädchen tun kann.« Während er sprach, schaute Hillmann unentwegt zur Zimmerdecke hinauf. Bergner hörte aufmerksam zu. »Und da dachte ich, wenigstens Martin sollte es wissen.«

»Mehr war es nicht?« fragte Bergner. »Martin sollte es wissen, Punkt und Schluß.«

»Mehr war es nicht.« Hillmann seufzte. »Ich mache mir Sorgen um das Mädchen.«

»Völlig überflüssig«, erklärte Bergner und grinste. »Ich darf Ihnen versichern, Angela kommt gut zurecht. Wenn ihr das Thema lästig wird, geht sie aus dem Zimmer. Möglich, daß sie früher anders darüber dachte. Heute läßt es sie kalt, da halte ich jede Wette.«

»Wenn Sie die nur nicht verlieren«, murmelte Hillmann düster. »Sie dürfen eines nicht übersehen. Man hat Angela beigebracht, wie man Gefühle hinter einem nichtssagenden Lächeln verbirgt. Ich garantiere Ihnen, Bergner, Angela könnte kurz vor einer Explosion stehen, wir beide würden es nicht bemerken. Ich jedenfalls halte sie für gefährdet. Sie hat schon einmal versucht, sich das Leben zu nehmen.«

Nun war Bergner doch verblüfft. »Angela?« fragte er ungläubig. Es paßte nicht zu ihr, fand er. Vielleicht paßte es nur nicht zu dem Bild, das er sich von ihr gemacht hatte. Hillmann nickte bekräftigend. »So robust, wie Sie annehmen, kann sie also gar nicht sein. Und soll ich Ihnen verraten, aus welchem Grund sie sich das Leben nehmen wollte? Sie war überzeugt davon, mit ihren Gedanken zwei Menschen getötet zu haben. Jetzt sind es neun, Bergner. Neun!«

Von Hillmanns Behauptung doch leicht verunsichert, erkundigte sich Bergner: »Auf welche Weise hat sie es versucht?«

»Man mußte sie gewaltsam aus dem brennenden Haus holen«, erklärte Hillmann und fügte gleich hinzu: »Jetzt werden Sie sagen, das war kein Selbstmordversuch. Das Mädchen stand unter Schock. Da kommt sie nach zwölf Jahren heim, droht der Mutter einen fürchterlichen Tod an. Und die stirbt genau …«

Bergner hob die Hand, runzelte die Stirn. »Moment mal«, verlangte er, »noch mal von vorne und ganz langsam. Sie hat nicht erst später behauptet, dafür verantwortlich zu sein? Sie hat es angekündigt?«

Mit grimmigem Nicken bestätigte Hillmann: »Richtig, sie hat es angekündigt. Sonst wäre sie kaum auf so eine hirnverbrannte Idee gekommen.«

»Interessant«, murmelte Bergner.

Hillmann richtete sich ächzend in den Kissen auf. »Hören Sie, Bergner, ich weiß nicht, was Sie daran interessant finden, das Mädchen hat sich da in etwas hineingesteigert.« Hillmann wurde eifrig. »Sie war labil, das war sie immer. Vielleicht war sie nie völlig normal. Schon als Kind war sie sehr sensibel, lebte nie ganz in der Wirklichkeit. Zum größten Teil dürfte das Emmis Schuld gewesen sein.«

»Wer ist Emmi?« fragte Bergner knapp dazwischen.

Hillmann erklärte es ihm, erläuterte auch gleich das Verhältnis zwischen Angela und der alten Haushälterin. »Emmi war ein bißchen verschroben, aber gutmütig. Als Angela geboren wurde, war sie bereits Anfang Fünfzig. Sie hat das Kind aufgezogen. Und bei allem, was im Haus vorging … Na ja, wie hätte Emmi einem kleinen Kind beibringen sollen, was da passiert? Geschichten hat sie erzählt. Von Hexen, bösen Geistern und der guten Fee, von übernatürlichen Kräften jedenfalls, die am Ende helfend eingreifen und für Gerechtigkeit sorgen. Emmi hatte bei dem Brand erhebliche Verletzungen erlitten.«

Es klang, als weiche Hillmann vom Thema ab. Bergner machte ihn nicht darauf aufmerksam, er hörte weiter zu und versuchte sich an der Vorstellung einer Kindheit, wie Hillmann sie gerade beschrieben hatte.

»Sie lag monatelang in der Klinik«, fuhr Hillmann fort. »Als sie entlassen wurde, nun ja, Emmi war zwar alt, aber sehr praktisch veranlagt, und Angela war das genaue Gegenteil. Ich hatte Angela eine Wohnung besorgt und war natürlich überzeugt, daß Emmi jetzt zu ihr zieht. Sie wußte doch nicht, wohin sie gehen sollte. Aber als ich davon sprach, wehrte Emmi sich mit Händen und Füßen. Lieber ging sie in ein Altenheim. Natürlich wollte ich wissen, warum. Und da rückte sie mit dieser Geschichte heraus. Das Kind hat seine Mutter getötet, nicht nur die. Die Großmutter hat es auch auf dem Gewissen. Erzählt mir was von einem Brief, den sie hat verschwinden lassen. Erzählt mir was von einem jungen Mann, der den Verstand verloren hat und plötzlich nur noch beten konnte. Ich sagte: Emmi, Sie sind doch eine vernünftige Frau. Sie wissen ebensogut wie ich, daß es unmöglich ist. Aber sie blieb dabei. Ich hab' es mit eigenen Augen gesehen, Herr Hillmann. Da habe ich ihr nachgegeben, ihr einen Platz in einem guten Seniorenheim besorgt und ihr geraten, den Mund zu halten.«

»Interessant«, murmelte Bergner wieder. »Dann hat also gar nicht Angela, sondern Emmi diese Behauptung aufgestellt. Aber was sie mit eigenen Augen gesehen hat, hat sie Ihnen nicht erklärt?«

»Was soll sie denn gesehen haben?« brauste Hillmann auf. »Daß Julia den Benzinkanister ins Haus trug, viel mehr kann sie nicht gesehen haben. Es war nämlich genau umgekehrt, Bergner. Julia hat versucht, ihre Tochter umzubringen und Emmi gleich dazu. Es war drei Uhr in der Nacht, als Julia das Feuer legte. Die ging doch davon aus, daß die beiden längst schlafen und gar nichts mitbekommen. Spielt es da noch eine Rolle, daß das Mädchen vorher gesagt hat, ich bringe sie um?«

Hillmann schüttelte den Kopf und schaute Bergner an mit einem fast beschwörenden Blick. Erzählte etwas von einem Testament, Angela als Alleinerbin des Vermögens, verfügungsberechtigt ab dem einundzwanzigsten Lebensjahr, im Falle einer Eheschließung auch schon früher. Doch den Gedanken, über einen ihr wohlgesonnenen Schwiegersohn an das Geld der Tochter zu kommen, hatte Julia wieder aufgeben müssen.

»Sie hatte sich das fein zurechtgelegt«, erklärte Hillmann,

»bei Angelas Tod wäre das Vermögen automatisch an sie gefallen, es war ja sonst niemand mehr da. Daß sie selbst bei dem Brand umgekommen ist«, Hillmann stieß die Luft aus. »Sie war betrunken, etwas mehr als zwei Promille hatte sie intus. Das haben sie bei der Obduktion festgestellt. Als sie das Benzin im Haus verteilte, hat sie wahrscheinlich auch ihre Kleidung bespritzt. Wenn Emmi und Angela nicht zufällig im Keller gewesen wären, wäre kein Mensch mehr lebend aus dem Haus rausgekommen. Muß ich noch mehr sagen, Bergner? Ich denke, das reicht, alles andere war ein Zufall. Ich habe gleich damals versucht, es Angela begreiflich zu machen. Sie hat mir zugehört und gelächelt. Ich wußte, daß sie mir kein Wort glaubt.«

Bergner nickte gedankenverloren. »Lebt Emmi noch?«

Hillmann nickte.

»Und wo lebt sie?«

»Im Sankt Antonius Stift, aber glauben Sie nicht, daß Sie aus der ein vernünftiges Wort rauskriegen, Bergner.«

Von der Klinik aus fuhr er auf direktem Weg zum Sankt Antonius Stift. Es erschien ihm nicht einmal mehr sinnvoll. Er hatte eine sehr konkrete Vorstellung von den damaligen Ereignissen und eine ebenso konkrete Vorstellung von den Auswirkungen, die sie auf einen labilen Menschen haben mußten. Aber Angela war nicht psychisch gestört, dafür hätte er seine Hand ins Feuer gelegt. Er war doch nicht blind.

Mit jedem Meter Straße wuchs das Gefühl, kostbare Zeit zu verschwenden. In Kronbusch gab es Menschen, die ihn wirklich brauchten. Marthe Gemrod mit ihrer Frustration, den uneingestandenen Sehnsüchten, der Resignation nach außen hin und dem Aufbegehren im Innern. Richard Wego, der sich ruhig gab und dabei fast überkochte vor Verzweiflung, weil seine Kathi ihn verlassen hatte. Und Martin nicht zu vergessen, der über kurz oder lang zusammenbrechen würde, eher über kurz als über lang. Nur deshalb saß Bergner wenig später am Bett einer alten Frau, erwiderte ihr freundlich argloses Lächeln und fragte sich, was er überhaupt noch von ihr wolle.

»Machen Sie sich keine Hoffnung auf ein vernünftiges Gespräch«, hatte die junge Pflegerin auf dem Korridor zu ihm gesagt. »Unsere Emmi ist nicht mehr ganz klar im Kopf. Sie bringt vieles durcheinander und sieht die Dinge mit anderen Augen.« Hillmann hatte es so ähnlich ausgedrückt, und vielleicht war es das, was ihn letztlich dazu bewogen hatte, anzuklopfen. Warum nicht einmal die Dinge mit anderen Augen sehen? Warum nicht an das Bett treten und zu der zahnlosen Emmi sagen: »Angela lebt jetzt in Kronbusch, und dort sterben Menschen. Junge Frauen bringen sich um, scheinbar ohne jedes Motiv.« Unsinn, natürlich purer Unsinn. Es ging nur um Martin, der vermutlich schon vor Jahren die eine oder andere Bemerkung aufgeschnappt hatte. Martin, der dann unbewußt vermeintliche Fakten zu einem Bild zusammengesetzt hatte, welches ihn allmählich um den Verstand brachte.

Bergner hatte sich einige Fragen zurechtgelegt. Doch alles, was er sich zurechtgelegt hatte, vergaß er schlicht wieder, als er neben dem Bett Platz nahm. Emmi wirkte auf ihn wie die Karikatur eines Filmmonsters. Ihr Gesicht wurde von entsetzlichen Narben in eine zerklüftete Landschaft unterteilt, der Mund darin war nur ein dunkler, Unheil verkündender Krater. Aber das allein war es noch nicht, was ihn frösteln ließ. Es waren mehr ihre Hände auf der Bettdecke. Runzlig und fleischlos, ebenfalls von wulstigen Narben gezeichnet.

Und ihm war plötzlich, als habe er diese Hände bereits in den seinen gehalten. Er wußte sogar, wie es war, sie zu küssen, jeden Finger einzeln. Es war gespenstisch, er brauchte ein paar Sekunden, um sich zur Ordnung zu rufen.

Emmi lag da und schaute ihn an. Guten Tag, mein Name ist Bergner, ein Witz in dieser Situation, und nach Witzen war ihm nicht. Er fühlte die Beklemmung immer noch und sagte einfach: »Ich komme von Angela.«

Emmi nickte gnädig.

»Sie ist verheiratet«, sagte er. Fest entschlossen, die Rede sofort auf Martin zu bringen und auf sonst gar nichts. »Sie lebt mit ihrem Mann in Kronbusch, und ihr Mann …«

Emmi machte ihm einen Strich durch die Rechnung, als sie flüsterte: »Armes Kleines.«

Es machte ihn wütend. »Nun«, sagte er gedehnt, »klein ist sie nicht mehr. Arm würde ich sie auch nicht nennen. Aber ihr Mann ist …« Noch ein Versuch, den Emmi durchkreuzte. »Armes Kleines«, wiederholte sie, zog ein Tuch aus dem Jackenärmel und schneuzte sich geräuschvoll.

Dann eben anders. »Wissen Sie, was das ist, Kronbusch?« fragte Bergner und sprach gleich weiter: »Kronbusch ist fast eine kleine Stadt. Mehr als dreitausend Menschen leben dort. Im vergangenen September hat sich ein Mann umgebracht, seitdem sind mehrere Frauen gestorben.«

Das zerstörte Gesicht Emmis blieb ohne Regung. Bergner schob den Rest Vernunft gewaltsam zur Seite, raffte alles andere zusammen und fragte in bestimmtem Ton: »Erinnert Sie das nicht an etwas? War es nicht mit Angelas Familie genauso? Erst der Mann, dann die Frauen?«

Emmis Stimme klang durchaus freundlich. »Was geht das denn Sie an?« So verwirrt schien sie dann doch nicht.

Bergner seufzte. »Ich will den Leuten helfen. Ich will Angela helfen. Aber das kann ich nur, wenn ich genau weiß, was damals passiert ist.«

Emmi schwieg eine ganze Weile, ließ ihn nicht aus den Augen dabei. Er glaubte schon, sie werde ihm überhaupt nicht mehr antworten, da meinte sie lakonisch: »Sie sollten das Kind in Ruhe lassen, junger Mann. Damit ist allen geholfen. Man muß die Toten begraben können, sonst spuken sie einem nachher im Kopf herum, und man wird sie nicht mehr los. Die hier«, Emmi deutete auf die Tür, eine Geste, die auf Bergner sehr abfällig wirkte, »die hier denken, ich bin verrückt. Aber ich weiß, was ich weiß. Ich bin eine alte Frau und hab' das Leben hinter mir. Das Kind ist jung und hat es noch vor sich. Da kann man nicht viel tun, junger Mann.«

»So einfach ist die Sache leider nicht«, erklärte Bergner ungewollt heftig. »Angela ist kein Kind mehr, und …«

»Quatsch«, unterbrach Emmi ihn lässig, aber sehr bestimmt. »Was wißt ihr denn? Haltet euch für wunders wie klug und wißt einen Dreck. Ein unschuldiges Kind, mehr war sie nie. Geben Sie ihr ein paar Rosenblätter oder ein Apfelbäumchen. Geben Sie ihr einen Teddybären, wenn sie sich fürchtet. Es darf ruhig ein ganz alter sein, darauf kommt es nicht an. Wen stört es denn, wenn ihm ein Arm fehlt oder ein Ohr? Geben Sie ihr das, dann werden Sie sehen, wieviel Kind und wieviel Frau Sie vor sich haben. Rosenblätter und ein Apfelbäumchen, mehr hat sie nie verlangt. Und sagen Sie selbst, junger Mann, das war nicht zuviel. Aber nicht einmal das bißchen konnten sie ihr lassen. Sie haben mir das Kind kaputtgemacht. Und dann haben sie es eingesperrt. Ich hab' gewartet. Hab' Rosenblätter gepreßt und ein Bäumchen gekauft. Ihre Briefe hab' ich aufgehoben, alles verbrannt.« Emmi wischte mit dem Jackenärmel über die Augen. Es schien, als wolle sie weinen. Die Stimme zitterte, doch Emmi bekam sie rasch wieder in ihre Gewalt. Wütend streifte sie die Ärmel der Jacke hoch, hielt ihm ihre nackten, knochigen Arme hin. Er sah, daß sich die Narben von den Handrücken über die Unterarme fortsetzten.

»Alles verbrannt«, wiederholte Emmi lauter. »Und fast wär' mir das Kind noch mit verbrannt. Wollte einfach nicht raus aus der Küche. Saß neben dem Herd und sagte: Hier war ich immer so gern. Laß mich einfach hier sitzen, Emmi. Es ist besser so für uns alle. Aber darauf hatte ich nicht gewartet, darauf nicht. Eine Decke hab' ich naß gemacht und sie eingewickelt, rausgeschleift hab' ich sie. Alle haben sie mich gelobt, ich wär' sehr tapfer gewesen. Von den Männern hat sich ja keiner mehr ins Haus getraut. Ich war zuerst auch rausgelaufen. Bin halt in Panik geraten. Das Feuer war gleich überall. Und draußen hab' ich sie angeschrien: Holt mir das Kind aus der Hölle! Aber die standen nur da, mit ihren Helmen auf den Köpfen und den Wasserschläuchen in der Hand, feige Bande. Da hab' ich mir gesagt: Das muß sein, Emmi. Du hast sie eingeschlossen, nun hol sie raus. Das war ich ihr schuldig, oder nicht?«

»Ich weiß nicht«, sagte Bergner, »vielleicht.«

»Kein Vielleicht, junger Mann. Ich war es ihr schuldig. Ich hab' ihr immer die Geschichten erzählt.« Emmi schlug sich mit ihrer mageren Faust gegen die Brust: »Ich war das. Sie können ihr nicht helfen, junger Mann, Sie nicht. Ich hätte es gekonnt damals. Aber ich hab' es einfach nicht begreifen wollen.«

Emmi rückte den Kopf auf dem Kissen zurecht und schloß die Augen. Dann wiederholte sie murmelnd: »Ich hab' es einfach nicht begreifen wollen damals. Und heute sagen alle, ich sei verrückt. Nein, damals war ich verrückt.«

»Warum hat Angela Sie nic besucht?« fragte Bergner.

Emmi hob gleichmütig beide Achseln. »Weil ich verrückt war. Ich wollt sie nicht sehen.« Emmi lachte, es klang ein wenig nach Wahnsinn. »Gefürchtet hab' ich mich vor meinem kleinen Engel. So ein gutes Kind, immer artig, immer gläubig, immer nur getan, was andere wollten. Sie kann ruhig einmal kommen, junger Mann. Sagen Sie ihr das. Schicken Sie sie mir einfach her. Ich kann mehr für sie tun, als Sie tun können.«

»Vielleicht«, sagte Bergner leise, »vielleicht schicke ich sie wirklich einmal zu Ihnen.«

»Kein Vielleicht, junger Mann. Tun Sie, was ich sage.«

»Haben Sie jetzt keine Angst mehr?«

Noch einmal hob Emmi gleichmütig die Achseln. »Ich bin eine alte Frau, auf mich kommt es nicht an. Wenn meine Kleine wirklich Hilfe braucht, ich kann ihr helfen, sagen Sie ihr das. Sagen Sie ihr, die alte Emmi weiß jetzt, was man tun muß.«

Bergner schwieg eine Weile, schaute zum Fenster hin und versuchte, noch einmal auf das Wesentliche zurückzukommen. »Sie haben damals Herrn Hillmann gegenüber behauptet, Angela habe mit ihrem Willen getötet. Sie haben gesagt, Sie hätten es mit eigenen Augen gesehen. Was haben Sie gesehen?«

Auf seine Frage ging Emmi nicht ein. Sie drehte das Gesicht zur Wand. »Man sagt viel im ersten Augenblick, junger Mann. Aber wenn es so wäre, was wollen Sie dann tun? Ich weiß, was das ist, Kronbusch. Die bringen mir immer die Zeitung, und lesen kann ich noch gut. Wie viele sind es jetzt? Neun? Das macht zusammen elf. Das muß aufhören, bevor das Dutzend voll wird.«

Bergner schluckte mühsam. Emmi glaubte tatsächlich, was sie sagte, war felsenfest überzeugt davon. Sie zog sich die Decke über die Schultern und zeigte ihm damit, daß sie das Gespräch für beendet hielt. Aber ganz fertig war er noch nicht. Fassungslos stellte er fest: »Sie halten es wirklich für möglich, daß Angela nur mit ihrem Willen elf Menschen getötet hat?!«

Emmi schwieg. Und nach einer Weile erhob er sich und ging zur Tür. Erst als er sie hinter sich schloß, verlor sich das gespenstische Gefühl.

Hinter ihm begann Emmi mit geschlossenen Augen zu murmeln: »Soll ich dir eine Geschichte erzählen, mein Kleines? Kennst du die Geschichte von den Feuerteufelchen?«

Auf der Hinfahrt war es weitgehend ruhig. Zwar wanderte

wie im Vorjahr die Flasche von Mund zu Mund, doch sie blieben auf ihren Plätzen. Sie lachten und sangen, alberten herum. Doch sie belästigten Ferdi Wiegant nicht. Nachdem er sie vor einem Ausflugslokal abgesetzt hatte, suchte er sich einen stillen Platz am Moselufer. Es war gestern doch etwas viel gewesen. Der Schnaps steckte ihm in den Knochen, der Schädel wollte auch nicht richtig.

Ferdi Wiegant verschlief den gesamten Vormittag auf der Rückbank des Busses. Danach fühlte er sich etwas besser. Zu Mittag ging er in ein kleines Lokal, das fast ausschließlich von Einheimischen frequentiert wurde. Er aß etwas, trank zwei Tassen starken Kaffee dazu und wurde dennoch wieder müde. Nach dem Essen schlenderte er eine Weile am Flußufer entlang, warf flache Steine ins Wasser und freute sich wie ein Kind, wenn sie auf der Wasseroberfläche tanzten.

Schließlich ging er zurück zum Bus und verschlief auch noch den Nachmittag. Punkt acht riß ihn der kleine Reisewecker aus dem Schlaf. Ferdi Wiegant erwachte mit rasenden Kopfschmerzen, konnte kaum atmen. Acht Uhr war vereinbart für die Heimfahrt. Natürlich hielt sich keine daran. Im vergangenen Jahr hatte er sie auch erst suchen müssen. Aber da hatte er sich entschieden besser gefühlt. Jetzt war ihm hundeelend, und das war noch milde ausgedrückt. Sein Schädel schien mit glühenden Nägeln gefüllt. Ihm graute vor der langen Fahrt.

Bis nach neun dauerte es, ehe er die Frauen allesamt im Bus verfrachtet hatte. Und kaum rollte er vom Parkplatz, ging es hinter ihm auch schon los. »So ein Tag, so wunderschön wie heute«, sangen, grölten sie.

Jeder Ton traf Ferdis Kopf wie ein kleiner Hammer. Er biß die Zähne zusammen, konzentrierte sich mit schmerzenden Augen auf die schmalen, verwinkelten Straßen. Als er die Bundesstraße erreichte, tanzten bereits einige im Mittelgang.

Ferdi Wiegant fluchte und erteilte mit kaum befehlsgewohnter Stimme seine Anweisungen. »Hinsetzen! Oder Ihr fliegt raus. Und grölt nicht so rum, mir springt der Schädel auseinander.«

Mit den Kindern mußte er niemals so sprechen. Und wenn er ihnen gesagt hätte: »Mir tut der Kopf weh«, hätten sie versucht, ihn zu trösten. Aber die kannten kein Mitleid.

Neben seinem Gesicht erschien eine gepflegte Hand mit sorgfältig manikürten und lackierten Fingernägeln. Sie hielt ihm eine Weinflasche hin. »Trink mal 'nen Schluck, das ist Medizin.« Die Hand drückte ihm den Flaschenhals an die Lippen.

Angewidert wandte Ferdi den Kopf zur Seite. »Verschwinde endlich«, murmelte er. »Laß mich in Ruhe, sonst landen wir im Graben.«

»Er ist böse mit uns.« Die Frau neben ihm kicherte, drehte sich nach hinten um. »Seid ganz artig, Kinderchen, sonst wirft er uns wirklich noch raus.«

Ferdi Wiegant biß die Zähne zusammen und trat das Gaspedal durch. Achtzig durfte er, mehr brachte der alte Bus auch kaum. Schade, dachte er, ich würde sie schneller los. Der Geruch von Schweiß, Parfüm und Wein stach ihm in die Nase und von dort weiter ins Hirn. Im Innenspiegel konnte er einzelne Gesichter ausmachen. Verwischtes Make-up, längst nicht mehr so gepflegt wie am Morgen. Wie Furien sahen sie aus.

Es war vereinbart, daß er für die Heimfahrt eine der landschaftlich schönen Strecken entlang der Mosel fahren sollte. Aber Ferdi Wiegant hatte keinen Blick mehr für Burgruinen und andere Sehenswürdigkeiten. Er sehnte sich nach der Autobahn und hielt Ausschau nach einem Hinweisschild. Es war stickig im Bus, und die Stimmung hatte ihren Höhepunkt bereits überschritten. Zwei Frauen saßen mit halboffenen Blusen auf ihren Plätzen, fächerten sich mit Tüchern

258

ein wenig Luft zu. Ferdi Wiegant sah im Innenspiegel den Ansatz von weißen Brüsten. Hörte das Geschnatter wie von einer Schar Gänse. Keine Rücksicht, obwohl er sie doch darum gebeten hatte. Es machte ihn wütend. Und er mußte sie noch bis Kronbusch ertragen. Dann sah er am rechten Fahrbahnrand das Hinweisschild. Irgendeine Burgruine auf irgendeinem Berg. Da wußte Ferdi Wiegant plötzlich, wie er sie loswerden konnte, die wahnsinnigen Schmerzen im Kopf und die Frauen, die hinter ihm durch den Bus tobten.

Bergner ging zu seinem Wagen und fuhr zurück nach Kronbusch. Und wenn es so wäre? Unsinn, hirnverbrannter Schwachsinn. Emmi war wirklich nicht mehr ganz klar im Kopf. Dem menschlichen Geist waren Grenzen gesetzt, die er niemals überwinden konnte. Zwischen Wollen und Können klaffte ein unüberbrückbarer Spalt. Gut, es gab Möglichkeiten der Beeinflussung. Hypnose zum Beispiel. Aber da mußte man einem Menschen Auge in Auge gegenüberstehen. Diese Möglichkeit hätte bei ihrer Mutter bestanden, dachte Bergner. Aber nicht bei ihrer Großmutter und nicht bei uns. Und warum sollte sie wildfremde Menschen töten wollen? Vielleicht, dachte er, sollte ich Angela wirklich einmal zu Emmi schicken. Und er war gespannt, wie sie auf seinen Vorschlag reagieren würde.
Den Montagnachmittag verbrachte Friedhelm Bergner mit seinen Notizen. Er las nicht darin, kannte fast jede Zeile auswendig. Nur die Namen sprangen ihm ins Auge. Er hätte gern mit Anna über alles gesprochen. Hatte das dringende Bedürfnis, sie zu sehen. Doch Anna war nicht erreichbar. So oft er auch versuchte sie anzurufen, es nahm niemand den Hörer ab.
Neun Namen auf weißem liniertem Papier. Drei davon hatte er eingeklammert, blieben sechs. Sechsmal auffallende Gemeinsamkeiten. Und darunter hatte er eine kleine Figur

gezeichnet, langes Kleid, langes Haar, spitze Flügel. Da er einen Bleistift benutzt hatte, waren die Flügel schwarz, ebenso das Haar und das Kleid. Ein schwarzer Engel.

Ich bin schon verrückt, dachte er, sobald ich auch nur damit anfange, es in Betracht zu ziehen. Eine Wahnidee, von einer alten Frau in die Welt gesetzt, auch nicht mehr als ein Märchen. Anscheinend hatte doch kein Mensch von Angela persönlich gehört, daß sie tatsächlich daran glaubte. Bei Hillmann hatte sie nur gelächelt. Vielleicht war das die vornehme Art, sich an die Stirn zu tippen.

Um acht fuhr er mit dem Lift hinauf. Es ging nur noch darum, Martin begreiflich zu machen, daß er sich völlig umsonst um seine Frau sorgte. Martin öffnete ihm, er sah schlimm aus, klein und krank, erschöpft und ausgelaugt, mit dunklen Ringen unter den Augen und einem bitteren Zug um den Mund.

»Komm herein, Friedhelm«, sagte Martin und trat einen Schritt zur Seite.

»Wo ist sie?« erkundigte Bergner sich flüsternd.

Martin deutete stumm auf die Tür zum Bad. Sie gingen ins Wohnzimmer. Martin goß Whisky in zwei Gläser, und Bergner berichtete von seinen Besuchen bei Hillmann und Emmi.

»Es gibt gar keine Zweifel, Emmi ist der eigentliche Ursprung dieser Geschichte. Was Angela damals gesagt oder getan hat, läßt sich heute kaum noch genau feststellen. Emmi jedenfalls ist der festen Überzeugung, daß Angela die beiden Frauen umgebracht hat. Nicht mit den Händen wohlgemerkt, mit Gedanken. Zu mir sagte Emmi, wenn es so wäre …«

»Wenn es so wäre«, wiederholte Martin, seine Stimme zitterte.

Bergner winkte ab, ganz lässig und überlegen. »Nun reg dich nicht auf. Du wolltest, daß ich mich darum kümmere.«

»Du hast gesagt, es ist unmöglich. Hast du deine Meinung geändert?« Es war nicht nur die Stimme, die zitterte. Martin griff nach seinem Glas und kippte sich den halben Inhalt in die Kehle. Zwei dünne Rinnsale liefen an seinen Mundwinkeln hinab zum Kinn. Bergner gab sich gelassen, aber ihm war danach, aufzuspringen und loszurennen, nur raus hier, nur weg. Er konnte nicht helfen. Er konnte den Menschen sagen, in welcher Umgebung sie sich wohl fühlten. Aber was er sagen mußte, wenn sie sich nicht mehr wohl fühlten ...

»Nehmen wir einmal an«, sagte er zu Martin und beobachtete den dicken Tropfen, der vom Kinn auf das Hemd fiel, ohne daß Martin etwas davon bemerkte. »Nehmen wir an, es wäre so.«

»So ein Blödsinn«, protestierte Martin kläglich. Er tippte sich bezeichnend an die Stirn, sprach dabei weiter: »Damit gebe ich mich doch gar nicht ab. Ich will von diesem Unsinn überhaupt nichts mehr hören.«

»Das ist dein gutes Recht«, erklärte Bergner sanft. »Aber ich wäre dir dankbar, wenn du mir trotzdem ein paar Minuten lang zuhören würdest. Du hast mich doch gebeten, dir zu helfen, also bitte. Das versuche ich gerade. Du hast mir gesagt, Angela hat sich in letzter Zeit sehr verändert, sie ist launisch, sprunghaft, sie weicht dir aus und so weiter. Jetzt stell dir einmal vor: Angela ist tatsächlich davon überzeugt, daß sie mit ihren Gedanken so viel Schaden anrichten kann, und ich sage, verdammt noch mal, nicht, daß sie es kann, sondern nur, daß sie davon überzeugt ist, dann muß sie doch befürchten, daß ihr einer von uns beiden jeden Augenblick auf die Schliche kommt. Verstehst du, Martin? Sie muß panische Angst haben.«

Quatsch, dachte er, die hat keine Angst. Warum sollte sie auch? Und wenn es so wäre ... Ich habe Angst, Martin hat Angst, Hillmann hat Angst, alle haben Angst, Angela nicht. Denn wenn es so wäre, wäre sie uns haushoch überlegen. Aber es war nicht so, und es war unwichtig, ob Angela sich jemandem haushoch überlegen fühlte. Wichtig war nur

261

noch, Martin zu beruhigen, damit der nicht am Ende Dummheiten machte.

»Sie verliert ihren Realitätssinn«, murmelte Martin. Bergner verstand ihn kaum noch. »Als ich heimkam, habe ich sie gefragt, was sie tagsüber gemacht hat. Sie sagte, sie war im Schwimmbad, auf dem Tennisplatz und hat danach einen Spaziergang gemacht. Und die Müllerin sagte, sie habe das Haus gar nicht verlassen.«

Bergner nickte. »Ich rede gleich mit ihr. Und misch dich bitte nicht ein. Laß es mich zuerst auf meine Weise versuchen.« Sie lügt, dachte er. Das neue Kleid, die Schwangerschaft, alles Lüge. Das tut sie doch nicht grundlos. Anna sagte, sie fuhr in die entgegengesetzte Richtung. Was gibt es denn da? Es gab im Grunde nur eine Möglichkeit. In der entgegengesetzten Richtung gab es doch einen Geliebten, und Angela versuchte, Martin auf eine äußerst dreckige und gemeine Weise loszuwerden.

»Ich kann nicht zulassen, daß du sie völlig fertigmachst«, erklärte Martin halbwegs bestimmt.

Bergner lachte ungewollt auf. »Ich sie? Sie macht dich fertig, aber keine Sorge. Ich werde sie mit Samthandschuhen anfassen.«

»Und du wirst nicht von ihrer Mutter reden.«

»Aber, Martin, das muß ich doch. Ihre Mutter ist der wunde Punkt. Da muß ich ansetzen. Wenn ihre Mutter das Feuer nicht gelegt hätte …« Er brach ab und erklärte statt dessen: »Es wäre mir lieber, wenn du so lange rausgehst.«

»Nein«, widersprach Martin eigensinnig. »Ich bleibe hier.« Dann stand er leicht schwankend auf. Er schien bereits eine Menge getrunken zu haben. Bergner betrachtete ihn besorgt. »Ich schau mal nach, was sie so lange im Bad macht.« Martin verließ den Raum. Bergner hörte ihn sagen: »Jetzt komm endlich aus der verfluchten Wanne raus. Du wäschst dir noch mal die Haut vom Fleisch.« Und nach einer winzigen

Pause. »Friedhelm ist da. Er will mit dir reden.« Es klang fast bedrohlich. Bergner schüttelte mißbilligend den Kopf. Nach einer Weile kam sie endlich. In einem weißen, flauschigen Bademantel, ein Tuch wie einen Turban um den Kopf geschlungen. Sie grüßte und lächelte freundlich dabei, setzte sich wie gewohnt in die Couchecke und zog die Beine unter den Leib. Erwartungsvoll schaute sie Bergner an.

»Du willst mit mir reden, Friedhelm?« Ihre Stimme warf all die guten Vorsätze über den Haufen. So amüsiert, so selbstsicher, so turmhoch überlegen. Na warte, dachte er. Du kannst Martin zum Narren halten, von mir aus auch Hillmann und eine alte Frau, die an Gespenster glaubt, aber mich nicht.

»Ja«, begann er ruhig und atmete tief durch. »Ich war heute bei Hillmann in der Klinik. Es geht ihm übrigens schon etwas besser, ich soll dich von ihm grüßen.«

»Danke«, sagte sie und lächelte weiter, Aufmerksamkeit vom Scheitel bis zu den Fußsohlen. Bergner beschloß, ganz lässig und zufällig vorzugehen. »Wußtest du eigentlich, daß Hillmann ein guter Freund deines Vaters war?«

Sie warf Martin einen raschen, undefinierbaren Blick zu, ehe sie antwortete. »Das behauptet Hillmann. Aber ich halte das für leicht übertrieben. Unter einem guten Freund stelle ich mir etwas anderes vor.«

»Na ja«, meinte Bergner, »immerhin verwaltet er das Vermögen deines Vaters, besser gesagt, dein Vermögen.«

Jetzt zeigte sie ihre Amüsiertheit ganz offen. »Und dafür muß man deiner Meinung nach ein guter Freund sein? Dafür reicht eine gewisse Seriosität und Geschick im Umgang mit Geld.«

Bergner grinste und hob die Achseln. »Das kann man sehen, wie man will. Hillmann hält sich für einen guten Freund, und er macht sich große Sorgen um dich.«

Jetzt war sie blankes Erstaunen, riß die Augen auf, lächelte verständnislos. »Sorgen? Um mich? Hillmann?«

Bergner wurde wütend. »Was ist daran so verwunderlich?«
»Hat er dir auch gesagt, warum er sich Sorgen um mich macht?«

»Ja, das hat er.« Es war wohl Zeit, zum Kern der Sache zu kommen. »Eine ziemlich üble Geschichte. Und um sie zu beweisen, hat Hillmann mich zu einem Seniorenheim geschickt. Dort lebt seit einigen Jahren eure frühere Haushälterin. Sie …«

Weiter kam er nicht. Sie versank in Wehmut, selbst die Augen wurden feucht. Mit einer Stimme, die in Zärtlichkeit schwamm, erklärte sie leise: »Emmi, sag einfach nur Emmi.«

»Emmi«, fuhr Bergner fort, »hat mir Hillmanns Geschichte in wesentlichen Details bestätigt und mich dringend gebeten, dir auszurichten, du möchtest sie doch einmal besuchen.«
Er beobachtete sie genau, wartete auf eine Reaktion, die vom Normalen abwich. Aber da gab es nichts. Im ersten Augenblick schaute sie nur sehr ungläubig drein. Dann wandelte sich ihre Miene von leichtem Schmerz zu heller Freude. Sie legte kurz eine Hand an die Lippen, blinzelte, als wolle sie eine Träne loswerden, flüsterte: »Ist das wahr?«
Dann jubelte sie verhalten. »Friedhelm, du kannst dir nicht vorstellen, wieviel mir das bedeutet. Hat sie wirklich gesagt, ich darf sie besuchen?«

Bergner konnte nur nicken. Und sie wischte sich über die Augen, schien sich allmählich zu fassen. »Sie wollte mich all die Jahre nicht sehen. Ich fahre gleich morgen zu ihr. Ich kann es kaum glauben.«

»Versprich dir nicht zuviel von deinem Besuch«, erklärte Bergner. »Emmi ist geistig nicht ganz klar. Was sie mir da erzählt hat«, er stockte bewußt, ließ zwei Sekunden der Spannung verstreichen. »Ich weiß nicht, was ich davon halten soll.«

Angelas Miene verdüsterte sich. Sie schluckte hart, biß sich auf die Lippen und nickte. »Arme Emmi, das wird sie wohl Zeit ihres Lebens nicht vergessen.«

Es lief besser als erwartet. Sie gab ihm sogar das Stichwort. »Ja«, sagte er seufzend, »alte Menschen haben ein erstaunliches Gedächtnis. Was vor zwanzig Jahren passiert ist, wissen sie in allen Einzelheiten. Was sie tagsüber gemacht haben, haben sie vergessen.«

Sie sah ihn nur an, und er lächelte. »Aber so geht es dir ja auch, nicht wahr? Oder weißt du noch, wie du den Tag verbracht hast?«

Sie nickte, warf einen kurzen, trauernden Blick zu Martin, lächelte Bergner an, pure Arroganz. »Wenn ich dir damit eine Freude machen kann, Friedhelm. Ich war im Haus, habe gelesen, ein bißchen aufgeräumt, das Essen vorbereitet, obwohl die Müllerin es nicht so gerne sieht, wenn ich hier die Hausfrau hervorkehre.«

Bergner nickte mechanisch. »Und warum erzählst du Martin dann etwas anderes?«

Angela seufzte. »Weil Martin es ebenfalls nicht gerne sieht. Es ist ihm entschieden lieber, wenn ich mich amüsiere. Also erzähle ich ihm, ich hätte das getan. Da macht er sich wenigstens nicht auch noch um mich Sorgen.«

»Das ist zwar lobenswert, aber völlig falsch«, erklärte Bergner. »Wenn Martin dann feststellt, daß du ihn belügst, macht er sich erst recht Sorgen. Und du belügst ihn ja häufig.« Er begann aufzuzählen, und sie sah ihn erstaunt an.

So nahe am Ziel. Friedhelm mochte reden, fragen, anklagen. Es würde gleich vorbei sein. Nur ein Gedanke, gezielt diesmal, scharf gebündelt und wie aus einem Gewehrlauf abgefeuert. Wie bei Mutter damals. Martin würde endlich seinen Frieden finden. Kronbusch, das Paradies.

»Warum hast du mir zum Beispiel erzählt, daß du schwanger seist? Warum hast du behauptet, du warst in der Stadt und hast dir dort ein Kleid gekauft? Woher du das Kleid hast, ist jetzt uninteressant. In der Stadt warst du jedenfalls nicht. Es gibt eine glaubwürdige Zeugin, und die sagt, du bist in die entgegengesetzte Richtung gefahren, noch dazu in einem wahnwitzigen Tempo.«

Sie runzelte die Stirn, als müsse sie nachdenken. »Wann soll denn das gewesen sein?«

»Am Tag nach der Party, und jetzt tu nicht so, als würdest du dich nicht erinnern. Es ging dir nicht gut an dem Abend. Und in der Nacht warst du draußen am Zaun. Das weiß ich von einem Mann, der dich gesehen hat, als er gerade unseren Tennisplatz zerstörte. Am nächsten Morgen warst du bei mir, kein Wort vom Tennisplatz. Statt dessen erzählst du mir, du wärst schwanger.« Bergner hatte sich mehr und mehr in Wut geredet. Sie war so glatt, so ruhig und beherrscht.

»Natürlich erinnere ich mich, aber wir sollten doch eines klarstellen, Friedhelm. Ich habe nicht behauptet, ich sei schwanger, das hast du gesagt.«

Bergner winkte ab, als ihm klar wurde, daß er auf diese Weise nichts erreichte. »Aber du hast mir gesagt, du fährst in die Stadt, und das hast du nicht getan. Also, wo warst du?«

Sie war weder verunsichert noch empört. Ganz ruhig erkundigte sie sich: »Soll das ein Verhör sein, Friedhelm? Und wenn ja, was wirfst du mir vor? Ich bin ein wenig herumgefahren, das tue ich oft, frag Martin.«

»In dem Tempo?«

»Ich fahre gerne ein wenig gewagt, Friedhelm. Aber ich habe den Wagen jederzeit unter Kontrolle.«

»Dich auch?« fragte Bergner kalt.

Keine Rede mehr von Samthandschuhen. Um Martin tat es ihm leid. Er hätte ihn gerne hinausgeschickt, um es ihr zu zeigen. Es reizte ihn, ihr selbstsicheres Gehabe zu zerpflücken. Es mußte sich zerpflücken lassen, auch wenn sie noch so krampfhaft daran festhielt. Wenn sie nur für einen

Augenblick etwas lockerließ. Aber das tat sie nicht. Nachsichtig und besonnen fragte sie noch einmal: »Was wirfst du mir eigentlich vor, Friedhelm?«

Bergner lachte leise und hämisch. »Wie wäre es mit Mord?«

Sie lachte ebenfalls. »Und wen habe ich deiner Meinung nach ermordet?«

»Deine Mutter«, sagte er, »um nur eine zu nennen.«

Sie riß erstaunt die Augen auf. »Ach, es sind mehrere?« Dann lehnte sie sich entspannt zurück. »Nun, Friedhelm, was meine Mutter betrifft, ich vermute, das ist die Geschichte, die Emmi dir erzählt hat. Ich habe damit gedroht, meine Mutter zu töten, und Emmi glaubt vermutlich heute noch, ich hätte es getan. Deshalb wollte sie mich nicht sehen. Sie hatte Angst vor mir. Das hat mich hart getroffen. Emmi ist neben Martin der einzige Mensch, der mir wirklich etwas bedeutet.«

Als sie seinen Namen nannte, schaute sie auch kurz zu ihm hinüber. Ihr Blick signalisierte, mach dir keine Sorgen, es geschieht nichts, was ich nicht geschehen lassen will. Bergner glaubte, jedes Wort verstanden zu haben.

»Du mußt es sehen, wie es war, Friedhelm. Ich habe meine Mutter gehaßt. Ich habe mir ihren Tod gewünscht, nicht irgendeinen billigen Tod. Er sollte grauenhaft sein, unerträglich, schmerzhaft, lang andauernd. Ich kann mir keinen schlimmeren Tod vorstellen, als bei lebendigem Leib zu verbrennen. Schon eine kleine Brandwunde schmerzt höllisch. Und sie sollte brennen. Sie sollte fühlen, wie ihr Körper zu einem Stück Kohle wird. Mit diesem Körper hat sie meinen Vater um den Verstand gebracht. Ich wollte sie nicht als schöne Leiche sehen, nur als einen häßlichen, schwarzen Klumpen, als ein Stück Dreck.«

Angela wandte den Kopf zur Seite, schwieg ein paar Sekunden lang, ehe sie wieder zu ihm hinschaute. »Und genau so starb sie, Friedhelm. Kannst du dir vorstellen, wie ich mich anschließend gefühlt habe? Ich denke, du kannst es. Du bist schließlich Fachmann auf diesem Gebiet. Dann stell dir weiter vor: Ich hatte zu Emmi gesagt, ich bringe sie dazu, aber ich hatte das Feuer natürlich selbst legen wollen. Nur ließ Emmi das nicht zu. Sie schloß mich in der Küche ein, lief vor der Tür auf und ab und betete. Ich hörte Mutters Wagen kommen. Und ich konnte nichts tun. Ich konnte nicht einmal weinen vor Ohnmacht und Zorn. Ich stellte mir vor, daß Mutter den Benzinkanister aus dem Wagen nahm, wie ich es hatte tun wollen. Daß sie das Benzin im Haus verteilte, und genau das tat sie. Ich habe später von Hillmann erfahren, daß sie damit gedroht hatte. Hillmann war sogar der Meinung, sie habe mich töten wollen.«

»Geistige Beeinflussung ist kaum nachweisbar«, erklärte Bergner so sachlich wie eben noch möglich.

Angela verdrehte die Augen. »Ach, Friedhelm, wenn du meine Mutter gekannt hättest, würdest du das nicht sagen. Sie war nicht der Mensch, der sich von etwas oder jemandem beeinflussen ließ. Sie war ein Scheusal.«

»Du hast auf alles eine Antwort«, stellte Bergner fest und verzog geringschätzig die Mundwinkel. »Aber fühl dich in deiner Haut nicht zu sicher.«

Er holte tief Luft, ließ sie nicht aus den Augen. »Hier sind Menschen gestorben, Angela.«

Nun verzog auch sie abfällig die Mundwinkel. »Das ist billig, Friedhelm. Ich hätte nie gedacht, daß du zu solchen Mitteln greifen mußt. Aber es ist sehr praktisch, nicht wahr? Du hast nach ihren Motiven gesucht und nicht viel gefunden. Bevor du nun zugibst, daß du vielleicht doch nicht soviel Ahnung hast, suchst du dir lieber eine andere Lösung. Wann willst du es der Presse bekanntgeben?«

Es klang bitter, enttäuscht und resignierend, aber auch ein wenig bedauernd. Martin hatte bis dahin still in seinem Sessel gehockt, zugehört und gefühlt, wie sicher sie war, wie ruhig und besonnen, »Es reicht, Friedhelm«, sagte er. Angela streifte ihn mit einem zärtlichen Blick. »Laß ihn doch, Liebling. Hier kann er sagen, was er will. Er wird niemals so weit gehen und mir öffentlich die Schuld an den Vorfällen hier geben. Er weiß genau, daß er sich damit nur lächerlich macht. Man kann einen Menschen sehr wohl in den Tod treiben. Mein Vater ist der beste Beweis dafür. Aber man kann es nur, wenn man diesen Menschen sehr gut kennt, wenn man ihm sehr viel bedeutet, wenn man imstande ist, ihn so zu verletzen, daß er keinen Ausweg mehr sieht. Ich wüßte nicht, wen ich hier auf solch eine Art verletzt haben sollte. Ich kannte die Leute doch gar nicht.« Sie drehte sich wieder Bergner zu. Um ihre Mundwinkel zuckte es leicht. Kein Zweifel, sie amüsierte sich köstlich. Sie hielt die Fäden in der Hand und zog sämtliche Register. Sie, nicht er, führte dieses Gespräch. Gespräch? Ein Hohn! Ein sanftes Lächeln, ein belehrender Ton.

»Aber fragen wir doch einmal anders«, sagte sie. »Du bist der Fachmann für Geist und Seele, Friedhelm. Du mußt doch wissen, ob es nach heutigen Erkenntnissen eine derartige Möglichkeit gibt.«

»Nach heutigen Erkenntnissen nicht«, murmelte Bergner.

Sie nickte langsam und bedächtig. »Dann frage ich dich jetzt, was du dir von diesem Abend versprichst? Mich hast du gebeten, Rücksicht auf Martin zu nehmen. Du siehst, in welcher Verfassung er ist. Und du gibst dir redlich Mühe, ihm den Rest zu geben. Es geht hier doch gar nicht um mich, Friedhelm.«

Sie sprach ruhig, jedes Wort sorgfältig abwägend. »Ich komme schon zurecht. Und mich interessiert nicht, was du von mir hältst. Ich halte dich für einen gedankenlosen Stümper. Sonst hättest du diesen Zirkus unter vier Augen veranstaltet. Oder mußtest du Martin unbedingt beweisen, daß er seit Jahren neben einem Ungeheuer schläft?«

Sie dreht den Spieß einfach um, dachte Bergner hilflos und voller Wut. Und verdammt noch mal, so wie sie es darstellt, klingt es richtig.

»Angenommen«, sagte er und streifte Martin mit einem unsicheren Blick. »Ich beginne jetzt nach Beweisen zu suchen. Wie wir eben beide festgestellt haben, ist es nach heutigen Erkenntnissen unmöglich, einen Menschen in der Weise zu beeinflussen. Aber wer garantiert für die Gültigkeit der heutigen Erkenntnisse? Angenommen also, ich suche nach Beweisen, und ich finde sie. Wenn man erst weiß, wo man suchen muß, ist das vielleicht schon die halbe Arbeit. Eine Messung der Hirnaktivität könnte solch ein Beweis sein. Du hattest in letzter Zeit oft Kopfschmerzen.« Weiter kam er nicht.

»Viel Glück, Friedhelm«, sagte sie. »Gib ein bißchen acht auf dich. Von hier bis zur fixen Idee ist es nicht mehr weit. Ich frage mich die ganze Zeit schon: Wenn du von deinen wilden Behauptungen so überzeugt bist, wie kannst du dann noch ruhig hier sitzen? Es wäre doch für mich eine Kleinigkeit, einen mir lästigen, eventuell sogar gefährlichen Menschen aus der Welt zu schaffen.«

»Das ist eine offene Drohung, Angela«, stellte Bergner fest. Zu Martin wagte er nicht mehr hinzusehen.

»Richtig«, sie nickte bekräftigend. »Ich an deiner Stelle könnte jetzt nicht mehr ruhig schlafen, Friedhelm. Ich hätte Angst um mein Leben.« Und sie lächelte. Der Spott ließ winzige Funken in ihren dunklen Augen tanzen. Die Mundwinkel zuckten beständig. Sie machte sich gar nicht mehr die Mühe, das Lachen zurückzuhalten.

Bevor Bergner ihr antworten konnte, klingelte das Telefon. Martin schreckte hoch wie aus einem tiefen Schlaf. Sichtlich erleichtert über die Unterbrechung, ging er hin und nahm den Hörer ab.

Martin nannte mit schwerer Zunge seinen Namen, hörte schweigend zu. Erst betrachtete Bergner ihn mit leichtem Unwillen, dann mit wachsender Sorge. Offensichtlich war Martin recht glücklich gewesen, als das Telefon klingelte. Nun jedoch starrte er mit hilflos steinerner Miene zu Bergner hinüber. Seine Lippen formten unhörbare Worte. Sein Gesicht hatte jede Farbe verloren, sogar der Mund wurde weiß. Bergner fürchtete, Martin könne jeden Augenblick zusammenbrechen.

»Was ist denn los?« erkundigte er sich flüsternd. Martin reagierte nicht, preßte immer noch den Telefonhörer an sein Ohr, lauschte der nur ihm wahrnehmbaren Stimme. Sein mechanisches Nicken, der leere Blick und die starre Miene verhießen nichts Gutes. Endlich legte er den Hörer auf, ohne dem Anrufer mehr als seinen Namen genannt zu haben. Er blieb neben dem Telefon stehen, starrte Bergner unbewegt an und nickte, als könne er gar nicht mehr damit aufhören.

Stockend begann er zu sprechen. »Das war die Polizei.« Er sagte es so, als sei es selbstverständlich, daß spätabends die Polizei bei ihm anrief. »Ein Bus ist einen Berg runtergefahren.« Bergner konnte sich darauf keinen Reim machen. Es fuhren wohl ständig Busse Berge hinauf und hinunter.

Martin schluckte heftig und würgte hervor: »Abgestürzt.« Unter Bergners rechtem Auge begann unkontrolliert ein Muskel zu zucken. Martin sprach langsam und schleppend, als müsse er jedes Wort erst suchen, bevor er es aussprechen konnte. »Die sind jetzt unten. Das Kennzeichen ist noch lesbar.«

Jetzt wurde es flüssiger, hektischer. Martin war nur noch darauf bedacht, es rasch hinter sich zu bringen. »Der Bus gehört einem Unternehmer aus der Stadt. Der Fahrer hatte für heute eine Sondertour angenommen, drei Kegelklubs aus Kronbusch, mehr wußte der Unternehmer nicht. Der

Fahrer hatte alles geregelt. Sie haben mich gebeten, festzustellen, wer im Bus war.«

»Das wird sich ja wohl auch anders feststellen lassen«, fuhr Bergner auf. »Das geht nun wirklich zu weit.«

»Sie sind noch nicht fertig mit der Bergung«, erklärte Martin. »Das kann noch die ganze Nacht dauern. Aber soviel sie erkennen konnten, war der Bus vollbesetzt.«

Martins Stimme veränderte sich abrupt, bekam einen hysterischen Unterton. »Vierzig Sitzplätze, alle verbrannt.« Er preßte beide Hände gegen den Mund, dann schrie er: »Alle verbrannt, vierzig Sitzplätze, und ich soll herausfinden, wer sie waren. Warum denn immer ich? Bin ich denn hier der Totengräber?«

Bergner sprang auf und lief zu ihm, legte ihm einen Arm um die Schultern. »Nun beruhige dich doch.«

Vierzig Tote, dachte er. Es war wie ein Schlag gegen die Stirn. Er führte Martin zur Couch und drückte ihn neben Angela nieder. Sie beachtete er gar nicht mehr. Martin begann hemmungslos zu weinen. Sie legte beide Arme um ihn, zog ihn fest an sich und sprach ruhig auf ihn ein. Mit sanften Bewegungen strich sie ihm über das Haar.

»Es ist gut, Liebling«, murmelte sie. »Es ist alles gut. Nicht weinen, Liebling. Es ist alles in Ordnung.«

Bergner dachte flüchtig, daß Worte dieser Art, so sinnlos sie auch sein mochten, ein Trost sein konnten. Martin faßte sich tatsächlich ein wenig, richtete sich auf und gab einen zusammenhängenden Bericht. Durch das Feuer ließ sich leider nicht mehr anhand von Papieren feststellen, wer die Insassen des Busses gewesen waren. Ein Obermeister der Polizei hatte ihn gebeten, sich doch in den entsprechenden Lokalen in Kronbusch zu erkundigen. Vielleicht wisse man dort, wer an dem Ausflug teilgenommen hatte. Wenn möglich, sollte Martin eine Namensliste anfertigen. Um alles Weitere würde sich dann die ortsansässige Polizei kümmern. Wenn er natürlich lieber selbst mit den Angehörigen …

»Das kann ich nicht«, stieß Martin hervor. »Das kann ich einfach nicht. Ich kann doch nicht vierzigmal …«

Bergner nickte. So ähnlich hatte er es sich gedacht. Bürgernahe Verwaltung, jederzeit im Einsatz für Kronbusch und seine Bewohner. Bergner glaubte zu ersticken. Er räusperte sich heftig. »Nein«, sagte er, »das verlangt auch niemand von dir. Aber es ist auch nicht gut, wenn die Polizei das macht. Ich tu es. Ich gehe jetzt zur Kronenschenke. Sonst wüßte ich kein Lokal mit Kegelbahnen. Ich frage nach den Namen, und dann verständige ich die Angehörigen.«

Martin nickte stumm, lehnte den Kopf an Angelas Schulter und atmete zitternd aus. Bergner füllte sich einen großen Whisky in sein Glas, trank es in einem Zug leer und ging zur Tür. Er sah noch, wie Angelas Finger durch Martins Haar glitten.

Der Gastwirt der Kronenschenke schüttelte ungläubig den Kopf, als Bergner ihm sein Anliegen vortrug. »Alle tot?« fragte er. Und fassungslos murmelte er: »Gestern abend waren sie noch hier. Ein Unfall, sagen Sie? Aber so betrunken kann der Ferdi doch gar nicht mehr gewesen sein nach einer Nacht voll Schlaf und einem ganzen Tag.«

»Wie kommen Sie darauf, daß der Fahrer betrunken war?« wollte Bergner wissen.

Der Gastwirt wurde verlegen. »Er hat ziemlich was geschluckt gestern abend. Ich sollte das vielleicht gar nicht sagen, aber bei der Untersuchung wird man's ohnehin feststellen. Er stand hier und schimpfte auf die Frauen. Trank ein Bier und einen Korn nach dem anderen. Wir haben ihn noch gewarnt. Doch, das haben wir.«

Die Namen konnte er Bergner geben. Es dauerte zwar eine Weile, aber er kannte die Frauen alle. Anschließend ging Bergner zum Verwaltungstrakt. Den Schlüssel dazu hatte er noch nicht abgegeben. Martins Büro war nicht verschlossen.

Bergner rief das Mieterverzeichnis auf, ließ die Wohnungsnummern ausdrucken. Dann machte er sich auf den Weg. Den Fahrer vergaß er dabei.

Er klingelte an vierzig Wohnungstüren, schaute in vierzig Gesichter und sagte vierzigmal: »Bergner, entschuldigen Sie die späte Störung. Ich komme im Auftrag der Hausverwaltung. Wir erhielten eben einen Anruf von der Polizei. Es tut mir sehr leid, Ihnen mitteilen zu müssen …«

Einige Türen wurden ihm von Kindern geöffnet. Dann fragte er zuerst: »Kann ich deinen Vater sprechen?«

Dreimal hieß es: »Ich habe keinen Vater mehr.«

Fünfmal: »Meine Eltern sind geschieden.«

Dann sagte er seinen Spruch in das jeweilige Kindergesicht hinein und ging weiter. Bei den ersten beiden wartete er noch auf die Tränen. Dann begriff er, daß sie die so früh noch gar nicht haben konnten. Also sagte er: »Du rufst jetzt am besten deine Großmutter an. Eine Großmutter hast du doch? Oder ruf eine Tante, einen Onkel, irgendeinen, den du gut kennst, ja?«

Er wußte, er hätte mehr sagen müssen. Ein paar Trostworte, ein wenig ausgesprochenes Mitgefühl. Aber er hatte keinen Trost und kein Mitgefühl. Er hatte gar nichts mehr. Um vier in der Nacht war er fertig mit seiner Runde. Er ging zurück zu Nummer eins. In der Halle dachte er kurz daran, hinauf in seine Wohnung zu fahren, sich in sein Bett zu legen, die Decke überzuziehen und zu schlafen. Doch gleichzeitig sehnte er sich nach einem Menschen, mit dem er die Leere im Innern teilen konnte. Also ging er zum Lift, fuhr noch einmal hinauf aufs Dach und hoffte inständig, Martin möge noch wach sein, möge auf ihn gewartet und dabei soviel Ruhe gefunden haben, daß man ihn ansprechen konnte.

Angela öffnete ihm. Sie lächelte verlegen und faßte den Bademantel über der Brust zusammen. Selbst das Handtuch trug sie noch wie einen Turban um den Kopf gewickelt. Zwischen ihren nackten Zehen steckten kleine Wattebällchen. Die Nägel glänzten frisch lackiert, auf dem Tisch im Wohnzimmer lag das kleine, so vertraute Täschchen mit ihren Manikürgeräten. Daneben stand eine winzige Flasche mit blutrotem Nagellack.

Martin lag auf der Couch und schlief. Wieder lächelte sie, entschuldigend diesmal. »Ich habe ihm etwas gegeben, damit er schläft. Er mußte schlafen, aber setz dich doch, Friedhelm. Möchtest du etwas trinken?« Mit keinem Wort, mit keiner Geste ging sie auf die häßliche Szene vom Abend ein. Sie tat so, als habe es die ungeheuerlichen Verdächtigungen niemals gegeben.

Bergner war ihr dankbar dafür. Er schüttelte den Kopf. Sie nahm in einem Sessel Platz. Er setzte sich ebenfalls und schaute zu Martin hin.

»Ich habe alles erledigt«, sagte er. »Vielleicht gibst du mir doch etwas zu trinken.«

»Möchtest du Kaffee? Du siehst müde aus. Ich mache dir gerne einen Kaffee.«

»Etwas Hochprozentiges wäre mir lieber«, erwiderte er.

Sie erhob sich sofort, ging mit seltsam steifen Schritten zur Bar. Dann brachte sie ihm ein halbgefülltes Glas. Es war hochprozentiger Rum. Er brannte und ätzte in der Kehle, aber irgendwie tat er auch gut.

»Die Polizei war schon hier«, erklärte sie. »Ich habe ihnen gesagt, daß du bereits unterwegs bist, um die Angehörigen zu verständigen. Sie waren sehr erleichtert. Sie wollen morgen im Laufe des Vormittages noch einmal mit dir und Martin reden. Bis dahin sind wohl auch alle Leichen geborgen.«

Er nickte mechanisch und trank noch einen winzigen, ätzenden Schluck. Sie ging wieder zu ihrem Sessel, streifte Martin im Vorbeigehen an der Schulter, eine rührend zärtliche Geste.

»Mein armer Liebling«, sagte sie, ohne Bergner anzusehen.

»Er war völlig außer sich. Ich wußte mir nicht anders zu helfen, als ihm ein Schlafmittel zu geben. Gut war das sicher nicht, er hatte soviel getrunken.«

Bergner antwortete ihr nicht. Er starrte in das Glas und sagte: »Vierzig. Es waren tatsächlich genau vierzig. Drei Kegelklubs insgesamt. Sie hatten zusammengelegt, damit es billiger wurde, sagte der Gastwirt. Ein billiger Tod. Ich habe es ihren Männern gesagt und ihren Kindern. Dann bin ich einfach wieder gegangen. Ich konnte nicht warten, verstehst du? Sie konnten nicht einmal weinen, und es waren so viele.«

Er stellte das Glas ab, legte die Hände vor sein Gesicht und rieb einmal kräftig über die Haut.

»Jetzt bin ich selbst ein bißchen tot«, sagte er. »Mir haben Kinder geöffnet, die jetzt allein sind, deren Väter bereits tot waren.«

Angela betrachtete ihn ruhig. »Jetzt mach es nicht wie Martin. Steigere dich nicht in diese Sache hinein. Damit hilfst du keinem. Du schadest dir nur.«

Sie hatte recht, das wußte er, und wieder nickte er mechanisch. Aber dennoch sagte er: »Dann geh du mal los und sag vierzigmal das gleiche. Danach setzt du dich nicht mehr hin und lackierst deine Fußnägel. Wenn ich mir das vorstelle, gestern abend waren sie noch voller Pläne, haben sich auf diesen Tag gefreut, und jetzt sind sie alle bis zur Unkenntlichkeit verbrannt.«

Sie wurde ein wenig heftiger und eindringlicher, als sie ihn zurechtwies. »Das ist Unsinn, Friedhelm. Niemand hat behauptet, sie wären bis zur Unkenntlichkeit verbrannt. Es war lediglich die Rede davon, daß der Bus ausgebrannt ist, daß die Papiere vernichtet sind. Ich habe eben selbst mit den Polizisten gesprochen. Martin hat das wohl übertrieben dargestellt.«

»Mein Gott«, fragte Bergner fassungslos, »was ändert sich

denn dadurch? Sie sind tot. Alle tot, verstehst du das? Vierzig Frauen und der Busfahrer, einundvierzig Tote in einer Nacht. Hast du eine Ahnung, was das bedeutet?«

Sie starrte ihn sekundenlang an, dann schüttelte sie den Kopf. »Der Fahrer ist nicht tot. Von dem war nicht die Rede.«

Halb überrascht erkundigte sich Bergner: »Du glaubst doch nicht etwa, daß er als einziger überlebt hat? Nein, Angela. Es hieß ausdrücklich, keine Überlebenden. Den hat es erwischt wie die Frauen auch.«

Sie flüsterte etwas, was er nicht verstand. Dann schüttelte sie noch einmal den Kopf und erklärte in beharrlichem Trotz: »Der Busfahrer lebt, vielleicht ist er verletzt, aber er ist nicht tot. Immerhin fuhr er, da konnte er sich auf diesen Sturz einstellen.«

»Blödsinn«, schnaubte Bergner, »auf so was stellt sich niemand ein. Wie denkst du dir das denn? Außerdem sagte der Wirt, der Fahrer sei betrunken gewesen, ziemlich betrunken. Vermutlich hätte er gar nicht fahren dürfen. Und da fährt er vierzig Frauen in den Tod. Nein, Angela, wenn er das überlebt hat, wird er seines Lebens nicht mehr froh. Für den ist es besser, wenn er unter den Opfern ist.«

»Du lügst«, sagte sie kalt. »Du hast vorhin schon versucht, mich fertigzumachen. Gib dir keine Mühe, Friedhelm. Das schaffst du nicht. Der Fahrer lebt, und ich lasse mir von niemandem das Gegenteil einreden.«

»Warum hast du denn nicht die Polizei nach ihm gefragt, wenn er dir so wichtig ist? Was willst du überhaupt mit deinem Fahrer? Bei vierzig Toten kommt es auf einen mehr oder weniger doch gar nicht an.«

Friedhelm Bergner wußte später nicht zu sagen, wie es geschehen war. Plötzlich stand sie vor ihm. Dabei hatte er gar nicht bemerkt, daß sie sich aus ihrem Sessel erhoben hatte. Und er hatte sie doch die ganze Zeit über angesehen.

Er schrak zusammen. Sie war groß, übermächtig, bedrohlich, vielleicht gefährlich, wie sie da vor ihm stand.

»Du lügst«, wiederholte sie ruhig. »Sag mir, daß du lügst. Tu dir selbst einen Gefallen, und sag es, Friedhelm. Versuch nicht, mir einzureden, der Fahrer sei tot. Bei aller Phantasie, du kannst dir nicht vorstellen, was geschieht, wenn ich es auch nur einen Augenblick lang glaube.«

Ihm wurde heiß im Innern, entsetzlich heiß. Die Hitze war wie ein lähmendes Gift, machte ihn unbeweglich, ganz wehrlos und klein. »Du hast es getan«, stammelte er. »Du kannst es wirklich. Der Fahrer stand wohl nicht auf deiner Liste, was? Nur die Frauen. Warum denn? Die hatten dir nichts getan. Du hast sie doch nicht einmal gekannt.«

Unendlich langsam stemmte er die Hände auf die Sessellehnen, wuchtete den trägen, schwerfälligen Körper in die Höhe. Es kostete fast mehr an Kraft, als er noch besaß. Doch endlich stand auch er, stand aufrecht vor ihr, streckte die Hände aus und legte sie um ihren Hals.

Ganz bewußt begann er zuzudrücken. Er spürte, daß ihm Tränen über die Wangen liefen. »Der Fahrer ist tot«, sagte er dabei ruhig und betont. »Du darfst es unbesehen glauben. Nicht nur einen Augenblick lang. Ich habe keinen Grund dich anzulügen. Wehr dich doch, wenn du kannst.«

Aber sie blieb ganz still und reglos, drehte nur den Kopf ein wenig zur Seite. Gerade so weit, wie seine Hände ihr noch erlaubten. Statt sich zu wehren, schaute sie zu Martin hinüber. Bergner folgte ihrem Blick, sah das blasse, im Schlaf entspannte Gesicht und ließ die Hände wieder sinken.

»Ich weiß nicht, wie du es machst«, sagte er müde. »Das will ich auch gar nicht wissen. Aber wenn du noch einen Funken Gefühl für ihn im Leib hast«, er zeigte mit ausgestrecktem Arm zur Couch hinüber, »dann fahr zu Emmi. Fahr am besten gleich nach dem Frühstück. Ich denke, ich weiß jetzt, warum du sie besuchen sollst. Er ...«, Bergner sah das blasse Gesicht auf der Couch nur noch durch einen Tränenschleier. Er wackelte mit dem Zeigefinger und erklärte mit halb erstickter Stimme, »… wird der nächste auf deiner Liste sein. Er kann schließlich auch denken. Und ihm bedeuten die Menschen hier etwas. Er hat sich vom ersten Tag an verantwortlich gefühlt. Vielleicht hat er instinktiv gefühlt, daß er verantwortlich ist. Immerhin hat er dich hergebracht.«

»Hillmann hat mich hergebracht«, murmelte sie.

Ihr Gesicht war regungslos. Bergner ertrug es nicht länger. Er drehte sich um und ließ sie stehen. Mit hängenden Schultern ging er zur Tür. Als er den Lift erreichte, war er überzeugt davon, daß er einen Fehler gemacht hatte, einen großen Fehler.

Er hatte sie leben lassen.

Sechstes Kapitel

Martin erwachte am nächsten Morgen mit starken Kopfschmerzen. Neben sich spürte er Angelas Körper. Aber er wußte weder wie sie noch wie er selbst in sein Bett gekommen war. Daß sie so dicht bei ihm lag, wunderte ihn. Normalerweise zog sie es vor, die Nächte in ihrem eigenen Bett zu verbringen. Früher hatten sie manchmal im gleichen Bett geschlafen, es war lange her.

Er hielt die Augen geschlossen und rief sich den vergangenen Abend in Erinnerung. Doch das letzte, was ihm dazu einfiel, war der Anruf. Mit einem vernehmlichen Stöhnen richtete er sich auf. Angela war bereits wach, schaute ihn aufmerksam an.

»Mir springt der Schädel auseinander«, murmelte Martin, »Himmel, ist mir schlecht.«

Sie nickte verständnisvoll. »Du warst sehr erschöpft gestern abend.«

»Ich war betrunken«, widersprach er, blinzelte in die diffuse Helligkeit des Schlafzimmers und bat: »Bist du so lieb und machst mir einen starken Kaffee? Und bring mir zwei Aspirin. Ich werde kalt duschen, vielleicht geht es dann.«

Sie machte keine Anstalten, seine Wünsche zu erfüllen, wie es sonst ihre Art war. »Nachdem du eingeschlafen warst«, erklärte sie, »war die Polizei da. Friedhelm kam auch noch einmal zurück, so gegen vier. Er wurde sehr wütend.«

Martin seufzte. »Das kann ich mir denken. Ich hätte nicht einschlafen dürfen.«

»Er war nicht wütend auf dich«, sagte sie, ohne den Blick von seinem Gesicht zu lassen. »Er war nur wütend auf mich.«

»Das war er vorher auch schon.« Martin rieb sich die Stirn. Jedes Wort schmerzte dahinter. Auf der Zunge schmeckte er einen widerlich pelzigen Belag.

Sie lächelte ein wenig verloren. »Warum hast du ihn zu Emmi geschickt?«

»Ich habe ihn nur zu Hillmann geschickt. Und das war bereits ein Fehler. Ich hätte mit ihm überhaupt nicht darüber sprechen dürfen. Aber ich wußte mir nicht anders zu helfen. Sei lieb, Engel, hol mir zwei Aspirin und ein Glas Wasser.«

»Warum hast du nicht mit mir geredet? Das ist meine Vergangenheit. Hast du kein Vertrauen zu mir?«

Martin schloß gequält die Augen. »Bitte, Engel, nicht jetzt. Ich kann jetzt nicht streiten.«

»Ich will auch nicht streiten«, sagte sie. »Ich will nur eine Antwort. Hillmann hat dir alles erzählt, und du bist damit zu Friedhelm gelaufen. Warum? Warum hast du nicht zuerst mit mir gesprochen? Ich hätte dir das erklären können.«

»Ja«, murmelte er. »Vielleicht hast du recht. Aber nun hast du es Friedhelm erklärt, und ich habe es auch gehört. Jetzt ist es doch gut.«

Wenig später brachte sie ihm endlich ein Glas Wasser und das verlangte Schmerzmittel. »Hier«, sagte sie, »der Kaffee ist gleich fertig. Ich habe ihn sehr stark gemacht. Hoffentlich ist er jetzt nicht zu bitter.«

Trotz seines desolaten Zustandes fiel ihm der deprimierte Ton ihrer Stimme auf. Er folgte ihr in die Küche, setzte sich an den Tisch und schaute zu, wie sie die beiden Tassen füllte.

»Du klingst müde«, stellte er fest.

»Ich bin auch müde. Bis vier habe ich auf Friedhelm gewartet. Als er ging, habe ich dich ins Bett gebracht. Es war sehr mühsam, und du warst so unruhig.«

»Warum hast du dich nicht in dein Bett gelegt?« Martin nippte an dem heißen Kaffee und schaute sie über den Rand der Tasse hinweg an. Sie lächelte so merkwürdig. Er wußte dieses Lächeln nicht zu deuten. Es ängstigte ihn nur.

»Versprich mir«, verlangte er, »daß du dich jetzt gleich wieder hinlegst. Du mußt auch schlafen.«

Sie zuckte mit den Schultern. »Ich wollte eigentlich zu Emmi fahren.«

Martin raffte den Rest Energie zusammen und schüttelte nachdrücklich den Kopf. »Heute fährst du auf gar keinen Fall irgendwohin. Du bleibst hier, ist das klar?«

Er hörte sie atmen und wartete auf eine Antwort. Doch damit ließ sie sich Zeit. Erst nach mehr als einer Minute erklärte sie: »Gut, ich bleibe hier.«

Martin verließ das Haus an diesem Morgen etwas früher als üblich. Er hatte kalt geduscht, mehrere Tassen eines unerträglich bitteren Kaffees getrunken. Zusätzlich hatte Angela ihm noch Kölnisch Wasser in Schläfen und Nacken massiert. Sehr viel besser fühlte er sich allerdings nicht.

Im Büro riß er augenblicklich die Fenster auf und atmete tief durch. Es würde ein angenehm milder Tag werden. Die Sonne zeigte sich in verwaschenem Gelb, der Himmel war wäßrig, vereinzelt trieben milchige Fetzen darüber. Die Luft war frisch, ein wenig diesig und erfüllt von dem für Kronbusch so typischen Geruch nach feuchtem Gras und frisch geharkten Blumenbeeten.

Martin fuhr mit dem Handrücken über die Stirn und setzte sich an den Schreibtisch. Draußen auf dem Korridor hörte er Luitfeld und Gersenberg miteinander reden. Alles war so wie immer. Alles schien normal. Und Martin fühlte deutlich, daß es das nicht mehr war und nie mehr sein konnte.

Kurz darauf kam Luitfeld herein. Er hatte einige Planskizzen dabei. »Hier«, sagte er und legte die Skizzen vor Martin auf den Tisch. »Wenn du es dir mal ansehen willst, so wird die Disko aussehen. Und das hier ist die Gartenanlage.« Martin warf nur einen flüchtigen Blick auf die Zeichnungen. Dann stellte Luitfeld fest: »Du siehst nicht gut aus.«

»Ich fühle mich auch nicht gut. Statt der Diskothek hätten wir besser eine Leichenhalle eröffnet und statt der Gärten einen Friedhof angelegt.«

»Nummer zehn?« fragte Luitfeld und kniff besorgt die Augen zusammen.

»Nummer zehn, elf, zwölf, einundvierzig insgesamt. Damit haben wir das halbe Hundert voll. Ab wieviel lohnt sich deiner Meinung nach ein Friedhof, Peter?«

Luitfeld verlor seine gesunde Hautfarbe.

»Aber das ist doch …«, stammelte er und brach wieder ab. Martin fühlte sich seltsamerweise ruhig. »Eine Katastrophe, sprich es nur aus. Wenn Hillmann davon erfährt, trifft ihn der zweite Schlag. Kannst du mir einen Gefallen tun und nachsehen, ob du Bergner auftreibst? Er hat in der Nacht die Angehörigen verständigt. Ich muß unbedingt mit ihm reden. Er war wohl anschließend ziemlich geschafft.«

Luitfeld nickte. »Kann ich mir denken.«

»Ich kann hier nicht weg«, erklärte Martin. »Die Polizei kommt gleich. Bergner soll herkommen.«

»Weiß man schon«, erkundigte Luitfeld sich vorsichtig, »wie es passiert ist?«

»Ein Verkehrsunfall, in der Nähe von Cochem, ein vollbesetzter Bus, der Fahrer hat anscheinend die Kontrolle verloren.«

»Entsetzlich«, murmelte Luitfeld und ging hinaus, um mit Gersenberg darüber zu reden. Anschließend versuchte er, Bergner zu erreichen. Doch dessen Telefon war besetzt. Luitfeld nahm sich vor, es später noch einmal zu versuchen.

Doch da es an diesem Tag in der Verwaltung sehr hektisch zuging, vergaß er es.

Während Bergner zum Telefon griff, fragte er sich, ob es richtig war, sie jetzt anzurufen. Jetzt, sofort, und sei es nur, um ihre Stimme zu hören, die Ruhe zu fühlen, von der sie seiner Meinung nach so viel hatte. Anna erschien ihm in diesen Minuten der einzig vernünftige, vor allem aber erreichbare Mensch. Anna würde Ordnung in dem Chaos schaffen. Er hoffte sogar, sie würde eine Erklärung finden, ohne daß er selbst allzuviel erklären mußte.

Er hatte nicht geschlafen, hatte an seinem Schreibtisch gesessen und gewartet. Ganz ruhig gewartet auf den Augenblick, wo sie zuschlagen würde. Sie mußte zuschlagen. Sie mußte ihn so schnell wie möglich aus dem Weg räumen. Und er war überzeugt, er würde es spüren, wenn da plötzlich fremde Gedanken in seinem Kopf waren. Um sich das zu erleichtern, hatte er zu zählen begonnen, ganz langsam von eins bis zwanzig und zurück. Und noch einmal von eins bis zwanzig und zurück. Und immer wieder von eins bis zwanzig und zurück.

Und als nichts geschah, hatte er begonnen, sich den gesamten Ablauf des Abends ins Gedächtnis zu rufen. Jedes Wort, jede Geste, angefangen bei dem Moment, als Martin ihm die Tür öffnete, bis zu dem Augenblick, als er selbst sie müde und geschlagen hinter sich ins Schloß zog.

Alles, was ihm dazu einfiel, schrieb er nieder, ergänzte es durch Hillmanns Worte, schrieb Emmis zweifelhafte Andeutungen dazu. Gegen Morgen war er damit fertig. Er wunderte sich ein wenig, daß er immer noch aufrecht an seinem Schreibtisch saß. Las in aller Ruhe durch, was er geschrieben hatte. Und ein kleiner Rest Verstand sagte ihm, selbst wenn sie gewollt hätte, sie hätte zwischen der doch zeitweise sehr heftigen Auseinandersetzung mit ihm keine Gelegenheit für irgendwelche Kunststückchen gehabt. Immerhin hätte sie einen Menschen beeinflussen müssen, der sich viele Kilometer von ihr entfernt befand. Und Bergner stellte sich vor, daß es einiges an Konzentration erforderte, derartiges zu tun, vorausgesetzt, man konnte es überhaupt.

Und da war dieses erdrückende Gefühl, daß sie es konnte und getan hatte. Unsinn, hirnverbrannter Unsinn. Er kannte die Anzeichen noch aus den Lektionen seines Studiums. Er wußte genau, daß er die klassischen Symptome einer Paranoia zeigte, wenn er noch eine Minute länger reglos an seinem Schreibtisch saß. Und da griff er zum Telefon. Nach dem dritten Freizeichen wurde abgehoben.

»Jasper.«

»Anna«, ein erleichterter Seufzer. »Gut, daß ich Sie erreiche. Ich hoffe, ich störe nicht.«

»Überhaupt nicht.« Anna lachte. »Seit gut einer Viertelstunde ist das Frühstücksgeschirr in der Maschine verstaut. Seitdem langweile ich mich zu Tode.«

»Wie wäre es mit einem Kaffee?«

»Ja«, meinte Anna vergnügt zögernd, »wenn ich es mir so überlege, doch, ich denke, einen vertrage ich noch.«

Sie klang wie immer, fröhlich, ausgeglichen, Balsam für die zerrissene Seele. »Wer macht ihn denn?« erkundigte sie sich.

»Ich«, antwortete Bergner rasch.

Und Anna versprach: »Ich bin in fünf Minuten bei Ihnen.«

Sie brauchte gut zehn Minuten, und als sie endlich an seiner Tür klingelte, stand er immer noch neben dem Telefon und hielt den Hörer fest. Er öffnete, und Anna zog schnuppernd die Nase kraus.

»Also doch ich«, stellte sie fest, schob ihn lachend beiseite und ging an ihm vorbei in die kleine Küche. Er folgte ihr, blieb bei der Tür stehen und schaute zu, wie sie Schränke öffnete, Geschirr, Zucker und Kaffeedose herausnahm. Stundenlang hätte er ihr zuschauen können, und niemals wäre ihm die Idee gekommen, daß Anna sich so ähnlich fühlte wie er selbst. Zerrissen, schwankend zwischen Gefühl und Vernunft, den Verstand wie einen Hund an der Leine haltend, damit er sich nicht in einem unbeobachteten Moment aus dem Staub machte. Zurückkommen würde er nicht, mochte man noch so laut nach ihm pfeifen.

Anna hatte sich in den letzten Wochen dazu durchgerungen, verschiedene Tatsachen einfach zu ignorieren, um so weiterleben zu können wie bisher. Dabei half es ihr ein wenig, daß es genaugenommen gar keine Tatsachen waren. Meist waren es nur Blicke von einem Kindergesicht ins andere. Manchmal war es ein Holzfigürchen auf einem Spielfeld. Ein Schachbrett, damit spielten sie in letzter Zeit häufig. Und Stefan schob seine Figürchen mit den Fingern von Feld zu Feld. Und Tamara …

Gestern erst war Anna wieder einmal »zufällig« an der Tür des Kinderzimmers vorbeigegangen. »Jetzt paß auf«, hatte Tamara zu Stefan gesagt. Viel zu sehen war nicht gewesen, im Grunde war gar nichts zu sehen gewesen. Nur zwei Kinder an einem Tisch, das Spielbrett mit den Holzfigürchen auf dem Tisch, Stefans gespannter Blick, der wie angeklebt an einem dieser Figürchen haftete. Und Tamaras Hände, weit auseinander gelegt, eine auf jeder Tischkante. »Jetzt paß auf!«

Und der Himmel allein mochte wissen, was das Mädchen dem kleinen Bruder gezeigt hatte. Anna wußte es nicht, wollte auch gar nichts wissen von Holzfigürchen, die sich wie von Geisterhand bewegt von einem Feld zum nächsten schoben. Dann lieber Kaffee kochen in Bergners Küche, fremde Schränke öffnen und dabei denken, daß es vielleicht ganz geruhsam wäre, mit ihm zu leben, statt mit Roland und den Kindern. Mirjams Kinder, und diesen Namen durfte man nicht aussprechen, weil man schon damit allein einen bösen Geist heraufbeschwor. Vielleicht war es das, der böse

Geist einer Mutter, die nicht lieben konnte. Ein besessenes Kind. Man konnte den Teufel vielleicht austreiben lassen. Exorzismus, dachte Anna, und ihre Hände griffen ganz automatisch nach Tassen und Tellern.

Die Selbstverständlichkeit ihrer Handgriffe in fremdem Terrain hätte Bergner an jedem anderen Tag vermutlich gewundert. Vielleicht hätte er sich dann auch ein paar Gedanken darüber gemacht und sie als eine Art von Flucht gewertet. Aber heute war nicht jeder andere Tag.

Seit er in der Nacht das Penthouse zum zweitenmal betreten hatte, stand die Zeit auf einem Fleck. Er war dabei, verrückt zu werden. Paranoia, schrecklich. Er litt unter einer Wahnidee, wußte es genau und kam nicht dagegen an. Hatte immer noch das Bedürfnis, hinauszurennen, all diese harmlosen, einfältigen, gutgläubigen Geschöpfe da draußen aufzuscheuchen. Die Vertreibung aus dem Paradies, wie man Hühner von einem Hof verscheucht. Nur weg hier, jeder kann der nächste sein.

Er fühlte sich wie ausgetrocknet, weil er wußte, was immer er jetzt tat, was immer er sagte, man würde ihn auslachen. Mit dem Finger auf ihn zeigen und sich an die Stirn tippen. Seht euch diesen Idioten an, läßt sich von der Wahnidee einer alten Frau infizieren. Dabei hat die Alte nicht einmal eine Behauptung aufgestellt. Sie fragte nur: »Wenn es so wäre?«

»Ich brauchte einfach jemanden, mit dem ich jetzt reden kann«, sagte er zu seiner Entschuldigung, als Anna das Geschirr ins Wohnzimmer trug. Sie warf ihm einen ernsten Blick zu. »Es ist in Ordnung, Friedhelm. Ich habe wirklich Zeit.«

»Aber es ist nicht so einfach«, sagte er, setzte sich und sah zu, wie sie die beiden Tassen füllte. Dann begann er. Begann am Ende, sprach sich langsam zum Anfang vor, Verkehrsunfall, alte Frau, väterlicher Freund, besorgter Ehemann. Als er den Bus erwähnte, schloß Anna für Sekunden entsetzt die Augen. Dann war sie wieder aufmerksam. Schließlich war alles gesagt, und er hoffte inständig, Anna möge ihn jetzt auslachen. Sie konnte auch sagen, Sie sehen Gespenster, Friedhelm. Oder, Sie sind nicht ganz bei Trost. Doch Anna sagte nichts dergleichen. Sie lachte auch nicht, sie schaute ihn an, biß sich auf die Lippen und zog kurz die Schultern zusammen, als friere sie plötzlich.

Dann fragte sie: »Ist es möglich?« Da war so ein merkwürdiger Unterton in ihrer Stimme. Das fiel ihm zwar auf, aber er konnte den Ton nicht einordnen.

Er schüttelte den Kopf, gleichzeitig sagte er: »Es schien mir in der Nacht die einzig logische Erklärung. Aber bei Tageslicht betrachtet, sieht die Sache etwas anders aus. Ersparen wir uns die Details einer Geisteskrankheit. Ich habe mich in der Nacht aufgeführt wie ein Mann, der hochgradig unter Verfolgungswahn leidet. Und ich denke immer noch, gestern waren es neun Tote, heute sind es fünfzig. Wie viele werden es morgen sein? Wissen Sie, was das bedeutet, Anna?«

Sie blieb ganz ruhig, nickte, sagte: »Sicher, Friedhelm. Das wäre Massenmord. Aber den werden Sie nicht beweisen können.«

Er war so erleichtert, Anna erklärte ihn nicht auf der Stelle für verrückt. Anna zog zumindest in Erwägung, daß etwas dran sein könnte. Er wurde eifrig.

»Vielleicht doch. Es gibt Experten auf diesem Gebiet. Und so abwegig ist es gar nicht. Mit bloßer Gedankenkraft werden Gegenstände bewegt. Es gibt ein paar wissenschaftlich untermauerte Beweise dafür. Telekinese nennt sich das.«

»Hier wurden keine Gegenstände bewegt, Friedhelm«, hielt Anna dagegen, sah im Geist die kleinen Holzfigürchen vor sich. »Und Menschen lassen sich nicht bewegen wie Bauern auf dem Schachbrett. Oder wollen Sie mir jetzt erklären, der Bus sei mit bloßer Gedankenkraft den Abhang hintergeschoben worden? Wie weit sind denn bei den wissen-

288

schaftlichen Experimenten die Gegenstände von den Gedanken entfernt? Wahrscheinlich nicht ein paar hundert Kilometer. Eben haben Sie noch behauptet, der Fahrer habe sich am Vorabend betrunken.«

Bergner nickte flüchtig, aber dann erklärte er: »Und dabei stand er keine zwei Meter von unserem Tisch weg. Nehmen wir mal an, sie erteilt den Befehl ein paar Stunden oder sogar ein paar Tage vorher, pflanzt den Leuten da etwas ins Unterbewußtsein. Deshalb hat ihre Mutter schon vorher damit gedroht, das Haus anzuzünden. Deshalb konnte sie gestern abend mit mir streiten, daß die Fetzen flogen. Sie mußte sich nicht konzentrieren. Es war bereits alles in die Wege geleitet. Und auch bei den anderen hier, wir gehen alle davon aus, daß sie die Leute nicht kannte. Aber niemand kann dafür garantieren, daß sie sie nicht mal irgendwo draußen getroffen hat. Sie ist doch ständig unterwegs. Es ist nicht eine Erklärung, sondern die! Die Erklärung für alles, was hier geschehen ist.«

»Nein, Friedhelm«, widersprach Anna. »Es ist eine billige Schuldzuweisung. Wie soll das denn vor sich gegangen sein? Bleiben wir bei diesem Fahrer, Sie waren doch dabei. Hatte Angela Blickkontakt mit dem Mann?«

Bergner zuckte mit den Achseln, sagte: »Ich saß mit dem Rücken zum Tresen.« Dann drängte er: »Weiter, Anna, weiter.«

Kaum hatte Martin die Haustür hinter sich geschlossen, ging Angela ins Bad. Sie ließ Wasser in die Wanne, gab ein wenig von dem duftenden Badezusatz hinein und ließ den Bademantel von den Schultern gleiten. Sie hob ihn vom Boden auf und legte ihn über einen Hocker. Den schob sie dicht an die Wanne heran. Halb neun, in einer halben Stunde würde die Müllerin kommen. Sie würde einen Blick durch die offene Schlafzimmertür auf das leere Bett werfen und in die Küche gehen. Ein Frühstück würde sie machen und warten. Die Müllerin war geduldig. Sie kam nie ins Bad. Das tat nur Martin.

Vor dem wandhohen Spiegel stehend, betrachtete sie nachdenklich ihren Körper. Er war so wie immer. Es hatte sich nichts verändert, kein Mal darauf.

Vierzig Frauen in einer Nacht! Und alle verbrannt wie Mutter. Mit so vielen hatte sie gar nicht gerechnet, auch nicht mit einem Feuer. Als Martin es aussprach, hatte sie sich frei gefühlt. Als Bergner dann von den Kindern sprach, hatte sie ihm sagen wollen, daß es für Kinder besser sei, ohne solche Mütter aufzuwachsen. Aber Bergner hätte das nicht verstanden. Und dann sagte er, der Fahrer sei tot. Das war, als habe sie nach all den Jahren ihre Hände um Vaters Hals gelegt. Und noch schlimmer war, Bergner kannte jetzt die Wahrheit. Er würde sie nicht töten. Wenn er das gewollt hätte, hätte er es in der Nacht getan. Er hatte andere Pläne mit ihr, das wußte sie, grauenhafte Pläne.

Sie verließ das Bad noch einmal kurz, um aus der Küche das lange Elektrokabel zu holen. Dann nahm sie Martins Rasierapparat von der Ablage, verband die Steckkontakte und legte den Rasierer auf den Hocker. Danach erst stieg sie ins Wasser.

Sie streckte sich aus, schloß für eine Weile die Augen. Es tut mir leid, Emmi. Ich kann nun doch nicht kommen. Vielleicht ist es besser so. Laß es mich auf meine Weise versuchen. Du bist zu alt, du bist schwach. Und was ich da in mir habe, ist sehr stark. Es würde dich töten, ehe es zuläßt, daß du mich tötest. Es tut mir wirklich leid, Emmi. Ich habe nicht gewollt, daß es so kommt. Ich habe einfach nicht bedacht, daß der Mann auch sterben wird. Hörst du mir überhaupt zu, Emmi?

Alles war still. Nur ein leises Wasserplätschern, als sie sich bewegte. Erzähl mir eine Geschichte, Emmi. Nur noch eine

Geschichte. Da endlich kam sie, nicht sehr deutlich, wie von weit her, nur ein Wispern. Kennst du die Geschichte von den Feuerteufelchen, mein Kleines?

Ach, Emmi, laß das doch! Komm mir nicht immer damit. Erzähl mir von den Prinzen. Erzähl von Schneewittchen, wie die Zwerge es in den gläsernen Sarg legten. Wie es dort lag, so schön wie zuvor. Weiß wie Schnee … selbst in Gedanken brach ihr die Stimme. Emmi, bitte! Rot wie Blut.

Es hat doch nichts geholfen, Kleines. Eines Tages kam der Prinz, und die Zwerge ließen den Sarg fallen. Da wachte es auf. Und da war es wieder so wie früher. Weiß wie der Schnee, der in der Nacht damals um das Haus lag. Schwarz wie die verkohlten Balken des Daches. Und rot wie die Glut, die das Haus ausfüllte, Kleines.

Sie wollte den Arm ausstrecken. Aber er lag steif und reglos neben ihr auf dem Wannenboden. Es ließ sich nicht ablenken von Emmis Stimme, hatte sich im Hirn ausgebreitet, herrschte über jeden Muskel, jeden Nerv, ließ ihr nur einen winzigen Raum zum Denken. Und plötzlich kam ihr der Gedanke, daß jetzt irgendwo in Kronbusch eine andere in der Wanne lag, nicht starr.

Soll ich dir die Geschichte nun erzählen, mein Kleines?

Es ist zu spät, Emmi. Eben hättest du erzählen müssen.

Es ist nie zu spät, mein Kleines. Ich weiß, du hast Angst, aber so schlimm ist es nicht. Ich weiß, wovon ich rede, ich habe es selbst gefühlt. Natürlich tut es weh, aber man kann es ertragen, wenn man genau weiß, wofür man es ertragen muß.

In der Haustür wurde ein Schlüssel gedreht. Als das Geräusch in ihr Bewußtsein drang, wurden die Arme wieder lebendig. Sie richtete sich in der Wanne auf und wischte sich den Schweiß von der Stirn.

In der Küche bereitete die Müllerin ein Frühstück. Wenig später aß Angela mit gutem Appetit, trank mehrere Tassen heißen, süßen Kaffee dazu. Die Henkersmahlzeit, doch außer ihr wußte niemand davon.

Nach dem Frühstück stellte sie eine Liste zusammen, eine lange Liste. Die Müllerin mußte aus dem Haus. Sonst würde die sie am Ende aus dem Feuer tragen. Für sich selbst brauchte sie keine Liste. Im Wagen lag immer ein gut gefüllter Kanister. Er faßte zehn Liter Benzin, das würde reichen. Sie dachte kurz daran, einen Brief an Martin zu schreiben. Das war sinnlos. Ein Brief würde verbrennen, wie alles im Haus verbrennen würde. Aber sie war Martin eine Erklärung schuldig. Schließlich entschied sie sich, noch einmal mit Bergner zu reden. Angefangen bei dem Satz: »Ich bringe es jetzt zu Ende.« Bis hin zu der Bitte: »Kümmere dich um Martin. Er wird Hilfe brauchen, und er braucht einen, der ihm alles erklärt. Sag ihm, ich war nicht wirklich böse. Ich wußte doch lange Zeit gar nicht, warum die Menschen hier starben.«

Dann ging sie im Geist noch einmal die Vorbereitungen durch. Kleidung und Wäsche aus den Schränken nehmen und über sämtliche Fußböden verteilen. Das Benzin gleichmäßig darüber gießen und anzünden. Zuerst bei der Tür, dann bei den Fenstern, um die Fluchtwege zu versperren.

Als Elfriede Müller kurz vor elf das Haus verließ, sagte Angela: »Lassen Sie sich ruhig Zeit, Frau Müller. Ich lege mich noch ein wenig hin. Ich habe in der Nacht nicht geschlafen.«

Dann ging sie ins Bad, trug ein wenig Schminke auf. Friedhelm sollte nicht sehen, wie blaß ihr Gesicht war. Bis zuletzt sollte er glauben, sie sei stark, kalt, überlegen, sogar der Angst und dem eigenen Tod gegenüber.

Weiter, Anna, weiter. Da hatte sie mit sich gerungen. Jetzt oder nie, erzähl ihm, daß kein Mensch begreifen kann, wie sie es machen. Ja, sie! Es ist nicht nur diese Frau, Tamara ist genauso veranlagt. Erzähl ihm von dem Schachbrett. Sprich noch einmal von dem Gaspedal in Rolands Wagen. Roland hat das nicht erfunden, um sich aufzuspielen. Das Pedal hatte sich verklemmt. Nein, nicht verklemmt. Sie hat einen Stein darauf geworfen. Sie spielte doch mit einem Stein, als sie da am Fenster stand. Warf ihn von einer Hand in die andere. Erzähl ihm das.

Anna konnte es nicht aussprechen. Man durfte es nicht aussprechen. Wenn man es aussprach, beschwor man die bösen Geister herauf. Und es gab keine bösen Geister. Es durfte sie nicht geben. Wer wäre denn noch sicher gewesen?

»Es war eine entsetzliche Nacht«, sagte Anna. »Sie sind übermüdet und verwirrt, Friedhelm.« Es klang weder nachsichtig noch belehrend. »In diesem Zustand kann kein Mensch logisch denken. Glauben Sie mir, diese Frau hat nichts getan.«

Bergner zuckte mit den Achseln, schüttelte gleichzeitig den Kopf. »Da ist noch etwas. Irgendwer hat etwas gesagt. Ich zerbreche mir den Kopf, aber es fällt mir nicht ein.«

»Nicht abschweifen«, sagte Anna. Es war unendlich wichtig, nicht abzuschweifen, gerade bei diesem Thema. Wenn sie sich und ihm am Beispiel dieser Frau erklären konnte, daß verschiedene Dinge einfach unmöglich waren und sich bei sehr genauer Betrachtung wider Erwarten doch noch logisch und rational erklären ließen, dann konnte sie vielleicht eines Tages auch reinen Gewissens sagen: »Tamara ist nur ein sehr verletztes, sehr einsames und verstörtes kleines Mädchen, daß sie ihren Vater haßt, ist ganz normal.« Vielleicht, eines Tages.

Jetzt sagte sie: »Fassen wir noch einmal zusammen, was wir haben. Eine junge Frau, deren Familie sich praktisch selbst ausgerottet hat, eine alte Frau, die an ihre eigenen Spukgeschichten glaubt, und ein Verkehrsunfall, bei dem der Fahrer betrunken war.«

»Ja«, Bergner seufzte und räumte resigniert ein. »Gestern habe ich noch genauso gedacht, Anna. Als ich hinaufging, wollte ich nur feststellen, ob Angela selbst an ihre übernatürlichen Fähigkeiten glaubt. Und sie ging gleich in die Offensive. Schlug mich mit meinen Argumenten. Sie sagte mir genau das, was ich ihr hatte sagen wollen, verstehen Sie, Anna? Vielleicht kann sie Gedanken lesen.«

Der letzte Satz kam ein wenig fassungslos, so als sei ihm diese Erkenntnis gerade erst gekommen. Anna schüttelte nachsichtig den Kopf. »Das ist doch Unsinn, Friedhelm. Sie hat sich Ihre Bücher ausgeliehen, sie kennt diese Argumente doch.«

»Ja«, sagte er wieder und nickte dazu.

»Gut«, meinte Anna. »Und was dann noch? Was werfen Sie ihr sonst noch vor?«

»Ihr Benehmen vielleicht. Als ich zurückkam, hatte sie die Fußnägel frisch lackiert. Das muß man sich einmal vorstellen. Sie hat gerade vom Tod so vieler Menschen erfahren, setzt sich hin und lackiert sich die Fußnägel. Diese Frauen haben sie nicht im geringsten interessiert. Einundvierzig Tote, und vierzig davon legt sie zu den Akten wie Altpapier. Über den Fahrer regte sie sich auf, die Frauen waren ihr gleichgültig.«

Er konnte nicht länger stillsitzen, stand auf und ging zum Fenster. Anna betrachtete ihn mit wachsender Unruhe und Enttäuschung. Er wirkte völlig erschöpft und ratlos, vielleicht brauchte er nur ein bißchen Ruhe. Aber sie waren noch nicht fertig.

Mit einem Seufzer stellte Anna fest: »Wir müssen wohl noch einmal von vorn anfangen. Wie äußert sich Schizophrenie?« Die Antwort darauf gab sie gleich selbst. »Mit Gleichgültigkeit anderen Menschen gegenüber. Friedhelm, Sie haben mir das alles eben lang und breit erklärt. Die Frau ist krank, daran gibt es nichts zu rütteln. Daß Sie es bisher nicht erkannt haben … Sie haben mir einmal gesagt, Sie seien kein Fachmann auf diesem Gebiet.«

Und Tamara war wohl auch nur krank. Aber er war nicht der Mann, das zu erkennen und dem Kind zu helfen. Dafür brauchte es einen wirklich qualifizierten Facharzt, Kinderpsychiatrie. »Und wenn Sie so weitermachen, Friedhelm, dauert es bei Ihnen auch nicht mehr lange. Sie sollten sich jetzt hinlegen.«

Anna bemühte sich um ein leises Lachen, es klang immer noch so, wie er es von ihr gewohnt war. Oder er war einfach zu müde, um den feinen Unterschied zu bemerken. »Betrachten Sie es doch einmal so: Daß Sie dort am Fenster stehen, ist der beste Beweis für eine Krankheit der Frau. Anderenfalls würden Sie jetzt in Ihrer Badewanne liegen.«

»Ja«, sagte Bergner noch einmal lahm. Er drehte sich um und schaute Anna nachdenklich an. »Vielleicht muß ich einfach andere Fragen stellen. Warum ist es für mich plötzlich so wichtig, etwas zu beweisen?«

»Es reicht, Friedhelm.« Anna wurde energisch. »Sie legen sich jetzt hin und ruhen sich aus. In ein paar Stunden werden Sie sich besser fühlen.«

»Ich kann jetzt nicht schlafen«, behauptete er. »Ich werde mit dem Busunternehmer reden. Ich muß wissen, was für ein Mensch das war, dieser Ferdi Wiegant.«

»Sie sind ja schlimmer als ein Kind«, fuhr Anna auf. »Seien Sie doch vernünftig und legen Sie sich hin.«

Wenige Minuten vor zwölf brachte er Anna zur Tür, nachdem er ihr das Versprechen gegeben hatte, sich jetzt sofort in sein Bett zu legen.

Sie fuhr mit dem Lift hinunter in die Garage und ging zielstrebig auf ihren Wagen zu. Einen Augenblick lang befürchtete sie, ihren Wagenschlüssel nicht bei sich zu haben. Dann fand sie ihn in der Tasche des Kleides. Sie öffnete den Kofferraum, nahm den Kanister heraus, wog und schüttelte ihn in der Hand. Er mußte randvoll sein. Sie ging zurück zum Lift und fuhr hinauf.

Gleich in der Diele stellte sie den Kanister ab und blieb sekundenlang reglos daneben stehen. Etwas wie Sehnsucht breitete sich aus. Ruhe und Frieden, es mußte schön sein, Ruhe und Frieden zu haben. Keine Gedanken mehr, keine Sorgen, keine Furcht, diesen ganzen Wahnsinn weit hinter sich zu lassen. Mit der rechten Hand strich sie über die Stirn, roch das Benzin an den Fingerspitzen und verzog den Mund. Ein widerlicher Geruch. Ihr wurde ein wenig schwindlig davon. Doch es ging rasch vorbei, nur eine leichte Benommenheit blieb zurück.

Ruhe und Frieden, Wärme und Geborgenheit. Es war so lange her, daß sie sich geborgen gefühlt hatte, ohne Angst gewesen war. Ihr war kalt, entsetzlich kalt. Sie zog fröstelnd die Schultern zusammen, dachte daran, wie schön ein Feuer war, wie lebendig. Im Kamin war es Behaglichkeit, und die kleinen Flammen einer Kerze, das war Romantik. Mit diesem Gedanken ging sie ins Schlafzimmer.

Ohne zu überlegen, öffnete sie den Schrank und griff hinein, nahm ein Bündel Kleider mitsamt den Bügeln heraus und warf es achtlos hinter sich auf das Bett. Wieder griff sie in den Schrank. Sechs, manchmal auch sieben oder acht Bügel faßte sie mit einem Griff. Auf dem Bett stapelten sich die Kleidungsstücke zu einem Berg. Dann leerte sie die oberen Fächer. Pullover, Wäsche, einige Nachthemden, die sie nie getragen hatte. Hinter der zweiten Tür die Mäntel, dick gefütterte Jacken und Hosen aus festem Winterstoff. In den oberen Fächern Tischwäsche und Badetücher. Zuletzt die Anzüge, einzelne Hosen, Hemden, Jacketts. Sie drehte sich um und sah den Kleiderberg auf dem Bett. Mit einem Seufzer schob sie die Schranktüren zu und machte sich daran, den Berg abzutragen.

Armevoll nahm sie die Stoffe auf, ging durch die einzelnen Räume und verteilte ihre Last gleichmäßig auf den Fußböden. Sie brauchte nicht sehr lange dafür. Als sie ihr Werk betrachtete, nickte sie zufrieden.

In Wohnraum und Schlafzimmer öffnete sie die Fenster spaltbreit. Ein Feuer mußte atmen können, das war wichtig. Sonst würden die Flammen jämmerlich ersticken.

In der Diele öffnete sie schließlich den Kanister, trug ihn durch alle Räume und verteilte seinen Inhalt wie zuvor die Kleidungsstücke. Gleich bei der Tür goß sie ein wenig mehr aus. Der Fluchtweg mußte abgeschnitten sein, sie dachte es nicht, sie wußte es nur.

In der Diele riß sie dann auch das Zündholz an. Das Mädchen mit den Schwefelhölzern fiel ihr ein. Die warme Stube hinter einer durchlässig gewordenen Mauer und ein Mann, der dort auf sie wartete, ein Mann, den sie brauchte, den es nicht gab, nie gegeben hatte. Es war alles nur eine Illusion gewesen. Die Sehnsucht nach Liebe und Geborgenheit wurde fast unerträglich. Wie ein Ring legte sie sich um die Stirn, schnürte den Schädel ein. Zwei, drei Tränen flossen.

Sie bückte sich, hielt die kleine Flamme an ein Jackett. Es loderte gleich auf sie zu. Sie schreckte zurück, als das Feuer rasend schnell um sich griff. Hände und Unterarme hatte es ihr bereits angeleckt. Der Schmerz trieb ihr die Tränen in die Augen. So grauenhaft hatte sie ihn sich nicht vorgestellt. Sie schaffte es nicht, still zu stehen, zu warten, zu lächeln. Sie drehte sich um und floh. Rannte ins Wohnzimmer. Dort war eine Tür ins Freie.

»Ja, der Ferdi«, seufzte der Busunternehmer. Er war ein kleiner, sehr korpulenter Mann mit einer Halbglatze. Unentwegt fuhr er mit einem großen karierten Tuch über Stirn und Kopf, wo sich immer wieder neue, dicke Schweißperlen bildeten. Treuherzig schaute er zu Bergner auf. »Eine Seele von einem Menschen, sag ich Ihnen. Den hätten Sie mit den Kindern erleben müssen. Er war der einzige, dem ich diese Fuhre geben konnte. So was von Geduld, herzensgut war er. Aber mit Frauen kam er nicht zurecht, überhaupt nicht. Wieder seufzte der Busunternehmer, schüttelte betrübt den Kopf. »Trotzdem, ich kann's mir nicht vorstellen. So was macht doch keiner mit Absicht.«

Die Luft in dem kleinen Kontor war stickig. Bergner faßte sich wiederholt unter den Kragen des Hemdes. »Er soll am Abend vorher sehr viel getrunken haben.«

»Ja«, nickte der Unternehmer bedrückt. »Ich hab' es auch schon gehört. Sonst trank er nicht viel, wirklich nicht. Ich stell' doch keine Säufer ein.«

Hilflos schaute er in Bergners Gesicht, verzog bekümmert die Lippen. Er wischte sich noch einmal über die Glatze. Es half nicht viel. Und als er weitersprach, klang es wie ein fortwährendes Seufzen.

»Es gibt einen Zeugen, sagt die Polizei. Der ist hinter dem Bus hergefahren. Auch mal daneben, weil er überholen wollte. Das war aber noch auf der Landstraße. Muß da drin ziemlich hoch hergegangen sein. Getanzt hätten sie und getrunken. Aber der Ferdi nicht, und er fuhr ganz manierlich, schön langsam und gemütlich. Darüber hat er sich noch geärgert, der Zeuge, weil Gegenverkehr herrschte und er nicht überholen konnte. Und er mußte rauf, er mußte was liefern, da ist ein Ausflugslokal, da oben. Und da hat er sich natürlich noch mehr geärgert, als der Ferdi auch abbog und er den Bus die ganze Zeit vor der Nase hatte. Ja, und dann, als sie fast oben waren, gab der Ferdi plötzlich Gas und zog nach links, und da ging es runter. Einfach so, hat der Zeuge gesagt, da war kein Hindernis auf der Straße, kein Tier, gar nichts. Einfach so.«

Er schüttelte den Kopf. »Ich kann das nicht glauben. So was macht doch keiner mit Absicht. Warum soll er das getan haben?

Er wußte doch, daß es da runter ging. Der Zeuge hat natürlich sofort angehalten. Aber da sei nichts zu machen gewesen, hat er gesagt. Da unten sei gleich irgendwas explodiert.«

»Ja«, sagte Bergner nur.

Auf der Heimfahrt konnte er kaum denken vor Müdigkeit. Er hätte sein Versprechen halten und sich hinlegen sollen. Gebracht hatte ihm die Fahrt in die Stadt nichts. Er fuhr den Wagen in die Garage und gleich mit dem Lift hinauf in seine Wohnung, setzte sich in den Sessel und betrachtete das benutzte Geschirr auf dem Tisch. Was Anna wohl dazu sagen würde? Eine Seele von einem Menschen. Herzensgut, aber mit Frauen kam er nicht zurecht, dieser Ferdi Wiegant. War er mit dieser Einstellung nur eine leichte Beute gewesen? War ihm der Befehl zu töten wirklich am Sonntag abend in der Kronenschenke erteilt worden? Oder war es doch nur ein Unfall gewesen, ein betrunkener Fahrer, der, vielleicht plötzlich von Müdigkeit übermannt, das Steuer verriß?

Bergner stand wieder auf und ging ans Fenster. Als er das am Vormittag getan hatte, war Kronbusch gewesen wie immer. Jetzt war es anders. Überall standen sie, verrenkten sich die Hälse, starrten hinauf zur Fassade, einer neben dem anderen. Auch auf den umliegenden Balkonen und an den Fenstern hing Gesicht neben Gesicht. Und zwischen all den Menschen die Wagen. Rot, mit rotierenden Blaulichtern. Feuerwehr, Polizei war auch da. Er hatte nichts davon bemerkt. Wenn man in die Garage fuhr, war das auch nicht zu bemerken. Und er war zu müde, viel zu müde, um darüber nachzudenken. Er sah es nur, all die Köpfe, die Wagen. Dann drehte er sich plötzlich um und rannte hinaus.

Er fand Martin in der Menge neben einem der Löschfahrzeuge. »Wann ist es passiert?« Bergner konnte nur flüstern. Auch Martin war erschöpft, schaute ihn an, ohne jeden Ausdruck im Gesicht. »Vor knapp zwei Stunden.«

Bergner wunderte sich über seine Ruhe. Seine Stimme war so unbeteiligt. »Ist sie tot?«

Martin schüttelte zuerst nur den Kopf, flüsterte dann jedoch: »Nur verletzt.«

Vor Erleichterung konnte Bergner nicht atmen. »Wie ist es passiert? Ein Unfall?«

Noch ein Kopfschütteln von Martin. »Brandstiftung.«

»Wer?« fragte Bergner knapp.

Und Martin erwiderte: »Sie selbst, Friedhelm.«

»Das ist unmöglich.« Jetzt begriff er endlich, das Denken setzte wieder ein. Er glaubte zu schreien, brachte jedoch nur ein heiseres Flüstern heraus. »Das ist völlig ausgeschlossen!«

Martin griff nach seinem Arm, versuchte, ihn fortzuführen aus der Menge. Einige waren bereits aufmerksam geworden, starrten sie an, warteten auf ein neues Schauspiel.

»Laß es gut sein, Friedhelm. Sie hat es zugegeben. Als sie sie wegbrachten, sagte sie, es ging nicht anders, ich mußte es tun. Ich habe es selbst gehört. Also, laß es gut sein.«

Bergner war unfähig, zu reagieren. Er stand nur da, dicht bei einem der Hauseingänge, schüttelte den Kopf, flüsterte heiser: »Nein, ich lass' es nicht gut sein.«

Er umfaßte Martins Schultern und begann ihn zu schütteln, als wolle er ihn zerbrechen. »Sie hat das nicht mit Absicht gemacht. Sie war bei mir heute morgen. Sie war ganz ruhig.«

Martin senkte den Kopf und befreite sich von Bergners Händen. »Es ist ja gut, Friedhelm.«

»Nein, verdammt«, jetzt schrie er, jetzt endlich stampfte er mit dem Fuß auf wie ein zorniges Kind. »Nichts ist gut. Begreift denn keiner, was hier vorgeht? Ausgerechnet Anna! Anna war die Ruhe selbst, als sie bei mir war. Ich war fix und fertig, ich. Sie kann das nicht getan haben, nicht aus eigenem Antrieb. Wenn Sie stirbt …«

Er brach ab und schüttelte wieder den Kopf. Martin stand einfach nur da. Bergner strich sich mit dem Handrücken über die Augen, ein wenig beherrschter sprach er weiter: »Ich fahre jetzt zu Anna. Ich rede mit ihr. Und wenn es auch nur eine Minute gibt, von der sie nicht genau weiß, was sie dachte, dann komme ich hinauf. Dann tu' ich das, wozu ich in der Nacht zu feige war.«

»Worauf willst du hinaus, Friedhelm?« Martins Stimme zitterte bedenklich.

»Jetzt tu doch nicht so naiv«, fauchte Bergner ihn an. »Du weißt es genau. Sie kann es, und sie tut es. Die vierzig von letzter Nacht waren ihr wohl nicht genug. Vielleicht will sie alle ausrotten.«

Martin wandte das Gesicht ab und murmelte: »Du bist völlig übergeschnappt.«

Bergner wurde ruhiger. »Nein, ich bin völlig klar. Ich weiß, was da auf mich zukommt. Aber das riskiere ich. Sie hat einen Fehler gemacht. Sie hätte sich nicht an Anna vergreifen dürfen. Anna kenne ich sehr gut. Bei jeder anderen wäre ich im Zweifel gewesen, bei Anna nicht. Sie hat mir heute morgen noch gegenübergesessen, und sie wirkte dabei, weiß Gott, nicht wie eine Irre.«

»Du bist übergeschnappt«, murmelte Martin erneut.

Bergner preßte für einen Augenblick die Lippen fest aufeinander und schaute Martin an. Er hatte fast ein wenig Mitleid mit ihm. »Dein Engel«, sagte er ruhig, »hockt da oben wie die Spinne im Netz, und hier unten sterben die Fliegen. Aber jetzt ist Schluß.«

Martin schüttelte abwehrend den Kopf. »Ich warne dich, Friedhelm. Laß die Finger von Angela.«

Bergner nickte. »Natürlich, selbstverständlich lasse ich die Finger von ihr. Ich bin nicht lebensmüde. Es wird andere Mittel und Wege geben, um sie außer Gefecht zu setzen. Danach muß ich suchen. Und ich werde danach suchen, verlaß dich darauf.«

Martin verzog das Gesicht, als wolle er lachen. »Gestern

war es noch unmöglich. Jetzt geht es dich persönlich an, und jetzt geht es plötzlich doch. Laß Angela in Ruhe, Friedhelm, mehr kann ich dazu nicht sagen. Angela, merk dir das, ist ganz allein meine Angelegenheit.«

Jetzt zitterte Martin am ganzen Körper, ob aus Wut oder aus Furcht, das wußte Bergner nicht. Es interessierte ihn auch nicht. Sie außer Gefecht zu setzen, schoß es ihm noch einmal durch den Kopf. Guter Gott, was sollte er denn mit ihr tun? Er wußte es genau, es gab nur eine Möglichkeit, aber er war kein Mörder. Augenblicklich war er nichts weiter als ein hilfloser, völlig übermüdeter Mann, der solch einem Geschöpf vielleicht nur einen Gefallen tat, wenn er sich jetzt noch einmal hinters Steuer setzte.

»Paß auf«, sagte er leise zu Martin. »Ich fahre morgen zu Anna, ich bin momentan nicht in der richtigen Verfassung. Ich gehe jetzt lieber rauf und leg mich ins Bett. Ins Bett, Martin, ich sage das so ausdrücklich für den Fall, daß man mich morgen früh in der Badewanne findet. Ein Bad werde ich auf gar keinen Fall nehmen. Du kannst Angela von mir ausrichten, daß ich morgen früh etwas unternehmen werde. Vielleicht beweist sie dir, wozu sie fähig ist. Und dann, mein Lieber, dann ist es wirklich deine Angelegenheit. Und ich hoffe, du weißt, was du dann zu tun hast.«

»Du bist völlig übergeschnappt«, sagte Martin. Es klang wie ein Schluchzen.

Als Martin aus dem Lift ins Freie trat, sah er sie vorne am Zaun stehen. So winzig und verloren vor diesem verwaschenen blauen Himmel. Beide Hände hatte sie in die Zaunmaschen verkrampft. Es tat weh, sie so zu sehen. Zu wissen, was sie jetzt denken mußte. Zu wissen, was sie fühlte. Und nichts für sie tun zu können.

Martin konnte nichts mehr tun. Er war auf eine endgültige Art müde. Er hatte sich eingebildet, er könne heimkommen und sie in der Couchecke finden, freundlich wie immer und ahnungslos. Er hatte geglaubt, er könne zu ihr gehen, den Kopf in ihren Schoß legen und ihr erzählen, wie es gewesen war. Aber sie stand am Zaun.

»Komm ins Haus, Angela«, rief er grob. »Da gibt es nichts mehr zu sehen. Feuer aus, haben sie gesagt.«

Sie rührte sich nicht, hatte ihn vielleicht gar nicht gehört. Er ging zu ihr und faßte sie bei den Schultern, löste die verkrampften Finger aus den Zaunmaschen und drehte sie zu sich um. Sie weinte schlimmer als je zuvor. Aber sein Schmerzempfinden hatte sich ebenso erschöpft wie alles andere.

»Hör auf zu heulen«, befahl er barsch. »Komm jetzt rein.«

»Es war mein Feuer«, flüsterte sie.

»Ich weiß«, sagte Martin.

Er zog sie hinter sich her zum Haus wie eine Gliederpuppe. Als er die Tür aufschloß, fragte sie flüsternd: »Ist sie tot?«

»Nein. Sie ist nicht einmal schwer verletzt.«

Er schob sie vor sich her durch die Diele ins Wohnzimmer. Während er sie dort auf die Couch setzte, erklärte sie leise: »In den nächsten Tagen wirst du vielleicht noch eine finden. Ich habe es heute morgen zuerst in der Wanne versucht. Aber es ging nicht. Da dachte ich, ein Feuer sei die Lösung. Emmi spricht doch immer von den Feuerteufelchen. Ich dachte, sie will mir damit nur sagen, wie ich es machen muß. Aber auch das konnte ich nicht. Ich kann gar nichts. Ich kann nur töten.«

Martin stand vor ihr und schaute auf sie hinunter, versuchte zu begreifen, was sie gerade gesagt hatte.

»Wer war sie?« Ihr Blick war verschleiert, Lider und Nase geschwollen und gerötet.

»Ist sie«, sagte Martin hart. »Sie ist nicht tot. Sie wird auch nicht sterben. Ich lüge dich nicht an.« Dann atmete er tief durch und fügte hinzu: »Anna Jasper. Die Frau, von der

Friedhelm immer sprach. Die Frau, die so große Probleme mit ihren Stiefkindern hatte, wahrscheinlich auch mit ihrer Ehe.«

Es schien ihm einfacher, diese Situation, einschließlich der Unterhaltung, als normal zu betrachten. Ihr zu sagen, was sie wissen wollte, ihr zuzuhören und vielleicht zu fragen, ob sie einen Ausweg wisse.

»Ich weiß nicht, ob du sie kennst. Aber sie hat dich einmal gesehen. Du erinnerst dich vielleicht, Friedhelm sprach davon. Sie hat dich gesehen, als du das Garagentor gerammt hast. Und sie hat es natürlich Friedhelm erzählt. Vielleicht denkt er jetzt, du hast sie absichtlich ausgesucht. Er war ziemlich verrückt, als er es hörte.«

Martin sah, daß sie den Kopf schüttelte, langsam, aber nachdrücklich. Sie lehnte sich zurück und schloß die Augen. Unter den Lidern floß es immer noch hervor, nicht mehr so stark wie eben. »Ich kenne sie nicht«, murmelte sie. »Ich kannte auch die anderen nicht. Es waren immer nur Namen oder Nummern. Deshalb fiel es mir anfangs so leicht zu denken, ich hätte nichts mit ihnen zu tun. Ich habe es nicht gewollt, das mußt du mir glauben. Bei keiner hier habe ich es gewollt. Ich weiß nicht einmal genau, wie es geschehen konnte. Nur gestern abend, das war Absicht.«

»Ich glaube dir«, sagte Martin einfach. Er stand immer noch vor der Couch und schaute auf sie hinunter.

Sie atmete tief ein und sprach langsam weiter. »Den Mann in der Garage habe ich nicht getötet, da bin ich ganz sicher. Aber vielleicht war sein Tod der Auslöser. Ich habe viel darüber gelesen. Ich denke, dieser Mann hat mich an meinen Vater erinnert, ohne daß ich es bemerkte. Ich wußte ja, wie mein Vater gestorben ist. Ich hatte es nur vergessen. Ich hatte alles vergessen. Und deshalb konnte sich dieses Ding in meinem Kopf auch befreien. Ich wußte ja nicht einmal mehr, daß ich es im Kopf hatte.« Ihre Stimme wurde immer wieder von Tränen erstickt, brach dann ab und versank, tauchte wieder hoch.

»Es ist gut«, sagte Martin hilflos. »Du mußt nicht darüber reden, wenn es dich quält, Engel.«

Kaum merklich schüttelte sie den Kopf. »Ich hätte von Anfang an darüber reden müssen, wenigstens mit dir. Ich hätte nicht auf Hillmann hören dürfen. Aber was er sagte, klang so vernünftig. Wenn ich nicht schweige, werden sie mich wieder einsperren, sagte er. Soweit durfte ich es nicht kommen lassen. Und dann habe ich es vergessen. Ich verstehe das gar nicht, Hillmann hat gesagt, ich muß es vergessen, aber man vergißt ja nicht so einfach auf Kommando. Ich vermute eher, daß ich es vergessen wollte. Es war so schön mit dir, das wollte ich nicht aufs Spiel setzen. Seit Monaten habe ich Angst vor diesem Augenblick.«

Sie öffnete die Augen wieder und schaute ihn an. Etwas ruhiger und gefaßter. »Ich dachte, wenn du die Wahrheit erfährst, wirst du mich verlassen. Das hätte ich nicht ertragen. Ich habe alles getan, um ein Ende zu machen. Und gestern war ich überzeugt, daß ich es geschafft hätte. Ich war so erleichtert, vierzig auf einmal und alle verbrannt.«

Martin fühlte ein Würgen in der Kehle. Eine salzige Flüssigkeit sammelte sich in seinem Mund. Er schluckte unkontrolliert und fragte: »Wieso warst du gestern überzeugt und bist es jetzt nicht mehr?«

Sie lächelte müde. »Es ist ganz einfach. Es beginnt mit einem Mann und endet mit einer Frau. Aber es müssen ganz bestimmte Frauen sein. Und dann fand ich sie, gleich vierzig auf einmal, daß es so viele waren, wußte ich nicht, aber es waren mehr als genug. Und jetzt ...« Sie brach ab, kämpfte gegen die erneut aufsteigenden Tränen. »Ich habe einen Fehler gemacht. Ich habe den Fahrer übersehen. Er hätte überleben müssen. Ihn durfte ich nicht töten, ihn auf gar keinen Fall.«

Sie schaute zu Martin auf, der immer noch auf demselben Fleck vor ihr stand. Minute um Minute verging. Endlich erklärte sie leise: »Es wird alles von vorne beginnen. Ich muß etwas tun, aber ich kann nicht. Heute morgen lag ich in der Wanne und konnte den Arm nicht heben. Dann stand ich vor der Haustür und konnte sie nicht öffnen. Erst als ich die Sirenen hörte, und da war es schon vorbei.«

Wieder schwieg sie für eine Weile. Dann fragte sie plötzlich: »Würdest du mir helfen?«

Martin nickte stumm. Und noch bevor er begriff, was sie von ihm verlangte, stand sie auf und ging mit raschen Schritten zur Tür. »Dann komm«, forderte sie. »Wir haben nicht viel Zeit. Friedhelm wird etwas unternehmen, er ist verrückt genug, mir ein paar von seinen Experten auf den Hals zu schicken. Kannst du dir vorstellen, was sie mit mir tun werden?«

Sie lachte leise, als sie Martins entsetzten Blick sah. »Nein, mein Liebling, sie werden mich nicht töten. Erforschen werden sie mich. Vielleicht fordern sie mich sogar dazu auf, meine Fähigkeiten zu beweisen. Und dann müssen nur die richtigen Leute Wind davon bekommen.«

Sie lachte noch einmal, es klang ein wenig nach Wahnsinn. »Ich bin doch besser als jeder Attentäter. Ich kann jede unerwünschte Person aus dem Weg räumen, ohne auch nur in ihre Nähe zu kommen. Natürlich werden sie Angst vor mir haben, alle werden sie Angst haben. Wer will mich denn daran hindern, auch meine Auftraggeber aus der Welt zu schaffen? Damit es dazu nicht kommt, brauchen sie ein Druckmittel. Dich! Sie werden uns trennen, damit sie mich unter Kontrolle halten.«

Martin stand immer noch vor der Couch. »Was soll ich denn tun?« erkundigte er sich. All ihre Erklärungen hatten ihn mißtrauisch gemacht.

Sie lächelte wieder. »Wir dürfen nicht darüber reden. Ich

selbst darf nicht einmal daran denken. Aber du weißt doch, auf welche Art die Frauen hier gestorben sind. Du mußt nur etwas ins Wasser werfen. Dann gehst du wieder hinunter. Man wird dich nicht einmal verdächtigen.«

»Und was«, fragte Martin tonlos, »soll ich ins Wasser werfen?« Er wußte plötzlich, was sie von ihm verlangte, war mit zwei Schritten bei ihr, umklammerte ihre Schultern und schüttelte sie. »Bist du denn völlig verrückt geworden? Wie kannst du so etwas von mir verlangen? Wie kannst du so etwas überhaupt …«

Weiter kam er nicht, die Stimme versagte ihm. Er legte den Kopf an ihre Schulter und begann zu weinen. »Sei doch vernünftig, Engel. Kein Mensch wird dir etwas tun. Kein Mensch wird dich erforschen oder erpressen. Friedhelm kommt auch wieder zur Vernunft. Laß ihn nur mit dieser Frau sprechen, dann wird er einsehen, daß es so etwas nicht gibt.«

Er brachte sie zur Couch zurück, drückte sie nieder, kniete vor ihr, nahm ihre Hände und begann zu betteln. »Es wird auch nichts mehr geschehen, überhaupt nichts mehr. Das mußt du mir glauben.« Abwartend und forschend schaute er ihr ins Gesicht. Doch auf eine Reaktion hoffte er vergebens. Sie erwiderte seinen Blick völlig ausdruckslos. Martin schluckte hart, wartete, bemühte sich um Ruhe, um Argumente. Nur ein paar Argumente, wahnsinnig und logisch mußten sie sein, um sie zu überzeugen.

»Sieh mal« begann er langsam, »jetzt werde ich dir das einmal erklären. Du gehst von völlig falschen Voraussetzungen aus.« Er wußte nicht, woher er die Gedanken nahm. Sie kamen einfach, und er griff sie dankbar auf, sprach sie aus, ruhig und beherrscht. Er strich kurz mit der Zungenspitze über die Lippen. Der Mund war so trocken.

»Wir leben schon lange hier. Und in den ersten drei Jahren ist überhaupt nichts passiert. Dafür muß es eine Erklärung

geben. Du hast vermutlich recht, wenn du sagst, Burgau war
der Anfang. Und am Ende brauchen wir eine Frau, die ver-
brennt. Die Frauen hier gingen alle ins Wasser, bis auf zwei.
Aber Schlaftabletten oder aus dem Fenster springen war
auch nicht richtig. Gestern hast du es endlich geschafft. Da
ist nicht nur eine Frau verbrannt, sondern gleich vierzig. Das
waren so viele, die müßten theoretisch den Busfahrer auf-
wiegen. Sieh mal, damals war es ein Mann, dein Vater. Und
eine Frau, deine Großmutter. Und für diese beiden ist eine
verbrannt. Das war ein Verhältnis von eins zu zwei. Kannst
du mir folgen?«
Sie lächelte mit zuckenden Lippen, strich einmal kurz über
sein Haar und murmelte: »Du bist sehr lieb.«
Es klang nicht, als würde sie ihm glauben. Martin bemühte
sich weiter darum, den Wahnsinn in eine Verhältnisrech-
nung zu bringen. »Jetzt haben wir insgesamt neun, wenn wir
den Busfahrer dazu rechnen, zehn. Gegenüber vierzig ver-
brannten Frauen. Das ist ein Verhältnis von eins zu vier. Das
wiegt sich auf, das ist mehr als genug.«
Als sie auch darauf nicht reagierte, sagte Martin: »Wir werden von hier weggehen, Engel. Wir fangen noch einmal von
vorne an. Wir werden Kronbusch vergessen.«
»Und eines Tages«, murmelte sie, »wird in unserer Nähe ein
Mensch sterben. Und du wirst mich ganz merkwürdig ansehen. Dann stirbt der zweite, der dritte, und du wirst an Kronbusch denken. Damit kannst du nicht leben, Martin. Du
wirst daran zerbrechen. Und damit kann ich nicht leben. Ich
liebe dich.«
»Ich liebe dich auch«, flüsterte er und rieb seine Wange an
ihrem Knie.
»Jetzt vielleicht noch«, meinte sie. »Aber nicht mehr lange,
Martin, dann wirst du anfangen, mich zu hassen. Mich und
dich selbst vielleicht noch mehr, weil du mich einmal
geliebt hast. Weil du dafür gesorgt hast, daß ich lebe.«

»Das ist doch nicht wahr, Engel.« Nur nicht weinen jetzt. Er stand vom Boden auf, ging zu einem Sessel. Ein wenig Distanz und noch ein Versuch, drastischer diesmal.

»Wie kann ich dich denn hassen, nur weil du dir irgendeinen Wahnsinn einbildest? Du bist krank. Du brauchst einen guten, geduldigen, verständnisvollen Arzt. Aber du brauchst keinen Sarg. Hier sind ein paar unglückliche Zufälle zusammengetroffen, das ist alles. Unglücklicherweise hatten sie gewisse Ähnlichkeit mit deiner Vergangenheit. Aber du kannst Hillmann fragen. Du hast weder deine Mutter noch sonst jemanden umgebracht, du nicht. Warum, glaubst du, hat er dir damals verboten, darüber zu reden? Er wollte nur verhindern, daß sie dich in die Klapsmühle bringen. Mehr wollte er nicht. Und mehr will ich auch nicht.«

»Wenn du das glaubst«, fragte sie bedächtig, »bist du dann auch bereit, die Verantwortung dafür zu übernehmen?«

Martin antwortete ihr nicht gleich. Er versuchte sich vorzustellen, wie es sein würde, die Verantwortung für ihre Gedanken zu übernehmen, nicht nur für ihre Gedanken, für ihr Leben, ihre Gesundheit. Er liebte sie in diesen Minuten, vielleicht mehr, als er sie jemals zuvor geliebt hatte. Einfach, weil sie in diesen Minuten mehr Liebe brauchte als jemals zuvor. So nickte er nach ein paar Sekunden bestimmt und erklärte mit fester Stimme: »Ja, dazu bin ich bereit.« Den Rest des Abends und während der Nacht saßen sie sich schweigend gegenüber. Sie war ruhig, nicht erleichtert, nicht befreit, nur ruhig, bereit, abzuwarten und ihm zu vertrauen. Und Martin war nur noch müde, ein klein wenig zufrieden und voller Gedanken. Er dachte an Bergner, an die Frau auf dem Balkon. Wie klein sie gewesen war, da oben im zwölften Stock. Man hatte kaum etwas von ihr gesehen, nur das wabernde Rot in ihrem Rücken, den schwarzen Qualm über ihrem Kopf.

Sie hatte sich an den äußersten Rand des Balkons in eine

Mauernische gedrückt, ganz wehrlos, ganz schutzlos. Was mochte sie empfunden haben, als die großen Scheiben neben ihr in der Glut barsten? Als die Flammen an ihr vorbei bis hoch über das Dach hinaus schossen? Ob sie daran gedacht hatte zu springen? Ein Tod auf den Betonplatten mochte gnädiger sein als der Tod im Feuer. Vielleicht hatten ihn nur ihre Mutlosigkeit und ein Rest von Lebenswillen vor diesem Anblick bewahrt; noch eine junge Frau mit zerschmetterten, verdrehten Gliedern, ohne Gesicht, in ihrem Blut.

Bist du bereit, die Verantwortung dafür zu übernehmen? Und Bergner lag jetzt in seinem Bett und wartete. Worauf denn? Daß er gegen seinen Willen aufstand und ins Bad ging? Daß er gegen seinen Willen in die gefüllte Wanne stieg? Oder daß er hinunter in die Garage ging, Auspuffgase in seinen Wagen leitete, sich hineinsetzte und starb, gegen seinen Willen?

Bist du bereit, die Verantwortung dafür …?

Wie ein scharfes Messer kroch Kälte über seine Kopfhaut. Und er dachte an Sonja Rieguleit und ihr Messer. An das blutige Wasser und das aufgedunsene, teilweise schon verweste Gesicht.

Bist du bereit, die Verantwortung …?

Vor Kälte begann er zu zittern. Was mochte Bergner gerade tun?

»Ich sage das nur für den Fall … dann ist es deine Angelegenheit, und ich hoffe, du weißt …«

Bist du bereit, die …?

Grundgütiger Himmel, steh uns bei, dachte Martin. Wie kann ich das denn? Ich kann doch nicht hineinsehen in ihren Kopf. Vielleicht hat Friedhelm recht. Vielleicht hat sie recht.

Gegen Morgen schlief er im Sessel ein. Es war ein sehr unruhiger Schlaf. Träumend sah er Bergner am Schreibtisch sitzen, sah ihn aufstehen und ins Bad gehen, sah ihn die

Hähne über der Wanne öffnen, sah sich selbst in der Tür stehen, mit vor der Brust verschränkten Armen abwartend.
Bist du bereit?
Und da schrie er. Hob zum Protest beide Arme. Schrie, so laut er konnte. »Nein, Engel, nein! Ihn nicht! Ihn nicht, hörst du? Er war doch unser Freund. Laß ihn leben.«

Bergner saß tatsächlich an seinem Schreibtisch, vor sich Papier, in der Hand einen Kugelschreiber. Neben sich eine Kanne Kaffee und eine Flasche Mineralwasser. Manchmal senkte er den Stift, setzte die Spitze auf das Papier, wollte etwas niederschreiben, wußte jedoch nicht, wie er beginnen sollte.
Seit er die Wohnung betreten hatte, fühlte er sich so verdammt allein. Wie abgeschnitten vom Rest der Welt. Ein Mensch, der konsequent und erbarmungslos in eine bestimmte Richtung gedrängt, geschoben, gezerrt worden war. Niemand hatte sich erkundigt, ob er in diese Richtung wollte. Er wollte nicht, aber jetzt saß er fest. Es gab keine freie Entscheidung mehr, weil es keine freien Gedanken mehr gab. So einfach war das.
Er hatte endgültig den Überblick verloren, wußte nur noch, daß er für den Fall eines Falles einen Hinweis hinterlassen mußte. Einen klaren Fingerzeig, einen unwiderlegbaren Beweis, den niemand mit einem Lächeln abtun konnte. Eine Warnung, vor allem eine Warnung. Ihr seid nirgendwo sicher. Ihr könnt kilometerweit weg sein, sie wird euch überall treffen, Ferdi Wiegant ist der Beweis dafür.
Und schnell mußte er sein, sehr schnell. Von einer Minute zur anderen konnte es bereits zu spät sein. Wenn es über einen kam, dann kam es wie ein Blitzschlag aus heiterem Himmel. Das wußte er mit Sicherheit. Anna hatte ein Feuer gelegt. Und wenn es geschah, dann in der gleichen Weise wie mit Anna. Es war nicht direkt Furcht, was er bei seinen

Gedanken empfand. Eher eine Art von tief verwurzelter Ungläubigkeit, die sich ganz allmählich mit Neugier durchsetzte. Und wenn es so wäre?

So ähnlich mußte ein Mensch empfinden, der aus sturer Gewohnheit regelmäßig am Gottesdienst teilnahm. Der von Wundern hörte, Blinde sehend, Lahme gehend, der dazu nur den Kopf schüttelte, bis ihm eines Tages ein drittes Bein wuchs. Und er saß aus sturer Gewohnheit an diesem Tisch und versuchte, einen Gott niederzuschreiben, den es nicht gab, nicht geben konnte, nicht geben durfte. Er setzte die Spitze des Stiftes auf das Papier und begann: »Sollte ich in dieser Nacht eines unnatürlichen Todes sterben ...«

Blödsinn!

Er riß das Blatt ab, zerknüllte es, warf es in den Papierkorb zu den anderen zerknüllten Blättern und begann von neuem in immer kleiner werdenden Buchstaben. »Dies schreibe ich für den Fall, daß ich in dieser Nacht sterbe. Nach bisherigen Erfahrungen wird es ein Suizid sein ...«

Noch schlimmer, das Schriftbild eines Irren, die Worte eines Mannes, der nicht mehr ein noch aus wußte. Er schüttelte die Kaffeekanne, ein mickriger Rest gluckerte trübsinnig auf ihrem Boden. Er trank einen Schluck Mineralwasser, ging in die Küche und brühte noch einen Liter starken Kaffee auf. Nur wachbleiben zählte noch. Carmen Hellwin hatte geschlafen, ruhig und friedlich geschlafen, das Bettzeug war glatt gewesen, da war nur die Kuhle im Kissen ...

Er nahm die Kanne wieder mit an den Schreibtisch, verzichtete sogar auf die Kondensmilch, gab dafür die doppelte Menge Zucker in seine Tasse und hoffte inständig, es auf diese Weise zu schaffen. Wenigstens den Morgen noch erleben, noch einmal mit Anna reden. Ihr endlich sagen, was er für sie empfand, Ehemann hin, Stiefkinder her. Ich will dich, Anna! Ein bißchen mit dem Feuer spielen war erlaubt, sie hatte es doch auch getan.

Erneut setzte er zu einem Versuch an, mühte sich ab zu erklären, was sich nicht erklären ließ. Vier weitere Seiten warf er einfach auf den Fußboden.

Als er plötzlich, ohne darüber nachzudenken, aufstand und sich vor der Tür zum Badezimmer wiederfand, zog sich seine Kopfhaut schmerzhaft zusammen. Aber es war nur ein natürliches Bedürfnis, die Folge von Mineralwasser und Kaffee. Dann saß er wieder am Schreibtisch und konnte darüber lachen. Und endlich fiel ihm auch ein, wie er die Sache zu Papier bringen konnte, ohne sich lächerlich zu machen.

Er hielt sich einfach an die Fakten, begann mit dem Abend, an dem Walter Burgau starb. Und nun ging es ihm flüssig von der Hand. Bis zum Morgen hatte er etliche Seiten gefüllt. Müde fühlte er sich nicht mehr. Im Gegenteil, der Verstand war hellwach und arbeitete erstaunlich scharf. Als er dachte, der tote Punkt sei überwunden, lachte er über die Doppeldeutigkeit. Draußen dämmerte es bereits. Er war seit zwei Tagen ohne Schlaf. Richtig gewaschen hatte er sich auch nicht in dieser Zeit. Er konnte den Schweiß riechen. Ich sollte gründlich baden, dachte er, frühstücken und dann zu Anna fahren.

Er ging ins Bad, drehte beide Hähne über der Wanne gleichzeitig auf, nicht mehr gar so sehr auf jeden Handgriff bedacht. Er zog sich aus und stieg in die Wanne. Das warme Wasser machte ihn augenblicklich träge, lockte die Müdigkeit wieder aus den Knochen. Aber schlafen wollte er auf gar keinen Fall. Dazu war später noch genug Zeit. Er strich mit einer Hand über Wangen und Kinn, fühlte die rauhen Bartstoppeln. Rasieren muß ich mich auch, dachte er. Ich sehe wahrscheinlich aus wie Rasputin.

Während Bergner noch vor seinem Schreibtisch grübelte, lag Anna in einem weißen Metallbett und starrte gegen die Zimmerdecke. Man hatte ihr ein Beruhigungsmittel gegeben und ein Mittel gegen die Schmerzen. Das Beruhigungsmittel hatte die Erregung ein wenig gedämpft, schlafen ließ es sie nicht. Und die Schmerzen waren jetzt erträglich. Anna fühlte sie noch, mehr war es nicht.

Ihr fehlte jeder Bezug zur Wirklichkeit. Sie sah sich immer wieder mit dem Kanister in der Hand die Wohnung betreten. Sah sich Kleidungsstücke auf dem Boden verteilen, ein Zündholz anreißen. Das Mädchen mit den Schwefelhölzern. Das wunderschöne Märchen vom gnädigen Tod. Dann die Panik, die Hitze, das Bersten von Glas, schmelzender Kunststoff, beißender Qualm, hochschlagende Flammen. Und die Menschen unten auf den Wegen, winzige Figuren aus einem Spielzeugland. Und genau das war es, ein Spielzeugland.

Es wurde erst wieder Realität, als man ihr aus dem dreizehnten Stock eine Leiter hinunterließ. Bis dahin war sie auf eine merkwürdige Art isoliert gewesen. Sie hatte Angst, nach der Leiter zu greifen, Angst, auf die Balkonbrüstung zu steigen. Angst, den ersten Fuß auf diesen lächerlichen Strick zu setzen, sich hinaufzuhangeln im Wind.

Sie hatte einfach Angst gehabt, die Isolation zu verlassen. Solange sie da in der Ecke stand, mußte sie niemandem ins Gesicht sehen. Und niemand wußte so genau, wer sie war. Und es war so windig. Im zwölften Stock war es immer windig. Die Strickleiter schwankte, pendelte, abstürzen oder verbrennen, keine guten Aussichten.

Anna verlor in dieser Nacht jedes Zeitgefühl. Manchmal schaute sie flüchtig auf ihren linken Unterarm. Aber dort war nur ein weißer Verband. Neben dem Bett brannte ein kleines Licht. Es vermittelte den Eindruck von Sicherheit, von Geborgenheit und Ruhe. Aber es war grundfalsch zu denken, es ist vorbei, mir ist nicht viel geschehen. Jetzt begann es doch erst.

Am nächsten Morgen kam Roland. Es war nicht einmal neun, und er nahm sich nicht einmal einen Stuhl. Blieb

314

neben dem Bett stehen und schaute auf sie herab. Die Begrüßung überging er, sagte statt dessen: »Ich werde mich um einen Anwalt für dich bemühen, vielleicht auch um einen guten Psychiater. Du solltest dich auf momentane geistige Verwirrung zur Tatzeit berufen. Einen anderen Rat kann ich dir nicht geben. Und es wäre vorteilhaft, wenn du dich entsprechend verhältst. Du kannst dich an nichts erinnern, ich hoffe, wir haben uns verstanden.«

Anna schwieg und betrachtete ihn. Sie sah ihn jetzt wie einen Fremden. Das war er wohl auch. Ein am Geschehen Unbeteiligter, der ihr einen Rat gab. Ich hoffe, wir haben uns verstanden. Das haben wir doch nie, wir haben es nur einmal geglaubt. Was hatte sie von ihm denn erwartet? Verständnis? Trost? Worte, wie: »Mach dir keine Sorgen, Anna.«

Nicht von Roland. Selbstherrlichkeit duldet keinen Wahnsinn neben sich. Was konnte sie überhaupt noch erwarten? Gleich, ob nun von ihm oder anderen.

Anna sah es ganz nüchtern. Und in diesem Krankenhausbett war sie ganz nüchtern, ganz die Anna, die Bergner immer in ihr gesehen hatte. Eine Anklage wegen Brandstiftung, eine Zivilklage auf Schadenersatz, Regreßansprüche der Haftpflichtversicherung. Die würde sie vielleicht mit knapper Not erfüllen können, immerhin hatte sie über einige Jahre hinweg mehr Geld verdient, als ein vernünftiger Mensch ausgeben konnte. Anschließend ein Aushilfsjob, um zu überleben. Zurück ins Atelier vielleicht, aber nicht mehr der Star. Lächle, Anna, ja, so ist es gut, du bist phantastisch. Das war vorbei. Man war so schnell vergessen in diesem Job. Sie drehte den Kopf zur Wand, als Roland das Zimmer wieder verließ. Ihre Augen wurden feucht. Es waren nicht einmal vollständige Tränen. Kein Selbstmitleid. Es war nur sein Rücken an der Tür, ein so endgültiger Rücken.

»Wo sind die Kinder?« fragte Anna. Sie wollte noch rufen: »Du darfst sie nicht zurück in ein Internat schicken, auf gar

keinen Fall.« Da war er längst draußen. Jetzt waren es wieder seine Kinder, und ihr empfahl er einen guten Psychiater. Endgültig, aber nicht direkt schmerzhaft. Wie die Worte des Arztes damals: »Sie werden nie eigene Kinder haben.« Dann eben nicht, hatte sie damals denken können, und es funktionierte auch heute noch. Ich werde schon erfahren, wohin er die Kinder bringt. Und er kann mir nicht verbieten, sie zu besuchen. Das kann er nicht, es sei denn …
Eine Anklage wegen Brandstiftung und ein guter Psychiater.

Sie saßen sich immer noch gegenüber. Martin erwachte kurz nach sechs und brauchte einige Minuten, ehe er sich zurechtfand. Sie hatte nicht geschlafen, saß da wie am Abend und lächelte ihn an. »Möchtest du noch schlafen?«
»Nein«, murmelte Martin benommen.
»Möchtest du einen Kaffee?«
»Ja, gerne.« Er reckte sich, gähnte. Sein Rücken war verspannt von der unbequemen Lage im Sessel. Angela erhob sich und ging in die Küche. Martin folgte ihr augenblicklich, sah, daß sie nur die Kaffeemaschine in Betrieb nahm. Ein wenig beruhigt ging er ins Bad. Als er zurückkam, war sie dabei, den Tisch in der Küche zu decken. »Möchtest du auch etwas essen?«
Er schüttelte stumm den Kopf. Dann saß sie ihm wieder gegenüber. Sie lächelte immer noch. Es war rührend, dieses Lächeln. Es machte ihr Gesicht so verletzlich.
»Du hast nicht gut geschlafen«, sagte sie leise.
»Ich wollte gar nicht schlafen«, erwiderte er.
»Du mußt dich nicht dafür entschuldigen. Es war ein schlimmer Tag, und du warst müde. Im Schlaf hast du geschrien.«
»Ich habe ziemlich wüst geträumt«, erklärte Martin.
Sie nickte, lächelte weiter. »Ich weiß, von mir.«
Endlich füllte sie die beiden Tassen, schaute zum Fenster

hin. »Eigentlich ist es ein ganz normaler Tag. Wenn man nicht aus dem Fenster schaut, kann man denken, es ist nichts passiert.«

»Hast du schon aus dem Fenster geschaut?«

Sie nahm ihre Tasse mit beiden Händen, führte sie zum Mund und schüttelte den Kopf dabei. Dann trank sie vorsichtig einen Schluck Kaffee und erklärte anschließend: »Warum hätte ich das tun sollen? Ich weiß, wie eine ausgebrannte Ruine aussieht. Und es ist ja nicht einmal eine ausgebrannte Ruine, nur ein schwarz umrandeter Balkon. Gestern fand ich, von außen sah es gar nicht so schlimm aus. Ich möchte, daß du etwas für mich erledigst. Tu es gleich, wenn du im Büro bist. Ich werde den Schaden bezahlen. Wenigstens das sollte ich tun.«

Martin antwortete ihr nicht darauf, fragte statt dessen: »Hast du überhaupt nicht geschlafen?«

»Nein«, sie nahm ihr Lächeln wieder auf. Die Tasse hielt sie mit beiden Händen am Mund. »Ich habe nachgedacht und dich beobachtet. Es war sehr aufschlußreich.«

»Ich hätte nicht einschlafen dürfen«, sagte Martin hilflos.

»Jetzt entschuldige dich nicht wieder. Es war ganz gut so. Im Schlaf warst du ehrlich. Du weißt, daß ich es kann. Du weißt auch, daß du es nicht erträgst. Du hast um Friedhelms Leben gebettelt.«

In seiner Hilflosigkeit schlug Martin mit der flachen Hand auf den Tisch. Sie zuckte leicht zusammen, als er sie zusätzlich anbrüllte. »Herrgott, ich hatte einen Alptraum. Das ist ja wohl normal nach solch einem Tag und dem Unsinn, den du mir aufgetischt hast. Jetzt hör auf damit.«

Sie zuckte mit den Schultern, trank ihren Kaffee aus und ging ins Bad. Martin folgte ihr ängstlich und mißtrauisch. Als sie in die Duschkabine stieg, beruhigte er sich ein wenig. Aber er blieb bei der Tür stehen und rauchte eine Zigarette. Die Asche schnipste er einfach ins Waschbecken.

Später ging sie ins Schlafzimmer, und Martin folgte ihr. Er rechnete fest damit, daß es jeden Augenblick an der Haustür klingelte. Allein der Gedanke ließ ihn frösteln. Wenn Friedhelm auch noch den Verstand verloren hatte, nicht auszudenken. Martins Argumente waren erschöpft. Und sie wählte sorgfältig ihre Garderobe aus, entschied sich für einen weitschwingenden dunkel gemusterten Rock und eine dunkelrote Bluse. Die Farben paßten nicht zusammen. Aber darauf achtete Martin nicht. Einen Augenblick lang hatte er befürchtet, sie könne das Kleid anziehen. Das hätte er nicht ertragen. Als sie schließlich auch den letzten Knopf der Bluse geschlossen hatte, fragte sie: »Mußt du heute nicht früher im Büro sein?«

»Ich gehe heute nicht ins Büro«, erklärte Martin knapp.

»Du mußt gehen.«

»Ich muß überhaupt nichts mehr.« Martin reagierte mit Trotz, ging ins Wohnzimmer, setzte sich demonstrativ in einen Sessel, schlug die Beine übereinander und verschränkte die Arme vor der Brust. Sie stand bei der Tür.

»Du kannst nicht hierbleiben«, erklärte sie ruhig. »Ich will es nicht.«

Martin grinste breit, obwohl ihm eher nach Tränen zumute war. »Dann probier doch mal, ob du mich ins Büro bringst.« In einer großzügigen Geste breitete er die Hände aus. »Bitte, du kannst mir ja zeigen, wozu du imstande bist. Denk einfach, daß ich jetzt aus diesem Sessel aufstehe und zur Tür gehe. Du wirst sehen, du kannst denken, was du willst, ich werde mich keinen Millimeter von der Stelle bewegen.«

Sie kam langsam ins Zimmer. Ohne auf sein Angebot zu reagieren, ging sie zum Schrank und öffnete eine der oberen Türen. In ängstlich gespannter Erwartung beobachtete Martin, wie sie ihr Scheckheft herausnahm. Damit ging sie zum Tisch.

»Was tust du da?«

»Ich schreibe einen Scheck aus.« Er sah, daß sie etwas auf

das unscheinbare Formular schrieb. Dann hob sie kurz den Kopf. »Die Summe lasse ich offen. Du kannst sie später eintragen, wenn feststeht, wie hoch der Schaden ist.«

Martin sprang auf, rannte zum Tisch und riß ihr den Scheck aus den Händen, zerriß ihn in winzige Fetzen. »Hör auf mit dem Blödsinn. Mir reicht es jetzt.«

Er konnte die Tränen nicht länger unterdrücken, aber das Gefühl dabei war mehr Zorn und Rebellion als Trauer. Mit großen Schritten ging er zum Telefon, zog das Telefonbuch aus dem Regal und begann hektisch darin zu blättern. Sie stand noch beim Tisch, anscheinend leicht verwirrt. Und jetzt fragte sie: »Was tust du da?«

»Ich rufe jetzt einen Arzt an«, fauchte Martin. »Und dann fahre ich mit dir da hin.« Aus lauter Verzweiflung begann er wieder zu grinsen. »Einer von uns beiden muß jetzt vernünftig sein«, sagte er. Aus den Augenwinkeln sah er, daß sie sich dem Tisch zuwandte und einen zweiten Scheck unterschrieb. Martin ließ das Telefonbuch einfach auf den Boden fallen, riß ihr auch den zweiten Scheck unter den Händen fort und zog sie an sich. »Jetzt hör doch auf«, stammelte er. »Bitte, Engel, du mußt damit aufhören. Das halte ich nicht aus.«

Während er mit zittrigen Fingern über ihr Haar strich, stammelte er weiter. »Du kannst mir meinetwegen erzählen, du hättest allein mit deinem Willen fünfzig Menschen umgebracht, und du würdest noch mehr umbringen, wenn man dich ließe. Damit kann ich leben. Aber du kannst nicht von mir verlangen, daß ich deinen Scheck im Büro vorlege und erkläre, warum du den Schaden bezahlen willst. Du kannst auch nicht verlangen, ich soll ins Büro gehen, solange die Möglichkeit besteht, daß Friedhelm heraufkommt. Der ist verrückt genug und bringt dich um. Diese Frau bedeutet ihm sehr viel. Er bildet sich ein, er müsse ihr helfen. Und das tut er notfalls auf deine Kosten. So ist das eben, jeder ist sich selbst der Nächste, Engel.«

Martin spürte, daß seine Wangen erneut feucht wurden. Er preßte das Gesicht in ihr Haar, wischte damit die Tränen ab. »Das kann ich nicht zulassen«, sagte er. »Paß auf, ich weiß, was wir tun. Ich rufe Friedhelm an, vielleicht kann er uns einen Arzt empfehlen. Ich höre schon, ob er wieder bei Verstand ist. Und wenn nicht, dann werden wir beide einfach von hier verschwinden.«

Er ließ sie nicht los, hielt sie mit beiden Armen an sich gepreßt, schob sie rückwärts durchs Zimmer auf das Telefon zu. Auch dort hielt er sie noch mit einem Arm fest, während er mit der freien Hand den Hörer aufnahm, ihn sich zwischen Schulter und Ohr klemmte und Bergners Nummer wählte. Das Freizeichen ertönte.

»Jetzt geh schon ran«, murmelte Martin beschwörend, aber es klingelte nur endlos weiter, bis das Signal in eine Folge rascher Töne umschlug.

»Er schläft wohl noch«, sagte Martin gepreßt. »Er war ziemlich kaputt gestern.« Er drückte kurz auf die Gabel, wählte noch einmal. »Aber ich kriege ihn schon wach.« Und wieder tutete ihm das Freizeichen ins Ohr. Sie stand so dicht bei ihm, hatte das Gesicht gegen seine Schulter gelegt. Das Signal an seinem Ohr schlug erneut um.

»Vielleicht ist er auch schon ins Krankenhaus gefahren«, sagte Martin. Er legte den Hörer zurück. »Ich versuche es gleich noch einmal.«

Er legte ihr eine Hand unter das Kinn und hob ihr Gesicht an. »Wenn er erst mit dieser Frau gesprochen hat, wird er vernünftiger sein. Und wir sind jetzt auch vernünftig, ja?« Einen Arm um die Hüften gelegt, führte er sie zur Couch. Sie war so steif, fast so wie gestern, als er sie vom Zaun weg ins Haus führte. Wie eine Puppe ließ sie sich in die Couchecke setzen.

»Du bleibst jetzt schön hier sitzen, Engel«, sagte Martin. Er sprach, als wolle er ein kleines Kind besänftigen. Aber die

Stimme hatte einen panischen Beiklang. Martin rieb sich die Hände, ging ein paar Schritte vor dem Tisch auf und ab und blieb schließlich mitten im Zimmer stehen. Er sah, wie sie den Kopf zurücklegte und die Augen schloß. »Ja«, riet er zärtlich, »schlaf ein bißchen. Du mußt sehr müde sein. Schlaf nur, ich passe schon auf, daß nichts passiert.«

Ihr Gesicht war sehr blaß, und das dunkle Haar machte es noch blasser. »Es tut mir leid«, sagte sie unvermittelt. »Friedhelm wird dir helfen. Er wird dem Gericht erklären können, warum du es getan hast.«

Martin nickte nur, betrachtete ihr Gesicht und glaubte, innerlich zu zerreißen. Diese sanften, gleichmäßigen Linien, die Stirn, Nase, der Mund. Eine Frau wie ein schöner Traum. Ihm fiel ein, wie hilflos und schäbig er sich anfangs in ihrer Nähe gefühlt hatte. Und ganz langsam ging er rückwärts. Er bemerkte gar nicht, wie er einen Fuß hinter den anderen schob, bis er plötzlich mit dem Rücken gegen die Anrichte stieß. Er faßte nach hinten, fühlte den Griff eines Schubfachs in der Hand.

Kronbusch, dachte er, und der Engel auf der ersten Seite. Aber ihr Bild war nie im Prospekt erschienen, das wäre doch zu weit gegangen. Seine Finger ertasteten die Pistole unter dem Stapel Servietten, berührten den Lauf. Martin nahm die Waffe an sich und wog sie hinter dem Rücken abschätzend in der Hand.

Und wenn Bergner tatsächlich den Verstand verloren hatte, wenn Bergner sich einbildete, daß er hier oben zum Zuge käme, egal ob allein oder mit Experten, dann würde er ihm schon zeigen, daß es Grenzen gab. Niemand würde sich an ihr vergreifen. Nicht, solange er hier stand und eine Pistole in der Hand hielt. Gegen Gott und die Welt wollte er sie verteidigen. Er liebte sie doch, liebte sie mehr, als er ihr begreiflich machen konnte.

Aber vielleicht kam Bergner nie mehr, vielleicht hatte er

doch ein Bad genommen und war nur deshalb nicht ans Telefon gegangen. Auch egal! Auf einen Freund konnte man im Notfall verzichten, aber auf sie nicht. Auf sie niemals, ohne sie konnte er nicht leben. Er wußte das genau. Martin atmete ein und aus, es war nur noch ein Zittern.

Die Zimmernummer erfuhr Bergner beim Pförtner. Doch als er nach der Türklinke greifen wollte, hielt ihn eine energische Stimme zurück. »Hallo, Sie da. Da können Sie nicht hinein.« Bergner drehte sich um, rang sich ein warmherziges, überlegen wissendes Lächeln ab. »Und warum nicht? Wenn ich recht informiert bin, liegt in diesem Zimmer Frau Jasper, Anna Jasper. Sie wurde gestern eingeliefert.«
Die Krankenschwester nickte und schaute ihn abwartend an. »Sehen Sie«, erklärte Bergner ein wenig von oben herab, er intensivierte sein Lächeln, stellte sich vor und sagte auch gleich: »Ich bin Psychologe.« Er hätte sich dafür ohrfeigen können. Die Schwester nickte verstehend, murmelte: »Ach so, ja dann« und lächelte nun ihrerseits leicht verlegen.
Bergner klopfte, eine Aufforderung kam nicht. Dabei mußte Anna ihn bereits gehört haben. Er atmete tief durch und betrat das Zimmer. Sie hatte ihn gehört, schaute ihm entgegen. Aber sie lächelte nicht. Er selbst versuchte es, zuversichtlich sollte es wirken. Und er spürte, daß es nur unsicher und kläglich ausfiel. Er sah die weißen Bandagen auf der Bettdecke, dachte an Emmis Hände und biß sich auf die Lippen.
»Deine Hände«, stotterte er fassungslos.
»Es sind nur äußere Verbrennungen, Friedhelm. Es wird ein paar Narben geben, und die Finger werden etwas steifer sein, aber sonst …«
Er forschte in ihrem Gesicht, anfangs nur dankbar, daß es nicht ebenfalls verletzt war. Dann zunehmend besorgt, weil er den Ausdruck darin nicht kannte.

»Roland war schon hier«, sagte sie. »Er wird alles Notwendige veranlassen. Ich soll mich auf verminderte Zurechnungsfähigkeit berufen.«

»Nein!« stieß er hervor. »Nein, das wirst du nicht tun.« Er schüttelte heftig den Kopf. Dann saß er auch bereits auf dem Bett und hätte fast nach ihren Händen gegriffen. Er besann sich noch rechtzeitig und strich nur kurz mit einem Finger über ihre Lippen.

»Anna«, jetzt wurde er eindringlich. »Ich werde beweisen, daß du diesen Brand nicht aus eigenem Antrieb gelegt hast.« Sie lächelte geringschätzig. »Natürlich«, ihre Stimme war wie das Lächeln. »Du wirst es beweisen. Du wirst mir und allen anderen erklären, daß diese arme Irre mich dazu gebracht hat. Versuch es bei den anderen, Friedhelm, nicht bei mir. Mir ist das zu feige. Für meine Dummheiten bin ich immer selbst eingestanden. Ich werde nicht behaupten, eine Stimme habe mir das eingeflüstert. Da war nichts in dieser Art. Also werde ich nur sagen, wie es war.«

»Und wie war es?«

»Gräßlich«, murmelte sie und drehte ihr Gesicht zur Wand. Bergner stand vom Bett auf und nahm sich einen Stuhl. Noch während er sich setzte, verlangte er: »Komm, Anna, hilf mir. Ich bin vor einer Stunde im kalten Badewasser aufgewacht. Mein Rasierapparat lag in Griffnähe auf der Ablage. Ich hatte ihn selbst noch dahin gelegt, weil ich mich rasieren wollte. Ist eigentlich nicht meine Art, mit einem Elektrogerät die gefüllte Badewanne zu teilen. Beim nächsten Mal werde ich vielleicht nicht wieder wach. Ich habe kaum etwas in der Hand, Anna. Jedenfalls nichts, was ich glaubhaft gegen Angela vorbringen kann. Ich habe die ganze Nacht Notizen gemacht, sollte mir etwas passieren, hoffe ich, daß sie in die richtigen Hände kommen. Aber ich will nicht der letzte Beweis sein. Du bist ein Beweis, Anna. Mein einziger Beweis, verstehst du?«

Er sah nur, daß sie langsam den Kopf schüttelte. »Willst du mir nicht helfen?«

»Ich kann mir ja selbst nicht helfen«, sagte sie.

Bergner lachte ironisch. »Tun wir uns doch zusammen. Zu zweit sind wir vielleicht erfolgreich. Fangen wir bei gestern an. Als du von mir weggingst, was wolltest du tun?«

»Heimgehen«, antwortete Anna mit abgewandtem Gesicht »Etwas essen und mich langweilen. Die Kinder hatten am Nachmittag Musikunterricht. Ich wollte sie gegen Abend abholen. Weißt du, wie öde es ist, wenn du stundenlang mit einer Illustrierten auf den Knien in einem Sessel sitzt? Wenn du dich plötzlich wieder nach einem Leben sehnst, das du nicht mehr führen wolltest?« Sie biß sich auf die Lippen.

»Ich wußte nicht, daß du so unzufrieden bist«, gestand Bergner in einem Anflug von Resignation.

»Nein. Du hast gedacht, ich bin ein Übermensch. Aber selbst einen Übermenschen wirft es aus der Bahn, wenn er plötzlich feststellen muß, daß er sich gründlich verkalkuliert hat. Daß er mit leeren Händen dasteht. Was wollte ich denn? Ich wollte ein geordnetes Leben, nur noch hin und wieder ein bißchen von vergangenem Ruhm zehren. Es war schon ein gutes Gefühl, wenn mich der Verkäufer am Zeitungsstand plötzlich konzentriert anstarrte und dann zu lächeln begann. Es war auch ein gutes Gefühl, wenn das Telefon klingelte und du fragtest, ob ich einen Kaffee mit dir trinken wollte. Du hast mich ja nicht wegen dem Kaffee angerufen, das wußte ich. Du hast mich gebraucht. Und du warst, verdammt noch mal, der einzige, der mich brauchte. Die Kinder gaben sich Mühe, aber wahrscheinlich war ich ihnen nur lästig. Ich war eben die, die das Essen auf den Tisch brachte, die sie am Abend vom Musikunterricht abholte, die ihre Betten frisch bezog und sich einbildete, es sei alles in Ordnung. Nichts war in Ordnung. Tamara braucht die Hilfe eines Facharztes, ich kann ihr nicht helfen. Ich kann doch gar nicht mehr unvoreingenommen sein, nachdem du mir von dieser Frau erzählt hast.«

Als Anna endlich schwieg, nahm Bergner den Faden wieder auf. »Du wolltest heimgehen und essen. Aber?«

»Ich bin durch die Garage gegangen. Das habe ich häufig getan. Ich bin zu meinem Wagen gegangen und habe den Kanister genommen. Dann bin ich hinaufgefahren.«

»Wie Angelas Mutter damals, erzähl weiter.«

Anna holte vernehmlich Atem. »Ich habe den Kleiderschrank ausgeräumt und alles auf die Fußböden verteilt, das Benzin darüber ausgegossen und angezündet. Das war schon alles.«

Der Hinweis auf Angelas Mutter schien Annas Interesse geweckt zu haben, jedenfalls klang sie nicht mehr ganz so abweisend.

»Das hat sie damals vielleicht auch getan. Das weiß ich nicht genau, aber man kann es vermutlich noch feststellen. Es gibt bestimmt Unterlagen bei der Polizei. So lange ist es ja noch nicht her. Was hast du gedacht? Was hast du empfunden?«

Anna zuckte mit den Achseln, seine Frage beantwortete sie nicht, erklärte statt dessen: »Wenn man dir zuhört, klingt es so normal. Aber weißt du überhaupt, was du da sagst?«

»Anna«, erklärte er eindringlich. »Du warst einige Stunden lang bei mir. Gut, du warst mit deiner persönlichen Situation unzufrieden, aber ein Mensch, der kurz vor solch einer Verzweiflungstat steht, ist nicht in der Lage, sich stundenlang auf ein Gespräch zu konzentrieren. Der ist mit sich selbst beschäftigt und nicht mehr imstande, logisch zu argumentieren. Und ich traue mir zu, den Unterschied zu bemerken.«

Anna lachte einmal kurz und kalt auf. »Du hättest den Unterschied bemerkt? Du, ja? Hast du vergessen, womit ich jahrelang mein Geld verdient habe? Was, glaubst du eigentlich, habe ich im Studio tun müssen oder auf dem Laufsteg? Die Zähne zusammenbeißen und durch. Aber darum geht es doch nicht.«

»Doch«, widersprach er, »genau darum geht es. Du hast es gelernt, dich zu beherrschen. Und bisher hast du deine Beherrschung nicht verloren. Warum denn ausgerechnet gestern, wo es keinen Anlaß gab? Weil sie dich dazu gebracht hat, Anna. Und ich werde es beweisen. Ich werde Hillmann dazu zwingen, eine Aussage bei der Staatsanwaltschaft zu machen. Notfalls lasse ich sogar Emmis Behauptung zu Protokoll nehmen. Ich werde tun, was ich tun kann, Anna, darauf kannst du dich verlassen.«

»Du könntest dabei sterben«, sagte Anna.

»Du hättest gestern auch sterben können.«

Anna schwieg und kaute auf ihrer Unterlippe. Die Augen waren weit offen. Mit einem unsicheren Blick schaute sie ihn an. »Ich frage dich noch einmal, Friedhelm, weißt du überhaupt, wovon du sprichst? Hast du eine Vorstellung, was es bedeutet, wenn man sich der eigenen Gedanken nicht mehr sicher sein kann? Wenn man befürchten muß, daß ein anderer im eigenen Kopf denkt und Befehle erteilt? Und du spürst es nicht. Glaub mir, du spürst nichts davon. Egal, was du tust, du bist überzeugt davon, daß du es selbst tun willst.« Anna schüttelte den Kopf. »Das will ich nicht bewiesen haben. Da ziehe ich eine Anklage wegen Brandstiftung vor.«

»Das ist feige, Anna«, erklärte er. »Man muß bereit sein, sich den Tatsachen zu stellen, auch wenn sie ungeheuerlich sind. Man ändert sie schließlich nicht, indem man sie ignoriert.«

»Laß mich doch in Ruhe«, flüsterte Anna. Dann wurde sie lauter. »Mein Gott, du verstehst überhaupt nichts! Wenn sie so veranlagt ist, ist Tamara es vielleicht auch. Und wer weiß, wie viele es noch gibt von dieser Sorte? Nein! Ich habe das Feuer gelegt, ich! Ich hätte so gerne Wachskerzen am Weihnachtsbaum gehabt. Feuer hat für mich nur mit Wärme und Geborgenheit zu tun. Und genau das wollte ich, Wärme, Geborgenheit, eine Familie. Einen Mann, der mich liebt. Mich, nicht nur die ruhige Fassade. Kinder, denen ich abends noch ein Märchen vorlese. Stefan mag das Märchen vom kleinen Mädchen mit den Schwefelhölzern so gerne. Ich habe es den beiden in den letzten Wochen immer wieder vorlesen müssen, immer nur dieses eine. Ich mag es auch sehr. Die Kinder und ich, wir wissen, was es bedeutet. Und jetzt liege ich hier, weil ich auch einmal ein Zündholz angerissen habe. Und da hinten ist alles verbrannt. Stell dir vor, die Kinder wären daheim gewesen. Am Ende wären sie mir …«

»Auch noch verbrannt«, vollendete Bergner und starrte sie ungläubig an. Es war, als ob ein Stück Draht in seinem Hirn riß. Die Blockade wurde aufgehoben. »Rosenblätter«, sagte er, und Anna schaute ihn verständnislos an. »Ein Apfelbäumchen und ein alter Teddybär, wen stört es denn, ob ihm ein Arm fehlt oder ein Ohr. Mein Gott, Anna.«

Der Raum vibrierte leicht. Bergner starrte auf die weißbandagierten Hände und Arme. Er sah im Geist wieder das Plüschtier in diesen Händen, zerrupft, verschandelt. Anna wartete darauf, daß er weitersprach, doch es kam nichts mehr. Er war blaß geworden, und er zitterte. Sie kann es. Jetzt wußte er, wie groß der Unterschied zwischen Wissen und Beweis war.

»Wo sind die Kinder?« fragte er. Anna zuckte mit den Schultern. »Wir brauchen die Kinder«, sagte Bergner, »Zumindest Tamara. Du brauchst dir um sie keine Sorgen zu machen. Ich glaube nicht, daß sie auch so veranlagt ist. Da besteht lediglich eine Verbindung. Telepathie, Tamara ist der Beweis, den ich brauche.«

Er stand vom Stuhl auf, aber er ging nicht gleich. Schüttelte den Kopf. »Und ich habe die Hände wieder heruntergenommen«, sagte er. Dann ging er zur Tür.

Als Bergner aus dem Lift ins Freie trat, war es Mittag vorbei. Sein erster Blick fiel auf Elfriede Müller. Sie saß auf den flachen Stufen vor der offenen Haustür.

»Sind sie weg?« fragte er irritiert und besorgt. Die Müllerin antwortete nicht. Sie schaute ihn auch nicht an. Sie saß einfach nur da. Bergner betrachtete sie kopfschüttelnd, um sie konnte er sich später kümmern.

Er klopfte gegen die offene Tür. Sie schwang ein Stück weiter nach innen auf. Die Diele war leer, und es war so still. Da war nur ein schwaches Geräusch, ein beständiges metallenes Klicken. Bergner trat ein, sehr vorsichtig und aufmerksam, vielleicht auch ein wenig ängstlich. Jetzt galt es! Das Geräusch störte. Im Haus war es viel deutlicher zu hören. Es war so widerlich gleichmäßig wie ein Uhrwerk. Langsam ging Bergner auf das Wohnzimmer zu. Auch diese Tür stand offen, er konnte bis zu der Glastür sehen, die hinaus auf die Terrasse führte.

Dann sah er Martin. Mit dem Rücken gegen die Anrichte gelehnt, beide Arme weit ausgestreckt, stand Martin da. Die linke Hand stützte die rechte. Und die rechte hielt eine großkalibrige Pistole, der mattglänzende Lauf zeigte zur Couch hinüber, und der rechte Zeigefinger krümmte sich unentwegt und verursachte das metallische Klicken.

»Komm gar nicht erst näher«, sagte Martin ruhig. »Du wirst sie nicht anrühren.«

Für einen winzigen Augenblick wandte Martin sogar das Gesicht zu ihm hin. Es trug einen trotzig verbissenen, aber dennoch irgendwie gelassenen Ausdruck.

»Mir ist egal«, fuhr Martin fort, »was in euren kranken Köpfen herumgeistert. Ich bringe sie zu einem Arzt, und damit ist der Fall erledigt. Du kannst ja versuchen, ihr etwas anzuhängen, du machst dich nur lächerlich.«

Wäre die Pistole nicht gewesen, hätte Bergner gedacht, sie sei auf der Couch eingeschlafen. Sie saß fast noch aufrecht, war nur ein wenig zur Seite gesunken und wurde dort anscheinend von der Armlehne gehalten. Ihr Kopf war gegen das Nackenpolster gelehnt. Er war seltsam unproportioniert, dieser Kopf, als fehle ihm ein Stück auf der anderen Seite. Und die helle Wand über dem Polster war rotgesprenkelt, große Kleckse mit kleinen weißen Tupfen darin. Das dunkle Haar wirkte von der Tür aus betrachtet an einigen Stellen verkrustet. Aber von der Tür aus wirkte es nicht so schlimm. Die Bluse hatte sehr viel Blut aufgenommen und fast unsichtbar gemacht. Sie hatte sie wohl mit Bedacht ausgewählt, vielleicht, um Martin nicht mit ihrem Anblick zu schockieren.

Bergner stand minutenlang da, konnte nichts weiter tun, als sie anzusehen. Es kostete ihn große Überwindung, Martin die Pistole aus der Hand zu nehmen. Martin lächelte erleichtert.

»Du siehst aus, als wärst du zur Vernunft gekommen. Gehen wir in die Küche. Sie braucht ein bißchen Ruhe. Sie hat die ganze Nacht nicht geschlafen.«

Martin griff nach seinem Arm. Und neben einem Anflug von Erleichterung fühlte Bergner plötzlich eine große Leere in sich.

Epilog

Der Himmel über Kronbusch war strahlend blau. Grellweiß hing die Sonne über den Türmen, spiegelte sich in unzähligen Fensterscheiben. Die Luft war weich und so klar, wie sie nur hier draußen sein konnte. Über den alten Bäumen hinter Haus Nummer drei stieg eine Lerche steil in den Himmel auf. Das Kind sah sie nicht. Es wußte nur, sie war da. An Tagen wie diesem hing immer eine Lerche über den alten Baumkronen. Die Türme wurden kleiner.

»Du mußt dich nicht umsehen«, sagte Roland. »Wer zurückschaut, verliert seine Gegenwart, manchmal sogar seine Zukunft.«

»Mach dir um meine Zukunft keine Sorgen«, erklärte das Kind.

Roland warf ihm einen unsicheren Blick zu. »Wir haben doch alles geklärt«, meinte er. »Wir wissen auch beide, daß es keine andere Möglichkeit gibt. Ich habe meinen Beruf und keine Zeit, mich um eure Erziehung zu kümmern. Es war falsch, euch überhaupt erst solche Hoffnungen zu machen. Aber es war nicht meine Idee.«

»Ich weiß«, sagte das Kind. »Anna sprach einmal davon.«

»Anna«, schnaubte Roland verächtlich.

Das Kind ließ sich nicht beirren. »Anna«, sagte es in gleichbleibend freundlichem, nichtssagendem Ton, »erklärte uns schon vor Monaten, daß diese Situation kommen könnte. Sie sagte, es läge allein bei dir, was aus uns wird. Und wenn es dir eines Tages in den Sinn käme, könne sie nicht viel tun.« Roland wurde wütend. »Es ist aber nicht mir eines Tages etwas in den Sinn gekommen, sondern Anna. Wenn sie uns nicht die Bude über dem Kopf angezündet hätte, säßen wir jetzt alle noch glücklich und zufrieden an einem Tisch. Aber wie sich die Dinge nun einmal entwickelt haben, müssen wir uns wieder trennen. Es war zwar sehr freundlich von Herrn Hillmann, uns eine andere Wohnung anzubieten. Es war darüber hinaus sehr großzügig von ihm, sämtliche entstandenen Kosten zu übernehmen. Aber so weit kommt es noch, daß ich mir von meinem Vermieter die Wohnung möblieren lasse. Und anschließend zeigen sie dann mit dem Finger auf einen.«

»Du hast doch das Feuer nicht gelegt, Vater.«

»Nein«, stieß Roland hervor, »weiß Gott nicht.«

»Und Anna war auch schuldlos daran.«

Das Kind schaute weiter nach vorne auf die Straße. Um keinen Preis der Welt wollte es ihn jetzt ansehen. Er hätte den Blick erwidern und vielleicht etwas ahnen können. So stark war es noch nicht, daß es alles unter Kontrolle hatte. Manchmal brach der Haß nach außen, war von den Augen abzulesen. Anna hatte ihn dort häufig entdeckt und sich davor gefürchtet.

»Ja«, brummte Roland voller Sarkasmus. »Wenn Anna und dieser fachlich so hochqualifizierte Herr Bergner meinen, sie kämen mit ihrer hirnverbrannten Idee durch, dann sollen sie es von mir aus versuchen. Aber nicht auf dem Rücken meiner Kinder.«

»Ist Anna deshalb zu dir gekommen?« Der Klang der Stimme ließ einen Hauch von Interesse spüren. Doch Roland hatte kein Ohr für die feinen Nuancen.

»Die wußten selbst nicht so genau, warum sie gekommen sind«, erklärte er unwirsch. »Am Ende ging es nur noch darum, daß ich dich auf keinen Fall zurück ins Internat bringen darf, daß ich auch Stefan so rasch wie möglich wieder heimholen muß, weil es sonst eine Katastrophe gibt, als ob nicht die eine schon ausreicht. Sie will vor Gericht gehen und um euch kämpfen.«

Roland lachte gehässig. »Den Richter möchte ich sehen, der einer Verrückten zwei Kinder überläßt. Und man wird sie beide für verrückt erklären. Das wirst du erleben.«

Du nicht, dachte das Kind und lächelte sanft. Sein Gesicht, ebenmäßig geformt und von dunklem glattem Haar umrahmt, glich dem Bild eines Engels. Anna liebt uns wirklich, dachte es. Sie liebt uns ehrlich und aufrichtig, aber solange er lebt, wird sie nichts erreichen. Es streifte ihn mit einem kurzen, verächtlichen Blick von der Seite. Und ich muß rasch handeln, dachte es. Stefan wird zerbrechen, wenn ich nicht schnell genug bin.

Stefan hatte beim Abschied geweint. Und er hatte ihr die Steine geschenkt, weil das Schachbrett verbrannt war. »Du kannst sie zum Üben brauchen«, hatte er gesagt.

Einfache, flache Kieselsteine, die er irgendwo in Kronbusch aufgesammelt hatte. Sie hätte ihm gerne erklärt, daß er sich nicht fürchten müsse, daß es kein langer Abschied würde, daß sie sich schon bald wiedersähen, sehr bald, und Anna würde auch dabei sein. Er könnte sie dann sogar Mutter nennen. Aber solche Dinge sprach man nicht aus, man dachte sie nur, damit sie geschehen konnten.

Später an diesem Tag betrat das Kind ein kleines Zimmer. Beim Fenster stand ein kleiner Tisch. Alles im Zimmer war klein, nur das Kind nicht. Es legte die Steine mitten auf den Tisch. Roland stellte den Koffer ab und schaute sich um.

»Es ist wirklich gemütlich«, entschied er. Einen Augenblick lang schien es, als wolle er eine Hand auf die Schulter seiner Tochter legen. Doch er konnte sich nicht dazu überwinden, sie war ihrer Mutter zu ähnlich. Seinem Sohn hatte er die Hand auf die Schulter gelegt, vor zwei Tagen, als er ihn in einem ähnlichen Zimmer abgeliefert hatte. Er bedauerte es selbst ein wenig, daß er die Kinder hatte trennen müssen. Sie hingen doch sehr aneinander. Aber es war ihm nicht gelungen, innerhalb so kurzer Zeit zwei Plätze im selben Institut zu finden. Vielleicht war es auch besser so. Das Mädchen hatte keinen guten Einfluß auf den Jungen. Es war kalt, so kalt wie ein toter Fisch. Dieser Blick, die Augen wie schwarze Löcher. Roland fand den Vergleich so passend. Schwarze Löcher im Universum eines unergründlichen Geistes, die jeden Körper aufsaugten und ihn nie wieder freigaben. Er war erleichtert, als er endlich zurück zu seinem Wagen gehen konnte.

Als er abfuhr, stand das Kind am Fenster. Es hatte ihn nicht zum Wagen begleiten wollen. Und als der Wagen unter den Alleebäumen verschwand, setzte es sich an den kleinen Tisch. Es legte die Arme vor sich auf die Platte und stützte das Kinn darauf. So betrachtete es die Kieselsteine.

Für Sekunden zuckten die Mundwinkel, die dunklen Augen schimmerten verräterisch feucht. Das Kind schluckte heftig, rückte den Kopf auf den Armen zurecht, bis die Kinnspitze zwischen den Händen auflag. Nicht weinen, nur denken. Hast du es eilig, Vater? Willst du so schnell wie möglich aus meiner Nähe fort? Fahr nur. Die Straße ist frei. Ein schöner Wagen. Mal sehen, was er bringt und wie er die Kurven nimmt.

Einfache, schwach marmorierte Kieselsteine, in Kronbusch aufgesammelt. Einer davon schob sich langsam über die Tischplatte auf den Rand zu. Dann fiel er mit einem leisen Poltern zu Boden. Und es war, als ob er auf ein Pedal fiele, es nach unten drücke, ganz leicht anfangs, unmerklich für den Fuß auf diesem Pedal, aber unerbittlich und den Druck langsam verstärkend. Und nichts auf der Welt konnte den Stein jetzt noch entfernen, weil er in Wahrheit auf dem Boden eines kleinen Zimmers lag. Nur ein kurzer Abschied. Das Kind begann zu lächeln.

Dr. George Barnabas erregt sofort Aufsehen, als sie ihre neue Stelle am Royal Eastern Hospital in London antritt. Nicht zuletzt mit ihrem Namen, denn alle Mitarbeiter hatten einen männlichen Mitarbeiter erwartet. Die neue Pathologin, die gleichermaßen für das Krankenhaus wie für die Polizei arbeiten soll, macht schnell klar, daß sie sich von niemandem ins Handwerk pfuschen läßt.

Entsprechend gründlich führt sie auch ihre erste Autopsie durch: Bei dem Toten handelt es sich um Richard Oxford, einem angesehenen Schriftsteller, der offenbar einem Herzinfarkt erlegen ist. Doch George weigert sich, diese Theorie vorschnell abzusegnen. Als sie nach zeitraubenden Laboruntersuchungen eindeutige Indizien eines unnatürlichen Todes nachweisen kann, sieht sie sich auch schon mit einer zweiten Leiche konfrontiert ...

ISBN 3-404-14177-6

Neuer Lesestoff für alle MARTHA GRIMES Freunde!

Der verkrümmte Leichnam einer Siam-Katze und die des dazugehörigen Besitzers. Das ist Meredith Mitchells erster Eindruck von dem kleinen Städtchen Westerfield, wo sie eigentlich nur an der Hochzeit ihrer Nichte teilnehmen wollte; nun aber wird sie in einen komplizierten Mordfall verwickelt und beginnt auf eigene Faust zu ermitteln – sehr zum Mißfallen von Inspektor Markby, einem geschiedenen Mann mittleren Alters, der sich nicht nur beruflich für Meredith interessiert.

MORD IST ALLER LASTER ANFANG ist der Auftakt einer Reihe von Kriminalromanen im klassisch englischen Stil um das liebenswert-exzentrische Detektiv-paar Meredith Mitchell und Alan Markby.

ISBN 3-404-12966-0

Im Jahre 1194 wird am zweiten Weihnachtstag auf dem Marktplatz von Jesi ein Kind geboren: Friedrich, der Sohn des Kaisers Heinrich und seiner Frau Konstanze. Wild und ungebändigt wächst der Junge in den Gassen von Palermo auf, regiert später als Friedenskaiser das Römisch-Deutsche Reich und stirbt 1250 nach einem erfülltem Leben – und jahrelanger Auseinandersetzung mit dem Papst.

Im Jahre 1284 verkündet ein würdiger alter Mann mit schneeweißem Haar auf dem Marktplatz von Köln: »Ich bin Friedrich der Staufer. Ich bin nicht, wie ihr glaubt, vor vielen Jahren gestorben, sondern nach einer langen Pilgerfahrt aus dem Heiligen Land zurückgekehrt, um Frieden zu bringen.« Die Zuhörer sind erstaunt, welche Einzelheiten aus dem Leben des Kaisers der Unbekannte kennt. Der Mann kann kein Betrüger sein! Aber wer ist er dann?

ISBN 3-404-14431-7